Susanne Mischke
Alle sehen dich

AF197213

PIPER

Zu diesem Buch

»Völxen nimmt die Einsichten in das komplizierte Leben einer Influencerin mit verständnisvollem Nicken zur Kenntnis und bittet sie um ein Beispiel für einen bösartigen Kommentar. ›Ich habe sie alle gelöscht, aber jedes Mal vorher Screenshots davon ausgedruckt.‹ Sie öffnet ihre Tasche und holt eine Mappe hervor. Diese enthält einen daumendicken Stapel Papier, den sie auf Völxens Schreibtisch legt. ›Hexen müssen brennen‹, liest Völxen einen Beitrag auf der obersten Seite vor. Das ist allerdings bedrohlich, das muss er zugeben. ›Da wird einem schon etwas anders, wenn man so etwas liest‹, meint Frau Engelhorst.«

Dennoch bleibt Völxen weiterhin skeptisch. Als allerdings tatsächlich jemand, dem sie sehr nahesteht, unter fragwürdigen Umständen schwer verunglückt, sorgt auch der Kommissar sich um die Sicherheit der Bloggerin. Möchte sie wirklich jemand unter die Erde bringen?

Susanne Mischke wurde 1960 in Kempten geboren und lebt heute in Wertach. Die SPIEGEL-Bestsellerautorin erschrieb sich mit ihren fesselnden Kriminalromanen um Hauptkommissar Bodo Völxen und sein Team eine große Fangemeinde. Ihre Hannover-Krimis sind seit 2008 über die Grenzen Niedersachsens hinaus erfolgreich. Auch unter dem Pseudonym Antonia Riepp hat sie es mit ihren bewegenden Familienromanen schon auf die Bestsellerliste geschafft.

Susanne Mischke

ALLE SEHEN DICH

Kriminalroman

PIPER

Mehr über unsere Autorinnen, Autoren und Bücher:
www.piper.de

Wenn Ihnen dieser Kriminalroman gefallen hat, schreiben Sie uns
unter Nennung des Titels »Alle sehen dich« an *empfehlungen@piper.de*,
und wir empfehlen Ihnen gerne vergleichbare Bücher.

Von Susanne Mischke liegen im Piper Verlag vor:

Hannover-Krimis:
Band 1: Der Tote vom Maschsee
Band 2: Tod an der Leine
Band 3: Totenfeuer
Band 4: Todesspur
Band 5: Einen Tod musst du sterben
Band 6: Warte nur ein Weilchen
Band 7: Alte Sünden
Band 8: Zärtlich ist der Tod
Band 9: Hättest du geschwiegen
Band 10: Fürchte dich vor morgen
Band 11: Eiskalt tanzt der Tod
Band 12: Alle sehen dich
Band 13: Deine Welt wird brennen
Band 14: Wehe, du irrst dich

weitere Kriminalromane:
Töte, wenn du kannst!
Mordskind
Wölfe und Lämmer
Die Eisheilige
Schwarz ist die Nacht
Kalte Fährte
Der Muttertagsmörder

Ungekürzte Taschenbuchausgabe
ISBN 978-3-492-32132-7
März 2025
© 2023 Piper Verlag GmbH, Georgenstraße 4, 80799 München, *www.piper.de*
Für direkten Kontakt und Fragen zum Produkt wenden Sie sich bitte an:
info@piper.de
Umschlaggestaltung: FAVORITBUERO, München
Umschlagabbildung: Sandra Cunningham / Trevillion Images
Satz: Eberl & Koesel Studio, Kempten
Gesetzt aus der Goudy Old Style
Gedruckt von ScandBook in Litauen
Printed in the EU

April 2022

Samstag, 2. April 2022, am Vormittag, so gegen zehn Uhr

»Willst du nicht mal die Sonnenbrille absetzen, Bodo? Ich komme mir vor, als würde ich mit einem Mafioso frühstücken.«

Hauptkommissar Bodo Völxen und seine Frau Sabine nehmen ihr spätes Frühstück auf der Terrasse ein, wobei es Völxen an diesem Samstagmorgen mit Kaffee und einem trockenen Knäckebrot noch sehr langsam angehen lässt. Mehr geht nicht. Sein Schädel brummt wie ein Bienenschwarm, und bei jeder schnellen Bewegung sticht es in seinem Kopf. Die Abschiedsfeier seiner besten Mitarbeiterin, Oda Kristensen, gestern Abend hat ihre Spuren hinterlassen, sowohl körperliche als auch seelische.

»Zu hell.«

Seine Gattin quittiert den Hinweis mit einem, wie ihm scheint, leicht schadenfrohen Lächeln. Sie war auch dabei, aber als Chauffeurin hat sie sich mit Apfelschorle begnügt. Deshalb ist sie heute fit wie ein Turnschuh, er dagegen fühlt sich eher wie ein Turnbeutel.

»Das war gestern schon das zweite Mal in zwei Wochen, dass du dich betrunken hast.«

»Führst du Buch über meine Räusche?«

»Du hast mir noch immer nicht gesagt, wo du beim letzten Mal gewesen bist.«

»Dienstgeheimnis«, antwortet Völxen und rückt seine uralte Ray-Ban auf der Nase zurecht.

»Ich könnte dir einen Sauerampfer-Spinat-Smoothie mit Zitronensaft und Honig machen.«

»Hol mir lieber einen Rollmops und ein Stützbier.«

Sabine verdreht die Augen, was Völxen als Ablehnung deutet. Er lehnt sich zurück und lässt hinter der Sonnenbrille seinen

Blick durch den Garten schweifen, in dem es frühlingshaft grünt, blüht und summt. Tulpen in den wildesten Farben und Mustern sind aufgegangen, im Hochbeet sprießt der Salat, und die ersten Erdbeeren, zwar noch klein und blass, verheißen künftige Genüsse. Neulich ist ihm die Bemerkung entschlüpft, das Gemüsebeet sehe, verglichen mit dem drüben, beim Hühnerbaron, ziemlich unordentlich aus. Prompt musste er sich einen Vortrag über biologisches Gärtnern und Permakulturen anhören, welcher erst verstummte, als Völxen sich für seine unqualifizierte Bemerkung entschuldigte und hinzufügte, solange sie keine mit Kuhdung gefüllten Hörner bei Vollmond vergrabe, sei alles in bester Ordnung.

Seit Sabine vor zwei Jahren die Zahl ihre Unterrichtsstunden im Fach Klarinette an der Musikhochschule reduziert hat, widmet sie sich voller Eifer der eigenen Scholle. Zuvor haderte sie immer wieder einmal mit dem Landleben, aber inzwischen scheint sie völlig darin aufzugehen und setzt neuerdings sogar auf Selbstversorgung in Sachen Obst und Gemüse. Anfangs hat Völxen das ambitionierte Vorhaben belächelt, doch längst zeigen sich die Erfolge, auch wenn es mit der Selbstversorgung noch nicht hundertprozentig klappt. Die Früchte der eigenen Arbeit sowie ein Regal voller Einmachgläser und genug Marmelade für die nächsten zehn Jahre vermitteln Sabine – und, zugegeben, auch ihm selbst – ein wenig das Gefühl von Kontrolle und Autonomie. Damit erfüllt der Garten einen wertvollen therapeutischen Zweck, der in Zeiten wie diesen nicht zu unterschätzen ist. Natürlich wird einem nichts geschenkt. Es ist es ein ständiger Kampf, es gilt, Widrigkeiten zu trotzen, als da wären: Hagel, Sturm, Schadinsekten, Raupen, Pilzbefall, Stare im Kirschbaum und die schlimmste aller Plagen: ein buddelnder Terrier.

Apropos Tiere ... »Wir müssen unbedingt noch vor Ostern die Schafe scheren.«

»Ohne mich«, erwidert Sabine. »Ich hol mir nicht wieder ein blaues Auge von deinem Bock wie im letzten Jahr.«

Die Schafschur ist wirklich kein Vergnügen. Besonders der Schafbock Amadeus zeigt sich dabei ausgesprochen – nun ja, bockig. Ihn an die Schermaschine zu bekommen verlangt sowohl nach den Fähigkeiten eines Profiringers als auch nach denen eines Matadors.

»Warum engagierst du keinen professionellen Scherer? Das wäre auch besser für deinen lädierten Rücken«, schlägt Sabine vor.

»Als ob sich einer wegen fünf Schafen hierherbequemt! Außerdem sind die Kerle viel zu grob. Das eine Mal, als doch einer kam, waren Salomé und Mathilde danach wochenlang traumatisiert.« Völxen erhebt sich, seinem Zustand entsprechend, mit gravitätischer Langsamkeit vom Stuhl. »Ich sehe mal nach den Schafen.« Noch immer nicht ganz er selbst, trottet der Hauptkommissar durch den Garten, vorbei am Geräteschuppen und dann zur Obstwiese, gefolgt von Oscar, der sein Herrchen fröhlich kläffend umspringt.

»Oscar! Schluss mit dem Radau, mir platzt gleich der Schädel!«

Ein Hinweis, der den Terriermischling nicht die Bohne interessiert.

Sabine Völxen stellt die Reste des Frühstücks auf das Tablett und schenkt sich eine weitere Tasse Kaffee ein. Nur noch einen Moment die Sonne genießen. Sie schließt die Augen und lässt die Geräuschkulisse eines Samstagvormittags in ländlicher Umgebung auf sich wirken: das Keifen der Spatzen, das Krächzen einer Krähe, das Brummen diverser Rasenmäher, das Aufheulen hochgedrehter Motorräder auf der nahen Bundesstraße. Irgendwo bellt ein Hund, und drüben, beim Hühnerbaron, jault eine Kettensäge. Nun piept auch noch ihr Handy. Es vermeldet einen neuen Beitrag von *Über den Gartenzaun*. Wie schön!

Sabine nimmt die Tasse mit ins Haus, um sich das Video auf dem größeren Bildschirm des Laptops anzusehen. Jetzt, im Frühjahr, stellt Charlotte Engelhorst fast täglich einen neuen Beitrag ein. Meistens werden in den Videoclips Gartenthemen behandelt, aber längst nicht nur. Der Name *Über den Gartenzaun* ist Programm, es fühlt sich tatsächlich an, als träfe man eine gute Nachbarin und Freundin am Zaun und spräche mit ihr über dies und das, was eben gerade anliegt. Wobei das Gespräch in diesem Fall natürlich etwas einseitig ist und man bestenfalls einen Kommentar hinterlassen kann. Doch das tut der Sache keinen Abbruch. Sabine mag die herzerfrischende Art, in der die Frau frei von der Leber weg über Gott und die Welt und ihre Mitmenschen plaudert, man könnte auch sagen: lästert.

Die Gartenfee, wie sie neulich von einer Moderatorin des Norddeutschen Rundfunks genannt wurde, ist vierundsechzig Jahre alt, woraus sie keinen Hehl macht, und damit nur wenige Jahre älter als Sabine Völxen. Vielleicht ist auch das ein Grund, weshalb Sabine beim Betrachten ihrer Videos eine gemeinsame Wellenlänge und manchmal beinahe eine gewisse Seelenverwandtschaft zu spüren glaubt.

Vor sechs Jahren wurde Charlotte Engelhorst von ihrem Ehemann, einem Banker, verlassen, auch davon berichtete sie aufrichtig, zuweilen schon fast zu sehr. Sabine gehörte damals noch nicht zu Charlottes Fans, denn deren Rosenkrieg hätte sie wohl kaum interessiert. Sabine wurde erst zur Followerin, nachdem Charlotte Engelhorst geschieden war, einen heruntergekommenen Bauernhof in der Wedemark kaufte und damit einen ziemlich verwilderten Garten übernahm.

Dies erinnerte Sabine lebhaft an die Zeit vor dreißig Jahren, als sie und Bodo den alten, renovierungsbedürftigen Bauernhof südlich von Hannover erwarben. Hätte es damals schon Smartphones gegeben, hätte sie bestimmt ebenfalls einiges von dem festgehalten, was sie und ihr Gatte nach Dienstschluss und am Wochenende dort anrichteten. Das wäre heute sicher unterhaltsam. So gibt es von ihren dilettantischen Baumaßnahmen sowie der Anfangszeit als Schafhalter beziehungsweise Gärtnerin nur ein paar verwackelte Videos auf VHS-Kassetten, die schon ewig lange keiner mehr angeschaut hat. Ist vielleicht auch besser so.

Charlotte Engelhorst, die, wie sie regelmäßig betonte, die Nase gestrichen voll hatte von Männern und festen Beziehungen, gründete auf ihrem Hof eine zünftige Wohngemeinschaft. Früher hätte man es eine *alternative Land-WG* genannt, aber inzwischen ist das einst Alternative eher die Norm. Charlotte Engelhorst ließ ihre Fangemeinde von Beginn an regen Anteil an diesem Projekt nehmen, und auch Sabine verfolgte, wie sie die Wildnis in ein kleines Paradies verwandelte. Die Wohngemeinschaft bestand anfangs vorwiegend aus Frauen, die unterschiedlicher nicht sein konnten. Von der Schamanin mit grauem Wallehaar bis zu einer sehr burschikosen, wahrscheinlich lesbischen Schreinerin mit einem Kreuz wie ein Gewichtheber war alles dabei. Inzwischen ist die Gemeinschaft deutlich kleiner geworden, dennoch sind die Erlebnisse und Querelen, die sich daraus ergeben, bisweilen Thema ihrer Videos. Charlottes Ehrlichkeit geht dabei bis an die Schmerzgrenze – die eigene und die anderer – und manchmal auch darüber hinaus. Manche finden sie rücksichtslos, sie selbst nennt es authentisch, und ihre treuen Fans lieben sie dafür. *Über den Gartenzaun* zu verfolgen ist, als würde man einer Nachbarin heimlich in den Garten und ins Wohnzimmer schauen und an deren Leben teilhaben. Sabine ist klar, dass die Gartenfee damit hauptsächlich den Voyeurismus ihrer Mitmenschen bedient – und Kasse macht. Längst bewirbt sie allerhand Bioprodukte, Naturkosmetik und Gartenzubehör. Was Sabine selbst betrifft: Sie folgt dem Video-Blog selbstverständlich nur wegen der Gartentipps und der Kochrezepte.

Sie fährt ihren Rechner hoch und klickt den Link an. Eigenartig, Charlotte steht nicht, wie man zu dieser Jahreszeit erwarten könnte, mit dem Spaten im Beet, sondern sie sitzt in steifer Haltung am Tisch in ihrem Studio. Sie, die immer darauf achtet, auch bei noch so anstrengenden Arbeiten *bella figura* zu machen und gepflegt auszusehen, wirkt heute reichlich derangiert. Sie trägt gar kein Make-up, was sie auf einen Schlag zehn Jahre älter aussehen lässt, und das blondierte Haar, sonst stets lässig-kunstvoll aufgesteckt, hängt strähnig herab. Was hat sie da an? Ist das ein Schlafanzug? Ihr Gesichtsausdruck ist verängstigt, und sie spricht in abgehackten Sätzen und mit tränenerstickter Stimme. Noch schockierender ist das, was sie vorbringt.

»Ich möchte … ich muss euch etwas mitteilen. Ich bin nicht … nicht die nette Frau von nebenan. Das ist nur Fassade, eine Täuschung. Ich bin süchtig nach Anerkennung. Und … und es geht auch um Geld. Ich bin geldgierig, und mein Leben ist gespickt mit Verrat und miesen Tricks. Ich belüge alle und jeden, und das … das jeden Tag. Im Kern meines Wesens ... bin ich niederträchtig und egoistisch. Das ist ... meine wahre Natur.«

In den Pausen zwischen den Wörtern sieht es aus, als würde sie jemanden ansehen, der sich Raum befindet, oder als lese sie den Text irgendwo ab. Sabine beschleicht das Gefühl, dass hier etwas ganz und gar nicht stimmt. Zwar muss man bei Charlotte immer mit Überraschungen rechnen, und sie hat auch wenig Scheu vor Selbstentblößung, aber das hier geht dann doch zu weit.

»Ich habe Menschen geschadet. Ich habe sie ausgenutzt und belogen. Ich habe ... das Leben anderer zerstört. Mit meinen Lügen. Es tut mir ...« Plötzlich stößt Charlotte Engelhorst einen Schrei aus und zuckt zusammen. Hinter ihr erscheint eine maskierte Gestalt, die ihr schnell eine weiße Plastiktüte über den Kopf stülpt. Hände in schwarzen Handschuhen halten die Tüte fest und ziehen sie am Hals zu. Vorn auf dem Plastikbeutel, quer über Charlottes verdecktem Gesicht, steht in roten Lettern das Wort *Lügnerin*, darunter ringt Charlotte nach Luft. In grausiger Deutlichkeit erkennt man das pulsierende Oval, wo ihr Mund die Tüte ansaugt. Charlotte windet sich, wirft den Kopf hin und her, doch mehr kann sie offenbar nicht tun. Ihre Hände sind vermutlich an den Stuhl gefesselt, schon während dieses seltsamen Geständnisses waren sie nicht zu sehen. Charlotte versucht dennoch aufzustehen, doch die Gestalt hinter ihr drückt sie in ihren Sessel.

Dann verwackelt die Aufnahme, und der Bildschirm wird dunkel.

Sabine Völxen starrt auf die schwarze Fläche. Sie vernimmt einen leisen Wimmerton und merkt, dass er von ihr selbst kommt. Was war das? Ein Todeskampf live im Netz? War sie gerade Zeugin eines Mordes, wurde Charlotte Engelhorst vor laufender Kamera umgebracht?

Sie springt auf, will in den Garten, zu ihrem Ehemann, der für so etwas zuständig ist, doch gerade kommt er gut gelaunt zur Tür herein, in der Hand ein Glas mit Rollmöpsen, und verkündet, dass auf den Hühnerbaron und seine Hanne einfach Verlass sei. »Ordentliche Beete und Rollmöpse im Kühlschrank, so gehört sich das.«

Sabine hört ihm gar nicht zu. »Das hast du nun von deiner Ignoranz!«, schreit sie ihn an. »Du hättest sie ernst nehmen sollen! Sie hatte recht, mit allem hatte sie recht! Und jetzt ist sie ermordet worden! Gerade eben, vor meinen Augen!«

»Was? Wer denn?« Völxen, überrumpelt, merkt erst jetzt, dass seine Gattin vollkommen aufgelöst ist. Er stellt das Glas beiseite und fasst sie bei den Schultern. »Sabine! Wovon redest du? Was ist passiert?«

In diesem Moment klingelt auch schon sein Handy.

zwei Monate zuvor ...
Februar 2022

Donnerstag, 10. Februar, früh am Morgen

Ansgar Busche stellt die Futtereimer weg und schließt die Tür des Stalls. Zurück bleiben zwanzig zufrieden schmatzende Bentheimer Landschweine. Seit er und seine Lina Rente bekommen, kann er es sich leisten, praktisch einen Bilderbuch-Bauernhof zu betreiben. Die Schweine führen ein artgerechtes Schweineleben, mit Auslauf und Suhle und allem Drum und Dran. Wenn sie schließlich geschlachtet werden, gibt es schon vorgemerkte Kunden, die ihr Fleisch kaufen werden, teilweise haben sie sogar schon im Voraus bezahlt. Ähnlich läuft es mit den Gänsen und den Hühnern und mit deren Eiern. Busche hat sich nicht lange mit den Zertifizierungen für irgendein Bio-Siegel aufgehalten, er hat es nicht mit der Bürokratie, er macht es so, wie er es für richtig hält. Man kennt ihn in der Wedemark, die Leute wissen, dass er seine Tiere anständig behandelt, und glückliche Tiere sind seinen Kunden wichtiger als Zertifikate. Regelmäßig kommen Schulklassen bei Bauer Busche vorbei, denen das Leben auf einem Bauernhof vermittelt werden soll. Ansgar ist dann jedes Mal versucht, den lieben Kleinen zu erklären, dass sein Hof kein normaler Bauernhof ist. Normal sind heute Agrarfabriken und Massenställe, sein Hof ist dagegen eine Art Museum, das die nostalgischen Klischees seiner Kundschaft bedient und ihnen ein gutes Gewissen beschert, wenn bei der Gartenparty die Koteletts seiner Schweine auf dem Grill liegen. Natürlich hält er vor den Kindern den Mund. Lina würde das nicht gut finden, sie mag es und blüht jedes Mal auf, wenn die Kleinen den Hof besuchen. Deswegen hat sie auch die zwei Esel und das alte Pony von einem Gnadenhof übernommen, und demnächst wird ein Hund hier einziehen. So weit hat sie ihn schon! Wenn er nicht aufpasst, eröffnet Lina hier selbst noch eine Art Tierheim. Dabei sind sie beide nicht mehr die Jüngsten, doch ans Aufhören denken sie nicht. Im Gegenteil, ohne finanzielle Zwänge macht der Hof erst richtig Freude.

Andere sehen das nicht so. Was hat man ihnen nicht schon für sagenhafte Preise für ihren alten Hof geboten! Regelmäßig bekommen sie Besuch von Maklern und Bauträgern.

»Nichts da, ein paar Jährchen machen wir schon noch«, pflegt Lina dann immer zu sagen. »Wo sollten wir denn auch hin? In eine Stadtwohnung, in ein Altenheim?«

Und Ansgar pflegt dann zu antworten: »Niemals! Eher sterbe ich!«

Ansgar überquert den Hof. Es ist kalt, sein Atem bildet Wolken vor seinem Gesicht. Im Flur zieht er die Stiefel und die Stallklamotten aus, schlüpft in seine Filzpuschen und den Trainingsanzug und setzt sich an den gedeckten Frühstückstisch. Rührei und Schinken gibt es, man kann es riechen, und natürlich Kaffee. Der dampft schon im Becher. Während er voller Vorfreude wartet, bis Lina den Teller mit den Eiern vor ihn hinstellt, schaut er automatisch aus dem Fenster. Etwas ist anders. Krähen picken in dem Feld mit dem sprießenden Winterweizen, aber das ist es nicht, es ist ...

»Lina! Die Vogelscheuche ist weg.«

»Was redest du denn da?« Lina zieht die heiße Pfanne von der Herdplatte, stellt sich neben ihn und sieht ebenfalls zum Fenster hinaus.

»Tatsache. Die ist weg«, stellt sie fest. »Gestern war sie noch da, das kann ich beschwören.«

»Stimmt, da war sie noch da.«

»Vielleicht hat sie der Wind umgeweht?«, überlegt Lina. »Gestern Abend hat's schon ziemlich gewindet.«

»Dann müsste sie ja irgendwo liegen. Oder glaubst du, sie ist kilometerweit davongeflogen?«

»Wer weiß? Das Wetter wird immer verrückter, vielleicht war's ein Taifun.«

Ansgar winkt ab und steht auf.

»Wo willst du denn hin? Die Eier werden kalt!«

»Vielleicht liegt sie ja doch irgendwo im Hof. Vielleicht hat sich jemand einen Scherz erlaubt.« Ansgar geht hinaus und schlüpft erneut in die Stiefel. Ein paar Minuten später kommt er wieder herein. »Weg. Geklaut.«

»Also wirklich!«, schnaubt Lina entrüstet.

Ansgar setzt sich hin, isst sein inzwischen kaltes Rührei und trinkt den Kaffee.

»Sollten wir es der Polizei melden?«, überlegt Lina.

»Quatsch«, meint Ansgar. »Eine Strohpuppe mit einer alten Joppe, die ist doch nichts wert.«

»Für mich war sie schon was wert. Die Erstklässler haben sie gemacht, es war ein Geschenk.«

Ansgar fährt mit einem abgerissenen Stück Brot über seinen Teller, bis er blitzblank ist. Dann isst er den Bissen auf und sagt: »Die lachen uns doch aus auf der Wache.«

»Und wenn es eine Art Drohung sein soll?«, meint Lina.

»Wer sollte uns denn drohen, indem er die olle Vogelscheuche klaut?«

»Dieser Bauträger, der so scharf auf den Hof ist«, antwortet Lina ernst.

Ansgar schüttelt den Kopf. »Unsinn, Lina, was reimst du dir da zusammen? Das waren besoffene Jugendliche, jede Wette. Du guckst viel zu viele Krimis!«

Donnerstag, 10. Februar, spät am Abend

Joachim Engelhorst durchquert die Tiefgarage und entriegelt seinen Wagen per Fernbedienung. Außer seinem silberfarbenen Mercedes stehen noch fünf weitere Autos der Luxusklasse auf dem Deck der Tiefgarage, welche sich unter dem Gebäude der Privatbank Engelhorst & Wegener befindet. Er wirft seine Aktentasche achtlos ins Wageninnere, lässt sich mit einem Stöhnen auf den Fahrersitz sinken und reibt sich über das Gesicht. Es ist spät geworden, die Zusammenkunft des Vorstands hat dieses Mal deutlich länger gedauert als sonst. Sicherlich bleiben die anderen noch eine Weile, vielleicht köpfen sie gerade den Champagner oder öffnen einen der edlen Whiskys, die Selbach in seinem Büro hortet, um zu feiern, dass sie ihn los sind. Den Alten.

Was sich seit Monaten anbahnte, ist nun also eingetreten, schneller, als er dachte. Sie haben ihn genötigt, sich aus dem Vorstand der Bank zurückzuziehen. Man könnte auch sagen: geschasst, rausgeekelt, entlassen aus seiner eigenen Bank, deren Teilhaber er ist. War, korrigiert er sich. Vergangenheit. Er fühlt sich zerschlagen, ein alter Boxer, der zu lange im Ring war. Irgendwann ist es halt vorbei. Das ist der Lauf des Lebens. Andere gehen viel weniger komfortabel in Rente.

Rente. Er ist jetzt ein Rentner. Lieber Himmel, wie sich das anhört. Vorstand a. D. klingt besser, läuft aber auf dasselbe hinaus. Er schaudert. Egal, wie man es nennt, er ist weg vom Fenster, und das macht ihm Angst. Einen *neuen Lebensabschnitt* nannte es die Möckel vorhin, als sie sich mit diesem traurigen Hundeblick von ihm verabschiedete und ihm alles Gute für den *neuen Lebensabschnitt* wünschte. Sprache kann ja so verräterisch sein – und auch so treffend! Es fühlt sich tatsächlich an wie ein Abschnitt. Man schneidet ihn ab vom Berufsleben. Das hat sie richtig erkannt, die alte Lesbe. Er konnte sie nie wirklich leiden, aber sie war eine gute Sekretärin, immer loyal. Den Wert von Loyalität hat er erst in den zurückliegenden Wochen wirklich zu schätzen gelernt.

Das Licht in der Garage geht aus. Für eine Weile sitzt er im Dunkeln und lauscht in die Stille. Er hat Kopfschmerzen und das Gefühl, nicht richtig Luft zu bekommen. Wahrscheinlich reagiert sein Körper auf den zurückliegenden Stress und das plötzliche Nachlassen der Anspannung. Zeit, nach Hause zu fahren, dieses Mal für immer.

Er lässt den Motor an. Die Betonwand reflektiert die aufflammenden Scheinwerfer. Langsam hebt sich das Gitter, das die Einfahrt verschließt. Zum letzten Mal fährt er aus der Garage und wenig später entlang der Skulpturenmeile in Richtung Westen. Er spürt, wie sich sein Kopfschmerz verstärkt und ebenso seine Wut.

Diese Krämerseelen sind den Aufhebungsvertrag Punkt für Punkt noch einmal mit ihm durchgegangen, wollten hier etwas streichen, dort etwas abknapsen, und plötzlich stritt man sich um Petitessen wie seinen Schreibtischsessel, den er privat bezahlt hat, was er letztendlich auch beweisen konnte. Zäh zu verhandeln ist er gewohnt, da macht ihm keiner so leicht etwas vor, doch das vorhin war ein unwürdiges Schachern. Es erinnerte ihn fatal an die Verhandlungen und Streitereien mit Charlotte anlässlich ihrer Scheidung vor ein paar Jahren.

Seine Ex-Kollegen wollen fusionieren oder, anders ausgedrückt, die kleine, feine, exklusive Privatbank an eine niederländische Großbank verhökern. An diesem Vorhaben entzündete sich der Zwist der letzten Monate. Engelhorst hat leidenschaftlich gegen die Fusion gekämpft. Doch nachdem sein Kompagnon Ralf Wegener zum Jahresende 2021 in den Ruhestand ging und damit auch von seinem Vorstandsposten zurücktrat, war Engelhorst ganz auf sich allein gestellt, und diese Hyänen hatten leichtes Spiel. Um das Gesicht zu wahren, blieb ihm am Ende nur der Rückzug auf eigenen Wunsch. Angeblich aus Altersgründen.

Danach haben diese skrupellosen Halunken die schon vor Wochen ausgehandelte Abfindung einfach halbiert. Plötzlich wollte Selbach nichts mehr von ihrer Abmachung wissen. Als kleines

Trostpflaster darf er den Mercedes, dessen Leasingvertrag über die Bank läuft, noch bis zum Jahresende behalten. Großartig!

Dabei hätte er das Geld wirklich gut brauchen können. Er, der im Lauf der Jahre das Vermögen seiner Kunden zuverlässig und erfolgreich vermehrt hat, hatte in letzter Zeit kein gutes Händchen bei seinen eigenen Finanzanlagen. Was musste er auch in den Bau von Kreuzfahrtschiffen und in einen chinesischen Immobilienfonds investieren? Es ist, als würde alles, was er in letzter Zeit anfasst, statt zu Gold zu Scheiße werden. Auch das vielversprechende Start-up-Unternehmen, an dem er sich beteiligte, steht kurz vor der Pleite. Wenn einmal der Wurm drin ist ...

Er hat die Lichter der Stadt hinter sich gelassen. Noch immer zornig gibt er Gas. Die Nacht ist kalt und windig, ab und zu schieben sich Wolken vor die dünne Mondsichel. Die Außentemperaturanzeige gibt minus vier Grad an.

Judith wird hellauf begeistert sein, wenn er ab jetzt den ganzen Tag zu Hause ist. Sie hat sich nämlich prächtig eingerichtet in ihrem Alltag zwischen Pilates, Shopping, dem Kulturverein und ihrer freiberuflichen Tätigkeit als Maklerin für Luxusimmobilien. Und nun: *Pappa ante portas*. Ein Störfaktor erster Güte. Er hätte sie vorwarnen sollen, anstatt vorzugeben, alles im Griff zu haben. Wie sie wohl reagieren wird, wenn er ihr gleich eröffnen wird, dass er ab sofort Pensionär ist? Sie wird ihn doch nicht verlassen? Oder? Panik erfasst ihn, er lässt die Scheibe herunter, ringt nach Atem. Eiskalte Nachtluft strömt in seine Lunge und verwirbelt sein graues Haar. Der Moment der Schwäche geht vorüber, es geht ihm besser, er beruhigt sich wieder. Lautlos fährt die Scheibe wieder hoch.

Alles wird gut, sagt er sich. Judith musste schließlich damit rechnen, dass er bald aufhört zu arbeiten, wenn auch sicher nicht von heute auf morgen. Immerhin ist er sechsundsechzig. Er wird sich eine Beschäftigung suchen müssen, um ihr nicht auf die Nerven zu gehen. Er könnte anfangen, Tomaten zu züchten, und dazu den Rat seiner Ex-Gattin einholen. Bei dieser Vorstellung muss er zuerst kichern und dann husten.

Plötzlich verspürt er einen Anflug von Wehmut. Ach, Charlotte!

Sie würde zu ihm halten, auch oder vielleicht sogar erst recht jetzt, in dieser Situation. Das hat sie immer getan, egal, welchen Mist er gebaut hat, und da gab es so einiges. Ja, sie konnte knallhart sein, und es war bei Gott nicht immer einfach mit ihr, aber auf sie war stets Verlass. Warum muss er gerade jetzt an sie denken? Weil es ihm schlecht geht? Wie erbärmlich ist das denn?

Er passiert eine lange, gerade Eichenallee. Nebelschwaden liegen über den Feldern rechts und links. Er mag diesen Straßenabschnitt, aber heute hat er keinen Blick für die verschlungenen Silhouetten der Baumkronen, die sich kaum vom dunklen Nachthimmel abheben. Noch drei Kilometer bis zu seinem Landhaus, ein Juwel, das Judith aufgetan hat. Er sehnt sich nach einem großen Malt Whisky am Kaminfeuer. Ja, er wird sich heute betrinken. Wann, wenn nicht jetzt? Die Vorstellung erfüllt ihn mit Freude, und ihm ist, als könne er den rauchigen Geschmack seines Lieblingsgetränks schon auf der Zunge schmecken. Er muss lächeln. Die Kraft der Imagination ...

Er durchquert eine kleine Nebelbank. Er sollte langsamer fahren, die Gegend ist reich an Wild, und bei diesem Wind könnten herabgefallene Äste auf der Fahrbahn liegen. Doch er ist jetzt nicht in der Stimmung, um der Vernunft den Vorzug zu geben. Er zuckt zusammen. Was ist das? Eine Gestalt, ein menschlicher Umriss, taucht aus dem Nichts im Lichtkegel der Scheinwerfer auf. Wie kann es sein, dass dieser Mensch fliegt, oder ist er nur gesprungen, obwohl es nicht wie ein Sprung aussah und eigentlich auch nicht wie ein richtiger Mensch? Das alles denkt er im Bruchteil einer Sekunde und während er das Steuer herumreißt, um diesem Was-auch-immer auszuweichen. Der Wagen schlingert, er versucht gegenzusteuern, doch die Räder reagieren nicht, nichts reagiert mehr, nicht die Lenkung, nicht die Bremse, es ist alles außer Kontrolle, und jetzt rast er auf einen dicken Eichenstamm zu. Reflexhaft reißt er die Arme in die Höhe.

Freitag, 11. Februar, irgendwann am Abend

Erwin Raukel steht in der Toilette seiner Stammkneipe und entleert seine Blase. Das dauert, sechs Pils verursachen einen ordentlichen Durchlauf, und seine Prostata ist auch nicht mehr das, was sie einmal war. Er hat den Gang aufs Klo extra lange hinausgezögert, denn wenn man erst einmal angefangen hat, dann muss man ständig, so seine langjährige Erfahrung. Es ist kalt, das kleine Fenster, das auf den Hof weist, ist offen. »Verdammt, hier drin gefriert einem ja der Strahl«, brummt Raukel missmutig, obwohl niemand da ist, der ihn hören könnte. Er will gerade das Fenster schließen, damit es beim nächsten Mal mollig warm sein wird, als er Stimmen hört. Ein Mann und eine Frau, es klingt, als stritten sie sich im Hinterhof. Die Stimme der Frau gehört der Bedienung. Bianca, jung, vielleicht Mitte zwanzig, dunkelhaarig, ganz hübsch, wenn die Beleuchtung schummrig ist.

»Hilfe! Nein, nicht, nein!«, kreischt sie.

Was der Mann sagt, versteht Raukel nicht, dann wieder sie, es hört sich an wie: »Lass mich los, du Arsch!«

Was zum Teufel geht da vor? Raukel sieht zu, dass er auch noch das letzte Pils loswird, schließt rasch seine Hose und eilt auf den Flur. Nach rechts geht es zurück in den Gastraum, er wendet sich nach links, öffnet die Tür zum Hof und stürmt hinaus. Er sieht, wie der Mann Bianca gegen die Wand drückt und dabei hochhebt. Sie trommelt mit den Fäusten auf seinen Rücken. »Lass mich runter! Hilfe! Lass mich sofort runter, du Arsch!«

»Loslassen, sofort!«, herrscht Raukel den Kerl an.

Der dreht den Kopf, schnell und ruckartig wie ein Vogel, schaut Raukel böse an und sagt: »Verpiss dich, alter Sack!« Bianca, klein und von zierlicher Gestalt, schielt über die Schulter des Kerls, ihre braunen Augen sind weit aufgerissen. Dem armen Mädchen steht die Panik ins Gesicht geschrieben.

Davon abgesehen – dir gebe ich gleich einen alten Sack! Der Kerl dürfte zwar fast einen Kopf größer sein, und vermutlich ist er auch nur halb so alt wie Raukel, doch das stört diesen gerade wenig. Adrenalindurchströmt durchmisst er den Hof, packt den Kerl an seinem lächerlichen Dutt und reißt den Kopf abrupt nach hinten. Der Typ ist starr vor Verblüffung, Raukel nutzt dies aus und landet einen fürchterlichen rechten Haken am Kinn seines Widersachers, was den Typen augenblicklich dazu bringt, sein Opfer loszulassen und jammernd in die Knie zu gehen.

»Scheißkerl, verpiss du dich!«, bemerkt Raukel mit grimmiger Zufriedenheit und reibt sich die Handknöchel. Er lässt sich jedoch nichts von seinem Schmerz anmerken und wendet sich an das verschreckte Mädchen: »Alles in Ordnung?«

»Bist du noch ganz dicht? Du Arschloch, hau ab!«, brüllt diese.

»Ja, verschwinde, aber *pronto*«, bekräftigt Raukel und baut sich drohend vor dem noch immer in der Hocke kauernden Kerl auf. Wenn es sein muss, fängt der sich nämlich gleich noch eine ein.

»Julian!« Bianca kniet sich nun neben ihren Angreifer, der irgendetwas von seinen Zähnen jammert. Eine Reaktion, die den Retter der holden Maid einigermaßen irritiert. Es wird noch kurioser. Plötzlich sieht sich Raukel umzingelt von einem Publikum, das eben gerade noch nicht da war, darunter der Wirt, das kleine Schlitzauge, das in der Küche arbeitet, und die drei Typen, die vorhin am Tisch in der Ecke saßen und Karten spielten. Raukel versteht die Welt nicht mehr. Statt dass man ihm ein Getränk ausgibt, wird er nun vom Wirt an den Armen gepackt und festgehalten. Raukel lässt sich das nicht bieten, er tritt gegen Schienbeine und landet noch den einen oder anderen Treffer in eine dieser Hackfressen, doch schließlich muss er sich der Übermacht des Pöbels geschlagen geben.

»Ruft die Polizei und einen Krankenwagen«, kreischt Bianca. »Der Alte hat sie nicht mehr alle!«

»Schon passiert«, antwortet das Schlitzauge.

»Nicht nötig, ich bin die Polizei!«, erklärt Raukel. »Und jetzt lasst mich gefälligst los.«

Seine Worte verhallen ungehört.

Der Aggressor, dieser Julian, steht langsam wieder auf, beugt sich vornüber und spuckt etwas aus.

Man schleift Raukel in den Gastraum. Sirenengeheul ertönt von draußen und kommt rasch näher, Blaulicht flackert durch die Scheiben, und Hauptkommissar Erwin Raukel schwant, dass er einen mordsmäßigen Ärger am Hals hat.

Montag, 14. Februar 2022, zeitig am Morgen

Hauptkommissar Völxen und sein Hund betreten das Büro. Oscar kreiselt nach Hundeart ein paarmal um die eigene Achse, ehe er sich in den Korb unter dem Gummibaum legt. Es ist sein angestammter Platz, nur manchmal, wenn sein Herr nicht hinsieht oder so tut, als würde er nicht hinsehen, wählt er auch das Sofa, um dort zu relaxen. Völxen nimmt, ohne Kreise zu drehen, hinter seinem Schreibtisch Platz. Er sitzt noch nicht richtig, da klopft es schon. Es ist Frau Cebulla, sie bringt ihm, wie jeden Tag zu Dienstbeginn, einen ihrer Kräutertees vorbei. Nicht immer ist Völxen davon begeistert, denn manches Gebräu riecht wie altes Gras.

»Guten Morgen, Herr Hauptkommissar. Ich habe Ihnen einen Salbeitee gemacht. Der ist gut für den Hals, um die Jahreszeit fängt man sich schnell mal etwas ein«, meint Frau Cebulla und kündigt im nächsten Atemzug eine Besucherin an, die ihn sprechen möchte. »Die Dame heißt Charlotte Engelhorst. Sie wartet schon seit einer halben Stunde bei mir im Büro.«

»Warum haben Sie sie nicht zu jemand anderem geschickt? Oder bin ich etwa der Erste auf der Dienststelle, um ...« Er schaut auf die Uhr. » ... Viertel nach neun?«

»Nein, Herr Hauptkommissar, sie sind alle da, auch der Neue.«

»Stimmt, der Neue fängt ja heute an.« Eigentlich, überlegt Völxen, hätte die Begrüßung eines neuen Mitarbeiters Vorrang vor unangemeldeten Besuchern.

»Kann das nicht Oda machen?«

»Die kümmert sich um den Neuen. Außerdem wollte diese Dame nur mit Ihnen sprechen«, erklärt Frau Cebulla.

Offenbar hat *diese Dame* bei der Sekretärin keinen sympathischen Eindruck hinterlassen. »Worum geht es?«

»Das wollte sie mir nicht sagen«, kommt es eingeschnappt.

»Charlotte Engelhorst.« Völxen wiederholt nachdenklich den Namen der Besucherin, wobei er die Stirn runzelt und seine bürstenartig ausgeprägten Augenbrauen zusammenzieht. »Woher kenne ich nur diesen Namen ...?«

»Das weiß ich nicht«, antwortet Frau Cebulla. »Sie hat jedenfalls Haare auf den Zähnen.«

Jetzt bemerkt Völxen die roten Flecken auf Frau Cebullas Wangen. Dabei ist es gar nicht so einfach, die altgediente Sekretärin aus der Fassung zu bringen. Seine Neugierde ist geweckt.

»Schicken Sie sie herein, damit wir es hinter uns bringen. Und danach würde ich gern den Neuen begrüßen.«

»Kommissar Tadden«, sagt Frau Cebulla.

»Danke, ich kenne seinen Namen. Ich habe ihn schließlich eingestellt.«

Darauf geht Frau Cebulla nicht ein, sondern schwärmt: »Rein optisch ist er wirklich ein Gewinn für die Abteilung. Ein strammer, blonder Friesenjunge, das ist doch mal was! Hach, wenn ich jünger wäre ...«

»Ja, was wäre dann, Frau Cebulla?«, schmunzelt Völxen.

»Nichts, ich meine nur ...« Sie wird wieder dienstlich: »Hauptkommissar Raukel wollte Sie übrigens auch dringend sprechen. Er hat mir ebenfalls nicht gesagt, worum es geht. Heute haben offenbar alle Geheimnisse vor mir.«

»Ich nicht, ich bin ein offenes Buch für Sie«, tröstet Völxen die Frustrierte.

»Wahrscheinlich geht es um das Büro von Frau Kristensen. Raukel und Rodriguez streiten sich schon seit Wochen, wer es bekommt, wenn sie erst weg sein wird.«

»Diese Geier! Ich hätte gute Lust, es Rifkin zu überlassen, und sei es nur, um ihnen eins auszuwischen.«

»Rifkin will da gar nicht rein, sie sagt, es stinkt ihr zu sehr nach Zigarettenrauch«, weiß Frau Cebulla, die sich seit Jahren über Oda Kristensens mehr oder weniger heimliches Rauchen mokiert. Nun blickt sie ihren Chef bekümmert an. »Meinen Sie, Frau Kristensen kommt nach diesem Sabbatjahr wieder, Herr Hauptkommissar?«

28

»Ich weiß es nicht«, gesteht Völxen. »Ich hoffe es natürlich, aber es kann gut sein, dass sie mit ihrem Mann in Frankreich bleibt.«

»Das befürchte ich auch«, bekennt Frau Cebulla freimütig und begleitet von einem schweren Seufzer.

Völxen erinnert sich, dass Frau Cebulla vor wenigen Jahren ebenfalls Pläne hatte, nach Südfrankreich zu ziehen. Leider erwies sich der Herr, der ihr diesen Floh ins Ohr gesetzt hatte, als Betrüger und Heiratsschwindler. Allmählich fragt Völxen sich, ob all diese Dinge, die Frau Cebulla ihm zusammen mit dem Tee auftischt, wirklich so wichtig sind am Montagmorgen. Viel eher kommt die Sekretärin nur vom Hölzchen aufs Stöckchen, um die in Ungnade gefallene Besucherin extra lange warten zu lassen und dieser auf passiv-aggressive Art zu zeigen, dass sie es sich gründlich mit ihr verscherzt hat.

»Gut, dann schicken Sie die Dame mit den Haaren auf den Zähnen mal herein«, beendet Völxen das Geplänkel. »Oder möchten Sie lieber noch ein Weilchen in Ihrem Büro mit ihr plauschen?«

»Bestimmt nicht!« Auf heftig quietschenden Birkenstocks verlässt Frau Cebulla das Büro.

Völxen schnuppert an dem Tee und schiebt ihn mit angewidertem Gesichtsausdruck von sich. Der riecht ja wie seine Füße, wenn er von der Schafweide kommt und die Gummistiefel auszieht! Er wird ihn später dezent entsorgen und sich einen anständigen Kaffee holen.

Die Erwähnung von Odas Sabbatjahr hat seine Laune nicht gerade gehoben. Der Weggang von Oda Kristensen, der Mitarbeiterin, mit der er am längsten und auch am besten zusammengearbeitet hat, schmerzt ihn mehr, als er zugeben möchte. Er kann es sich noch gar nicht vorstellen, wie es ohne sie sein wird. Jedenfalls wird dieser Frischling Tadden sie nicht annähernd ersetzen können. Völxen glaubt nämlich tief im Herzen nicht daran, dass Oda wiederkommt. Dieses Sabbatjahr ist lediglich ein Hintertürchen, das sie sich offen halten will, für den unwahrscheinlichen Fall, dass ihr der vorgezogene Ruhestand in der französischen Provinz nicht zusagt. Und es erleichtert ihr den Abschied. *Denk nicht, ich hätte das nicht durchschaut, Frau Psychologin!* Wenn Oda und ihr chinesischer

Wunderheiler Tian Tang, der letztes Jahr ebenfalls das Handtuch geworfen und seine Naturheilpraxis verkauft hat, erst auf ihrem Landsitz bei Montpellier leben, wird Oda sich keinen Deut mehr um ihre alte Dienststelle scheren. Aus den Augen, aus dem Sinn. Außerdem lebt ihr Vater ganz in der Nähe. Sie wird höchstens mal auf einen Kaffee vorbeikommen, aber auch nur, solange ihre Tochter Veronika in der Rechtsmedizin der Medizinischen Hochschule Hannover beschäftigt ist. Es ist ein Kreuz! Warum müssen stets die Besten gehen, während man sich bis zur Pensionierung mit einem wie Erwin Raukel herumschlagen muss?

Mit wehendem Mantel fegt Charlotte Engelhorst auf ihren hochhackigen Stiefeletten in Völxens Büro und nimmt auf der Stelle Oscar ins Visier. Der Hund betrachtet die Besucherin ebenso misstrauisch wie sie ihn, bleibt aber brav in seinem Korb. Völxen redet sich ein, dass dies geschieht, weil er den Hund streng anschaut und mahnend den Finger hebt. Es könnte aber auch sein, dass die Besucherin ihn einschüchtert. Manche Personen haben diese Wirkung auf ihn. Völxen gehört nicht dazu.

Der Hauptkommissar steht auf, begrüßt die Besucherin mit einem distanzierten Nicken und stellt sich vor.

»Charlotte Engelhorst«, verkündet sie.

Nicht nur der Name, auch ihr Aussehen kommt ihm bekannt vor. Woher nur?

»Frau Engelhorst, nehmen Sie Platz, was kann ich für Sie tun?«

Mit einer schwungvollen Geste wirft sie den Mantel über die Sofalehne und setzt sich aufrecht und mit übereinandergeschlagenen Beinen auf den Besucherstuhl vor Völxens Schreibtisch. Ihre geräumige Handtasche stellt sie daneben ab. Sie trägt einen schwarzen Pullover und ein blau und pink gemustertes Seidentuch, das das Blaugrün ihrer Augen wirkungsvoll zur Geltung bringt. Das blondierte Haar, aus dem sich eine kokette Strähne gelöst hat, ist hochgesteckt. Ihr Rock ist reichlich kurz für eine Frau, die sich längst auf der dunklen Seite der mittleren Jahre befindet, doch immerhin können sich ihre Beine in den schwarzen Strümpfen noch sehen lassen. Völxen ertappt sich bei dem Gedanken, dass

Charlotte Engelhorst bestimmt früher ein ziemlicher Feger war, wie man das zu seiner Sturm-und-Drang-Zeit nannte.

Ohne Umschweife kommt sie zum Punkt. »Herr Hauptkommissar, ich fürchte, mein Mann wurde umgebracht.« Nach diesen Worten verstummt sie und schaut ihr Gegenüber herausfordernd an.

Für Völxen ist das etwas zu viel Theatralik am Morgen, und um ihr etwas Wind aus den Segeln zu nehmen, greift er betont langsam nach einem Bleistift, rückt seinen Notizblock zurecht und setzt dabei eine vollkommen unbeeindruckte Miene auf. »Wie ist denn sein Name?«, fragt er in einem Ton, als wollte sie einen Falschparker melden.

»Joachim Engelhorst«, platzt sie heraus. »Er ist mein Ex-Mann, um genau zu sein, wir haben uns vor sechs Jahren getrennt. Er ist einer der Mitinhaber der Privatbank Engelhorst & Wegener. Am Donnerstagabend prallte sein Wagen vor Wiechendorf, das liegt in der Wedemark, gegen einen Baum. Er verstarb auf dem Weg in die Klinik.« Sie holt tief Atem und tupft sich mit einem Taschentuch, das sie aus ihrer Handtasche zieht, die Augen.

»Das tut mir sehr leid«, sagt Völxen, in dessen Ressort allerdings keine Verkehrsunfälle fallen. Daher fragt er sich, was sie von ihm will und weshalb sie glaubt, dass ihr Ex-Mann umgebracht wurde. Ist sie vielleicht ein bisschen neurotisch? Hätte er sie doch bloß an Oda Kristensen abgewimmelt, die Spezialistin für solche Fälle.

»Wie haben Sie von dem Unfall erfahren?«

Die Frage scheint sie zu irritieren, und genau das ist auch Völxens Absicht. »Was?«, fragt sie zurück, ehe sie antwortet: »Durch Judith, seine Jetzige.«

»Seine Ehefrau?«

»Ja«, antwortet sie mit einem Mund, als hätte sie in eine Zitrone gebissen. »Aber das tut nichts zur Sache. Ich denke nicht, dass das ein Unfall war. Ich bin sicher, jemand hat ihn umgebracht.«

»Haben Sie da jemand Bestimmten im Sinn?«

»Nein, das habe ich nicht. Obwohl natürlich manche Leute von seinem Tod profitieren.«

Sie wäre nicht die erste verlassene Ehefrau, die den Wunsch verspürt, ihrer Rivalin ein Verbrechen zu unterstellen. Der Hauptkommissar lehnt sich zurück, legt die gefalteten Hände neben seine Tastatur und fragt: »Wie soll dieses Verbrechen Ihrer Meinung nach vonstattengegangen sein?«

»Was weiß ich? Vielleicht wurde der Wagen manipuliert. Das müssen Sie herausfinden, oder was denken Sie, warum ich hier bin? Das ist hier doch die Mordkommission, oder?«

Der Hauptkommissar hat es nicht gern, wenn Hinz und Kunz hier hereinschneien und ihm sagen wollen, was seine Aufgaben sind. Aber er zwingt sich dazu, gelassen zu bleiben und so zu tun, als nähme er den Unsinn ernst, denn so wird man die lästige Person wohl am ehesten wieder los. »Frau Engelhorst, warum glauben Sie, dass Ihr Ex-Mann umgebracht wurde?«

»Jemand wollte mich damit treffen.«

Nun beugt er sich doch etwas nach vorn. »Sie?«

»Joachim und ich stehen ... standen uns trotz unserer Trennung noch sehr nah. Wir hatten einen guten Draht, nach wie vor. Immerhin haben wir zusammen drei wohlgeratene Kinder.«

»Haben Sie denn Feinde, Frau Engelhorst?«

»Mein Vlog ist ziemlich erfolgreich. Leute wie ich stehen im Fokus der Öffentlichkeit.«

»Ihr Was?«

»*Vlog.* Das ist ein Blog, also eine Art Tagebuch im Netz, nur mit Videos statt Text und Bildern. Daher Vlog. Ich arbeite mit beidem, Sie können auch Blog dazu sagen, wenn Ihnen das lieber ist.«

Wieder was dazugelernt. Völxen hatte eigentlich vor, für den Rest seines Lebens mit dem Wortschatz des 20. Jahrhunderts auszukommen, aber allmählich befürchtet er, dass das nicht klappen wird. *Vlog.* Neulich servierte Wanda ihren Eltern etwas, das sich *Vleisch* nannte und schmeckte wie gewürzter Radiergummi.

»Mein Vlog heißt *Über den Gartenzaun*«, schickt die Besucherin hinterher.

»Jetzt weiß ich, woher ich Sie kenne! Meine Frau ist ein Fan von Ihnen.«

»Sehen Sie!« Sie schenkt ihm ein huldvolles Lächeln.

»Dann sind Sie also eine Influencerin«, hält Völxen fest.

»So ist es, und in letzter Zeit häufen sich auffällig die böswilligen Kommentare zu meinen Beiträgen.«

»Gehört das nicht zur traurigen Normalität, sobald man sich in den sozialen Medien etwas zu weit aus dem Fenster lehnt?«

»Natürlich ist mir das bewusst«, versetzt sie hoheitsvoll. »Ein paar Spinner hat man immer am Hacken, aber es hielt sich all die Jahre in Grenzen. Im Lauf der vergangenen Wochen kamen jedoch Kommentare, die sich gar nicht auf die Beiträge bezogen. Sie waren – persönlicher. Ich habe sogar schon erwogen, zur Polizei zu gehen. Hätte ich es nur getan!«

»Und nun denken Sie, diese Gehässigkeiten haben etwas mit dem Unfall Ihres Ex-Mannes zu tun?«, versucht Völxen, die nicht gerade sehr naheliegenden Gedankengänge dieser Frau zu rekonstruieren.

»Es wäre möglich, ja.«

»Waren denn Ihre Beiträge in der letzten Zeit anders als früher?«

»Nein. Ich habe noch nie ein Blatt vor den Mund genommen. Heute bin ich eher gemäßigter als am Anfang. Meine Werbepartner wollen es lieber nicht allzu provokant. Ich muss mich anpassen, ich brauche das Geld. Dieses alte Hofgut, das ich nach meiner Scheidung gekauft habe, verschlingt Unsummen. Natürlich darf ich nicht zu langweilig und angepasst werden, sonst lassen die Klicks ebenfalls nach. Die Leute mögen mich ja gerade, weil ich die Dinge beim Namen nenne. Es ist ein schmaler Grat.«

Völxen nimmt die Einsichten in das komplizierte Leben einer Influencerin mit verständnisvollem Nicken zur Kenntnis und bittet sie um ein Beispiel für einen bösartigen Kommentar.

»Ich habe sie alle gelöscht, aber jedes Mal vorher Screenshots davon ausgedruckt.« Sie öffnet ihre Tasche und holt eine Mappe hervor. Sie enthält einen daumendicken Stapel Papier, den sie auf Völxens Schreibtisch legt.

»Hexen müssen brennen«, liest Völxen einen Beitrag auf der obersten Seite vor. Das ist allerdings bedrohlich, das muss er zugeben.

»Da wird einem schon etwas anders, wenn man so etwas liest«, meint Frau Engelhorst.

»Wurden nur Sie selbst bedroht oder auch Ihr Ex-Mann?«

»Nein, er nicht, soweit ich mich erinnere. Nur einmal wird er als Schwein bezeichnet.«

»Können Sie sich erklären, warum?«

Sie zieht in gespielter Verlegenheit die Schultern hoch. »Während meiner Scheidung habe ich selbst manchmal auf ihn geschimpft.«

»Nannten Sie ihn auch ein Schwein?«

»Nein, das nicht. Nur einen schwanzgesteuerten Macho. Ich war sehr aufgebracht, und ich wollte meine Followerinnen an meinen Gefühlen teilhaben lassen. Aber das ist lange her, in letzter Zeit war von ihm nie mehr die Rede.«

»Haben Sie eine Idee, wer dahinterstecken könnte?«

»Nein. Zumal das, was da behauptet wird, ja auch alles gelogen ist. Einmal wurde eine Filmsequenz verlinkt, in der ich zu sehen bin, wie ich angeblich Schneckenkorn auf die Beete verteile.«

»Und?«

»Mein Credo ist das *biologische* Gärtnern, angelehnt an die Demeter-Philosophie. Kein Kunstdünger! Und natürlich erst recht kein Gift!«

»Ganz unter uns: War es denn Schneckenkorn?«, erkundigt sich Völxen.

»Natürlich nicht!« Ihre Augen weiten sich vor Entrüstung. »Es waren Pellets aus Schafwolle, ein Naturdünger.«

»Schafwollpellets?«, wiederholt Völxen. »Interessant. Funktioniert das?«

»Sehr gut sogar.«

Der Hauptkommissar würde dieses Thema noch gerne etwas vertiefen, aber sein Gegenüber ist schon weiter. »Nach dieser Verleumdung gingen meine wöchentlichen Klicks und damit auch die Werbeeinnahmen zurück, und es gab massenhaft hämische und enttäuschte Kommentare. Ich habe zu diesen Unwahrheiten entsprechend Stellung genommen, aber wenn so ein Gerücht erst einmal in der Welt ist, bleibt immer etwas hängen.«

»Wenn diese Person Sie in Ihrem Garten gefilmt hat, muss es jemand sein, der Ihnen nahesteht, meinen Sie nicht?«

»Schon, aber im Prinzip kann sich jeder an den Zaun schleichen und durch die Hecke filmen.«

»Weiß denn *jeder*, wo Sie wohnen?«

»Es ist nicht schwer, das herauszufinden. Neulich waren Fotos meines Gartens in einer populären Gartenzeitung abgebildet, und der NDR hat eine Homestory über mich gedreht.«

»Ein boshaftes Video zu posten ist eine Sache, eine ganz andere ist es, wie Sie behaupten, einen Mordanschlag zu verüben«, gibt Völxen zu bedenken.

»Dinge eskalieren, das hat man doch schon erlebt. Es fängt in den sozialen Medien an und endet als Mordanschlag.«

Völxen hat allmählich genug. Vom Schneckenkorn zum Mord am Ex-Gatten! Das klingt doch vollkommen verrückt, ist ihr das nicht klar? Außerdem hat er an diesem Montag noch anderes zu tun, als sich den Hirngespinsten einer Influencerin zu widmen.

»Gut, Frau Engelhorst, ich werde mir den Unfallbericht kommen lassen.«

»Den Unfallbericht. Das ist alles?«

»Danach sehen wir weiter. Sie hören von mir.« Mit diesen Worten erhebt er sich, um sie zur Tür zu begleiten.

Charlotte Engelhorst wirkt etwas brüskiert, sieht aber wohl ein, dass sie momentan nicht weiterkommt. Mit einem knappen Gruß rauscht sie hinaus. Die Mappe mit den Ausdrucken hat sie dagelassen. Auf der Innenseite klemmt eine Visitenkarte mit ihrer Adresse und der Telefonnummer.

Völxen spendiert dem Gummibaum einen Schuss Salbeitee und geht dann hinüber zu Frau Cebulla, um sich mit Kaffee und Keksen zu versorgen.

»Das ist doch gleich was ganz anderes«, sagt er wenig später zu Oscar und wirft dem Terrier einen Butterkeks zu. Sein Telefon klingelt. Es ist der Vizepräsident der Polizeidirektion Hannover, und was sein Vorgesetzter ihm mitteilt, lässt Völxens Puls rasant beschleunigen, und das, obwohl er noch keinen einzigen Schluck Kaffee getrunken hat.

»Darf man in diesem Gebäude rauchen?« Joris Tadden bläht die Flügel seiner schmalen, geraden Nase.

»Nicht wirklich«, antwortet Oda Kristensen und deutet verschmitzt auf den mit Paketband abgeklebten Rauchmelder. »Willst du eine? Ich habe aber nur Selbstgedrehte.« Sie duzt ihn, weil er sie auch geduzt hat. Früher, überlegt sie, hat man ältere Kollegen noch gesiezt, bis man von ihnen das Du angeboten bekam. Außerdem kann man mit einem Sie sowohl Achtung als auch das Gegenteil elegant zum Ausdruck bringen. Heutzutage gehen derlei Feinheiten unter im allgemeinen Duz-Wahn, der besonders bei den jungen Kollegen um sich greift. Nur Elena Rifkin ist in dieser Hinsicht eine wohltuende Ausnahme und besteht darauf, ihren Vorgesetzten Völxen zu siezen.

»Danke, ich rauche nicht«, wehrt er ab.

Das hat Oda sich schon gedacht. Der baumlange Kerl sieht nicht aus wie einer, der raucht. Allmählich wimmelt es in diesem Kommissariat von asketischen, fitten, durchtrainierten Wesen. Der friesische Leuchtturm und die Kollegin Rifkin gehören jedenfalls eindeutig dazu, Fernando Rodriguez würde die Attribute fit und durchtrainiert sicherlich ebenfalls für sich in Anspruch nehmen, neigt der Kollege doch seit jeher zu Fehleinschätzungen, was gewisse Körpermerkmale angeht. Seit er Vater geworden ist, hapert es bei ihm allerdings ein wenig an der Disziplin, und es bildet sich allmählich der Ansatz eines Schwimmreifs über seinem Gürtel. Von Erwin Raukel muss man in dem Zusammenhang erst gar nicht anfangen.

»Hast du die Kollegen schon kennengelernt?«, fragt Oda.

»Flüchtig. Frau Cebulla hat mich kurz vorgestellt.«

»Frau Cebulla. Die gute Seele des Kommissariats und Völxens treues Faktotum seit vielen Jahren. Als Mann hat man leichtes Spiel mit ihr, du musst nur ein bisschen deinen Charme spielen lassen.«

»Meinen Charme«, wiederholt er, und aus seinem Mund klingt es, als wäre es etwas Anstößiges.

»Drüben im großen Büro sitzen die drei R: Rifkin, Raukel, Rodriguez. Was Letzteren angeht, sollte man wissen, dass er sich für mindestens eins achtzig hält.«

Tadden lächelt kaum merklich.

»Er hat seine Frau hier auf der Dienststelle kennengelernt. Jule Wedekin. Sie war Völxens Liebling und auch wirklich gut drauf. Aber nachdem sie Fernando geheiratet hatte, musste einer gehen, und Jule bekam ein Angebot vom LKA.«

Ihr Zuhörer lauscht ihren Ausführungen, ohne eine Miene zu verziehen. Er scheint eher der wortkarge Typ zu sein, der nur redet, wenn er direkt gefragt wird. Oda, die ansonsten selbst gern Verdächtige und Zeugen durch ausgedehntes Schweigen zum Reden bringt, kommt sich allmählich bescheuert vor. Wieso hat Frau Cebulla den Neuen ausgerechnet bei ihr geparkt? Und das am Montagmorgen und noch vor der ersten Zigarette. Sie fährt fort, denn er hatte sie ja nach den drei Kollegen gefragt. »Dann wäre da noch Elena Rifkin, sie will aber konsequent Rifkin genannt werden. Sie ist seit ein paar Jahren bei uns. Deutschrussin und jüdisch, wobei sie weder besonders gläubig noch besonders gut auf Russland zu sprechen ist. Der Geheimdienst hat einst ihren Vater, einen Journalisten, ermordet. Sie ist manchmal sehr direkt, daran muss man sich gewöhnen. Sie dürfte etwa so alt sein wie du. Wie alt bist du noch mal?«

»Neunundzwanzig.«

Ihr künftiger Ersatz ist also ein ins Kraut geschossenes Kind. Sogar Rifkin ist schon zwei Jahre älter, wobei Raukel neulich witzelte, Rifkin besäße eine *alte Seele*. Allerdings sind die Anwärter für gewöhnlich noch jünger, deshalb fragt Oda: »Wo warst du vorher?«

»Bundeswehr.«

Das wusste Oda schon, auch dass er zeitweise in Afghanistan diente, aber sie hoffte, ihr Nachhaken würde diesen glühenden Anhänger der Ein-Wort-Sätze etwas aus der Reserve locken. Man kann ihn ja schlecht fragen: *Und, Kollege, wie war's denn so in Afghanistan?*

»Du kommst aus Ostfriesland?«, nimmt Oda den Gesprächsfaden wieder auf, denn seine Schweigsamkeit fordert ihren Ehrgeiz heraus.

»Leer.«

Sie wartet, ob da noch etwas kommt, aber stattdessen fragt nun er: »Was ist mit dem Dritten?«

»Welchem Dritten?«

»Im Büro der drei R.«

»Das ist Hauptkommissar Erwin Raukel.« Der Satz wird von einem Seufzer begleitet. Die Leute seufzen oft, wenn sie von Raukel sprechen. »Über den gäbe es einiges zu sagen, er ist in vieler Hinsicht ... speziell, aber er hat einen guten Riecher, man sollte ihn nicht unterschätzen. Seine Macken übersieht man am besten.«

»Und wie ist Völxen so?«

»Den hast du doch sicher schon kennengelernt.«

»Ja, beim Vorstellungsgespräch. Aber da habe mehr ich geredet.« Das hätte Oda wirklich gern erlebt. »Völxen ist in Ordnung, und unsere Aufklärungsquote kann sich sehen lassen, deshalb genießen wir hier gewisse Freiheiten.«

»Wie das Rauchen«, ergänzt Tadden.

»Das Rauchen und dass Raukel stets ein Fläschchen im Spind hat, da er befürchtet, im Dienst zu dehydrieren«, meint Oda augenzwinkernd. »Völxen selbst nimmt seinen Hund mit ins Büro.«

»Einen Diensthund?«

»Sozusagen. Was ich andeuten wollte: Solange man seinen Job ordentlich macht, kann man sich beim Alten auch das eine oder andere erlauben.«

»Klingt gut.«

Oda runzelt die Stirn und fragt sich, ob sie es mit ihrem Loblied vielleicht ein wenig übertrieben hat. »Wenn man Völxen nicht kennt ... also, er kommt manchmal etwas raubeinig rüber. Aber er meint es nicht so.«

»Wo ich herkomme, sind alle so«, sagt Tadden, der langsam auftaut.

»Dann werdet ihr euch ja prächtig verstehen. Ach, noch etwas: keine Schafswitze! Zumindest nicht am Anfang.«

»Okay, keine Schafswitze«, wiederholt Tadden, der es gewohnt zu sein scheint, Anweisungen nicht zu hinterfragen.

»Wir haben es eine Weile lang damit übertrieben und ihm außerdem diese ganzen Schafsartikel geschenkt – Tassen und Kissen und Kalender ...« Oda schielt auf ihre Armbanduhr. Ein Glück, gleich zehn. Zeit, sich zur Morgenlage in Völxens Allerheiligstes zu begeben. »Gut, dann lass uns mal langsam ...« Sie wird unterbrochen, denn auf dem Flur ertönt Gebrüll, es ist eindeutig Völxens Stimme, und nun springt die Tür auf, und sein gerötetes Gesicht lugt durch den Spalt. »Wo ist der Kerl, verflucht noch eins! Ich dreh ihm den Hals um!« Die Tür knallt wieder zu, ehe jemand antworten kann.

Oda, die im Begriff war aufzustehen, zieht scharf die Luft ein und schlägt vor: »Vielleicht bleiben wir lieber noch ein bisschen in Deckung.«

Tadden nickt und flüstert: »Hat jemand einen Schafswitz gemacht?«

Oscar bevorzugt es ebenfalls, in Deckung zu verharren. Er liegt mit angelegten Ohren in seinem Korb hinter dem Gummibaum, während sein Herrchen seinem Unmut freien Lauf lässt. »Da hätten wir also die altbekannte Trias: Körperverletzung, Beleidigung, Widerstand gegen Vollstreckungsbeamte. Verdammt noch mal, Erwin!« Völxen würde seinen Mitarbeiter am liebsten über den Schreibtisch hinweg am Kragen packen und schütteln, so wütend ist er. Vielleicht hat Raukel das geahnt und deshalb wohlweislich in einiger Entfernung auf dem Sofa Platz genommen, nachdem Völxen ihn auf der Herrentoilette aufgespürt und in sein Büro zitiert hat.

»Warum muss ich von dem Schlamassel ohne Vorwarnung vom Vizepräsidenten erfahren?«, ereifert sich Völxen. »Ich kam mir vor wie ein Trottel. Ich dachte, du hättest wenigstens die Eier, es mir selbst zu sagen!«

»Das wollte ich doch schon den ganzen Morgen«, verteidigt sich Raukel, der mit hängenden Schultern und Büßermiene dasitzt. »Frag die Cebulla, die wird dir bestätigen, dass ich zweimal nach dir gefragt habe. Zuerst warst du noch nicht da, und dann hattest du Besuch.«

»Wann ist das passiert?«, will Völxen wissen.

»Freitagabend.«

»Du hattest das ganze Wochenende Zeit, mich anzurufen.«

»Ich wollte dich nicht in deiner Privatsphäre stören. Du bist ja immer so beschäftigt, die Schafe, die Familie ...«

»Verarsch mich nicht, Erwin!«

»Es tut mir leid, Völxen, alter Freund! Die ganze Sache war ein kolossales Missverständnis. Ich dachte, der Kerl wollte dem Mädel Gott weiß was antun, sie hat schließlich um Hilfe gerufen und sich gewehrt. Wie sollte ich denn ahnen, dass das ihr Bruder ist und die zwei bloß rumalbern? Es klang, als wäre sie in Gefahr.«

»Und da wolltest du den edlen Ritter spielen und hast dem Kerl einen Zahn ausgeschlagen.«

»Ich verstehe das nicht, ich habe ihn wirklich kaum berührt. Der Zahn muss schon locker gewesen sein. Wahrscheinlich saniert sich der Kerl sein Gebiss auf meine Kosten.«

»Des Weiteren hast du dich der Festnahme tätlich widersetzt und dabei eine Beamtin als dummes Huhn und ihren Kollegen als ölige Schwuchtel bezeichnet«, fasst Völxen die Ereignisse zusammen, wie sie in dem Protokoll stehen, das man ihm zwischenzeitlich zukommen ließ.

»Du weißt selbst, was heutzutage alles bei der Polizei ist.«

»Jetzt ist nicht der Moment für deine Sprüche!« Der Hauptkommissar funkelt Raukel wütend an.

»Hat der Typ mit dem Zahn oder vielmehr der Typ ohne den Zahn, also, hat der schon Anzeige erstattet?«, fragt Raukel.

»Das weiß ich nicht. Aber es wird so oder so ein Disziplinarverfahren geben. Herrgott, Raukel, du bist Beamter! Du kannst nicht besoffen Wirtshausraufereien anzetteln und dann glauben, dass das ohne Konsequenzen bleibt. Das ist kein Kavaliersdelikt.«

»Ich war nicht besoffen, ich hatte nur ein paar Bierchen.«

»Laut der Blutprobe 1,8 Promille!«

»Sag ich doch, ein paar Biere.«

»Nachher habe ich eine Besprechung mit dem Vize. Ich werde versuchen, deine Suspendierung zu verhindern, aber nur aus schierer Personalnot, nicht weil ich dein Verhalten auch nur im Geringsten toleriere. Allerdings sieht es nicht gut aus. Der Vize hat deine Personalakte wohl gründlich studiert und ist nun auf dem Kriegspfad.«

»Es sollte eine Verjährungsfrist für gewisse Jugendsünden geben.«

»Herrgott, Erwin!« Völxen lässt seine Faust auf den Schreibtisch donnern, sodass Oscar ruckartig in die Höhe fährt und erschrocken bellt. »Es lief doch wirklich ganz ordentlich die letzten Jahre. Ich dachte, du wärst allmählich überm Berg und hättest deine Sauferei im Griff.«

»Hatte ich auch«, antwortet Raukel zerknirscht. »Ich weiß auch nicht, seit dieses Frauenzimmer ...«

»Liebeskummer? Sag bloß! Ist das deine Entschuldigung?«

Raukel sinkt noch ein wenig mehr in sich zusammen.

»Genug davon. Wahrscheinlich wird die Sache ohnehin bald in der ganzen Polizeidirektion die Runde machen, aber bis dahin reiß dich zusammen. Der Neue soll nicht gleich den Eindruck bekommen, dass wir hier ein Haufen von Chaoten sind.«

»Ist gut.«

Völxen greift zum Telefon und bittet Frau Cebulla, die anderen zum Meeting herzuholen.

Wenig später ist die Bude voll. Raukel und Oda besetzen das Sofa, zwischen sich, als Barriere, das Kissen mit dem aufgestickten Schaf. Rifkin und Rodriguez sitzen auf den zwei Besucherstühlen, dem Neuen hat Völxen den Sessel überlassen, er selbst thront auf seinem orthopädischen Schreibtischsessel, den er an den Couchtisch herangerollt hat. Oscar lauert unter dem Gummibaum, den Teller mit den Keksen fest im Blick.

Es wäre nicht notwendig, sechs Personen und einen Hund in das Zimmer zu quetschen. Es gibt einen Besprechungsraum, den man aber nur dann benutzt, wenn externe Besucher am Meeting teilnehmen oder wenn komplizierte Sachverhalte an den dort vorhandenen Tafeln veranschaulicht werden müssen. Ansonsten zieht Völxen die informelle Atmosphäre seines Büros vor.

Der Hauptkommissar, dem der vorangegangene Wutausbruch nicht mehr anzumerken ist, begrüßt den neuen Mitarbeiter Joris Tadden, Kommissar z. A., zur Anstellung, und heißt ihn im Kommissariat willkommen. Die anderen schließen sich dem an.

»Sie haben Glück, Tadden, Sie können sich in aller Ruhe eingewöhnen. Es gibt momentan keinen brisanten Fall zu bearbeiten, lediglich einige ungeklärte Todesursachen, bei denen die Obduktion noch aussteht, die sich aber aller Wahrscheinlichkeit nach als normale Sterbefälle herausstellen werden«, beginnt Völxen.

»Die Serienmörder schlagen erst nächste Woche wieder zu«, wirft Fernando Rodriguez ein, woraufhin er einen scharfen Blick von Völxen erntet. Der fährt fort: »Heute Morgen kam ein Todesfall dazu, der wohl auch in diese Kategorie fällt und den wir uns ansehen sollten, schon um dem Wunsch seiner Ex-Ehefrau nachzukommen, die mich vorhin aufgesucht hat ...« Völxen berichtet von Charlotte Engelhorst und ihrem Anliegen.

»Verstehe ich das richtig? Sie denkt, dass man ihren Ex ermordet hat, weil es zu ihren Garten-Videos üble Kommentare gab?«, fasst Oda zusammen.

Völxen bestätigt dies.

»Wie egozentrisch kann man denn sein?«, murmelt Rifkin.

»Du willst jetzt tatsächlich, dass wir dem nachgehen?«, vergewissert sich Fernando.

»Ja, das möchte ich!«, antwortet Völxen barsch. *Immer diese Diskussionen! Können sie nicht einmal sofort und ohne Widerrede tun, was man ihnen sagt? Was wird der Neue denken, was das hier ist, ein Debattierclub?*

»Was stimmt nicht mit den Kommentaren, Herr Hauptkommissar? Ich finde da nichts Schlimmes.« Rifkin hat sich noch während Völxens Schilderung der Unterhaltung durch die Beiträge und die Repliken von *Über den Gartenzaun* gescrollt.

»Sie hat sie gelöscht«, erklärt Völxen. »Wenigstens war sie so schlau, sie vorher auszudrucken. Ich denke auch, dass sie übertreibt, aber man weiß ja nie.«

»Sie sieht so harmlos aus mit ihrer grünen Schürze in ihrem kleinen Bienenparadies«, bemerkt Fernando. »Die nette Tante von nebenan.« Er hält sein Handy in die Runde. Charlotte Engelhorst verbreitet sich fröhlich und ungezwungen über das richtige Ausbringen von Tulpenzwiebeln. *Hochwerfen und dort einsetzen, wo sie gelandet sind!*

»Oh, nein, ich kenne diese Sorte. Die hat den Teufel im Leib, das sieht man in ihrem Blick«, lässt sich Raukel vernehmen, der bisher auffallend schweigsam war.

»Sie ist jedenfalls gut im Geschäft. Über vierzigtausend Follower. Das sind ungefähr so viele Leute, wie ins Stadion passen«, wendet Rifkin sich demonstrativ an den Kollegen Rodriguez, einen ebenso treuen wie leidgeprüften Fan von Hannover-96.

»Was, echt jetzt?«, wundert sich der. »Wer abonniert denn den Scheiß?«

»Meine Frau«, antwortet Völxen.

»Meine Mutter«, gesteht Rifkin.

»Ups.«

»Kümmert euch darum, denn unsere flotte Gärtnerin wird sicher bald wieder hier auf der Matte stehen«, beendet Völxen die Besprechung und zählt vorsichtshalber noch einmal auf, was zu tun ist: »Unfallbericht, Bericht der KTU, findet raus, wo die Leiche ist, ob er obduziert wurde und was dabei herauskam. Und jemand sollte sich das hier ansehen.« Er deutet hinter sich auf den Papierstapel, den die Besucherin ihm mitgebracht hat und der noch immer auf seinem Schreibtisch liegt.

Oda hebt die Hand. »Ich opfere mich.«

»Du kannst dich einstweilen an meinen Schreibtisch setzen«, bietet Raukel dem Neuen großzügig an.

»Und du?«, fragt Fernando. »Löst du dich in Luft auf?«

»Ich finde schon ein Plätzchen.«

Wahrscheinlich, spekuliert Fernando, flüchtet er in Odas Büro, um schon mal im wahrsten Sinn des Wortes seine Duftmarke zu setzen und es in zwei Wochen zu annektieren. Zudem wird Raukel vorerst noch Hemmungen haben, sich vor den Augen von Tadden das, was er im abschließbaren Fach seines Aktenschranks hortet, in den Kaffee zu schütten. Was Rifkin und Fernando selbst betrifft, kennt er da inzwischen keine Skrupel mehr.

»Hey, Raukel, warum hat Völxen vorhin wie am Spieß nach dir gebrüllt?«, will Fernando wissen. »Ich dachte schon, er hat die Tollwut.«

Rifkin blickt nun ebenfalls interessiert von ihrem Bildschirm auf.

»Es sind wohl die Nerven. *Er* sollte in den Ruhestand gehen, nicht die Kristensen.« Mit diesen Worten macht Raukel sich davon.

Was hat der Fettsack jetzt wieder ausgefressen? Erst kürzlich hat er sich in eine Kriminelle verguckt, die dummerweise am Rande einer Mordermittlung auftauchte. Seither ist er nicht mehr so ganz der Alte. Dabei dachte man immer, Raukel hänge nur an der Flasche. Fernando beschließt, Oda auf Raukels neueste Schandtat anzusetzen, denn sie ist gut darin, Völxen oder die Cebulla auszuhorchen. Ach, Oda! Nun, da es auf den Abschied zugeht, wird Fernando weh ums Herz. So viele Jahre haben sie zusammengearbeitet! Wie wird das nur werden ohne sie?

Seufzend widmet er sich dem Unfallbericht, den Völxen angefordert hat.

An Raukels Schreibtisch nimmt nun dieser blonde Lulatsch aus dem hohen Norden Platz. Musste Völxen denn wirklich von allen Bewerbern den mit Abstand längsten aussuchen? Und sei es nur, um ihn zu ärgern? Der Neue wirkt etwas verloren, also erbarmt sich Fernando und sagt: »Könntest du dir den Unfallbericht auch mal ansehen? Vier Augen sehen mehr als zwei.«

»Ja, klar«, antwortet Tadden, sichtlich froh über die Aufgabe, und nennt Fernando seine neue Dienst-Mailadresse.

Dem Bericht nach sieht alles nach einem zwar tragischen, aber doch gewöhnlichen Verkehrsunfall aus. Engelhorst kam auf glatter Fahrbahn ins Schleudern und knallte mit der Fahrerseite gegen den massiven Stamm einer Eiche, von denen auf diesem Streckenabschnitt etliche stehen.

Zwei Frauen, die sich auf dem Nachhauseweg vom Theater befanden, waren die Ersten am Unfallort. Sie verständigten um 22:54 Uhr den Notruf. Laut deren Aussage befand sich der Fahrer des Mercedes in bewegungslosem Zustand in seinem Wagen. Erste Hilfe zu leisten war den beiden nicht möglich, da sie die Tür nicht aufbekamen. Dies gelang erst mit einem Brecheisen der beiden Beamten vom Polizeikommissariat Mellendorf, die acht Minuten später am Unfallort eintrafen. Sie fanden Engelhorst bewusstlos, aber noch lebend vor. Kurz danach trafen Notarzt und Rettungswagen ein und nahmen ihn mit. Auf dem Weg ins Krankenhaus verstarb der Patient. Im Bericht der Spurensicherung steht, es werde aufgrund der Schäden am Fahrzeug geschätzt, dass er etwa mit 110 km/h unterwegs gewesen sein muss.

»Sieht ganz nach Raserei bei Glätte aus«, schlussfolgert Fernando.

Tadden gibt ihm recht. »Ich finde nichts von einer Bremsspur.«

»Wenn da nichts steht, gab's auch keine. Vielleicht ist er eingeschlafen.«

»Hast du was dagegen, wenn ich mir den Bericht noch mal aus erster Hand erklären lasse?«, fragt Tadden.

»Nein, mach ruhig. Es geht ja nichts über Gründlichkeit.«

Tadden hängt sich ans Telefon und fragt sich hartnäckig durch, bis er den Spurensicherer am Apparat hat, der den Bericht unterzeichnet hat. Er stellt den Apparat auf Lautsprecher. Eine ältere, sonore Männerstimme erklärt geduldig: »Wie im Bericht erwähnt gibt es eine Driftschleuderspur, was darauf hindeutet, dass das Fahrzeug ohne einen stoßartigen Einfluss, also eine Kollision, ins Schlingern geriet. Er geriet auf die Gegenspur, wo die Reifen Spuren an der Grasnarbe hinterließen, ehe er mit dem ortsfesten Hindernis, sprich dem Baum, kollidierte.«

»Diese Driftschleuderspur ist aber keine Bremsspur, nicht wahr?«, vergewissert sich Tadden.

»Richtig, bei Kraftfahrzeugen mit ABS gibt es wegen des Lösestoppmechanismus beim Bremsen schwächere Reifenabdrücke als bei Autos ohne ABS. Da die Fahrbahn glatt war, kann es sein, dass die Reifen beim Bremsen keine Spuren hinterließen. Falls es so war, müssen wir von einer noch höheren Bremsausgangsgeschwindigkeit ausgehen als der, die wir aufgrund der Schäden berechnet haben.«

»Was ist mit Suizid?«

»Möglich, aber nicht wahrscheinlich. Die Driftschleuderspur deutet auf eine unkontrollierte Lenkbewegung hin. Der Grund dafür kann alles Mögliche sein, Unachtsamkeit, Schreck, man will etwas aufheben, das heruntergefallen ist. Meistens ist es das Handy«, meint der Spurensicherer. »Aber seines war in der Aktentasche. Wir tippen auf Sekundenschlaf oder Wildwechsel, allerdings ohne Berührung des Wildkörpers. Auf jeden Fall war er mit überhöhter und der Situation unangepasster Geschwindigkeit unterwegs.«

Tadden beendet das Gespräch und wendet sich an Fernando. »Was meinst du, Rodriguez, sollten wir uns diese Unfallstelle vielleicht mal ansehen?«

»Gute Idee!« Fernando verspricht sich rein gar nichts davon, aber ehe man hier rumsitzt und Hirngespinsten nachjagt, fährt man doch lieber ein bisschen in der Gegend herum.

Kaum sind die zwei gegangen, kommt Erwin Raukel zurück und schnappt sich ebenfalls seinen Mantel, ein elegantes Exemplar aus einem anthrazitfarbenen Woll-Kaschmir-Gemisch, dessentwegen ihn Rodriguez neulich als Stenz bezeichnete. Dabei ist Hauptkommissar Raukel nur ein Mann mit Stil, der den deutschen Hang zu Funktionskleidung ablehnt.

»Raukel! Wohin des Weges?«, erkundigt sich Rifkin.

»Zur KTU. Ich sehe mir diesen Unfallwagen mal an.«

Ein derartiger Übereifer des Kollegen ist ungewöhnlich und darum höchst verdächtig. Ebenso verdächtig war, wie wortkarg er im Meeting war, nachdem Völxen kurz zuvor wie ein Berserker über die Flure raste. Irgendetwas ist im Busch. »Warte, ich komme mit«, sagt Rifkin. Sie vermutet, dass Raukel den nächsten Kiosk ansteuern möchte, und ist schon gespannt darauf, was der alte Süffel auf die Schnelle erfinden wird, um sie abzuwimmeln. In dieser Hinsicht ist seine Fantasie grenzenlos, da kann man wirklich von ihm lernen.

»Klar, doch gerne!«

Eigentor! Nun ist es Rifkin, der keine Ausflucht einfällt. Unterwegs zum Aufzug schaut sie bei Frau Cebulla vorbei. »Ich bin mit Raukel bei der KTU.«

»In Ordnung.«

Oscar steht neben Frau Cebullas Schreibtisch und fixiert die Dose mit den Butterkeksen. Völxen muss demnach irgendwo sein, wo man den Hund nicht gebrauchen kann.

»Wo ist der Chef?«, fragt Rifkin.

»Beim Vizepräsidenten.« Frau Cebullas Blick ist stur auf den Bildschirm gerichtet, ein Zeichen, dass man über den Grund der Audienz nichts aus ihr herausbekommen wird.

»Hast du eine Ahnung, was Völxen beim Vize macht?«, fragt Rifkin, als sie und Raukel im Wagen sitzen.

»Sie polieren das Silbertablett, auf dem sie der Obrigkeit mein Haupt servieren wollen.«

»Jetzt sag schon, was hast du angestellt?«

»Nichts im Grunde. Es ist alles ein Irrtum.«

»Das ist es doch immer«, meint Rifkin.

Hauptkommissar Völxen hat den Gang nach Canossa angetreten und ist inzwischen am Ziel, nämlich direkt gegenüber von seiner Arbeitsstätte, im altehrwürdigen Gebäude der Polizeidirektion. Er sitzt auf einem knarzenden, gepolsterten Lederstuhl im holzgetäfelten Büro seines Vorgesetzten, des Vizepräsidenten der Polizeidirektion Hannover. Der hat sich schon richtig warmgelaufen. »Es ist ja nicht das erste Mal! Wie viele Dienststellen hat der Kollege Raukel inzwischen schon mit seiner Gegenwart beehrt? Immer wieder gibt man ihm eine Chance, und prompt baut er Mist! Beleidigung, sexistische Bemerkungen, generelle Missachtung der Dienstvorschriften ... Ach ja, und dieser Unfall mit Sachbeschädigung in alkoholisiertem Zustand. Das war bis jetzt die Krönung. Aber er schafft es immer, noch einen draufzusetzen.«

Der Vize spielt auf die Sache mit dem Kiosk an, den Raukel eines Nachts umgenietet hat, im Suff natürlich und obendrein mit einem Dienstfahrzeug.

»Einige dieser Vergehen sind aber wirklich schon sehr lange her«, wiegelt Völxen ab und ergreift nun seinerseits das Wort: »Hauptkommissar Raukel ist ein Unikum, wie man es nur noch selten findet. Seine Ansichten und sein Benehmen mögen ein wenig gestrig sein, aber ich verdanke ihm die Aufklärung etlicher Mordfälle in den letzten Jahren.«

»Ja, ja, das ist mir durchaus bewusst«, gibt der Vizepräsident zu.

»Der jüngste Vorfall fand in seiner Freizeit statt und bewegt sich immer noch im Rahmen einer leichten Körperverletzung.«

»Eben! Sachbeschädigung und Beleidigung reichen ihm nicht mehr, jetzt verprügelt er schon Leute.«

»Er dachte, er müsse einer jungen Frau in Bedrängnis zu Hilfe kommen. Im Grunde eine ehrenwerte Absicht, ein missglückter Akt von Zivilcourage, wenn man so will.« Völxen blickt sein Gegenüber abwartend an, aber irgendetwas in dessen Blick und Haltung signalisiert ihm, dass seine Worte vergeblich sind.

Der Vizepräsident hat den Stab über Erwin Raukel gebrochen, was er nun auch kundtut: »Nennen wir das Kind beim Namen. Der Mann ist ein Alkoholiker, er stellt ein Risiko für seine Kollegen dar. Was, wenn er in einer kritischen Lage nicht funktioniert, weil er zu viel intus hat?«

»Ich würde mich in jeder kritischen Lage bedingungslos auf ihn verlassen.«

»Ach, tatsächlich?«

»Man könnte ihn doch abmahnen und ihn in nächster Zeit nur zum Innendienst einteilen.«

»Im Innendienst macht es also nichts, wenn einer trinkt?«, fragt der Vize lauernd.

»Mir ist nicht bekannt, dass er jemals im Dienst getrunken hätte.« Eine dreiste Lüge, die Völxen glatt über die Lippen geht. Raukel frönt seinem gut gelaunten und sorgsam gepflegten Alkoholismus auch im Dienst, und nicht nur das, er braucht einen gewissen Pegel, damit sein Hirn funktioniert. Völxen hat sich Raukel seinerzeit nicht als Mitarbeiter ausgesucht, der Vorgänger des jetzigen Vizepräsidenten hat ihm das schwarze Schaf aufgedrängt. Er und seine Leute haben sich über die Jahre mit Raukels Eigenarten und Schwächen arrangiert, es lief leidlich gut, doch nun bereut Völxen sein ständiges Zudrücken beider Augen. Gutmütigkeit rächt sich immer.

»Ich weiß Ihre Loyalität zu schätzen, Völxen, aber ich bin der Ansicht, der Mann braucht einen deutlichen Schuss vor den Bug. Suspendieren Sie ihn. Legen Sie ihm nahe, eine Entziehungskur zu machen oder sich den Anonymen Alkoholikern anzuschließen. Jedenfalls will ich ihn vorerst nicht mehr im Dienst haben.«

»Für wie lange ist *vorerst*, wenn ich fragen darf?«

»Darüber wird ein psychologisches und ein amtsärztliches Gutachten entscheiden.«

Das ist das Ende. Entziehungskuren und dergleichen schlagen bei Raukel ungefähr so an wie Diäten, und wenn er erst einmal in die Fänge der Psychologen gerät ... Völxen interveniert: »Herr Vizepräsident, es ist ja nicht so, dass ich massenhaft Ressourcen im Hintergrund hätte. Der neue Kommissar z. A. Tadden ist noch grasgrün hinter den Ohren und kein Ersatz für die erfahrene Hauptkommissarin Kristensen, die uns zum Monatsende verlässt. Wenn ich nun auch noch Raukel verliere, kann ich nicht garantieren, ob meine Abteilung mit dieser dünnen Personaldecke noch ausreichend funktioniert. Sie wissen um unsere hervorragende Aufklärungsquote, besonders bei Tötungsdelikten. Ich würde meine letzten Dienstjahre allerdings nur ungern durch Misserfolge aufgrund von Personalmangel befleckt sehen.«

Durch die Gestalt des Vizepräsidenten geht ein Ruck. Die subtile Drohung ist angekommen.

»Vorsicht, Völxen, Sie wandeln auf sehr dünnem Eis.«

Völxen setzt sein Pokerface auf und meint gelassen: »Sie wissen ja, wie das ist. Eine Tür schließt sich, eine andere geht auf ...«

Der Hauptkommissar hat über die Jahre ein dichtes Netzwerk von Beziehungen geknüpft. Man hat ihm schon diverse Posten im Innenministerium angeboten. Das weiß auch der Vizepräsident. Dennoch, es ist ein riskantes Spiel, diese Trumpfkarte darf man nicht zu oft ziehen. Der Vize trommelt mit den Fingern auf die Platte seines Schreibtisches. Man sieht ihm an, dass er unsicher ist, ob Völxen nur blufft oder wirklich etwas in petto hat.

»Okay. Sechs Monate, befristet!«

»Das ist viel zu lang. In der Zeit findet er Geschmack am Faulenzen, und sein Hirn rostet ein. Zwei, maximal. Sonst ist er zu nichts mehr zu gebrauchen.«

»Drei Monate! Und er muss natürlich den psychologischen Test bestehen.«

Sind wir hier auf dem Basar? Völxen wiegt bedächtig den Kopf und meint: »Herr Vizepräsident, ich will ehrlich zu Ihnen sein. Diese Gutachten und Tests, die sind das eigentliche Problem. Raukel ist ... ein Fossil, ein wandelnder Anachronismus, er passt nicht in die Denkmuster und Schubladen von Psychologen und Psychiatern. Und er ist schlau, er wird diese Leute durchschauen, brüskieren und vorführen. Irgendwann werden sie das merken und ihn krachend durchfallen lassen. Dann kann er ebenso gut gleich in den vorzeitigen Ruhestand gehen.«

Ein tiefer Seufzer entfährt der Brust des Vizepräsidenten. »Verflucht, Völxen, Sie machen es mir wirklich nicht einfach! Was bringt es uns, ihn ein paar Wochen einfach in den bezahlten Urlaub zu schicken?«

»Nichts. Deswegen möchte ich ihn ja behalten«, erwidert Völxen, der das Gefühl hat, dass die Unterhaltung sich im Kreis zu drehen beginnt.

Die zwei Kontrahenten mustern einander. Obwohl man sich gegenseitig durchaus schätzt, ist das Gespräch an irgendeinem Punkt in ein Kräftemessen ausgeartet. Vielleicht hätte Völxen sich mehr aufs Jammern und Bitten verlegen sollen. Aber auch seine Leidensfähigkeit hat Grenzen, besonders, da es um Erwin Raukel geht, der, das weiß Völxen schon jetzt, ihm seinen Einsatz in keiner Weise danken wird.

»Also gut, Herr Hauptkommissar«, hört er den Vize sagen, »letzter Vorschlag zur Güte: drei Monate Suspendierung, keine Tests ...«

»Hand drauf?« Völxen streckt seine Pranke über den Schreibtisch.

»Ich war noch nicht fertig.«

Völxen fährt seinen Arm wieder ein.

»Ich möchte, dass der Kollege Raukel in dieser Zeit an sich arbeitet. Er wird an einem Anti-Gewalt-Training teilnehmen, außerdem könnten ihm ein paar Lektionen in Sachen Benimm nicht schaden. Es gibt da, nur als Beispiel, einen Kurs über gewaltfreie Sprache, *political correctness* und ein Seminar über die Bewusstwerdung und Vermeidung von Rassismus. Bei diesen Veranstaltungen ist keine Prüfung vorgesehen, aber im Falle von Raukel bestehe ich auf einer Anwesenheitspflicht. Was sagen Sie?« Der Vize lehnt sich zurück und faltet die Hände über der Weste seines Dreiteilers.

Du alter Fuchs! Und ich kann Raukel das nun beibringen.

»Einverstanden, Herr Vizepräsident. Sie haben vollkommen recht, ein bisschen Schliff kann unserem *enfant terrible* tatsächlich nicht schaden.«

Die Herren stehen auf und schütteln sich die Hände.

»Eigentlich«, bemerkt der Hauptkommissar übermütig, »müsste man den Handel mit einem guten Schluck besiegeln.«

»Raus hier, Völxen, bevor ich es mir anders überlege!«

Zurück in ihrem Büro dreht Oda sich erst einmal eine Zigarette. Nur noch zwei Wochen. Der Countdown läuft. Diese letzten Tage im Dienst fühlen sich seltsam an. Sie kommt sich vor, als wäre sie nur noch ein Gespenst, das über die Flure geistert. In Gedanken ist sie schon weg, nur ihr Körper ist noch hier. Gleichzeitig kann sie sich beim besten Willen nicht vorstellen, wie es sein wird, diesen Schreibtisch leer zu räumen und dieses Gebäude für immer zu verlassen. Diese Dienststelle war jahrzehntelang so etwas wie ihr zweites Zuhause, und die Kollegen, Völxen, waren ihre zweite Familie. Auch wenn ihr Entschluss wohlüberlegt ist, kommen ihr doch hin und wieder Zweifel. Ist es die richtige Entscheidung, alles hinter sich zu lassen und mit Tian nach Frankreich zu ziehen? Ein neuer Anfang, ein neues Leben, das alles ist aufregend, zweifellos. Adieu, Alltagstrott, sie wird noch einmal eine ganz neue Seite in ihrem Leben aufschlagen. Doch was, wenn das Haus renoviert, die Gegend erkundet, die erste Begeisterung vorbei ist? Was, wenn ihr dann fürchterlich langweilig sein wird? Sie war und ist hin- und hergerissen. Dann kam ihr zum Glück die Idee mit dem Sabbatjahr. So bleibt ihr der Weg zurück noch offen. Tian hat das nicht gefallen, das weiß sie. Er ließ sich keine Hintertür offen, für ihn gibt es kein Zurück. Er hat seine Praxis für Naturheilkunde und Traditionelle Chinesische Medizin inzwischen verkauft, und es kam ihm noch kein Wort der Wehmut oder des Bedauerns über die Lippen.

»Du wärst verrückt, wenn du nicht mit Tian nach Frankreich gehen würdest«, meinte auch Veronika. »Es muss ja schließlich einen Nutzen haben, wenn man einen reichen Mann geheiratet hat. Ihr könnt euch ein tolles Leben machen, worauf willst du noch warten? Bis du alt und klapprig bist? Du hast lange genug Verbrecher zur Strecke gebracht, du musst nicht noch die zehn Jahre bis zur Rente absitzen.«

»Ich habe meinen Beruf nie als ein Absitzen empfunden«, ließ Oda ihre Tochter wissen.

»Ich weiß. Ich habe jeden Tag Angst, dass du mal erschossen wirst«, bekannte Veronika, was für sie, die gern einen auf cool macht, ungewohnt emotional war. »Frankreich ist schließlich nicht aus der Welt! Wahrscheinlich sehen wir uns öfter als hier. Außerdem weiß ich ja auch nicht, wo ich in ein paar Jahren sein werde.«

Momentan ist Veronika an der Medizinischen Hochschule Hannover in der Rechtsmedizin. Das hätte ihre Mutter sich vor ein paar Jahren auch nicht träumen lassen.

Apropos Kinder ... Oda vertieft sich wieder in die Kommentare zu Charlotte Engelhorsts Videos, denn auch da scheint es um Kinder zu gehen.

Deine Kinder hassen dich, du warst eine schlechte Mutter!

Dein Mann ist ein Schwein.

Wenn deine Fans wüssten, was für ein fauler Apfel hinter deiner inzwischen schon recht runzeligen Schale steckt!

Dass du überhaupt noch in den Spiegel schauen kannst!

Außen hui, innen pfui, nicht wahr, Charlotte?

Oda hebt die Kommentare, die ihr ins Auge springen, mit dem Markierstift hervor. Es sind die mit einer persönlichen Note und ohne Bezug zum Beitrag, unter dem sie auftauchen. Es gibt weitere beleidigende Bemerkungen, insbesondere zu »Frauenthemen«, aber die sind eher von der Sorte, die man kennt, seit es das Internet gibt: Trolle, Frauenhasser, Idioten, neuerdings Querdenker – das übliche Klientel, das seinen Frust gern im Netz austobt. Die meisten der markierten Kommentare wurden von Rosa Kaktus gepostet, später erfolgten die Schmähungen unter Namen wie Stinke Morchel, Saure Gurke, Kaker Lake oder Gülle Grube. Vermutlich hat Charlotte Engelhorst die wechselnden Decknamen immer wieder blockiert. Ein Kampf gegen eine Hydra. Es ist anzunehmen, dass sich hinter all den Pseudonymen dieselbe Person verbirgt. Vielleicht könnten die Techniker eine IP-Adresse herausfinden.

Oda stöbert noch ein wenig in älteren Beiträgen. Eins muss man der Frau lassen, sie ist, was den Umgang mit Medien angeht, mit allen Wassern gewaschen. Die Aufzeichnungen wirken authentisch, sie kommt sehr sympathisch, natürlich und verbindlich rüber. Bei den Außenaufnahmen präsentiert sie sich lässig in derben Gartenklamotten und Gummistiefeln oder Schlappen, das Haar ist scheinbar schlampig zusammengebunden, was ihr aber sehr gut steht. Bei aller Lässigkeit verzichtet sie nicht auf ein dezentes, aber perfektes Make-up. Sicher angeraten, wenn man sich in ihrem Alter vor eine hochauflösende Kamera stellt, überlegt Oda. Sie scrollt zurück, zu den Anfängen. Da gibt es mehr geschriebenen Text und Fotos, weniger Videos. Charlotte Engelhorst lässt ihre Follower an der Entrümpelung und Renovierung ihrer neu erworbenen Immobilie, einem recht geräumigen alten Hof, teilnehmen, nachdem sie sich von ihrem Mann getrennt hatte – oder eher er sich von ihr. Man kann die Neugestaltung des Gartens verfolgen, den Bau eines Hühnerstalls, die Anlage eines Staudenbeets, das Pflanzen der Hecke aus heimischen Gehölzen. Zuweilen kommen auch Helfer und Mitbewohner ins Bild. Gab es da mal böses Blut?

Nach der Trennung von ihrem Mann Joachim hatte sich bei Charlotte viel Wut und Frust aufgestaut. Sie beschimpfte ihn als hormongesteuerten Macho, und seine neue Lebensgefährtin nannte sie seine *Midlife-Crisis*, gern auch mal *die Mätresse* oder, fingierter Freud'scher Versprecher, *die Matratze*. Offenbar ging es zwischen Trennung und Scheidung ziemlich hoch her.

Gut, inzwischen ist viel Zeit vergangen, nachdem die Scheidung durch und das Finanzielle geregelt war, kann man sich durchaus wieder versöhnt haben, überlegt Oda. So ähnlich war es bei ihr und ihrem Ex-Mann ja auch.

Mit bemerkenswerter Offenheit berichtete Charlotte damals über ihre Tiefs, ihre Angst vor dem Alleinsein und gestand sogar einige Male, dass sie am Abend zuvor zu viel getrunken hat. Danach folgte meist ein Rezept, wie man den Kater wieder vertreibt und ab sofort standhaft bleibt. In dieser turbulenten Zeit stieg die Zahl ihrer Followerinnen von Monat zu Monat stetig an. Charlottes unverblümte Offenheit kam gut an, sie traf wohl einen Nerv und bediente gleichzeitig einen gewissen Voyeurismus. Oda stößt auf einen amüsanten Bericht über ein Katastrophen-Date:

Bis dahin war alles okay, wenn man davon absieht, dass das Foto auf der Dating-Plattform bestimmt schon ein paar Jährchen auf dem Buckel hatte. Unser Essen war vorbei, ich überlegte, ob daraus was werden könnte, und gebe zu, ich war nicht ganz abgeneigt. Aber jetzt kommt's. Als die Leute am Nachbartisch gerade gegangen sind, nimmt er doch tatsächlich den Teller, auf dem noch ein halbes Steak lag, das der Dame zu blutig war, und fängt an, es aufzuessen! Ein angegessenes Steak von wildfremden Leuten! Ich meine, okay, ich bin auch gegen Lebensmittelverschwendung, aber das ging mir zu weit! Ehrlich, so schnell und mit einem so roten Kopf habe ich noch nie ein Lokal verlassen ...

Das erzählt sie halb lachend, halb entsetzt, aber immerhin ohne Namen oder Bilder des beteiligten Herrn. Solche selbstentblößenden Posts gibt es mehrere, und dafür erntete sie die meisten Reaktionen. Anscheinend waren viele ihrer Anhängerinnen ebenfalls auf Partnersuche und hatten ähnliche Erlebnisse.

An anderer Stelle kann man verfolgen, wie Charlotte Strategien zur Krisenbewältigung sucht und findet. Spaziergänge, Yoga, Meditation, Vitamin-Drinks – und natürlich immer wieder der Garten. Oda merkt gar nicht, wie die Zeit vergeht, ehe sie sichs versieht, ist eine Stunde vorbei. Charlotte Engelhorst versteht es, Interesse zu wecken und eine Sogwirkung zu entfalten. Am Ende werde ich noch ihr Fan, amüsiert sich Oda und reißt sich von *Über den Gartenzaun* los, um sich den Nachwuchs von Charlotte Engelhorst vorzunehmen.

Die älteste Tochter, Manuela Engelhorst, ist sechsunddreißig, ledig und gemeldet in Linden-Mitte. Sie unterrichtet in einem Yogastudio, zusammen mit einer Mia Förster. Studio und Wohnung haben dieselbe Adresse. Auf der Webseite des Studios sieht man die Frau mit dem blonden Kurzhaarschnitt in diversen Yogaposen. Im Kopfstand, im Handstand, in sich selbst verbrezelt auf einer Matte sitzend oder auf einem Bein stehend, während sie den anderen Fuß von hinten über ihren Kopf zieht. Du lieber Himmel, sie muss Gelenke aus Gummi besitzen! Manuela scheint mehr für die sportliche Seite des Yoga zuständig zu sein, während man ihre Mitinhaberin Mia eher in Meditationsposen sieht, mit dem Lächeln einer Erleuchteten, im Hintergrund die unvermeidliche Buddha-Statue neben einer Bambuspflanze.

Charlottes Sohn Johannes ist zwei Jahre jünger und arbeitet als Broker, sofern Oda das wenige, was sie über seine berufliche Laufbahn findet, richtig interpretiert. Als solcher kennt er sich in der digitalen Welt sicher gut aus und wäre in der Lage, die Herkunft der Kommentare zu verschleiern. Doch warum sollte er, der schon so lange fort ist, sich ausgerechnet in jüngster Zeit mit seiner Mutter anlegen? Außerdem deuten Decknamen wie Rosa Kaktus eher auf eine Frau hin. Was allerdings auch Tarnung sein kann.

Oda widmet sich der jüngsten Tochter, Frauke, einunddreißig. Sie ist, laut den Meldedaten, seit zwei Jahren geschieden und hat eine sechsjährige Tochter, Emily. Mutter und Kind haben wieder den Namen Engelhorst angenommen und sind unter derselben Adresse wie Charlotte Engelhorst gemeldet. Oda findet heraus, dass Frauke vor neun Jahren niedersächsische Landesmeisterin im Rudern, Frauen-Achter, war. Ein Foto mit ihr mit einem Pokal in der Hand ist auf der Webseite ihres Ruderclubs zu sehen. Was sie beruflich macht, ist nicht herauszubekommen.

Oda hat fürs Erste genug gesehen und macht sich mit den Ausdrucken in der Hand auf den Weg zu Völxen, um das weitere Vorgehen mit ihm zu besprechen. Dessen Büro ist jedoch leer, und Oscar ist bei Frau Cebulla.

»Er ist drüben.« Die Sekretärin hebt den Blick von ihrem Bildschirm und deutet aus dem Fenster, auf das imposante, über hundert Jahre alte Gebäude der Polizeidirektion. »Beim Vizepräsidenten.«

»Was macht er da? Hat es was mit Raukel und dem Gebrüll von heute Morgen zu tun?«, forscht Oda.

»Meine Lippen sind versiegelt.«

»Diese Charlotte Engelhorst – haben Sie die Frau eigentlich gesehen?«

»Allerdings.« Frau Cebulla legt schlagartig ihre gespielte Reserviertheit ab und verdreht die Augen.

»Wie ist die so?«

»Ein Besen! Aber scheißfreundlich, wenn sie etwas will.«

Klarer hätte die Beurteilung nicht ausfallen können. »Danke, Frau Cebulla. Der Chef möchte sich bei mir melden, wenn er wieder da ist.«

»Ich richte es aus. Ach, Frau Kristensen ...«

»Ja?« Oda ist abwartend stehen geblieben.

»Es tut mir sehr leid.«

»Was denn?«

»Dass Sie uns verlassen.« Die Sekretärin blinzelt hinter ihren Brillengläsern. »Wir haben so viel zusammen erlebt. Sie werden mir fehlen. Trotz Ihrer ... speziellen Art und Ihrer fürchterlichen Qualmerei!«

»Danke, das rührt mich sehr«, bekennt Oda und fragt im selben Atemzug: »Was meinen Sie mit meiner *speziellen Art*?«

»Ihre Aufsässigkeit und den seltsamen Humor«, kommt es unumwunden.

»Danke für die präzise Analyse. Ich werde mich vermutlich nicht bessern.«

»Das war nicht böse gemeint.«

»Ich weiß. Glauben Sie mir, es fällt mir nicht leicht zu gehen. Aber es gibt ja einen Ersatz. Der Kollege Tadden wird gewiss nicht rauchen, so strotzend vor Gesundheit, wie der aussieht.«

»Das ist ein Leckerchen, nicht wahr?« Frau Cebullas Tränen sind versiegt, sie lächelt verschmitzt, während Oscar beim Reizwort *Leckerchen* die Ohren spitzt und erwartungsvoll dreinschaut.

»Aber so was von.« Oda hebt den Daumen und schwärmt: »Augen so blaugrau wie die Nordsee bei Sturm.«

Beide müssen kichern. Frau Cebulla winkt Oda zu sich heran und sagt mit gedämpfter Stimme. »Er war doch im Krieg, nicht wahr?«

»Er war bei Auslandseinsätzen. Afghanistan, wenn ich richtig informiert bin«, verrät Oda.

»Also doch im Krieg«, beharrt Frau Cebulla. »Die waren ja schließlich nicht zur Erholung dort.«

»Vermutlich nicht, nein.«

»Frau Kristensen, Sie als studierte Psychologin. Was glauben Sie, hat er einen Hau weg?«

»Einen Hau?«, wiederholt Oda, und ehe sie sich mit Frau Cebulla auf einen fachlich korrekten Terminus verständigen kann, vollführt diese eine scheibenwischerartige Geste vor ihrem Gesicht. »Sie wissen schon. Viele ehemalige Soldaten leiden doch an ... wie heißt das noch ... PMS?«

Dass Tadden am prämenstruellen Syndrom leidet, hält Oda für unwahrscheinlich. »Sie meinen PTBS, eine posttraumatische Belastungsstörung.«

»Ja, so etwas. Sie wissen schon, wenn die plötzlich ausrasten, nur wenn's irgendwo knallt, und denken, sie wären wieder im Krieg.«

»Ich weiß, ja. Ich kann mir aber nicht vorstellen, dass jemand, der so ein Leiden hat, ausgerechnet zur Polizei geht. Aber ganz sicher kann man natürlich nie sein.«

Frau Cebulla blickt besorgt drein.

»Wir können es testen«, schlägt Oda vor.

»Wie denn?«

»Sie besorgen morgen früh, auf dem Weg zur Arbeit, beim Bäcker zwei schöne Croissants.«

»Croissants? Wozu sollen die gut sein?«

»Die essen wir zum Kaffee«, erklärt Oda. »Und dann lassen wir die Papiertüte im Büro von Tadden knallen. Kriecht er unter den Schreibtisch, dann hat er PTBS.«

Montag, 14. Februar 2022,
es geht auf die Mittagszeit zu ...

Die Landstraße verläuft schnurgerade, auf beiden Seiten stehen mächtige Eichen. Joris Tadden steigt aus dem Dienstwagen und blickt sich um. Hinter der Allee liegen Felder, braun und grün, umgepflügt oder mit Winterweizen bestellt. Ein Land in Tarnfleckfarben vor einem grauen Himmel.

Fernando hat am Beginn eines Feldwegs geparkt, der nur wenige Meter von der Unfallstelle entfernt von der Landstraße abzweigt. Weiter hinten auf diesem Weg liegt ein altes Gehöft, ein Schild am Beginn des Feldwegs weist darauf hin, dass es dort, bei Bauer Busche, Eier und Kartoffeln zu kaufen gibt. Auf den abgeernteten Feldern picken ein paar Krähen herum, und ein Milan zieht Kreise. Ansonsten ist die Gegend wie ausgestorben, nur ab und zu rast ein Wagen an ihnen vorbei. Man ist hier recht flott unterwegs, trotz etlicher Schilder, die vor Wildwechsel warnen.

»Schöne, alte Allee!«, bemerkt Tadden.

»Eichen«, sagt Fernando. Die erkennt sogar er, der als Stadtkind in Sachen Botanik nicht allzu bewandert ist. Die Bäume sind kahl, im Straßengraben liegen graue, vertrocknete Blätter.

Auf der Fahrbahn finden sich noch immer Reste der Kreidemarkierungen, die die Spurensicherung vor vier Tagen dort hinterlassen hat.

Jemand hat einen Tulpenstrauß an den Straßenrand gelegt. Die Blüten sind vertrocknet oder erfroren, vermutlich beides. Gibt es im Februar schon Tulpen?, überlegt Fernando. Jedenfalls gab es sie bei Aldi, zehn Stück für € 2,99. Er hat einen Strauß mitgenommen. Prompt meinte Jule, er hätte mindestens viermal so viele kaufen sollen, Tulpen wirkten nur in verschwenderischen Mengen. Ab und zu schlägt bei ihr noch immer das Professorentöchterlein durch. Fernando brachte die Tulpen kurzerhand zwei

Stockwerke höher, zu seiner Mutter, wo sie deutlich mehr Anklang fanden.

Jule nannte ihn hinterher eine Mimose. So viel zum Thema Blumen.

Die beiden Ermittler überqueren die Fahrbahn und gehen auf die Eiche zu, die Engelhorst zum Verhängnis wurde. Die Rinde ist abgeplatzt, wo der Wagen gegen den Baum prallte. Darunter leuchtet frisches, helles Holz. Fernando zieht fröstelnd seine Schultern hoch. Er hat sich die kleine Landpartie irgendwie angenehmer vorgestellt. Zuerst saß er mit einem Typen im Wagen, dem man jedes einzelne Wort aus der Nase ziehen musste, denn Tadden ist noch schlimmer als Rifkin, wenn sie ihren besonders muffeligen Tag hat. Jetzt stehen sie für nichts und wieder nichts hier draußen auf dem platten Land, wo der Wind ordentlich fegt, viel mehr als in der Stadt. Er hätte sich wärmer anziehen sollen, seine Lederjacke bringt es nicht wirklich. Taddens Parka dagegen würde für eine Antarktisexpedition taugen. Das Ding lässt den langen Friesen gleich noch viel riesiger wirken.

Joris Tadden. Was ist das überhaupt für ein Name, *Joris*? Kein normaler Mensch heißt so!

»Hoffentlich überlebt er das«, meint Tadden.

»Wer?«, fragt Fernando. Hat der neue Kollege etwa ein entscheidendes Detail nicht mitbekommen?

»Der Baum. Durch die Wunde dringt Nässe ein, das kann bei Kälte einen Frostschaden geben.«

»Dann hol ganz schnell den Erste-Hilfe-Kasten her, und leg ihm einen Verband an.«

Tadden verzieht keine Miene. Den Blick auf den Boden geheftet umrundet er den Stamm und geht danach am Straßengraben entlang. Was will er dort finden? Fernando ist unter dem Baum stehen geblieben und beobachtet ihn. Jetzt bückt er sich nach etwas und hebt es auf. Fernando kann nicht erkennen, was es ist.

»Mir ist saukalt, und ich habe genug gesehen. Machen wir uns vom Acker!«, ruft er ihm zu.

»Gleich.«

Wie, *gleich*? Hat der Kerl denn gar keinen Respekt vor einem ranghöheren Kollegen? Und das am ersten Tag? Man sollte doch meinen, dass man ihm wenigstens das beim Bund beigebracht hat. Was zum Teufel treibt er da eigentlich? Die Sache ist doch glasklar: Raserei bei glatter Fahrbahn, vielleicht lief Wild über die Straße, der Fahrer bremst, kommt ins Schleudern – peng. So schlicht, so tragisch. Alles andere ist in Fernandos Augen nur ein Fantasiekonstrukt dieser seltsamen Influencerin, die den Unfalltod ihres Verflossenen aus irgendwelchen Gründen nicht wahrhaben will. Vielleicht, weil sie ihn immer noch liebt und in ihrer Trauer und Wut unbedingt jemanden für seinen Tod verantwortlich machen will. Vorzugsweise Ehefrau Nummer zwei.

Tadden hat sein Mobiltelefon in der Hand und filmt den Unfallort, den Graben, die Straße und die nähere Umgebung. Ein ganz Gründlicher. Will er sich damit bei Völxen einschleimen? Nun überquert er die Fahrbahn und inspiziert den gegenüberliegenden Straßengraben. Dann läuft er ein ganzes Stück die Straße entlang und auf der anderen Seite wieder zurück, den Blick angestrengt zu Boden geheftet.

Fernando hat genug. Ehe er sich noch den Tod holt, setzt er sich lieber in den Wagen und telefoniert. »Mamá? Kann ich nachher mit einem Kollegen zum Mittagessen vorbeikommen?«

»Etwa dieser Dicke mit dem riesigen Appetit und dem noch größeren Durst?« Pedra Rodriguez ist der Schrecken förmlich anzuhören.

»Nein, nicht Raukel, keine Sorge. Es ist ein neuer Kollege, er hat heute seinen ersten Tag, ich muss ihn babysitten, damit er nichts falsch macht.«

»Sicher kannst du ihn mitbringen. Ich bin gespannt.«

»Dann bis gleich.« Normalerweise müsste er nicht anrufen, aber am Montag ist der Laden geschlossen, und es könnte ja sein, dass seine Mutter unterwegs ist, und sei es nur, um ihren Enkel Leo durch die Gegend zu kutschieren.

Anscheinend hat Tadden endlich genug gesehen. Er reißt die Tür auf und steigt zu ihm in den Wagen. Der eisige Wind fährt durch den Innenraum, der Parka verströmt Kälte.

»Was war denn so interessant?«, will Fernando wissen.

»Das da.« Tadden zieht etwas aus seiner Tasche.

»Stroh? Ist ja sensationell, ein Strohhalm am Feldrand.«

»Du weißt, woraus Stroh gemacht ist, Kollege Rodriguez?«

»Aus Stielen von ... Getreide.«

»Siehst du hier welches?«

»Natürlich nicht, wir haben Februar!«

»Eben«, meint der Friese.

»Mein Gott, das Stroh ist halt übrig geblieben vom Sommer«, stöhnt Fernando, der sich fragt, worauf er hinauswill.

»Das Stroh ist strohtrocken und gelb. Das lag da noch nicht lange.« Tadden deutet aus dem Fenster. »Das da ist ein abgeerntetes Maisfeld, und gegenüber standen Steckrüben.«

Wir haben es hier also mit einem Experten für Feldfrüchte zu tun, erkennt Fernando und sagt: »In dieser Gegend gibt es viele Pferdeställe. Brauchen Pferde nicht Stroh in ihren ... Kabinen?«

»In den Boxen. Ja.«

»Da hast du es. Wahrscheinlich ist ein Trecker mit Strohballen hier langgefahren, und der Wind hat ein paar Halme in den Graben geweht.«

»Es liegt Stroh an der Unfallstelle und weiter hinten im Straßengraben. Sonst nirgendwo.«

»Meinetwegen. Können wir jetzt fahren? Ich habe uns bei meiner Mutter zum Essen angemeldet.«

»Wir könnten aber auch vorher noch an seinem Wohnsitz vorbeischauen und mit der Witwe sprechen.«

»Junge, du musst dich nicht überschlagen, nur weil es dein erster Tag ist. Lass es uns ruhig angehen. Wir haben noch nicht mal einen von der Staatsanwaltschaft bestätigten Anfangsverdacht. Nur das konfuse Gewäsch seiner Ex, die sich wahrscheinlich bloß wichtigmachen will.«

»Sie wohnt gleich im übernächsten Dorf, ich habe die Adresse.«

Auch noch stur, der Typ. Fernando will es nicht gleich am ersten Tag auf eine Konfrontation ankommen lassen, deshalb lenkt er ein. »Gut, weil du es bist. Fahren wir hin.«

»Frau Krischtensen! Was muss ich hören?« Die Stimme von Dr. Bächle klingt vorwurfsvoll, fast schon bitter. »Sie verlassen uns und ziehen nach Frankreich?«

»Es ist ja erst mal nur vorläufig.«

Diesen Einwurf überhört der Rechtsmediziner und jammert drauflos: »Des kenned Se mer doch ned aadua!« Wie immer, wenn er sich aufregt, fällt der Schwabe arg ins heimische Idiom, und ehe er weiter lamentieren kann, kommt Oda zum Grund ihres Anrufs. »Dr. Bächle, tun Sie mir einen Gefallen?«

»Ihnen doch immer.«

»In einem Ihrer Kühlfächer liegt ein gewisser Joachim Engelhorst, Verkehrsunfall, er wurde am Freitag zu Ihnen ins Institut gebracht. Hatten Sie oder jemand von Ihren Kollegen ihn schon auf Ihrem Tisch?«

»Engelhorscht? Sagt mir nix. Der liegt beschtimmt in der Warteschleife.«

»Was meinen Sie, wann Sie ihn drannehmen können?«

»Pressiert's?«

»Na ja ...«

»I schau amol!«

»Wie bitte?«

»Ich tu, was ich kann. Aber bloß, weil Sie's sind. Ade, Frau Krischtensen. Sie höred vo mir.«

»Danke«, sagt Oda, aber da hat er schon aufgelegt.

Nein, diese Tage sind wirklich nicht einfach. Einerseits ist es schmeichelhaft, dass ihr Weggang allgemein bedauert wird, aber es nervt auch, dass jeder sie darauf anspricht. Sie weiß dann gar nicht recht, was sie dazu sagen soll. Denn längst nicht jeder aus dem Kollegenkreis könnte seinen Job lange vor dem Erreichen des Pensionsalters aufgeben, und auch ein Sabbatjahr wäre für die meisten nicht drin. Zuweilen ist ihr bei solchen Gesprächen, als mische sich in das geäußerte Bedauern auch eine Portion Neid. Oda kann das verstehen. Sie weiß sehr wohl, dass sie privilegiert ist durch ihre Heirat mit einem Mann, dessen chinesische Familie über sehr viel Geld verfügt. Dadurch ist automatisch auch Tian reich, ob er nun will oder nicht und obwohl man es ihm nicht groß anmerkt. Sogar

Oda war sich lange nicht im Klaren über die Dimensionen des Wohlstands der Familie Tang in Peking, von dem nun auch sie profitiert. Es ist ein seltsames Gefühl, an das sie sich noch immer nicht wirklich gewöhnt hat.

Sie dreht sich eine Zigarette und zündet sie an.

Gerade jetzt muss sie oft an die Anfänge in Völxens Kommissariat zurückdenken. Ursprünglich wollte sie gar nicht zur Polizei, sondern ihr Psychologiestudium beenden und sich dann selbstständig machen. Doch es kam anders. Als ihrem damaligen Ehemann eines Tages *die Hand ausrutschte*, wie er es nannte, hat Oda ihn auf der Stelle verlassen. Mit diesem Tabubruch war eine rote Linie überschritten worden. Selbst wenn es, wie er ihr immer wieder unter Tränen schwor, nie wieder vorkommen würde, so hätte sie sich doch nie wieder sicher gefühlt in seiner Gegenwart. So stand sie von einem Tag auf den anderen alleinerziehend mit einer kleinen Tochter da. Als sie eine Anzeige las, die für den Polizeidienst warb, änderte sie ihre Pläne zugunsten eines sicheren Gehaltes von Vater Staat. Ihre Mutter beaufsichtigte Veronika, und Oda wurde Polizistin. Völxen lernte sie beim Kriminaldauerdienst kennen. Sie verstanden sich auf Anhieb. Ihre Töchter sind beinahe gleich alt, und als Völxen das Kommissariat für Tötungsdelikte und Delikte am Menschen übernahm, war Oda seine erste Wahl für die nächste frei werdende Stelle. Mehr als zwanzig Jahre war sie auf ihrem Posten. Jetzt geht dieser Lebensabschnitt also zu Ende. Nein, sie hat sich entschieden, es nützt nichts, in Sentimentalität zu versinken. Nach vorn schauen, nicht zurück! Dies predigt sie sich dieser Tage selbst immer wieder. Manchmal hilft es sogar.

Elena Rifkin und Erwin Raukel ziehen beim Anblick des demolierten Mercedes der S-Klasse synchron die Luft ein. Die linke Vorderseite ist eingedrückt, die Windschutzscheibe und die Seitenscheibe am Fahrersitz sind zerborsten, die kleinen glitzernden Glasstücke liegen noch im Wageninneren verteilt.

»Autsch«, meint Rifkin.

Raukel hat es kurzzeitig die Sprache verschlagen. Nicht wegen der Zerstörung eines Wagens, der wahrscheinlich das Doppelte seines Jahreseinkommens gekostet haben dürfte, sondern wegen der Person, die sie zu Engelhorsts Fahrzeug gebracht hat. Marion Gretzky ist eine hochgewachsene, drahtige Frau in den Vierzigern, an der im Grunde nichts ist, was Raukels Schockzustand rechtfertigen würde. Außer dass sie hier ist, an diesem Ort. An weibliches Personal bei der Spurensicherung und der Kriminaltechnik hat man sich ja inzwischen gewöhnen müssen. Manche, so Raukels Erfahrungen, sind sogar ganz brauchbar, solange ihre zarten Fingerchen an Tatorten mit Pinseln und Fotoapparaten hantieren. Die Abteilung Kraftfahrzeuge war jedoch bisher immer noch eine Insel der Seligen, ein Hort ölverschmierter Männlichkeit. In der Grube und unter der Hebebühne waren die Kerle unter sich. Bis jetzt.

O tempora, o mores!

Marion Gretzky, die nichts ahnt von dem inneren Beben, das Raukels Gemüt erschüttert, erklärt gerade: »Ab einer gewissen Geschwindigkeit schützen auch die Airbags nicht mehr unbedingt. Hätte er mit der Beifahrerseite den Baum touchiert, hätte er wahrscheinlich überlebt.« Sie weist auf die rechte Fahrzeugseite, die ziemlich intakt zu sein scheint.

»Es ist wohl nicht anzunehmen, dass er sich die Seite extra ausgesucht hat«, erwidert Raukel, der sich langsam von seinem Schock erholt.

»Es sei denn, er wollte sich umbringen«, wendet Marion Gretzky ein.

»Laut Unfallbericht gibt es keine Bremsspur«, ergänzt Rifkin und erkundigt sich nach Hinweisen auf eine Manipulation am Wagen, während Raukel etliche Fragen durch den Kopf schießen: Was hat ein Frauenzimmer hier zu suchen? Hat man es am Ende mit einer Transe zu tun? War Marion früher ein Mario? Diese Unsitte, sein Geschlecht nach Gefühlslage zu definieren, scheint in letzter Zeit um sich zu greifen, man darf sich über nichts wundern und schon gar nicht auf den äußeren Anschein verlassen.

»Die Auswertung des Bordcomputers hat nichts ergeben«, erklärt Gretzky.

»Der Bordcomputer, soso.« Raukel macht ein Gesicht, als wäre er in einen Hundehaufen getreten.

»Ich trau den Dingern auch nur bedingt über den Weg«, räumt die Fachfrau ein. »Wir haben den Wagen dennoch genau inspiziert, Lenkung, Bremsen, alles. Es gab nichts, was auf eine Manipulation hindeuten würde.«

»Könnte es ein Wildunfall gewesen sein?«, überlegt Rifkin.

»Kann sein, doch wenn, dann hat das Tier Glück gehabt. Es fand sich keine Spur von Blut oder Haar am Wagen. Nicht eine einzige Borste.« Bei diesen Worten streift Marion Gretzkys Blick aus unerfindlichen Gründen Raukels schütteren Haarschopf. »Ein paar Halme Stroh klemmten im Kühlergrill, das war alles.«

»Stroh auf einer Landstraße, wie erstaunlich«, bemerkt Raukel. »Er wird noch den Feldrand umgepflügt haben, ehe er Bekanntschaft mit dem Baum gemacht hat.«

Die Technikerin zuckt mit den Achseln. »Ich sag's ja nur.«

»Danke, das war's schon.« Rifkin schaut ihren Kollegen fragend an. »Oder?«

»Ja, wir sind fertig. Danke, äh ...«

»Gretzky. Marion Gretzky.«

Raukel versucht sich an einem Lächeln. Den Namen hat er vorhin schon behalten, ist ja nicht schwer. Gretzky, wie der kanadische Eishockeyspieler Wayne Gretzky, einer der besten aller Zeiten. Der guten alten Zeiten. Nein, er hat eher Probleme mit der Anrede Frau, die ihm einfach nicht über die Lippen kommen will. Vielleicht, resümiert er, wird es für Leute wie ihn ja doch langsam Zeit abzutreten. Das ist nicht mehr seine Welt.

Sie sind im Begriff, die Garage zu verlassen, als Raukels Handy klingelt. Er bleibt stehen und zieht es umständlich aus der Innentasche seines Mantels, während er Rifkin bedeutet, sie solle schon mal weitergehen. Es ist der Schafstrottel, klar, wer sonst telefoniert ihm hinterher, als wäre er ein Lakai? Kannst es wohl kaum erwarten, mich rauszuwerfen ... Er atmet noch einmal tief durch und nimmt das Gespräch an.

»Raukel, wo bist du?«

»Bei der KTU, mit Rifkin.«

»Ah. Ist was mit dem Wagen?«

»Er hat sich mit über hundert Sachen um einen Baum gewickelt.« Raukel grinst in sich hinein, als er Völxens genervtes Schnauben hört.

»Gibt es Hinweise auf Fremdeinwirkung?«, präzisiert Völxen seine Frage in gereiztem Ton.

»Nein«, antwortet Raukel kurz angebunden.

»Wann kommst du zurück? Ich muss dich sprechen.«

»Bin unterwegs.«

»Über eine Sache habe ich noch nachgedacht ...«, hört er Gretzkys Stimme hinter sich sagen.

Raukel wendet sich um. Was denn jetzt? Kann die Transe nicht von ihm lassen? Schon möglich, so wie die ihn gerade mit den Augen verschlungen hat.

»Der Wagen sieht zwar übel aus, es hat ja doch ordentlich gekracht, da werden ungeahnte Kräfte frei. Trotzdem müsste der Fahrer nicht unbedingt tot sein. Es ist ja kein Kleinwagen, da ist noch Masse zwischen Baum und Mensch, und die Airbags haben einwandfrei funktioniert.«

Was ist bloß mit dieser Transe los?, fragt sich Raukel. Hält die sich jetzt auch noch für eine Expertin in medizinischen Fragen? Hat sie vor ihrer Karriere als Autoschrauberin ein Medizinstudium absolviert?

»Soll heißen?«

»Wurde er schon obduziert?«

»Die Rechtsmedizin steht als Nächstes auf unserer Liste«, versetzt Raukel, obwohl er in Wirklichkeit nicht weiß, wer sich darum kümmert. Er kann schließlich nicht überall sein, selbst er nicht.

»Alles klar. Könnten Sie mir Bescheid geben, was die sagen? Ich lerne immer gerne dazu.«

Eine Übermotivierte, prächtig, das hat ihm heute noch gefehlt! »Gut, meinetwegen«, sagt er, presst noch ein »Danke schön« hervor und sieht zu, dass er Land gewinnt. Allmählich macht ihm sein leerer Magen zu schaffen, und der Gedanke an das Damoklesschwert, das über ihm schwebt, ist auch nicht geeignet, seine Laune zu heben. Schon seit Jahren reißt man sich den lieben langen Tag im Dienste der Gerechtigkeit den Arsch auf, und was ist der Dank? Ein kleiner Fehltritt, noch dazu außerhalb des Dienstes, und man dreht ihm daraus einen Strick. Völxen wird bald schmerzlich zu spüren bekommen, wie es ohne ihn, das Hirn der Abteilung, sein wird.

Rifkin wartet neben dem Dienstwagen auf ihn. »War noch was?«

Raukel kann sich nicht länger beherrschen: »Sag mal, Rifkin, was hältst du von dieser ... Person eben?«

»Der Gretzky? Die ist ganz okay, oder?«

»Bist du sicher, dass das kein Kerl ist?«

»Du etwa nicht?«

»Ach, keine Ahnung«, winkt Raukel ab. »Es ist nur ...« Er verstummt. Es wäre müßig, Rifkin seine hochkomplexen Gedankengänge zu erklären.

»Die letzte Bastion ist gefallen, das ist schwer zu verdauen, was, Raukel?«

Er nickt. Wenigstens eine, die ihn versteht. Doch, ja, Rifkin ist in Ordnung, unabhängig von der Tatsache, dass Raukel ohnehin eine gewisse Schwäche für Russinnen hat. Für ein Frauenzimmer verfügt sie sogar über einen bemerkenswert gesunden Menschenverstand. Apropos verdauen ... Sein Magen knurrt schon wieder. Er könnte Rifkin zum Mittagessen einladen. Das Gewäsch vom Schafstrottel kann er sich auch noch eine Stunde später anhören. Wer weiß, wann man sich wiedersieht, ob überhaupt. Ein trauriger Gedanke, doch da erscheint vor seinem geistigen Auge eine Currywurst mit einem Pils dazu, und danach ein Verdauer ...

Fernando Rodriguez und Joris Tadden steigen aus dem Wagen und betrachten erst einmal ausgiebig das Anwesen, das sich ihnen in aller Pracht und Schönheit darbietet.

Es ist ein altes Bauernhaus, die Fachwerkbalken, die roten Backsteine und das Reetdach erinnern Tadden an den Hof, in dem er aufwuchs. Der ist ebenfalls über hundert Jahre alt, nur nicht ansatzweise so herausgeputzt wie dieser. Hier wurde offensichtlich an nichts gespart, aber dennoch hat man bei der Renovierung Sensibilität und Geschmack bewiesen. Das alles muss eine ordentliche Stange Geld gekostet haben, mehr als ein Neubau. Aber schließlich war der Mann ein Banker, die haben es ja.

»So lässt sich das Landleben ertragen«, stellt Rodriguez fest.

Das Grundstück wird von einem hohen Eisenzaun umfasst. Der Garten ist betont schlicht gehalten und kahl bis auf einige Buchsbäume und Skulpturen. Gattin Nummer zwei scheint die Leidenschaft ihrer Vorgängerin für das biologische Gärtnern nicht zu teilen.

Die Pforte neben dem Tor lässt sich öffnen. Auf einem mit holprigem Kopfsteinpflaster ausgelegten Weg, in dessen Rand alle paar Meter runde Lampen eingelassen sind, nähern sie sich dem Haus. Die Eingangstür ist im für den Landstrich charakteristischen Grün gestrichen, mit Schnitzereien verziert und besitzt im oberen Teil eine halbrunde, von Sprossen unterteilte Scheibe. Gerade als Tadden die Hand nach dem goldfarbenen Türklopfer in Form eines Pferdekopfes ausstreckt, erscheint ein Schatten hinter der Scheibe, und die Tür wird geöffnet.

»Ja, bitte?« Vor ihnen steht eine dunkelhaarige Frau, die dem Alter nach auch Engelhorsts Tochter sein könnte. Sie trägt einen grauen Hausanzug aus Kaschmir oder etwas Vergleichbarem.

Rodriguez wünscht einen guten Tag, kramt seinen Dienstausweis hervor und zeigt ihn der Frau mit den Worten: »Wir sind Hauptkommissar Rodriguez und Kommissar Tadden von der Polizeidirektion Hannover. Sind Sie Judith Engelhorst?«

»Judith Mohn«, korrigiert sie ihn. »Ich habe meinen Namen nach der Heirat behalten.«

Beide sprechen der Witwe ihr Beileid zum Tod ihres Mannes aus.

»Wir hätten noch ein paar Fragen«, erklärt Fernando.

Sie werden hereingebeten, wenn auch eher widerwillig.

Das Innere des alten Hauses ist loftartig und durchgestylt. Wohn- und Essbereich und Küche gehen ineinander über. Alle drei nehmen an einem langen Tisch Platz, der von zwei sehr tief herabhängenden Spots angestrahlt wird. Schick, aber unpraktisch, findet Tadden. Da stößt man ja ständig dran.

Die Augen von Judith Mohn sind leicht gerötet, ansonsten wirkt sie gefasst. Sie ist eine attraktive Frau, die die Besucher mit wachem Blick betrachtet. Der Pagenschnitt ihres kastanienbraunen Haars betont ihr Profil, sie sitzt äußerst aufrecht auf ihrem Stuhl. »Wie kann ich Ihnen helfen?«

Es verstreicht eine Sekunde, in der keiner etwas sagt. Erst als Rodriguez mit dem Kinn auf ihn deutet, kapiert Tadden, dass er die Fragen stellen soll. Schließlich war er es, der unbedingt hierher wollte. Rodriguez scheint es ihm zu verübeln, dass sich seinetwegen das Mittagessen bei Muttern verzögert.

»Frau Mohn, ich nehme an, Ihr Mann war auf dem Weg hierher, als er verunglückte?«, beginnt Tadden.

»Ja, sicher.«

»Wo kam er her?«

»Von der Vorstandssitzung, so wie jeden Donnerstag «

»Dauerten diese Sitzungen immer bis in den späten Abend?«

»Für gewöhnlich nicht, aber in letzter Zeit konnte es schon einmal später werden.«

»Was war in letzter Zeit?«

»Sie wollten wohl mit einer größeren Bank fusionieren. Die Einzelheiten kenne ich nicht.«

»Frau Mohn, war Ihr Mann ein umsichtiger Fahrer oder eher einer, der es nicht so genau nahm?«, erkundigt sich Tadden.

»Er fuhr gerne etwas flott, ja, aber er ging kein Risiko ein.« Die Frage hat ihr nicht gefallen, man hört es an einer winzigen Veränderung ihres Tons. Die nächste wird es noch weniger: »Hatte Ihr Mann Probleme?«

»Probleme? Was meinen Sie?«, fragt sie.

»Gesundheitlich, finanziell, waren Sie glücklich verheiratet?«

»Was wollen Sie denn mit diesen Fragen andeuten?«

»Nichts, wir ermitteln nur nach allen Seiten«, springt ihm Rodriguez zur Seite.

Zu spät, erkennt Tadden, sie hat schon Lunte gerochen.

»Hören Sie, mein Mann hat keine Schuld an dem, was geschehen ist! Und ganz bestimmt hat er sich nicht umgebracht! Das ist eine absurde und unerhörte Unterstellung!«

»Wir unterstellen nichts, Frau Mohn«, versucht Tadden die Wogen zu glätten. »Wir wollen nur Klarheit. Es könnte ebenso gut Fremdverschulden vorliegen.«

»Fremdverschulden? Wie darf ich das verstehen? Sie meinen Unfallflucht? Dass er jemandem ausgewichen ist?«

»Das wäre natürlich auch möglich«, nickt Fernando.

»Und was wäre noch möglich?«, fragt sie lauernd.

»Wir müssen bis zur endgültigen Klärung des Sachverhalts alles in Betracht ziehen«, antwortet Tadden.

»Gut, ich verstehe«, lenkt sie ein.

Endlich kann man Klartext sprechen. »Hatte Ihr Mann Feinde?«, fragt Tadden und ignoriert den kritischen Blick, den Rodriguez ihm zuwirft.

»Feinde? Nicht dass ich wüsste. Die einzige Feindin, die wir haben, ist ... Moment mal!« Ihre eben noch beherrschte Haltung weicht blanker Wut, sie wischt sich eine Haarsträhne aus dem Gesicht, ehe sie von ihrem Stuhl aufspringt und explodiert. »Was hat Ihnen dieses Weib erzählt? Hat sie mich verleumdet, ja? Das sieht ihr ähnlich, diesem missgünstigen alten Drachen. Nicht mal jetzt, da er tot ist, kann sie uns in Ruhe lassen!«

»Wen meinen Sie?«, fragt Rodriguez, der den Ahnungslosen recht überzeugend spielt.

»Charlotte!« Sie spuckt den Namen aus wie eine bittere Mandel. »Seine Ex-Frau. Sie kann einfach nicht akzeptieren, dass er sie verlassen hat. Ständig hat sie dazwischengefunkt, hat ihn unter den abwegigsten Vorwänden kontaktiert oder um Hilfe gebeten. Sie lebte wahrscheinlich bis zuletzt in dem Wahn, dass er zu ihr zurückkommen würde, obwohl er vor einiger Zeit jeglichen Kontakt zu ihr abgebrochen hat. Wir dachten, sie hätte es endlich kapiert, aber selbst jetzt versucht sie noch, mich zu übergehen.« Sie setzt sich wieder hin und fragt: »Wissen Sie, was sie getan hat?«

Tadden schüttelt den Kopf.

»Am Freitag, er war noch keine zwölf Stunden tot, rief sie mich an und wollte, dass ich die Gestaltung seiner Beisetzung ihr überlasse. Mit dem Argument, dass sie und seine drei Kinder schließlich der überwiegende Teil seiner Familie wären. Na, der habe ich Bescheid gesagt! Natürlich wird sie mich nun erst recht schlechtmachen, wann immer sie kann. Sie dürfen ihr kein Wort glauben! Sie ist nicht die nette Gartentante, die sie in ihren Videos der Welt vorspielt. Sie ist gemein und hinterlistig, und sie lügt, sobald sie ihr Schandmaul öffnet.«

»Frau Mohn, bitte beruhigen Sie sich«, versucht es Rodriguez.

Sie presst die Hände zusammen und atmet tief durch: »Entschuldigen Sie. Mein Nervenkostüm ist gerade nicht das beste.«

»Sie lesen ihren Gartenblog?«, fragt Tadden betont unschuldig.

»Nein! Ich habe ein paarmal reingeschaut, anfangs. Es war schrecklich, wie sie nach der Scheidung öffentlich über Joachim hergezogen ist.«

»Haben Sie jemals unfreundliche Kommentare in ihrem Blog hinterlassen?«, kommt Tadden zum Punkt.

»Behauptet sie das etwa? Auf so ein Niveau würde ich mich niemals herablassen, ich habe Besseres zu tun. Ich möchte, dass Sie jetzt gehen. Bitte.«

Nach einem kurzen Blickwechsel erheben sich Tadden und Rodriguez von ihren Plätzen, denn es ist offensichtlich, dass man im Augenblick nicht weiterkommt.

»Wir danken Ihnen fürs Erste, Frau Mohn«, sagt Rodriguez.

»Ja, danke, auf Wiedersehen«, fügt Tadden verlegen hinzu.

Reichlich bedröppelt folgt er seinem Kollegen bis zum Wagen. *Super gelaufen, meine erste Befragung! Endete quasi mit einem Rausschmiss. Rodriguez wird bestimmt begeistert sein und einen tollen Eindruck von mir haben. Und die anderen auch, wenn sie davon erfahren.*

Kaum sitzen sie wieder im Wagen, klopft ihm Rodriguez auf die Schulter, grinst breit und meint: »Da werden Weiber zu Hyänen, wie der Kollege Raukel immer zu sagen pflegt. Das war doch recht unterhaltsam und aufschlussreich.«

»Wirklich?«

»Es schadet nie, aufs Geratewohl ein bisschen herumzustochern. Das ist unser Job: herumstochern, so lange, bis etwas dabei herauskommt.«

»Dann sollten wir vielleicht beim Vorstand dieser Bank weiterstochern«, schlägt Tadden vor.

»Ja, das machen wir. Aber jetzt habe ich wirklich Hunger, und Mamá schätzt es gar nicht, wenn man sie mit dem Essen warten lässt.«

Noch immer Montag,
14. Februar, Mittagszeit

Die Ladentür fällt zu, und Fernando schließt hinter sich ab, während seine Mutter hinter der Kühltheke hervorwieselt. »Da bist du ja, ich warte schon seit einer halben Stunde. Jetzt kannst du Leo gar nicht mehr begrüßen, der hält Mittagsschläfchen.« Pedra Rodriguez deutet auf das Babyfon, das neben der Kasse steht.

»Tut mir leid, aber Dienst ist Dienst«, antwortet Fernando und sagt: »Mamá, darf ich dir unseren neuen Kollegen vorstellen: Joris Tadden.«

Pedra Rodriguez muss den Kopf in den Nacken legen, um zu Tadden hinaufzuschauen.

»Guten Tag, Frau Rodriguez«, sagt der etwas steif.

»Guten Tag, Herr Choriz …«

»Joris«, korrigiert Fernando. »So wie Jule.«

»Genau, Chule! Das ist meine Schwiegertochter. Sie ist auch Polizistin und war früher sogar ebenfalls beim *comisario*.«

»Das ist Völxen«, soufliert Fernando.

»Seit wann arbeiten Sie für den *comisario*, Choriz?«

»Seit heute.«

»Oh! Der erste Tag! Das ist bestimmt etwas seltsam, oder?«

»Bis jetzt geht es.« Tadden schaut sich in dem kleinen Laden für spanische Lebensmittel und Weine um. Er ist hell und freundlich, mit Holzregalen und einer großen Kühltheke, die heute, da eigentlich geschlossen ist, fast leer ist. Dahinter hängen, aufgereiht an einer Stange, große Schinken und Würste. »Ihr Laden ist toll, Frau Rodriguez.«

Pedra strahlt und bittet den Gast, Platz an einem der drei kleinen Tische zu nehmen. Dort liegen schon zwei Gedecke, und gerade stellt sie einen Brotkorb dazu. »Sie sind aber hoffentlich keiner von diesen Veganern, oder?«

»Nein«, versichert Tadden.

»Ein Glück!«

Wenig später schleppt Pedra Rodriguez eine vorbereitete Platte mit Tapas heran. Gefüllte Oliven, Manchego, Chorizo, kleine Pasteten und noch einige andere unbekannte Dinge. »Alles selbst gemacht!«, versichert sie. »Das Fertigzeug vom Großmarkt ist ungenießbar. Lasst es euch schmecken.«

Das tun sie, und für eine Weile herrscht einmütiges Schweigen.

»Das war köstlich, Señora Rodriguez, danke für die Einladung«, sagt Tadden, nachdem die Platte leer gegessen ist.

»Machst du uns noch einen Kaffee?«, fragt Fernando.

»Ja, aber nur Filterkaffee. Sonst muss ich wegen zwei Tassen die ganze Maschine putzen.« Pedra weist auf das Prunkstück hinter der Theke.

»Meinetwegen müssen Sie gar keinen machen«, sagt Tadden. »Ich bin eh Teetrinker.«

»Er ist ein Friese«, erklärt Fernando.

»Ostfriese«, ergänzt Tadden. »Aus Leer. Aber meine Großeltern stammen von der Insel Borkum.«

»Ich war mal auf Rügen. Ist aber schon sehr lange her«, erinnert sich Pedra.

»Das ist die Ostsee, Mamá, Ostfriesland liegt an der Nordsee.«

»Warum heißt es dann Ostfriesland?«

»Äh …«

»Weil es im östlichen Teil des alten Friesland liegt«, erklärt Tadden. »Westfriesland gehört schon zu den Niederlanden, und Nordfriesland liegt eben weiter nördlich. Husum, Sylt, Föhr …«

»Aha«, sagt Pedra, aber Tadden ist nicht ganz sicher, ob sie alles verstanden hat. Sein Blick fällt auf ein altes, gerahmtes Plakat an der Wand, das einen Stierkampf in der Arena von Sevilla ankündigt.

»Das ist mein Vater. Er war ein berühmter Stierkämpfer!«

Fernando verdreht die Augen. »Damit solltest du heutzutage besser keine Reklame mehr machen, Mamá.«

»Warum nicht? Ich bin stolz auf ihn, und das solltest du auch sein, Nando!«

»Mein Großvater war Walfänger«, verrät Tadden.

»Er hat Wale getötet?«, ruft Fernando entsetzt.

»Nein, er hat sie bloß gestreichelt!«

»Großartig, ein Stierkämpfer und ein Walfänger! Zum Glück war mein Großvater väterlicherseits weniger blutrünstig. Er hat ganz artig bei der Hanomag gearbeitet, genau wie mein Vater.«

»Hanomag, ja?«, grinst Tadden. »Die waren vor dem Krieg dicke in der Rüstungsindustrie.«

Fernando kapituliert. Großväter taugen nicht sonderlich gut als Gegenstand für Small Talk.

Pedra seufzt. »Mein Mann ist leider früh gestorben. Es sind nun schon über dreißig Jahre, Fernando war noch ein halbwüchsiger Bengel, als er starb.«

»Das tut mir sehr leid«, sagt Tadden, der so viel Familiengeschichte eigentlich gar nicht hören wollte.

Aus dem Babyfon kommen krächzende Laute.

»Da ist jemand aufgewacht!«, strahlt Pedra.

»Ich geh schon.« Fernando steht rasch auf. »Ich überrasche ihn.«

Während er die Treppen zum ersten Stock hinaufläuft, wo die Wohnung von Jule, Leo und ihm selbst liegt, schließt er eine Wette mit sich selbst ab, dass seine Mutter die Zeit nutzen wird, um dem Kollegen die uralte Geschichte aufzutischen, nach der Völxen ihm, Fernando, im zarten Jugendalter den rechten Weg gewiesen hat und letztendlich dafür verantwortlich war, dass er zur Polizei ging, anstatt eine Karriere als Krimineller zu beginnen. Okay, nach dem Tod seines Vaters war er eine Zeit lang tatsächlich ein ziemliches Früchtchen gewesen und hat allerhand angestellt. Aber das ist ewig her, und seine Mutter neigt zur Dramatisierung und einer übertriebenen Vergötterung von *el comisario*.

»Papa!« Leos dunkle, runde Augen glänzen. Er hüpft erfreut in seinem Bettchen auf und ab und streckt ihm die Arme entgegen. Fernando wird warm ums Herz. Er albert eine Weile mit Leo herum, um seiner Mutter genug Zeit zu geben, damit sie sämtliche alten Anekdoten loswerden kann. Der Friese soll sich sein Mittagessen ruhig verdienen. Er scheint in Gegenwart seiner Mutter ja regelrecht aufzutauen.

Als Vater und Sohn wieder in den Laden kommen, haben Pedra Rodriguez und Joris Tadden tatsächlich längst ein anderes Thema gefunden. Allerdings kann Fernando nicht behaupten, dass ihm das viel besser gefällt.

»... ist eigentlich viel zu groß für mich allein. Chule und Nando wohnen ja mit Leo im ersten Stock. Das Zimmer ist immer leer. Nicht leer natürlich, es gibt schon Möbel, Bett, Schrank, Kommode, Regal, Sessel, alles ist da, sogar ein Fernseher, aber es wohnt nie einer drin. Wann habe ich alte Frau schon Gäste?«

»Das kann ich doch nicht annehmen ...«

Arg matt dieser Protest, findet Fernando.

»Unsinn! Natürlich können Sie. Ich würde mich freuen. Ich weiß, wie schwierig es ist, eine Wohnung zu finden, die nicht Unsummen kostet. Wie lange haben Sie noch dieses Zimmer von ... wie heißt das noch gleich ...?«

»Airbnb. Noch diese Woche. Aber ich kann es sicher verlängern.«

»Nichts da. Sie werden noch heute oder morgen Ihre Sachen holen. – Ah, da ist ja mein kleiner Sonnenschein! Leo, komm zu deiner *abuela*! Nando, du hast sicher nichts dagegen, wenn Choriz in deinem alten Zimmer wohnt, bis er eine Wohnung gefunden hat, oder?«

Es klopft.

»Ja!«, ruft Völxen grimmig. Wird auch langsam Zeit! Typisch Raukel, renitent bis zum letzten Augenblick.

Oda kommt herein und schmettert ihm ein ironisches »Mahlzeit« entgegen.

»Ach, du bist es.«

»Wen hast du erwartet?«

Statt zu antworten, fragt Völxen: »Kannst du dein Sabbatjahr, oder was auch immer das werden soll, um drei Monate verschieben?«

»Nein.« Oda fläzt sich auf das Sofa. »Warum?«

»Der Vize besteht darauf, dass ich Raukel für drei Monate suspendiere.«

Oda nimmt wieder eine aufrechte Haltung ein. »Drei Monate! Was hat er denn wieder angestellt?«

»Ich mag jetzt nicht darüber reden«, wehrt Völxen ab. »Was hast du?« Er deutet mit dem Kinn auf den Papierstapel.

»Ich bin die Kommentare auf *Über den Gartenzaun* durchgegangen. Das Ganze muss etwas mit ihrer Vergangenheit zu tun haben. Hier, zum Beispiel, schreibt jemand unter dem Decknamen Rosa Kaktus: *Ach wie gut, dass niemand weiß ... was du getan hast!* Oder hier ...« Oda liest ihm noch ein paar weitere Sätze vor, die sie markiert hat, und meint: »Ich denke, dass sie von einer Frau stammen. Schon die Namen, Rosa Kaktus, Saure Gurke, und diese Fixierung auf das Kinderthema, das klingt für mich nach einer Frau.«

»Kann sein«, nickt Völxens. »Ist das alles? Keine Morddrohungen oder so etwas?«

»Na ja, einmal heiß es *Hexen müssen brennen.*«

»Nicht nett, aber was das alles mit ihrem Ex-Gatten zu tun haben soll, ist mir noch immer schleierhaft«, bekennt Völxen. »Für mich klingt es lediglich, als hätte jemand noch eine Rechnung mit ihr offen.«

»Wir sollten die Engelhorst noch mal löchern«, schlägt Oda vor.

»Bestimmt ist sie sich keiner Schuld bewusst. Ich befürchte fast, sie glaubt selbst an diese sympathische Kunstfigur, die sie in ihren Videos darstellt. Es soll ja öfter vorkommen, dass man Opfer der eignen Propaganda wird.«

»Vielleicht hat eines ihrer drei Kinder noch ein Hühnchen mit der Frau Mama zu rupfen«, spekuliert Oda. »Das würde das Detailwissen erklären. Wen sonst interessieren heute noch Charlottes Qualitäten als Mutter? Lass uns doch mal rausfahren in ihr kleines Gartenparadies. Dort wohnt nämlich auch ihre jüngste Tochter, Frauke.«

Völxen zögert. »Ich möchte mich nicht gar so tief in die Sache hineinknien. Bei der Untersuchung des Wagens ist nichts herausgekommen. Also war es ein Unfall. Und das da ...« Er deutet auf die Ausdrucke. »... geht uns überhaupt nichts an. Außerdem warte ich hier auf Raukel, um ihn zu feuern, Fernando und der Neue sind schon seit Stunden unterwegs, keine Ahnung, was die treiben. Langsam reicht es mir ...«

»Völxen, du kriegst noch ein Magengeschwür, wenn du nur hier herumsitzt und dich in deinen Ärger hineinsteigerst. Komm schon, ein kleiner Ausflug wird dir guttun, das hebt vielleicht deine Stimmung.«

»Meine Stimmung? Am Arsch die Räuber! Das ist eine Dienststelle, verflucht noch eins, keine Wellness-Oase!«

»Okay, okay«, Oda hebt beschwichtigend die Hände.

»Noch etwas: Weiß man inzwischen, wo sich die Leiche von Engelhorst befindet?«

»Ja, *man* weiß das«, bestätigt Oda. »Die Leiche befindet sich seit Freitagmorgen in der Rechtsmedizin.«

Völxen hebt seine Augenbrauen. »Wer hat das veranlasst?«

»Jemand aus der Ärzteschaft des Nordstadtkrankenhauses. Dort kam Engelhorst zwar bereits tot an, aber man konnte nicht einwandfrei feststellen, woran er gestorben ist. Die Verletzungen durch den Unfall waren jedenfalls nicht zwingend tödlich.«

»Interessant. Und?«

»Nichts und. Die Leiche liegt noch in der Warteschleife. Bächles Worte. Und ja, ich habe bereits in der MHH angerufen und Dr. Bächle und meiner Tochter etwas Dampf gemacht. Sie werden sich so bald wie möglich darum kümmern.«

»Gut, dann warten wir dieses Ergebnis erst einmal ab, ehe wir hier weitere Purzelbäume schlagen«, beschließt Völxen und blickt demonstrativ auf seinen Bildschirm. »Ist noch was?«, brummt er, denn Oda verharrt noch immer auf dem Sofa und knautscht das Kissen mit dem aufgestickten Schaf. Früher blökte das Kissen, wenn man es drückte, bis Völxen das Blök-Teil rausgenommen hat, weil es den Hund rasend machte – und ihn auch.

Doch Oda antwortet nicht, sondern betrachtet den grauen Februarhimmel mit der fahlen Sonnenscheibe, die es nicht durch die Wolkendecke schafft.

»Hallo? Bist du noch anwesend, oder weilt dein Geist bereits in südlichen Gefilden?«

»Ich überlege schon die ganze Zeit, woher mir der Name Engelhorst bekannt vorkommt. Und ich konsumiere keine Garten-Tuto-rials.«

»Geht mir ähnlich«, gesteht Völxen. »Allerdings höre ich den Namen öfter von Sabine, ihrem glühenden Fan. Die Engelhorst war gelegentlich im Fernsehen, vielleicht kennst du den Namen daher.«

»Hm, kann sein. Ich müsste mir die Frau mal im Original anse-hen und mit ihr sprechen, dann würde es mir vielleicht wieder ein-fallen.«

Völxen durchschaut ihre Taktik. »Du kannst gerne tun und las-sen, was du willst, und zu ihr rausfahren. Tust du ja sowieso. Aber ohne mich. Basta!«

»Komm wieder runter, Völxen, du bist nicht der Kanzler.«

Montag, 14. Februar 2022, inzwischen ist es Nachmittag

Das Bankhaus Engelhorst & Wegener liegt zwischen Oper und Aegidientorplatz, in Sichtweite des markanten, gläsernen Gebäudes der Nord-LB, tritt aber wesentlich dezenter auf. Lediglich ein blitzblankes Messingschild weist auf das private Geldinstitut hin, und man muss klingeln, um es betreten zu können. Es gibt keinen Schalterraum, im Foyer – viel Glas und Stahl und Marmor – befindet sich lediglich ein Empfang, der mit einer jungen Frau in einem schwarzen Kostüm besetzt ist. Sie mustert die beiden Ermittler mit distanzierter Höflichkeit und erkundigt sich nach ihrem Termin.

»Wir möchten mit jemandem sprechen, der am Donnerstag bei der Vorstandssitzung war«, verlangt Rodriguez und streckt ihr seinen Dienstausweis entgegen.

Sie telefoniert mit gedämpfter Stimme. Wenig später erscheint ein junger Mann im schwarzen Anzug. Anscheinend wurden die Mitarbeiter angehalten, sich dieser Tage in Schwarz zu hüllen. Er bringt die beiden zum Aufzug, sie fahren in den ersten Stock, und er begleitet sie in einen Konferenzraum.

»Bedienen Sie sich. Dr. Selbach wird in einer Minute bei Ihnen sein«, verkündet der junge Mann und verschwindet.

Auf einem Sideboard stehen kleine Flaschen mit Wasser, Cola und Säften. Tadden leert eine Flasche Wasser auf einmal, denn er hat einen höllischen Durst von der scharfen Wurst, die bei den Tapas lag.

Tadden und Rodriguez setzen sich an den blank polierten, ovalen Tisch aus einem rötlichen Holz, der Platz für acht Personen bietet. Mannshohe Zimmerpflanzen stehen in den Ecken, an den Wänden hängt abstrakte Kunst.

»Seltsamer Laden«, findet Rodriguez.

»Wohl wahr.«

Ein Schweigen entsteht. Schon auf der Fahrt hierher war Rodriguez so wortkarg gewesen, dass es sogar Tadden auffiel.

»Sei ehrlich, Rodriguez, hast du ein Problem damit, dass ich für eine Weile bei deiner Mutter einziehe?«

»Was? Nein! Es war nur ... überraschend.«

»Für mich auch. Ich habe es wirklich nicht darauf angelegt, aber sie hat mich regelrecht dazu genötigt.«

»Das kenne ich. Sie überhört einfach, was sie nicht hören will.«

»Ich muss das nicht machen, wenn es dir nicht recht ist.«

»Schon gut, *Choriz*«, grinst Fernando. »Sie freut sich bestimmt. Ach ja, und falls in meinem Zimmer noch irgendwo alte Pornohefte auftauchen, dann entsorge sie bitte diskret.«

»Geht klar«, grinst Tadden.

»Willst du die Befragung durchführen?«

»Ist das ein Test?«

»Nein. Nur zur Übung«, meint Rodriguez, der dem ganzen Fall offenbar wenig Bedeutung beimisst. »Ich hab's eh nicht so mit Bankern. Bei uns kümmert sich Jule ums Geld.«

Wie auf sein Stichwort kommt Dr. Helmut Selbach mit raumgreifenden Schritten und einem geschäftsmäßigen Lächeln auf den schmalen Lippen zur Tür herein. Er ist ein hagerer Mittfünfziger mit gebräuntem Teint, einem akkuraten Haarschnitt und einem Maßanzug in der angesagten Trauerfarbe.

»Mein Kollege und ich haben noch ein paar Fragen im Zusammenhang mit Joachim Engelhorsts Tod«, eröffnet Tadden, nachdem man sich begrüßt und vorgestellt hat.

»Sicher, wenn ich Ihnen helfen kann.« Selbach setzt sich den Ermittlern gegenüber auf einen der acht Freischwinger, die um den Tisch herumstehen. »Schrecklich. Ganz schrecklich, wir sind alle noch vollkommen fassungslos.« Er schüttelt den Kopf, um seine Fassungslosigkeit zu unterstreichen.

Tadden kommt zur Sache: »Wie wir hörten, verbrachte Herr Engelhorst den Donnerstagabend hier, ist das richtig?«

»Ja, wir hatten eine Vorstandssitzung.«

»Wie lange ging die?«

»Die Kollegen und ich waren noch bis etwa um Mitternacht

hier. Aber Herr Engelhorst hat uns kurz nach 22:00 Uhr verlassen.« Selbach stockt und meint dann: »O Gott, das klingt nun wirklich makaber, *verlassen*.« Er zieht schaudernd seine schmalen Schultern hoch.

Seine Theatralik geht Tadden gegen den Strich wie überhaupt der ganze Mann. Er hat es nämlich auch nicht so mit Bankern, da geht es ihm ähnlich wie Rodriguez. »Wer genau ist *wir*?«, fragt er.

»Die Herren Dornhauser, Emde und ich, außerdem unser juristischer Berater, Dr. Schießl, und die Assistentin der Geschäftsleitung, Anneliese Möckel.«

»Sie erlauben?« Tadden greift mit seinen langen Armen über den Tisch, zieht einen Notizblock mit Kugelschreiber zu sich heran und notiert die Namen, während Rodriguez den Ahnungslosen gibt und fragt, ob diese Sitzungen immer so lange dauerten.

»Normalerweise nicht, nein. Aber wir fusionieren gerade mit einem größeren Bankhaus, da gibt es natürlich einiges zu besprechen.«

»Was hielt denn Herr Engelhorst von dieser Fusion?«, forscht Tadden nach.

Selbach runzelt die Stirn. »Er war dagegen. Man muss das verstehen, das Bankhaus Engelhorst & Wegener war sein Lebenswerk, und das von Herrn Wegener natürlich, welcher sich bereits im letzten Jahr zur Ruhe gesetzt hat. Die Fusion war jedoch eine Mehrheitsentscheidung. Herr Engelhorst wollte ohnehin in den Ruhestand gehen, er war immerhin sechsundsechzig. Wir haben am Donnerstagabend über die Konditionen seines Ausscheidens gesprochen und den Aufhebungsvertrag verhandelt und für den Notar aufgesetzt. Der Termin sollte am Freitag sein.«

»Vorhin sagten Sie aber, dass Sie über die Fusion sprachen«, erinnert Tadden den Mann.

»Beides. Wir haben über beides gesprochen«, antwortet Selbach leicht gereizt. Er wirkt nervös. »Warum ist das wichtig?«, fragt er.

»Was genau steht in diesem Aufhebungsvertrag?«, will Tadden wissen.

»Das sind Interna, darüber darf ich keine Auskunft geben.«

»Sagt wer?«, springt Rodriguez dem Kollegen bei.

»Ich sage das«, entgegnet Selbach, der offenbar in den Angriffs-
modus umgeschaltet hat.

»Gab es eine Abfindung?«, beharrt Tadden.

»Ja, aber sie war nicht sehr hoch.«

»Also Peanuts«, bemerkt Rodriguez.

»Solche Worte benutzen wir hier nicht«, sagt Selbach eisig.

»Durch den Tod von Herrn Engelhorst spart sich die Bank nun
diese *nicht sehr hohe* Abfindung, ist das richtig?«, vergewissert sich
Tadden.

»So ist es, aber was wollen Sie damit andeuten?«

»Wer übernimmt jetzt seinen Posten?«, fragt Rodriguez.

»Ich werde die Bank in Zukunft leiten zusammen mit Helmut
Dornhauser und Matthias Emde, der in den Vorstand nachrücken
wird. Worauf wollen Sie eigentlich hinaus? Der Mann hatte einen
Unfall! Oder glauben Sie, er hat ...?« Selbach stockt und blickt verwirrt von einem zum anderen.

»Suizid begangen? Wollten Sie das sagen?«, ergänzt Tadden.

»Er war an dem Abend natürlich etwas ... emotional. Immerhin
ging für ihn ein Lebensabschnitt zu Ende. Doch er war nicht der
Typ, der absichtlich gegen einen Baum fährt«, erklärt Selbach.
»Warum auch? Es bestand kein Anlass dazu, er hat doch alles: tolles Haus, junge Ehefrau und drei schon längst erwachsene Kinder.«

»Hatten Sie und Engelhorst auch privat Kontakt?«, erkundigt
sich Rodriguez.

»Wenig. Wir vom Vorstand waren zur *house warming party* eingeladen, als er und seine Frau vor vier Jahren in dieses Landhaus in
der Wedemark gezogen sind. Ansonsten trafen wir uns vielleicht
mal nach Feierabend auf ein Bier, aber mehr nicht.«

»Wie lange kannten Sie und Engelhorst sich schon?«, will Tadden wissen.

»Seit acht Jahren. Damals kam ich als Controller zu Engelhorst
& Wegener.«

»Wo stand sein Wagen am Donnerstag?«

»In der Tiefgarage, so wie immer, nehme ich an.«

»Ist die öffentlich zugänglich?«

»Nein, die ist nur für die Mitarbeiter der Bank und einige ausgewählte Kunden. Tagsüber ist die Einfahrt mit einer Schranke verschlossen, und am Abend lässt der Hausmeister das Gitter runter.«

Tadden fällt nichts mehr ein, was man noch fragen könnte. Er wirft seinem Kollegen einen Blick zu.

»Gut, das wäre es für heute«, meint Rodriguez und steht auf.

Selbach schnellt von seinem Stuhl hoch und hält ihnen die Tür des Besprechungsraums auf.

»Danke, wir finden selbst raus«, sagt Tadden vorsichtshalber.

Sie gehen den Flur entlang in Richtung Aufzug.

»Und? War meine Befragung okay?«, erkundigt sich Tadden.

»Ja, ja, klar.«

»Aber?«

»Kein Aber. Du bist ziemlich direkt.«

»Wenn ich schon rede, drücke ich mich gerne präzise aus«, räumt Tadden ein. Sie werden unterbrochen, denn aus der offenen Tür eines Büros tönt die Stimme einer Frau: »Moment mal! Sie können doch nicht einfach die Lampe einpacken! Das ist kein Selbstbedienungsladen.«

Eine andere weibliche Stimme antwortet mit unterdrückter Wut: »Das ist *meine* Schreibtischlampe! Der Chef hat sie mir zu meinem zehnjährigen Dienstjubiläum geschenkt.«

»Das kann jeder behaupten. Außerdem sind Sie doch gar nicht mehr hier angestellt. Wie sind Sie überhaupt reingekommen?«

»Ich bin noch bis zum Monatsende angestellt. Das nennt sich Resturlaub, Sie Intelligenzbestie. Und jetzt lassen Sie mich in Ruhe meine privaten Dinge einpacken, ehe ich mich vergesse!«

Tadden und Rodriguez wechseln einen Blick. Dann betreten sie kurzerhand das Büro, Rodriguez geht voran und ruft: »Polizei! Dürfen wir Sie kurz stören?«

Die beiden fahren herum. Die ältere der beiden Angestellten hält eine Lampe in der Hand, die sie wohl gerade in einen Karton stellen wollte, in dem sich bereits zwei Tassen, ein Fotorahmen, eine Grünpflanze und ein Wasserkocher befinden. Die jüngere versucht, sie daran zu hindern, indem sie den Deckel der Schachtel zuhält. Das Auftauchen der Polizisten gibt ihr die Gelegenheit, den Karton zu schnappen und ihn auf einen Aktenschrank zu stellen.

Mit verschränkten Armen baut sie sich davor auf. Sie dürfte Ende zwanzig sein, ihre dralle Figur steckt in einem heute unvermeidlichen schwarzen Kleid, das jedoch reichlich kurz und tief ausgeschnitten ist für den Trauerfall. Die andere umklammert derweil noch immer die Lampe mit dem Messinggestell und dem grünen Glasschirm. Die ist ein Klassiker, sie heißt sogar Bankerlampe, fällt Tadden ein.

Die Ermittler zeigen ihre Dienstausweise vor und nennen ihre Namen.

»Sind Sie Frau Möckel? Die Assistentin der Geschäftsleitung?«, fragt Tadden die Frau mit der Lampe.

Sie nickt. Das Wort *Dame* drängt sich Tadden bei ihrem Anblick auf. Das dunkle Haar ist wohlfrisiert, das Make-up ebenso dezent wie der Schmuck. Sie dürfte nur wenig jünger sein als ihr verstorbener Chef. Allerdings trägt ausgerechnet sie kein Schwarz, sondern einen grauen Hosenanzug zu einer cremefarbenen Bluse.

»Wir würden gern mit Ihnen sprechen, Frau Möckel. Allein«, fügt er mit einem Blick auf ihre Kontrahentin hinzu, bei deren Anblick sich das Wort Dame nicht unbedingt aufdrängt.

»Sie *war* die Assistentin der Geschäftsleitung. Jetzt bin ich das«, keift diese.

»Raus!«, sagt Tadden leise zu ihr.

Sie schnappt nach Luft, ihre Mundbewegungen erinnern an einen Karpfen. »Das ist ja ...! Ich rufe Dr. Selbach!«

»Tür zu!«, setzt Tadden nach.

Sie rauscht hinaus, die Tür zuknallend, war ja klar.

Sie befinden sich im Vorzimmer zu einem größeren Büro, vermutlich das von Engelhorst. Sowohl hier als auch drüben stehen Kartons herum, die Regale sind teilweise leer. Jemand scheint es eilig zu haben, die Spuren seines Vorgängers zu tilgen.

»Frau Möckel, nehmen Sie doch bitte einen Augenblick Platz.« Rodriguez deutet auf den Stuhl hinter dem Schreibtisch.

Vorsichtig stellt Anneliese Möckel die Lampe in den eben noch umkämpften Karton. Dann lässt sie sich an ihrem alten Arbeitsplatz nieder und zupft verlegen an ihrem ausgeprägten Pony. Kein Ehering, registriert Tadden.

»Es tut mir leid, dass Sie das mit anhören mussten. Wie zwei Marktweiber! Was müssen Sie von mir denken? Aber ich hänge sehr an dieser Lampe, sie war wirklich ein Geschenk.«

»Wurde Ihnen gekündigt?«, erkundigt sich Tadden.

»Nein, aber nach der Sitzung am Donnerstag wurde mir klar, dass damit auch meine Zeit hier abgelaufen ist, denn selbst wenn Dr. Selbach auf meine Dienste Wert legen würde ...« Sie lässt den Satz so stehen und fährt fort: »Ich habe mich an den Computer gesetzt, meine Kündigung geschrieben und sie Herrn Dr. Selbach auf den Schreibtisch gelegt, wo er sie am Freitag vorfand. Jetzt zieht er bereits um, in Herrn Engelhorsts Büro. Es ist die reinste Leichenfledderei!«

»Diese Sitzung – erzählen Sie uns doch ein wenig davon«, fordert Rodriguez die Sekretärin auf.

»Es ging ganz schön hoch her. Genau genommen war es unwürdig, respektlos. Alle gegen einen. Sie haben Herrn Engelhorsts Aufhebungsvertrag noch einmal auseinandergenommen. Hier noch eine Klausel und da noch ein Abstrich, und am Ende stritten sie um die Abfindung. Dr. Selbach zeigte sein wahres Gesicht, Herr Dornhauser hat das Spektakel sichtlich genossen, und Emde ist ohnehin ein rückgratloser Feigling. Und unser Jurist, Dr. Schießl – ich weiß nicht, was sie dem versprochen haben, aber objektiv war der nicht.«

»Wie hoch war denn diese Abfindung?«, will Rodriguez wissen.

Frau Möckel schaut sich um, ehe sie flüstert: »Zuletzt nur noch etwa vierhunderttausend. Aber das haben Sie nicht von mir.«

»Ach, nur so wenig«, murmelt Rodriguez.

Tadden erspart sich einen Kommentar und fragt: »In was für einer Verfassung war Herrn Engelhorst, als er ging?«

»Na, was denken Sie wohl? Er war wütend und am Boden zerstört, er tat mir wirklich leid. Wie sie mit ihm umgesprungen sind, das war einfach nur schrecklich.«

Während Tadden sich fragt, ob einem jemand, dessen Abgang mit vierhunderttausend Euro versüßt wird, wirklich leidtun muss, schenkt Rodriguez der Frau ein warmes Lächeln: »Sie mochten ihn, nicht wahr?«

»Nein.«

Rodriguez fällt die Kinnlade herunter.

»Warum überrascht Sie das?«, fragt sie ihn mit scharfem Unterton. »Sehe ich aus wie die treue Sekretärin, die seit Jahrzehnten heimlich für ihren Chef schwärmt?«

»Nein ... nein, natürlich nicht, Verzeihung, ich wollte Sie nicht beleidigen«, stottert er.

»Sie haben sehr lange hier gearbeitet«, hält Tadden fest.

»Dreißig Jahre. Deswegen muss man seinen Vorgesetzten nicht unbedingt mögen. Er war ein guter Banker, ich habe ihn als Chef respektiert, aber als Mensch ...«

»Ja?«, setzt Tadden nach.

»Lassen Sie es mich so formulieren: Sein Charakter befand sich nicht auf der Höhe seiner Intelligenz. Dennoch hat mir meine Arbeit Freude gemacht, und sie war außerdem gut bezahlt.«

»Was hat Sie speziell an ihm gestört?«

»Er hatte diese gönnerhafte Art und war außerdem ein glühender Anhänger des Herrenwitzes.«

Tadden verzieht die Mundwinkel. »Verstehe.«

»Als Frau musste man sich bei ihm immer erst Respekt verschaffen. In jüngeren Jahren war er ein gefürchteter Schürzenjäger und Macho. Im Alter wurde er etwas ruhiger.«

»Hat er es bei Ihnen auch versucht?«, fragt Rodriguez unverblümt.

Sie nickt. »Gleich zu Anfang. Ich habe ihm unmissverständlich seine Grenzen aufgezeigt, von da an kamen wir gut miteinander zurecht. Dennoch lässt mich sein Tod nicht kalt.«

Rodriguez wechselt das Thema: »Da Sie schon so lange für ihn arbeiten, haben Sie sicher seine erste Frau, Charlotte Engelhorst, kennengelernt?«

Frau Möckel nickt. »Natürlich. Eine resolute Person, um es mal vorsichtig auszudrücken. Sie hielt ihrem Mann den Rücken frei, dafür erwartete sie von ihm, dass er Karriere macht und ihr und den Kindern einen gehobenen Lebensstandard bietet. Der alte Klassiker. Ich denke, beide wollten es so und hatten einander durchaus verdient.«

»So, wie Sie ihn schildern, hatte er doch bestimmt Affären?«, hakt Rodriguez nach.

»Gewiss. Ich nehme an, Frau Engelhorst hat öfter einmal beide Augen zugedrückt, weil sie ihn und damit ihren Status nicht verlieren wollte. Als er dann seine zweite Frau Judith kennenlernte und sich wie ein verliebter Gockel benahm, konnte sie es wohl nicht mehr ignorieren. Er dachte damals doch tatsächlich, er könnte mit seiner neuen Flamme auf Probe zusammenziehen und Charlotte würde ihn wieder zurücknehmen, falls es nicht klappt. Männer!« Sie schüttelt den Kopf.

»Wie war das Verhältnis zwischen den beiden zuletzt?«, fragt Tadden.

Frau Möckel zuckt mit den Achseln. »Die Scheidung verlief nicht gerade harmonisch. Um diese Zeit herum begann sie wohl auch mit diesem Internet-Blog und hat die schmutzige Wäsche praktisch öffentlich gewaschen. Das war überaus peinlich, da hätte ich ihr mehr Stil zugetraut. Irgendwann später haben sie sich wohl arrangiert und zu einem zivilisierten Umgangston zurückgefunden, aber meines Wissens hatten sie wenig Kontakt. Schon weil seine zweite Frau die Nase voll hatte von Charlottes Eskapaden.«

»Seine neue Frau, wie ist die denn so?«, fragt Rodriguez scheinheilig.

Frau Möckel winkt ab. »Im Grunde eine jüngere Version von Charlotte. Ich habe sie nicht sehr oft getroffen, nur immer zwischen Tür und Angel, wenn sie ihn mal abgeholt hat. Ich fürchte, die Ehe lief nicht besonders gut. Sie ging anscheinend recht konsequent ihren zahlreichen Interessen nach. Er wirkte in letzter Zeit oft zerstreut und nachdenklich, und manchmal stritten sie am Telefon.«

»Hatte er Hobbys?«, erkundigt sich Tadden.

»Nein. Er hatte nur die Bank.«

»Wo es auch nicht so gut lief«, ergänzt Rodriguez.

»Er hatte zudem ein paar Geldsorgen«, räumt sie ein. »Er hat etliche Fehlinvestitionen getätigt, die ihm zu schaffen machten. Daher hätte er eine angemessene Abfindung gut gebrauchen können.«

»Halten Sie es für möglich, dass er sich umgebracht haben könnte?« Tadden blickt sie bei dieser Frage aufmerksam an.

Sie schüttelt den Kopf. »Nein, das halte ich für unwahrscheinlich. Dafür nahm er sich zu wichtig. Andererseits – wer war er schon ohne sein Geld?«

Die Tür geht auf. Es ist Dr. Selbach, gefolgt von seiner neuen Assistentin, der Petze im kleinen Schwarzen.

»Sie sind ja immer noch hier!« Er ist im Begriff, sich aufzuplustern, da meint Rodriguez mit breitem Grinsen: »Gerade sind wir fertig.«

Die Ermittler wenden sich zum Gehen. »Eine Frage noch!« Rodriguez verharrt in der Tür. »Wenn ich bei Ihnen ein Girokonto eröffne, darf ich dann in Ihrer Tiefgarage parken?«

Wie beschissen kann ein Tag eigentlich noch werden? Heute Vormittag, als der Schafstrottel ihn wie einen Schuljungen abkanzelte, dachte Raukel noch, der Tiefpunkt wäre erreicht. Nun, da er in Völxens Büro zitiert wurde, wird er erneut eines Besseren belehrt. Der Teufel hat immer noch ein Ass im Ärmel.

Dass er für drei Monate suspendiert werden soll – geschenkt!

Nicht so der Rest.

Mit blankem Entsetzen starrt Raukel auf die ausgedruckte Mail, die gerade aus dem Büro des Vizepräsidenten kam. Darin sind die Folterprozeduren aufgelistet, welche man ihm aufzuerlegen gedenkt.

»Das ist nicht dein Ernst, Völxen, alter Freund! Du erlaubst dir einen bösen Scherz mit mir. Ist dir gelungen, alle Achtung. Aber jetzt lass uns wie vernünftige Männer über die Sache reden.«

Völxen blickt ihn über den Schreibtisch hinweg resigniert an und zuckt müde mit den Achseln.

Die meisten dieser Zumutungen lassen sich nicht einmal vernünftig aussprechen. *Diversitätssensibilisierung, Awareness …* Was soll das für ein Quatsch sein? *Suchtprävention.* Etwas spät dafür, oder? Und natürlich der gute alte *Anti-Aggressions-Kurs*, soll heißen: alberne Rollenspiele in der illustren Gesellschaft von Knackis und Typen, die ihre Frauen schlagen.

»Das habt ihr also heute Morgen ausgekungelt, du und der Vize. Und alles über meinen Kopf hinweg?«

Völxen windet sich: »Der Vize war auf Hundertachtzig und wollte mit *mir* reden. Was hätte ich tun sollen? Mal ehrlich, Raukel, du hast viele Qualitäten, aber Diplomatie gegenüber Vorgesetzten ist nicht unbedingt deine Stärke. Du hättest es womöglich unwiderbringlich vermasselt.«

»Tja, Völxen, ich hätte gerne die paar Jährchen bis zur Pensionierung noch in Würde und Anstand runtergerissen, aber das da ...« Angewidert wirft er den Wisch mit der Mail auf Völxens Schreibtisch.

»Erwin, ich kann dich wirklich verstehen. Doch du verkennst die Lage. Der Vize scheint nicht dein Fan zu sein, er wollte den Vorfall benutzen, um dich für alle Zeiten loszuwerden. Das da war das Maximum, das ich herausholen konnte, und selbst dafür musste ich mein ganzes Gewicht in die Waagschale werfen.«

»Dann bist du wohl leichtgewichtiger, als du dachtest, Völxen!«

Der Hauptkommissar ignoriert die Bemerkung und erklärt: »Er wollte, dass ich dich für sechs Monate suspendiere, du dich in der Zeit in Behandlung begibst – auf Deutsch gesagt eine Entziehungskur machst – und anschließend ein psychologisches Gutachten erstellt wird, von dem deine Wiedereinstellung abgehangen hätte.«

»Das wäre doch ein Spaß geworden!« Raukel stößt ein bitteres Lachen aus und klopft sich auf den Schenkel, sodass Oscar in seinem Korb wachsam den Kopf hebt.

»Das wäre das endgültige Aus gewesen, das wissen wir beide. Ich habe dir den Arsch gerettet, Raukel, kapier das endlich!«

»Entschuldige, dass ich dir nicht vor Dankbarkeit um den Hals falle.«

»Das muss nicht sein«, wehrt Völxen ab.

Raukel versucht, seine Contenance wiederzuerlangen, während der Schafstrottel weiterhin auf ihn einredet wie ein Teppichhändler. »Bei all diesen Kursen hier besteht lediglich Anwesenheitspflicht. Es gibt am Ende keine Tests oder dergleichen. Du kannst dich reinsetzen und auf Durchzug schalten.«

»Muss ich vor Dienstantritt in drei Monaten in einen Becher pinkeln?«

»Nein. Kein Drogenscreening, nichts dieser Art. Auch keine Entziehungskur, obwohl es sicher kein Schaden wäre.«

»Die anderen vier habe ich ja auch alle gut überstanden.«

Völxen verdreht die Augen. »Komm schon, Erwin, drei Monate gehen doch schnell vorbei. Betrachte es als ausgedehnten Urlaub, zumal es bald Frühling wird. Du kannst jeden Tag ausschlafen und zur Pferderennbahn gehen, wann du willst. Nutze die Zeit, um dich zu regenerieren. Wir brauchen dich heil und gesund zurück, das Kommissariat ist ohne dich nicht dasselbe.«

Raukel, der tief im Innern für Schmeicheleien durchaus empfänglich ist, hebt die Hände. »Hör, um Himmels willen, auf zu schleimen, Völxen, das ist ja unerträglich!« Er holt tief Atem. »Gut, meinetwegen, ich kapituliere. Ab wann gilt das?«

»Na ja, eigentlich ab sofort.«

Mit quälender Langsamkeit wuchtet Raukel seine kompakte Gestalt in die Höhe und strebt zur Tür. Dort wendet er sich noch einmal kurz um und meint: »Wenn ich dir noch einen Tipp geben darf: Die Leiche von Engelhorst sollte man sich vielleicht mal gründlich anschauen.«

»Wie kommst du denn jetzt darauf?«, fragt Völxen irritiert.

»Ist nur so ein Gefühl.« Damit wendet er sich um und geht.

Völxen schaut auf die Tür, die sich langsam und gesittet hinter Raukel schließt. Er schluckt. Das war einfacher als gedacht. Einerseits. Andererseits auch wieder nicht, denn er fühlt sich mies und schuldig, obwohl er wirklich nichts dafürkann.

Der Februar ist normalerweise kein besonders guter Monat, um einen Garten zu besichtigen. Das winzige Stück Grün, das zu Odas Wohnung in Isernhagen gehört, bietet derzeit einen eher tristen Anblick. Allerdings erschöpft sich Odas Passion als Gärtnerin im Anbau einiger Küchenkräuter. Ganz anders der Garten von Charlotte Engelhorst. Der kann sich sogar zu dieser Jahreszeit sehen lassen. Im Gemüsebeet wachsen Grünkohl und Feldsalat, Buchs und Bambus sorgen im Ziergarten für grüne Akzente, an einem Teich wiegt sich Schilfgras im Wind, niedrige Steinmäuerchen verbreiten ein mediterranes Flair. Bänke stehen neben Sträuchern und unter Obstbäumen, die jetzt natürlich kahl sind, es gibt einen Brunnen mit Handpumpe, und da und dort sorgen Skulpturen aus Holz oder rostigem Eisen für ein künstlerisches Ambiente. Das alles wirkt wie zufällig entstanden und von leichter Hand improvisiert, obwohl es wahrscheinlich sorgfältig gestylt und kuratiert wurde und einen Haufen Arbeit macht. Im Sommer muss dieser Garten ein Paradies sein, das ahnt man schon, und Oda durfte es ja auch bereits in den Videos bewundern.

Das Wohnhaus ist ein großer, alter Bauernhof aus roten Backsteinen mit ein paar optisch nicht ganz so gelungenen Anbauten, augenscheinlich Sünden der letzten dreißig Jahre, deren Wände gnädig von Efeuranken bedeckt werden. Neben einem Schuppen gibt es ein Hühnerhaus auf Stelzen mit einem eingezäunten Auslauf, in dem vier Hennen lustlos in der Erde scharren. Insgesamt wirkt das alles recht stimmig.

Es ist niemand im Garten, kein Wunder bei dem ungemütlichen Wetter. Oda schlägt den Mantelkragen hoch und betätigt die Klingel am Tor. Daneben steht ein Briefkasten mit drei Namensschildern: Frauke und Charlotte Engelhorst, R. Wiegand. Das soll die ganze WG sein?

Hinter ihr räuspert sich jemand. Es ist eine junge Frau mit dunklem Haar. »Kann ich Ihnen helfen?«

»Ich suche Charlotte Engelhorst.«

»Ich glaube, die ist weg. Ihr Auto ist jedenfalls nicht da.«

Ehe Oda antworten und sich ausweisen kann, geht die Eingangstür auf, und eine Frau in Jeans und dickem Norwegerpullover kommt heraus. Die andere nickt ihr zu und verschwindet in einem der Anbauten. Oda weist sich aus. »Hauptkommissarin Kristensen, Polizeidirektion Hannover. Sind Sie Frauke Engelhorst?«

»Ja, die bin ich«, antwortet sie. »Worum geht es?«

»Wir untersuchen, unter anderem, den Tod Ihres Vaters. Ihre Mutter bat uns darum.«

Frauke stutzt, dann meint sie: »Sie ist nicht hier. Keine Ahnung, wo sie ist.«

»Kann ich vielleicht kurz mit Ihnen sprechen?«

»Klar.« Sie bittet Oda herein. Beide gehen eine hölzerne Treppe hinauf und betreten einen schmalen Flur. Oda muss um einen Stapel zusammengefalteter Umzugskartons herumgehen, die an der Wand lehnen. Sie wird in ein Zimmer gebeten, das Wohnzimmer und Küche zugleich ist. Die Decke ist niedrig, in der Ecke bullert ein Kaminofen. Neben dem Ofen liegt ein mittelgroßer Hund undefinierbarer Rasse auf einer Matte, der sich duckt, als wollte er möglichst nicht bemerkt werden. Am Esstisch beugt sich ein pausbäckiges kleines Mädchen mit hellblondem Haar über einen Block, um sie herum liegen Buntstifte und Wachsmalkreiden. Neben den Malsachen steht ein Laptop, den Frauke nun zuklappt. »Das ist Emily, meine Tochter, sie ist sechs.«

»Hallo, Emily.«

»Guten Tag«, sagt das Kind höflich, ehe es sich wieder in seine Arbeit vertieft, wobei es vor lauter Konzentration die Zunge etwas herausstreckt.

»Malst du deinen Hund?«, fragt Oda.

Emily schüttelt den Kopf.

»Lucky gehört Rieke Wiegand, einer Mitbewohnerin, wir betreuen ihn nur ab und zu«, erklärt Frauke Engelhorst. Sie hat ein längliches Gesicht mit ausdrucksvollen blauen Augen, die Ähnlichkeit mit ihrer Mutter ist unverkennbar. Das dunkelblonde Haar trägt sie zu einem Pferdeschwanz gebunden.

»Ist das die junge Dame, die mir eben im Garten begegnet ist?«

»Nein, das war Tamara, eine Studentin. Sie ist gerade erst eingezogen.«

»Tamara und weiter?«

»Ich weiß es nicht. Es gab in letzter Zeit viel Wechsel hier. Nicht jeder hält es mit meiner Mutter aus.«

»Frau Engelhorst, ich möchte Ihnen mein Beileid zum Tod Ihres Vaters aussprechen.«

»Danke.«

»Standen Sie sich nahe?«

»Ja, sicher. Er war vielleicht nicht der beste Vater der Welt, aber trotzdem habe ich ihn geliebt.«

»Was meinen Sie damit, *nicht der beste Vater der Welt?*«

»Er war selten zu Hause, als wir klein waren. Er hat viel gearbeitet.«

Oda weiß, wovon Frauke redet. Sie selbst war auch nicht allzu viel zu Hause, als Veronika in Emilys Alter war. In den ersten Jahren nach ihrer Scheidung hat ihre Mutter Veronika betreut. Nach deren frühem Tod wurde es schwieriger, und Veronika wurde auch schwieriger. Dieses ewige schlechte Gewissen, nicht genug für seine Kinder da gewesen zu sein ... Oda besinnt sich wieder auf ihre Befragung. »Also wurden Sie und Ihre Geschwister hauptsächlich von Ihrer Mutter erzogen?«

Die junge Frau mustert Oda mit zusammengekniffenen Augen. »Sie stellen eigenartige Fragen, Frau Kristensen. Worauf wollen Sie hinaus?«

»Es gab im Video-Blog Ihrer Mutter in letzter Zeit ein paar hässliche Kommentare. Wissen Sie davon?«

Frauke lacht kurz auf. »Natürlich. Sie hat sich mordsmäßig darüber aufgeregt. Sogar mich hatte sie schon im Verdacht.«

»Schau, Mama!« Emily hat den Hund fertig.

»Toll, Emmi! Das ist der Lucky, man sieht es sofort.«

Er sieht dem Original nur entfernt ähnlich, aber das junge Talent fängt bereits ein neues Bild an.

»Waren Sie es?«, lächelt Oda.

»Nein. Das wäre mir doch zu blöd. Wenn ich meiner Mutter etwas zu sagen habe, dann geh ich zu ihr rüber und erledige das persönlich.«

»Anonym übers Netz entfaltet es aber eine ganz andere Wirkung«, gibt Oda zu bedenken.

»Stimmt, meine Mutter war eine Zeit lang ziemlich durch den Wind deswegen. Ich sagte ihr, sie solle sich nicht darum scheren. Mediales Lynchen ist heutzutage weit verbreitet, sobald man eine gewisse Prominenz erlangt hat, ist man irgendwann dran. Ich dachte, sie hätte sich wieder beruhigt. Dass sie deswegen gleich zur Polizei geht, halte ich für etwas übertrieben.«

»Es wird in diesen Kommentaren ein paarmal angedeutet, dass Ihre Mutter etwas verbirgt.«

»Ja, und? Tut das nicht jeder? Nur weil sie Influencerin ist, muss sie ja nicht ihr komplettes Leben offenlegen. Dennoch wüsste ich nicht, was das sein sollte.«

»Es heißt dort außerdem, dass sie eine schlechte Mutter war.«

»Sie hatte ihre Prinzipien. Aber sie wollte nur das Beste für uns. Ist das verwerflich?«

Oda lässt die Frage wie schon die vorhergegangenen unbeantwortet.

»Ich denke schon, dass sie uns geliebt hat«, meint Frauke nachdenklich. »Aber wahr ist auch, dass sie sich lieber der Wohltätigkeit, der Kultur und ihren zahlreichen Vereinen widmete, anstatt zwischen Legosteinen am Boden herumzukriechen. Sie glänzte damals schon gerne in der Öffentlichkeit. Nach meiner Scheidung jedoch hat sie mir sehr geholfen, auch finanziell.«

»Darf ich fragen, was Sie beruflich machen?«

»Ich habe Kommunikationswissenschaften studiert und arbeite momentan als freiberufliche Webdesignerin und mache PR für einige Firmen. So kann ich von zu Hause aus arbeiten und habe mehr Zeit für Emily. Ich weiß, was Sie jetzt denken: Ich wäre in der Lage, die Herkunft der Kommentare zu verschleiern. Aber noch einmal, ich stalke meine Mutter nicht im Netz.«

»Was meinen Sie, gilt das auch für Ihre Geschwister?«

Sie zuckt mit den Achseln. »Johannes hat sich schon vor acht Jahren abgeseilt. Er lebt als Broker in London und lässt sich nur zu Weihnachten blicken. Übrigens ist er schwul. Damit hatte unser Vater ein Riesenproblem. Mama tut so, als wäre es ihr egal. Sie und Johannes skypen hin und wieder, er ist ihr Sonnenschein. Er hätte keinen Grund, Mama zu quälen.«

»Hätte denn Ihre Schwester Manuela einen Grund?«

»Das habe ich nicht gesagt! Und ich glaube es auch nicht. Andererseits ... Manuela hatte schon immer psychische Probleme. Papa hat ihr die Wohnung in Linden gekauft, als sie eine Krise hatte und angeblich nicht arbeitsfähig war. Er glaubte stets, seinen armen Liebling unterstützen zu müssen, während wir anderen zusehen durften, wie wir zurechtkommen. Als ich ihn nach meiner Trennung um etwas Startkapital bat, meinte er, ich sei noch jung genug, um eine Karriere zu starten, mit den heutigen Betreuungsangeboten sei ein Kind dabei kein Hindernis mehr.«

»Das war hart.«

»Er hatte eben auch seine Prinzipien. Nur galten die anscheinend nie für Manuela. Die genoss die sprichwörtliche Narrenfreiheit.«

Da scheint sich ja einiges angestaut zu haben, registriert Oda und fragt: »Werden Sie und Ihre Geschwister etwas von Ihrem Vater erben?«

»Das wissen wir nicht, die Testamentseröffnung ist erst in zwei Wochen. Aber das meiste wird wohl Judith absahnen, seine zweite Frau.«

»Mögen Sie sie?«

»Geht so. Ich kenne sie kaum.«

»Wie war die Ehe zwischen Judith und Ihrem Vater?«

»Nach außen hin sehr harmonisch. Fast schon etwas zu viel.«

»Wie meinen Sie das?«

»Wenn Emily und ich dort zu Besuch waren, versuchte Judith immer etwas krampfhaft, den Eindruck von Friede, Freude, Eierkuchen zu erwecken. Wahrscheinlich, damit ich Mama nur ja nichts Negatives erzählen kann. Ich hatte den Eindruck, dass sie dabei ein wenig zu dick aufträgt.«

Oda wechselt das Thema und deutet auf ein Wandregal, in dem silberne und goldene Pokale stehen. Landesmeisterin im Frauen-Achter, erinnert sie sich an ihre Recherche vom Vormittag. »Sie sind also die Leistungssportlerin der Familie.«

»Ja, zumindest war ich es. Mich hat Mama im Großen und Ganzen mein Ding machen lassen, obwohl sie Rudern *unweiblich* fand. Vielleicht geht einem beim dritten Kind langsam der Saft aus, und als Jüngste hat man das Glück, dass die Älteren schon einige Kämpfe für einen ausgefochten haben.«

»Im Flur stehen Umzugskartons. Wollen Sie wegziehen?«

Frauke nickt. »Es wird Zeit.«

»Ist es nicht schön hier? Besonders für Emily?«

»Das ist es, zweifellos. Aber wissen Sie, meine Mutter ist ... sie ist wie ein schwarzes Loch, das alle Energie um sie herum ansaugt.

Neben ihr kann man kaum atmen. Außerdem hat sie neulich schon wieder Emily gefilmt und gepostet. Emmi war zwar nur von hinten zu sehen, aber ich hatte ihr das ausdrücklich verboten. Es ist zu gefährlich, es gibt viele Perverse da draußen, und es ist einfach rauszufinden, wo wir wohnen.«

»Können Sie mir den Beitrag zeigen?«

»Sie hat ihn gelöscht und sich entschuldigt. Was man ihr hoch anrechnen muss. Dennoch habe ich für uns beide etwas Eigenes gesucht. Zum Ende des Monats bin ich hier raus. Wir ziehen in die Nordstadt. Ich war ohnehin nie eine Landpomeranze.« Sie lacht unvermittelt kurz auf. »Meine Mutter früher übrigens auch nicht. Keine Ahnung, was sie plötzlich ins Grüne getrieben hat.«

»Vielleicht suchte sie die Nähe Ihres Vaters?« Es war ein Schuss ins Blaue, aber Frauke gesteht: »Den Gedanken hatte ich auch schon. Es sind nur etwa zehn Kilometer bis zu seinem Haus, das ist hier, auf dem Land, ein Klacks.«

»Hatten die beiden denn wieder ein gutes Verhältnis?«

»Nicht so sehr, nein, auch wenn die ärgsten Schlammschlachten vorbei sind. Eine Zeit lang hat sie ihn öfter unter fadenscheinigen Vorwänden hergelockt, aber irgendwann hat er diese Tricks durchschaut und den Kontakt gemieden. Ich nehme an, dass Judith dahintersteckt. Das kann ich ihr nicht verübeln, denn wenn man meiner Mutter den kleinen Finger gibt ...«

»Frau Engelhorst, eine letzte Frage noch: Halten Sie es für möglich, dass jemand Ihrem Vater etwas antun wollte, um damit Ihre Mutter zu treffen?«

Frauke schaut Oda an, als hätte sie die Frage nicht verstanden, und Oda muss zugeben, dass sie reichlich absurd klingt.

Schließlich fällt bei Frauke der Groschen. »Hat sie *das* etwa behauptet? O Gott, wie peinlich! Das ist so typisch!«, ruft sie entrüstet und ringt dabei die Hände. »Mein Vater verunglückt, und sie münzt es sofort auf sich und manipuliert auch noch die Polizei.«

Präziser kann man es kaum formulieren, findet Oda.

»Ich danke Ihnen, Frau Engelhorst. Wiedersehen, Emily!«

»Sag Tschüss«, souffliert die Mutter.

»Tschüss«, sagt die Kleine, ohne dabei von ihrem Blatt aufzusehen. Das Kunstwerk ist fast fertig. Es zeigt ein Auto mit eingedrückter Schnauze an einem Baum, darin sitzt ein Mann. Rote Striche führen von seinem Kopf bis auf die Linie, die die Straße darstellen soll.

Montag, 14. Februar,
später Nachmittag

»Stroh?« Hauptkommissar Völxen blickt etwas verwirrt drein.

»Stroh, jawohl«, wiederholt Kommissaranwärter Joris Tadden. »Ich fand etliche Halme im Straßengraben und an der Unfallstelle. Das ist auffällig.«

»Ist es das?«, vergewissert sich Völxen, der den Gedankengängen seines neuen Mitarbeiters gerade nicht ganz folgen kann. Er blickt fragend in die Runde, die sich zur späten Nachmittagsstunde in seinem Büro versammelt hat. Erwin Raukel fehlt. Keiner hat nach ihm gefragt, also geht Völxen davon aus, dass bereits alle im Bilde sind.

»Erhellen Sie uns, Kommissar Tadden«, fordert Völxen.

»Auf dem Streckenabschnitt, an dem der Unfall geschah, wuchs kein Getreide. Da standen Mais und Rüben, das kann man noch gut erkennen, auch wenn die Felder schon umgepflügt sind. Woher also kam das Stroh?«

»Am Wagen war auch welches«, meldet sich nun Rifkin zu Wort. »Etliche Halme an der Kühlerhaube. Ansonsten nichts. Weder Blut noch Tierhaare. Nur Stroh.«

Tadden wirft ihr einen aufmerksamen Blick zu.

»Es kann von einem Trecker stammen, der Heuballen geladen hat. In der Gegend gibt es viele Pferdeställe«, erklärt Fernando.

Sein Kollege widerspricht: »Dann wäre das Stroh entlang der ganzen Straße verteilt. Ist es aber nicht.«

»Was ist denn deine Theorie?«, wendet sich Oda Kristensen an Tadden.

»Jemand könnte im Straßengraben oder hinter einem Baum gewartet und im passenden Moment einen Strohballen, ein Bündel oder etwas Ähnliches auf die Straße geworfen haben, um so den Unfall zu provozieren.«

»Vielleicht eine Wildschweinattrappe aus Stroh«, lästert Fernando.

»Nun lass ihn doch! So abwegig finde ich das gar nicht«, schnauzt Rifkin Fernando an.

»Was geschah dann?«, fragt Völxen und lehnt sich mit verschränkten Armen in seinem Sessel zurück.

»Der Täter hat das Strohgebinde nach dem Unfall wieder mitgenommen. Aber natürlich sind dabei Halme liegen geblieben, es war ja dunkel, und er musste sich möglichst rasch vom Ort des Geschehens entfernen.«

Für ein paar Sekunden herrscht Schweigen im Büro.

»Gut«, meint Völxen. »Mal angenommen, es hat sich so zugetragen. War das dann ein übler Streich, der ein Zufallsopfer traf, oder ein gezielter Anschlag? Wenn es nämlich Letzteres war, woher wussten der oder die Täter, die im Straßengraben lauerten, wann Engelhorst vorbeikommt? Wie wollen sie bei Nacht und Nebel erkannt haben, dass sich Engelhorsts Fahrzeug nähert und kein anderes? Das dürfte nicht einfach sein, wenn man nur Scheinwerfer sieht.«

Auch darauf hat Tadden eine Antwort. »Entweder, jemand ist ihm bereits von der Tiefgaragenausfahrt der Bank aus gefolgt und hat einer zweiten Person, die an der Landstraße wartete, von unterwegs rechtzeitig Bescheid gegeben. Nachts dürfte dort kaum Verkehr herrschen, es war schon heute Vormittag sehr wenig los. Zweite Möglichkeit: Er wurde getrackt. Entweder über sein Handy oder er hatte einen GPS-Tracker am Auto. Dann könnte es auch ein Einzeltäter gewesen sein.«

»Einen GPS-Tracker«, wiederholt Völxen. »Sie meinen, so etwas, wie es für Hundehalsbänder zu kaufen gibt.« Er schaut dabei Oscar an, der sich gelassen in seinem Korb rekelt.

»Im Prinzip ja. Es gibt sie mittlerweile in allen Variationen und für alle möglichen Anwendungen zu kaufen.«

Wieder sagt niemand etwas, vermutlich, weil keiner den Neuen an seinem ersten Tag brüskieren möchte.

Völxen holt tief Atem. »Gut, und wer hätte nun ein Motiv, haben Sie da auch schon eine Idee?«

»Die Ehefrau als vermutliche Haupterbin?«, schlägt Tadden vor.

»Außerdem hat Engelhorst laut seiner Sekretärin mit der Bank eine Abfindung von vierhunderttausend Euro ausgehandelt. Der Vertrag zwischen Engelhorst und den anderen Vorständen sollte am Freitag bei einem Notar unterzeichnet werden. Da er nun tot ist, spart sich die Bank das Geld.«

»Er wollte sich zur Ruhe setzen?«, fragt Völxen nach.

»Nicht ganz freiwillig«, gibt Fernando zu bedenken. »Sie haben ihn rausgeekelt, weil er gegen ihre Fusion mit einer Großbank war.«

»Für vierhunderttausend würde unsereins vielleicht morden, aber für eine Bank sind das doch eher Peanuts«, wirft Oda ein.

»Meine Rede«, nickt Fernando.

Tadden bleibt hartnäckig. »Vielleicht ging es um etwas Gravierenderes als um die Abfindung. Möglicherweise wusste Engelhorst etwas, das diese Fusion gefährdet hätte.«

»Nur saßen seine Kompagnons zur Zeit des Unfalls fröhlich beisammen und feierten den Abgang des Seniorchefs«, wendet Fernando ein.

»Diese Sekretärin«, hakt Oda nach. »Was erzählt die sonst noch?«

»Engelhorst war als Chef okay, aber ein Macho und ein Weiberheld, zumindest früher, seine Ex-Frau war ein geltungssüchtiger Drachen, und seine Neue hat ihn vernachlässigt«, bringt es Fernando auf den Punkt. »Deren Trauer scheint sich übrigens in Grenzen zu halten, aber bei der Erwähnung des Namens ihrer Vorgängerin ist sie abgegangen wie Schmidts Katze.«

Tadden nickt bestätigend.

Völxen mischt sich ins Gespräch: »Tut mir leid, aber ich kann mir beim besten Willen nicht vorstellen, dass die Ehefrau oder einer von diesen Bankern sich bei Kälte und Dunkelheit mit einem Strohballen im Straßengraben auf die Lauer legt – nichts für ungut, Tadden.«

»Solche Leute lassen für gewöhnlich andere die Drecksarbeit erledigen«, widerspricht Rifkin.

»Du meinst, jemand hat einen Killer angeheuert«, spottet Fernando. »Ich sehe schon die Schlagzeile: Der Strohballen-Mörder ...«

»Schluss damit!« Völxen hat genug. »Ich fasse zusammen: Die

Strohballen-Theorie ist nicht ganz von der Hand zu weisen, wenn auch nicht sonderlich wahrscheinlich. Ehe ich sie dem Staatsanwalt präsentiere, hätte ich gerne noch das Ergebnis der Obduktion ... «

»Ich habe noch immer nichts gehört«, sagt Oda. »Wahrscheinlich gibt's bei Bächle wieder mal einen *Leichenschtau*!«

»Wie war überhaupt dein Ausflug aufs Land?«, fragt der Hauptkommissar.

»Schön. Nettes Anwesen in Dorfrandlage, die nächsten Nachbarn mindestens zwei Kilometer weit weg ...«

»Die Immobilie interessiert uns gerade weniger«, protestiert Völxen.

»Die Hausherrin war nicht da, aber ich hatte eine aufschlussreiche Unterhaltung mit ihrer Tochter Frauke, die aber bald ausziehen wird, weil, ich zitiere, *ihre Mutter wie ein schwarzes Loch ist, das allen um sie herum die Energie absaugt.*«

»Toller Vergleich«, findet Fernando.

»Sie wäre technisch in der Lage, die Kommentare anonym zu verfassen, aber sie ist mehr der spontane Typ. Der Sohn ist außen vor, er ist Mamas Liebling. Frauke hat auf subtile Art ihre ältere Schwester Manuela verdächtigt. Sie sei psychisch labil und nicht sehr lebenstüchtig. Manuela wurde als Einzige von ihrem Vater finanziell unterstützt, was Frauke ziemlich wurmt. Sie hat außerdem angegeben, dass ihr Vater und ihre Mutter in letzter Zeit kaum Kontakt hatten.«

»Und die Mitbewohner?«, fragt Völxen.

»Mir ist nur eine junge Frau begegnet, Tamara, eine Studentin. Sie ist gerade erst eingezogen, ihren Nachnamen kannte Frauke nicht. Die andere Mieterin ist Rieke Wiegand, geschieden, zweiundvierzig, Verwaltungsangestellte bei der Landeskirche, keine Vorstrafen, ich habe sie überprüft. Frauke gab an, es habe stets viel Wechsel bei den Mitbewohnern gegeben.«

»Woran das wohl liegt?« Dieses Mal ist es Völxen, der lästert.

»Vielleicht gab es in dem Zusammenhang mal böses Blut«, schließt Oda ihren Bericht.

Völxen bedankt sich und beendet das Meeting.

Kurz danach beschließt der Hauptkommissar, heute einmal pünktlich Schluss zu machen. Morgen ist auch noch ein Tag, hoffentlich ein besserer als der heutige. Zuerst der Ärger mit Raukel, dann diese Ermittlungen, die wahrscheinlich für nichts und wieder nichts angestellt wurden. Er hätte die Frau heute Morgen sofort abwimmeln sollen.

Er steht auf und will gerade den Hund anleinen, als sein Telefon klingelt. Es ist Frau Cebulla, aber sie verabschiedet sich nicht wie erwartet in den Feierabend, sondern kündigt Besuch an. »Staatsanwalt Feyling möchte Sie sprechen.«

»Der Wikinger? Jetzt? In welcher Angelegenheit?«

»Das hat er nicht gesagt. Soll ich noch warten?«

»Nein, Frau Cebulla, bitten Sie ihn herein, und dann gehen Sie nach Hause.«

Völxen schafft es mit Mühe und Not, den enttäuschten Oscar mithilfe eines Stücks getrocknetem Pansen wieder in seinen Korb zu locken und ihm einzuschärfen, sich zu benehmen, als es schon an der Tür klopft.

»Herein!«

Der Zweimetermann mit dem roten Strubbelbart und dem zum Pferdeschwanz gebundenen rötlichen Haar betritt den Raum und begrüßt erst Völxen und dann den Hund. »Endlich lerne ich das legendäre Tier einmal kennen. Oscar heißt er, nicht wahr?«

Der Angesprochene hebt den Kopf.

»Platz! Und bleib!«, zischt Völxen seinem Hund zu. Der scheint den Ernst der Lage zu erkennen und widmet sich wieder seinem Kauartikel. Der Staatsanwalt nimmt seinerseits auf dem Besucherstuhl Platz und bläht die Nüstern, denn Oscars Leckerli verströmt einen strengen Duft.

»Was führt Sie zu mir, Herr Feyling?« Völxen hofft, dass es nichts mit Raukel zu tun hat. Ist die Anklage wegen Körperverletzung am Ende auf dessen Tisch gelandet?

»Ich hatte vorhin ein Gespräch mit einer ziemlich resoluten Dame, die mich wegen des Verdachts eines Tötungsdeliktes aufsuchte.«

»Doch nicht etwa Charlotte Engelhorst?«, entfährt es Völxen.

»Genau die. Eine anstrengende Person.«

»Bei wem war sie noch? Polizeipräsident, Innenminister, Altbundeskanzler?«

»Anscheinend kennt sie *people in high places.*« Feyling grinst unter seinem Bartgestrüpp.

»Dann sind Sie also im Bilde?«

»In allen Einzelheiten. Ich wollte nur wissen, für den Fall, dass die Dame demnächst wieder auf meiner Matte steht: Was haben Sie unternommen? Haben Sie etwas unternommen?«

»Meine Leute haben sich ein wenig umgehört«, bekennt Völxen, der nicht sicher ist, ob dem Staatsanwalt der vorauseilende Gehorsam seiner Mitarbeiter gefallen wird. »Ich wollte erst einmal sehen, ob an der Sache etwas dran ist, ehe ich Sie wegen eines offiziellen Ermittlungsauftrags kontaktiere.«

»Und? Was kam dabei heraus?«

Völxen entscheidet sich für die Flucht nach vorn und legt sämtliche Ergebnisse auf den Tisch, einschließlich Joris Taddens Strohballen-Theorie. »Dieses Szenario stammt allerdings von unserem neuen Kommissar zur Anstellung. Wir wollten ihn nicht gleich an seinem ersten Arbeitstag abbürsten und frustrieren, wenn Sie verstehen, was ich meine.«

»Nun ja, es klingt zwar etwas abenteuerlich, aber völlig unmöglich ist es nicht«, meint Feyling. »Gut, dann bin ich im Bilde und kann Frau Engelhorst ehrlichen Gewissens versichern, dass die Ermittlungen auf Hochtouren laufen.«

»Ich fürchte nur, es wird nicht mehr dabei herauskommen als das, was wir bereits haben«, gibt Völxen vorsichtig zu bedenken.

Es klopft erneut an die Tür, und ehe Völxen etwas erwidern kann, betritt Oda das Büro und sagt beim Anblick des Staatsanwalts: »Entschuldigung, ich wollte nicht stören. Ich kann auch später wiederkommen.«

»Wir haben keine Geheimnisse. Unsere Freundin hat heute Nachmittag auch bei Herrn Feyling vorgesprochen.«

»Na, so was«, grinst Oda und erklärt: »Der Obduktionsbericht kam eben von Dr. Bächle. Engelhorst hatte zwar Prellungen und ein Schleudertrauma, aber gestorben ist er definitiv an einem Herzinfarkt. Die Frage ist nun: Hat der Infarkt den Unfall verursacht? Oder hat er den hinterher bekommen, vor lauter Schreck?«

Völxen und der Staatsanwalt sehen erst einander an, dann Oda.

»Ja, was denn nun?«, fragt Völxen ungeduldig.

»Es lässt sich nicht feststellen«, antwortet Oda. »Ich habe Dr. Bächle extra noch einmal angerufen, aber *er mag sich nicht feschtlägen. Seine Worte.*«

»So ein Mist«, knirscht Völxen.

Staatsanwalt Feyling zwirbelt kurz seinen Bart, dann ergreift er das Wort. »Wie dem auch sei. Somit gehen wir von einer natürlichen Todesursache aus und schließen den Fall ab.«

»Und die Strohhalme?«

»Herr Hauptkommissar, ich bitte Sie. Strohhalme! Das hätte ja fast etwas Metaphorisches, wenn wir uns an die klammerten.« Feyling schmunzelt über seinen eigenen Scherz, ehe er wieder ernst wird und sagt: »Ich sehe so oder so keinen Ermittlungsansatz.«

»Das müssen wir unserer Influencerin jetzt nur noch diplomatisch beibringen.«

»Das übernehme ich«, erbietet sich Feyling.

»Das lobe ich mir!«, meint Oda. »Ein furchtloser Recke, der sich todesmutig dem Drachen stellt.«

Feyling lacht. »Nein, das ist kein Todesmut, nur Pragmatismus. Wenn Sie es ihr sagen, kommt sie sowieso innerhalb der nächsten fünf Minuten zu mir und beschwert sich. Ich wünsche einen schönen Feierabend.«

Völxen atmet tief durch, nachdem sich die Tür hinter dem furchtlosen Recken geschlossen hat. »Das hätten wir vom Tisch!«

»Ja, zum Glück«, meint Oda und setzt sich auf den Stuhl, dessen Sitzfläche noch warm ist vom Gesäß des Staatsanwalts. »So, Völxen, und jetzt erzähl mir endlich, was mit Raukel los ist. Alles, bis ins kleinste Detail.«

Montagabend, 14. Februar, das Ende eines langen Tages

»Hm, Lasagne!« Völxen schaut erwartungsvoll durch die Scheibe des Backofens. »Das ist der erste Lichtblick heute.«

»So schlimm?«, fragt Sabine.

»Das war vielleicht ein Scheißtag!«, stöhnt Völxen, während er sich eine Flasche Pils aus dem Kühlschrank nimmt. »Erst musste ich Raukel für drei Monate suspendieren, und dann habe ich deine Freundin kennengelernt ...«

»Welche Freundin?«

»Diese Gartenbloggerin. Oder vielmehr *Vloggerin.*«

»Charlotte Engelhorst? Wirklich?« Sabines Miene erhellt sich.

»Ja, ich kann dir sagen ...« Dienstvorschriften hin oder her, Völxen drängt es, sich den Ärger von der Seele zu reden. Da der Fall ja nun keiner mehr ist, sieht er das Ganze etwas lockerer.

»Was, wenn sie doch recht hat mit ihrem Verdacht? Sie hat normalerweise ein gutes Gespür.«

»Für Salatköpfe vielleicht.«

»Kann es sein, dass du voreingenommen bist?«, stichelt Sabine.

»Kann es sein, dass du bereits gehirngewaschen bist, weil du zu viel *Gartenzaun*-Propaganda konsumiert hast?«

»Wie bitte? Ich bin also *gehirngewaschen,* weil ich nicht deiner Meinung bin! Wo sind wir denn hier, im Völxen-Kalifat?« Angriffslustig fixiert Sabine ihren Ehemann über den Tisch hinweg. Das Duell dauert ein, zwei Sekunden, dann müssen beide lachen.

»Völxen-Kalifat, das gefällt mir!«

»Klar, das würde dir so passen.«

Der Backofen piept. Sabine nimmt die Lasagne aus dem Ofen und stellt sie auf den Küchentisch.

»Ach, da du gerade stehst, Weib – der Sultan hätte gerne noch ein Bier!«

Zwei Tage später,
Mittwochabend, 16. Februar

Vor einem halben Jahr verschwand Irina Jyrkiäinen, alias *Mause-zahn*, gebürtige Sibirierin mit finnischem Pass, abrupt und mit viel Drama aus Erwin Raukels Leben. Seiher geht er nur noch selten aus. Es macht ihm keine Freude mehr. Hin und wieder, wenn ihm die Mikrowellen-Fertiggerichte zum Hals heraushängen, isst er irgendwo einen Happen, spült ihn mit ein, zwei Bieren hinunter und geht dann wieder nach Hause, wo er sich auf dem heimischen Sofa den einen oder anderen edleren Tropfen genehmigt.

Raukel meidet in letzter Zeit jedoch nicht nur Kneipen, sondern auch den Balkon seiner Wohnung in der Calenberger Neustadt. Denn gegenüber, auf der anderen Seite des Hinterhofs, liegt der Balkon, auf dem dieses Prachtweib erstmals auftauchte und ihm, nach einigem Zieren und Zaudern, scheinbar schüchtern zuwinkte. So nahm jene *amour fou* ihren Anfang, die ihresgleichen suchte. Zu guter Letzt aber entpuppte sie sich als Mesalliance und endete für beide Seiten schmachvoll.

Inzwischen wohnt dort ein junges Hipster-Pärchen, und Raukel denkt bisweilen über einen Umzug nach. Es wäre bestimmt nicht schwer, etwas Passendes zu finden, denn er ist der ideale Mieter: Beamter, ledig, Nichtraucher, keine Haustiere. Solche Überlegungen haben allerdings nicht nur sentimentale Gründe. Bevor Irina verhaftet und wegen Schwarzarbeit, Menschenhandel, Steuerhinterziehung und diversen anderen Vergehen angeklagt wurde, hat sie Raukel als Polizeispitzel beschimpft und ihm mit Rache gedroht. Bei einer leidenschaftlichen Frau wie Irina kann man nie wissen, ob sie ihre Drohungen nicht in die Tat umsetzt. Noch dazu, da ihm ein Vögelchen bei der Staatsanwaltschaft zwitscherte, dass Irina zwischenzeitlich gegen eine hohe Kaution wieder auf freiem Fuß wandelt.

Im Grunde hat Raukel keine Angst vor ihr, er ist schließlich kein Feigling. Das leise Unbehagen, das er zuweilen verspürt, ist noch zu schwach, um gegen sein Phlegma anzukommen. So konnte er sich bisher nicht dazu durchringen, die Fühler nach einer neuen Wohnung auszustrecken.

Sein Mausezahn tat ihm allerdings unrecht mit ihrem Verdacht. Er war nicht nur kein Spitzel, sondern wirklich vollkommen ahnungslos. Was sie betraf, versagte sein legendärer Riecher total, konzentrierte er sich doch hauptsächlich auf ihre körperlichen Vorzüge, ihren Humor und ihre Trinkfestigkeit. Womit sie ihr Geld verdiente, war für Raukel von eher untergeordnetem Interesse.

Hätte er das mit den Kneipen doch weiter so gehandhabt, anstatt an jenem unseligen Abend vergangene Woche in seiner alten Stammkneipe zu versumpfen. Es wäre ihm eine Menge Ärger erspart geblieben. Aber die Dinge sind nun einmal, wie sie sind. Er hat Mist gebaut. Krasse Fehleinschätzung einer völlig harmlosen Situation, er kann sich immer noch nicht erklären, wie es dazu kommen konnte.

Drei Monate suspendiert. Raukel weiß beim besten Willen nicht, wie er dieses Vakuum füllen soll. Sosehr ihn im Dienst manches nervt, respektive der Schafstrottel, so ist sein Beruf doch das, was ihn ausfüllt und sein Leben strukturiert. Etwas, das er kann: ermitteln, Verbrecher zur Strecke bringen. Darin ist er gut. Weil er eben diesen Riecher hat.

Was soll er nur die ganze Zeit machen?, fragt er sich nun, als er auf dem Sofa sitzt und in seinem Riesenfernseher irgendein schwachsinniger Krimi läuft. Nicht einmal verreisen kann er, weil man ihn zur Teilnahme an diesen Idiotenveranstaltungen verdonnert hat. Heute Morgen hat ihm Völxen die Anmeldeunterlagen gemailt. Zwei Wochenendseminare, der Rest sind wöchentliche Sitzungen.

Womit aber soll er die restliche Zeit totschlagen? Yoga? Angeln? Tauben füttern im Park? *Komm schon, Raukel, jetzt mal ernsthaft!*

Um sein Hirn auf Touren zu bringen, schenkt er sich einen alten Schotten ein und hält das funkelnde Glas gegen das Licht, ehe er daran riecht und schließlich den ersten Schluck trinkt.

Whiskyverkostungen hat er im Lauf der Jahre schon zahlreiche hinter sich, mit Musik, mit Literatur oder einfach pur. Irgendwie ist das auch immer wieder dasselbe. Er könnte zur Abwechslung ein Weinseminar besuchen. Vielleicht sollte er ganz auf Wein umsteigen, er wird schließlich nicht jünger. *Weinverkostung*, schreibt er auf einen Notizblock.

Raukel ist kein Alkoholiker, auch wenn Kleingeister wie der Schafstrottel gerne diesen Anschein erwecken. Er ist ein Genießer. Wenn Völxen einen Säufer sehen wollte, dann hätte er mal Raukels Vater treffen müssen! Der war ein echter Quartalssäufer, er konnte wochenlang nichts trinken, aber dann eine Sauftour von mehreren Tagen hinlegen, bis er bewusstlos in der Gosse oder einer Ausnüchterungszelle landete. Er wurde nur einundsechzig, Friede seiner Asche!

Der Krimi ist zu Ende.

Bisher hat es Raukel nie etwas ausgemacht, die Abende alleine vor dem Fernseher zu verbringen, im Gegenteil, er hat seinen Feierabend genossen, manchmal regelrecht zelebriert. Das erste Glas auf dem Sofa, der erste Schluck des Abends, in solchen Momenten war er ganz bei sich. Seit vorgestern klappt das nicht mehr. Es funktionierte nur, solange er wusste, dass er am nächsten Tag oder nach dem Wochenende wieder zum Dienst musste. Nun ist es plötzlich völlig egal, wann er schläft, wann er wach ist, wann er isst, wann er trinkt, niemanden interessiert das. Er könnte sterben und wochenlang unbemerkt vermodern. Dieser Gedanke jagt ihm eine Heidenangst ein.

Er muss unter die Leute, sonst kriegt er noch Zustände!

Gedacht, getan. Die kühle Nachtluft tut gut, und ein frischer Wind bläst die trüben Gedanken fort. Es ist wenig los in der Stadt, und die Kälte lädt nicht gerade zum Flanieren ein. Wohin? Seine Stammkneipe ist ihm gründlich verleidet worden. Wie sie plötzlich alle gegen ihn waren, diese Verräter! Garantiert hat sich die Sache längst auch in den umliegenden Kneipen herumgesprochen. Also auf zu neuen Ufern! Er hält ein Taxi an und lässt sich in die Südstadt bringen. Dort ist die Kneipendichte ohnehin höher.

Seine Wahl fällt auf eine verräucherte Eckkneipe, in der das

Publikum ebenso abgerissen ist wie das Mobiliar. Raukel mag solche Kneipen, manchmal ist er einfach in der Stimmung dafür, und heute ist so ein Tag.

Er marschiert zum Tresen, an dem sich drei müde Gestalten festgesaugt haben, und bestellt ein Pils.

»Erwin?«

Ein älterer, leicht korpulenter Mann mit schütterem Haar, der vor einem fast leeren Bierglas am Tresen sitzt, dreht sich nach ihm um. Sein Gesicht ist rot und aufgedunsen, die hellblauen Augen blicken ihn lauernd an.

Raukel nimmt die Gestalt ins Visier und kramt in seinem phänomenalen Gedächtnis. »Otto? Otto Rothnagel?«

Der andere grinst.

Rothnagel, Spitzname Notnagel, sein Jahrgang, Ex-Polizist, einer, der die Kurve nicht gekriegt hat. War einst bei der Sitte, tauchte aber selbst zu tief ins Milieu ein. Typisches Bock-zum-Gärtner-Syndrom. Er hatte Spielschulden, nahm Schmiergeld von Zuhältern an, flog auf, wurde entlassen, man verlor sich aus den Augen.

»Erwin Raukel! Mich laust der Affe! Was treibt dich denn hierher?«

»Das Schicksal, vermutlich.«

»Du bist noch immer bei den Bullen, stimmt's?«

»Wie man's nimmt«, antwortet Raukel und zu dem Mann hinterm Tresen: »Noch ein Bier für meinen alten Freund.«

Zwei Herrengedecke weiter sind die beiden über ihre jeweiligen Lebenssituationen im Bilde. Verglichen mit dieser verkrachten Existenz ist Raukel noch wirklich gut dran, erkennt er, was seine trübe Laune etwas hebt. Dessen Werdegang ist typisch für einen gefallenen Bullen. Er hangelte sich von Job zu Job, Sicherheitsdienst, Privatdetektiv, Aufsicht in einer Spielhölle. Inzwischen lebt er von Hartz-IV. Alles nicht rosig. Schulden hat er auch.

Raukel dagegen verfügt über gewisse Ersparnisse, und da sein Alkoholspiegel gerade jenen Pegel erreicht hat, an dem sein Verstand präzise wie ein Uhrwerk arbeitet, kommt ihm eine geniale Idee. »Otto, was würdest du sagen, wenn ich einen Job für dich hätte?«

»Wassn für'n Job?«

»Es ist nichts Illegales. Auch keine körperliche Arbeit. Du müssest nur zur rechten Zeit am rechten Ort rumsitzen und ein interessiertes Gesicht machen. Gegen Bares. Im Voraus.«

In die trüben Augen tritt ein wacher Glanz. »Lass hören!«

Joris Tadden klappt den Koffer zu und schiebt ihn auf den Schrank, neben den anderen, den er schon ausgeräumt hat. Damit wäre sein Umzug erledigt. Er muss lächeln, weil Fernando sich – vermutlich unter größter Überwindung – erboten hat, ihm dabei zu helfen. »Ist absolut nicht nötig«, hat Tadden versichert. Alle seine Sachen passen in zwei Koffer und einen Rucksack, und mehr sollte es auch nicht werden. Jahrelang ist er mit deutlich weniger ausgekommen und hatte nicht das Gefühl, dass ihm etwas fehlte. Er kann nicht verstehen, warum die Menschen sich mit so viel Dingen umgeben, die im Fall einer Flucht nur lästiger Ballast sind. Flucht? Hat er eben Flucht gedacht? Was für ein Unsinn. Im Fall einer *Veränderung*. So wie jetzt gerade. Jedenfalls legt er Wert darauf, flexibel zu bleiben.

Seine Klamotten liegen jetzt ordentlich gefaltet und etwas verloren in den Schrankfächern. Es ist aber auch ein Trumm von einem Schrank, dunkles Holz mit verschnörkelten Zierleisten, ein schönes Exemplar, vielleicht sogar antik. Viele der Möbel bei Pedra Rodriguez sehen so aus, und ihm gefällt diese Wohnung, dieser eigenwillige Stilmix aus spanisch-düsterem Mobiliar und Ikea. Und er mag Pedra Rodriguez, sie war ihm gleich sympathisch. Auch Fernando ist okay, nur manchmal ein rechter Kindskopf, kaum zu glauben, dass der Mann schon Mitte vierzig ist. Wenn Tadden mit ihm zusammen im Dienst ist, kommt er sich vor, als wäre er der Ältere, Vernünftigere.

Sein dritter Tag auf der Dienststelle ist also vorbei. Er denkt noch immer über den Unfall dieses Bankers nach. Und über seine Theorie mit den Strohhalmen. Gestern, beim Morgenmeeting, hat Hauptkommissar Völxen verkündet, dass der Staatsanwalt beschlossen hat, keine Ermittlungen aufzunehmen. Ein Herzinfarkt ist zweifellos eine natürliche Todesursache, der Mann war im gefährlichen Alter, und der Staatsanwalt hat ein Machtwort gesprochen. Befehl ist Befehl. Tadden kennt und akzeptiert das.

Allerdings erweckten seine Kollegen auch nicht unbedingt den Eindruck, als wären sie an der Klärung der Todesumstände dieses Bankers rasend interessiert. Sogar Elena Rifkin, die seine Strohballen-Theorie teilte oder zumindest nicht als Blödsinn abtat, ließ zuletzt in der Sache nur noch ein zackiges »Jawohl, Herr Hauptkommissar« hören.

Vielleicht haben die anderen mit der Zeit ein Gespür dafür entwickelt, wann es sich lohnt, tiefer zu bohren, und wann man sich bloß verrennt. Tadden wird sich daran gewöhnen müssen, dass es Fälle gibt, die trotz eines leisen Zweifels, eines unguten Bauchgefühls, zu den Akten gelegt werden.

Es klopft sachte an seine Tür. Pedra Rodriguez will wissen, ob er zurechtkommt oder noch etwas braucht.

»Nein danke, alles bestens.«

»Möchten Sie vielleicht noch ein Glas Rotwein mit mir trinken?«

»Ich trinke während der Woche nicht. Aber wenn ich mir einen Tee machen darf, leiste ich Ihnen gern noch ein wenig Gesellschaft.«

»Dann nehme ich auch Tee«, lenkt Pedra ein. »Ist eh gesünder.«

»Es ist ein sehr schönes Zimmer, vielen Dank noch mal.« Tadden gießt das heiße Wasser in die Kanne.

»Das Bett und die Gardinen sind neu, aber sonst ist alles noch von früher. Schrank, Kommode, Lampen, lauter alte Erbstücke. Als Fernando die ersten Mädchen hierherbrachte, mussten wir die Tapete mit den kleinen Rennwagen abreißen und die Wand neu streichen. Fernando war es peinlich.«

Tadden grinst.

»Sein ganzer Krempel liegt schon seit Jahren auf dem Speicher, in Kartons. Der kann ja nichts wegwerfen. Jetzt denkt er, Leo will mit seinen alten Sachen spielen. Aber in den Plüschtieren hausten schon die Motten, die musste man alle wegwerfen, und für die Eisenbahn ist Leo noch zu jung.«

Es klingelt, zweimal kurz, dann wird die Tür aufgeschlossen, und das Ehepaar Rodriguez kommt herein. Jule stellt eine Flasche Wein auf den Tisch. »Das kleine Monster schläft tief und fest, ich dachte, wir sollten den neuen Hausgast begrüßen.«

Tadden ist aufgestanden und reicht Jule die Hand. »Ich bin Joris.«

»Jule. Aber das weißt du sicher schon.« Ihre bernsteinfarbenen Augen mustern ihn mit freundlicher Aufmerksamkeit.

»Du bist eine Legende auf der Dienststelle«, meint Tadden.

»Was, wirklich? Wer sagt das?«

»Alle.«

»Sie übertreiben.« Jule wird ein bisschen rot.

»Was trinkt ihr denn da?«, fragt Fernando.

»Tee«, meint Pedra. »Setzt euch doch. Tee oder Rotwein?«

»Was für eine Frage!« Fernando nimmt den Korkenzieher aus der Schublade.

Nachdem die Kanne leer ist, werden die Teetrinker wankelmütig und lassen sich doch noch ein Glas Rotwein einschenken. Fernando öffnet eine zweite Flasche. Tadden versucht im Verlauf der lockeren Unterhaltung, Fernandos Frau einzuschätzen. Er erinnert sich an Odas Bemerkung, sie und Fernando hätten einander im Dienst kennengelernt. Und dass Jule Völxens Liebling war. Sie ist auf jeden Fall ernsthafter und wahrscheinlich auch klüger als ihr Mann. Hätte er die beiden einzeln kennengelernt, wäre er wohl nie auf die Idee gekommen, dass sie ein Ehepaar sein könnten.

»Choriz, haben Sie eine Freundin?«

»Mamá! Sei doch nicht so indiskret, also wirklich!«, protestiert Fernando, aber auch ihm steht die Neugierde ins Gesicht geschrieben.

Tadden winkt ab und antwortet: »Nein, im Moment nicht. Hier, in Hannover, kenne ich ja noch niemanden. Ich möchte mich jetzt erst einmal auf die Arbeit konzentrieren. Meine letzte Freundin ...«, er unterbricht sich, denn eigentlich geht das die Runde wirklich nichts an, » ... es war immer etwas schwierig, als ich noch beim Bund war und mit den ganzen Auslandseinsätzen. Das ist einer Beziehung nicht gerade förderlich.«

»Das kann ich mir vorstellen«, meint Jule, und da sie merkt, dass ihm das Thema peinlich ist, fragt sie rasch: »Was ist eigentlich aus deinem ersten Fall geworden, Joris? Diesem Banker, der angeblich den Unfall hatte?«

»Wir besprechen immer unsere Fälle«, erklärt Fernando. »Genau genommen reden wir über *meine* Fälle. Über ihre vom LKA erfahre ich nie etwas. Aber bidde verrat mich nicht«, fleht Fernando schon mit leichtem Zungenschlag vom Rioja.

»Ich werde schweigen wie ein Grab«, versichert Tadden. »Der Fall ist abgeschlossen«, beantwortet er Jules Frage.

»Der gute Mann hatte wohl einen Herzinfarkt, und der Staatsanwalt meinte, das war's«, führt Fernando aus. »Aber du bohrst in einer offenen Wunde«, fügt er hinzu.

»Warum?«, fragt Jule.

»Joris ist mit seiner Strohballen-Theorie an Völxens mangelnder Vorstellungskraft und an der Ignoranz des Staatsanwalts gescheitert.«

»Wer bohrt denn jetzt in offenen Wunden?« Jule wendet sich an Pedras neuen Hausgast: »Ich würde mir die Strohballen-Theorie gerne anhören.«

»Ist nicht mehr wichtig«, meint Tadden und steht auf. »Ich leg mich jetzt hin, ich merke den Wein schon. Danke für den netten Abend.«

Als Raukel zwei Stunden später die Kneipe verlässt, ist er heiter gestimmt. Was für eine wundersame Fügung, dass ihm ausgerechnet heute sein alter Kollege, an den er wirklich schon ewig nicht mehr gedacht hat, über den Weg lief. Sie sind rasch handelseinig geworden und nicht nur das. Rothnagel brennt darauf, seine neue Aufgabe zu erfüllen, die Raukel ihm entsprechend schmackhaft gemacht hat. Raukels angeknackstes Selbstwertgefühl ist beinahe wieder intakt, und während er fröhlich von dannen schreitet, triumphiert er im Stillen. *Ihr Ärsche, ihr kriegt mich nicht klein! Von wegen Diversitätssensibilisierung, Awareness und Anti-Aggression!*

Der Notnagel kriegt das hin, Raukel muss ihn nur entsprechend briefen und manierlich herrichten. Es geht nicht, dass der Kerl aussieht wie ein Penner, das fällt ja alles auf ihn, den wahren Haupt-kommissar Erwin Raukel, zurück.

Voller Elan und auch, um seinen Kopf und seine Kleider vom Kneipenmief auszulüften, entschließt er sich sogar, zu Fuß nach Hause zu gehen. Vielleicht findet sich unterwegs noch eine Lokali-tät für einen kleinen Absacker, wer weiß? Es herrscht wenig Ver-kehr, und deshalb fällt ihm auch der Wagen auf, der auf der ande-ren Straßenseite an einer Bushaltestelle anhält. Außerdem sieht man einen Maserati nicht jeden Tag und an jeder Ecke. Die hintere linke Wagentür geht auf, und ein Mann in einem dunklen Mantel steigt aus. Der Typ kommt Raukel vage bekannt vor. Woher nur? Raukel hat seine Schritte verlangsamt und bleibt nun stehen. Den Fahrer des Wagens kann man nicht erkennen, die Scheiben des Maserati sind getönt. Der Mann im Trenchcoat geht um das Auto herum und öffnet die rechte hintere Tür. Sieh an, ein Gentleman, hat man auch immer seltener, denkt Raukel, ehe ihm die Spucke wegbleibt. Denn die Person, die nun aussteigt ... Rifkin?! Das ist Elena Rifkin, ohne jeden Zweifel. Dort, wo sie ausgestiegen ist, wohnt sie aber gar nicht. Ihre Wohnung liegt zwei Querstraßen weiter, das weiß er, denn er hat sie schon mit dem Dienstwagen dort abgesetzt. Nach oben gebeten wurde er allerdings noch nie, aber das ist wiederum typisch Rifkin.

Was gar nicht typisch ist, eigentlich undenkbar, das ist Rifkin, die aus einem Maserati steigt. Die ist doch keine Bonzenbraut! Andererseits – was weiß er schon von ihr? Obwohl er und die junge Kollegin im Dienst gut miteinander klarkommen, pflegt sie Beruf-liches und Privates strikt zu trennen. Man sehe sich im Dienst oft genug, ist ihre Meinung zu diesem Thema, er solle es nicht persön-lich nehmen. Im letzten Herbst waren sie mal zusammen etwas trinken, aber nur weil es galt, Raukels Liebeskummer sowie ein gemeinsam begangenes dienstliches Missgeschick in Wodka zu ertränken.

Raukel ist stehen geblieben und beobachtet die Szene, die von einem vorbeifahrenden Auto mit grellen Scheinwerfern aus dem Halbdunkel gerissen wird. Der kurze Moment, in dem das Gesicht des zuvor ausgestiegenen Mannes angeleuchtet wird, genügt, um

Raukels phänomenalem Gedächtnis auf die Sprünge zu helfen. Hätte er nicht ohnehin schon die Luft angehalten, würde es ihm jetzt endgültig den Atem verschlagen.

Igor Baranow. Er ist es, da gibt's kein Vertun. Igor Baranow, der langjährige Kopf der hiesigen Russenmafia, was man ihm allerdings nie nachweisen konnte. Man konnte ihm überhaupt nie irgendein Delikt nachweisen, obgleich jeder wusste, dass er überall, wo es schmutziges Geld zu verdienen galt, die Finger im Spiel hatte. In letzter Zeit ist es um ihn etwas ruhiger geworden. Vermutlich hat er genug abgesahnt und sich zurückgezogen aus dem kriminellen Milieu. Das munkelt man jedenfalls bei den Kollegen vom Organisierten Verbrechen. Aber macht das einen Unterschied? Einmal Verbrecher, immer Verbrecher.

Völxens Kommissariat hatte vor gut zwei Jahren mit diesem Herrn zu tun. Damals tauchte sein Name am Rande einer Ermittlung im Zusammenhang mit dem Mord an einem Journalisten der *Bild* Hannover auf. Boris Markstein, ein guter Mann, der Raukel gelegentlich gegen kleine Tipps mit exzellentem Malt Whisky versorgte. Möge er in Frieden ruhen! Mit dem Mord an Markstein hatte Baranow zwar nichts zu tun, aber die Ermittlungen störten seine Kreise, und er hatte eine sehr eindrucksvolle Art, ihnen das zu verdeutlichen. Was in aller Welt hat Rifkin mit diesem Dreckskerl zu schaffen? Jetzt öffnet sich automatisch der Kofferraum, und der Mann reicht Rifkin eine Sporttasche, welche Raukel nur zu gut kennt, denn über dieses Ding ist er im Büro schon oft genug gestolpert. Rifkin und Baranow wechseln noch ein paar wenige Worte, dann steigt er ein, und der Maserati fährt davon.

Rifkin schultert ihre Tasche, und dabei blickt sie plötzlich hinüber zu Raukel, der noch immer wie angewurzelt dasteht. Schaut sie ihn an? Erkennt sie ihn? Er ist nicht sicher, denn er befindet sich in der relativen Dunkelheit zwischen zwei Straßenlaternen. Es vergehen zwei, drei Sekunden, in denen beide dastehen wie eingefroren, dann dreht Rifkin sich um und geht langsam die Straße entlang.

Raukel muss nun endlich einmal Luft holen.

Rifkin und Baranow! Rifkin und Baranow? Nein, das ist unmöglich, das kann nur ... Ein Gedankenblitz streift ihn, und plötzlich wird wieder alles hell und klar. Ja! Natürlich! So muss es sein! Sein Weltbild hängt wieder im Lot.

Das ist mein Mädchen!, denkt Raukel und geht erneut fröhlich seiner Wege.

Rifkin tigert in der Küche hin und her. Das war es also mit ihrer Karriere. Ihr Mund ist trocken, sie trinkt ein Glas Wasser, und dann gießt sie sich ins selbe Glas einen großzügigen Schluck Wodka ein. Den hat sie so nötig wie nie.

Dass ihr Verhalten dumm war, weiß sie selbst, und im Grunde wusste sie immer, dass es eines Tages so kommen würde. Irgendwann würde irgendwer sie und Baranow zusammen sehen, trotz aller Vorsichtsmaßnahmen. *Shit happens.* Kein Spruch ist so wahr wie dieser. Dennoch konnte sie sich der archaischen Faszination, die Igor Baranow auf sie ausübte, nicht entziehen. Jedenfalls nicht dauerhaft. Bis vor ein paar Stunden ...

Ausgerechnet heute, sozusagen auf den letzten Drücker, musste es passieren, und um der Sache die Krone aufzusetzen, musste es ausgerechnet Raukel sein, der sie beobachtete. Wieso lungert der eigentlich in den Straßen ihres Viertels herum? Der wohnt da doch gar nicht!

Vielleicht lässt sich noch etwas retten. Immerhin ist Raukel seit zwei Tagen suspendiert, er wird also nicht gleich morgen früh vor den Kollegen mit seiner Beobachtung herausplatzen. Du hast noch Zeit, überleg dir was!

Es klingelt an der Haustür.

Baranow? Was will er, sich entschuldigen? Selbst wenn, es wird nichts ändern. Soll sie einfach nicht öffnen? Das wäre kindisch. Bringen wir die Sache hinter uns, ein für alle Mal.

Sie drückt auf den Türöffner und horcht. Die Schritte, die die Stufen hinaufstapfen, sind nicht seine. Zu langsam, zu schwer. Ein Schrecken durchzuckt sie. Hat er Piotr geschickt, seinen Fahrer und Bullenbeißer – um was zu tun? Sieht er sie als Gefahr, glaubt er, dass sie zu viel weiß? Ihr Gefühl sagt ihr, dass er ihr niemals etwas antun würde, selbst jetzt nicht. Vorsicht, Rifkin! Hat ihr nicht dieser verkorkste Abend deutlich gezeigt, wie wenig Verlass auf ihre Gefühle ist?

Die Schritte sind jetzt etwa im zweiten Stock, Rifkins Wohnung befindet sich im vierten.

Sie läuft ins Schlafzimmer und holt die Pistole aus der Schublade ihres Nachttisches. Die Beretta 92 ist ein Geschenk von Baranow. *In jeden ordentlichen Haushalt gehört eine saubere Waffe.*

Mit sauber meinte er: nicht registriert. Sein Humor wird ihr fehlen.

Die Schritte nähern sich. Eine Gestalt wird auf dem Treppenabsatz sichtbar. Rifkin lädt durch und zielt. Ihre Hand zittert.

Der Mann auf der Treppe starrt erschrocken in die Mündung.

Oscar ist auf der Jagd, zumindest mental. Er liegt in seinem Korb und japst und zappelt mit den Hinterbeinen, als würde er rennen. Der Fernseher läuft, niemand schaut zu. Sabine Völxen hat ihren Laptop auf den Knien, vor ihr steht ein leeres Rotweinglas. Völxen, der sich unbedingt die Spätnachrichten anschauen wollte, ist auf dem Sofa eingenickt. Nun wird er geweckt, denn vom anderen Ende des Sofas her ertönt ein kleines Quieken. Er schreckt hoch. »Was ist?«

Sabine nimmt ihre winzigen Kopfhörer aus den Ohren und meint: »Das wird dir gar nicht gefallen.«

»Was wird mir nicht gefallen?«

Sie dreht das Gerät um und startet das Video, das sie gerade betrachtet hat, neu, dieses Mal mit lautem Ton. Völxen beugt sich vor, starrt auf den Bildschirm, und, nein, was er sieht, gefällt ihm wirklich nicht.

Charlotte Engelhorst sitzt an einem Tisch vor der barocken Anlage der Herrenhäuser Gärten.

»Das ist die Fototapete in ihrem Studio«, erklärt Sabine.

Die Gartenfee ist ganz in Schwarz gekleidet und spricht mit ernster Miene. *Ihr Lieben da draußen, seid gegrüßt. Zuerst muss ich mich entschuldigen, dass ich seit Tagen nichts gepostet habe. Ich konnte einfach nicht. Denn es ist etwas Schreckliches geschehen, ich habe erst jetzt die Kraft gefunden, darüber zu sprechen ...*

An dieser Stelle stockt sie, schnieft und tupft sich mit einem Taschentuch unter den frisch getuschten Wimpern herum.

Entschuldigt. Aber das geht mir an die Nieren. Ich weiß, dass ich oft über ihn geschimpft habe, ich habe manche furchtbaren Dinge über ihn gesagt, nachdem er mich für seine Midlife-Crisis verlassen hatte. Dennoch standen wir uns bis zuletzt sehr nah. Wir haben immerhin drei wunderbare Kinder.

Sodann setzt sie mit Grabesstimme ihre Follower über den Tod ihres Ex-Ehemanns in Kenntnis. Sie schildert in allen Einzelheiten, was geschehen ist und auch wann und wo.

Die Polizei ist der Ansicht, dass es ein Unfall war. Doch es gibt dabei etliche Ungereimtheiten. Wieso kommt jemand auf vollkommen gerader Strecke plötzlich von der Fahrbahn ab und kracht gegen einen Baum? Joachim war ein guter, routinierter Autofahrer.

Deshalb war ich vorgestern bei der Mordkommission. Ich wollte, dass zumindest überprüft wird, ob der Wagen manipuliert wurde. Immerhin gibt es ja Personen, die von seinem Tod ordentlich profitieren werden. Zuerst hat man versucht, mich abzuwimmeln, und jetzt heißt es plötzlich, er hätte einen Herzinfarkt erlitten. Dabei war er immer kerngesund. Und selbst wenn das wahr ist, lautet die Frage doch: Hat der Herzinfarkt zum Unfall geführt, oder war er eine Folge davon? Anstatt jedoch weiter zu ermitteln, teilt mir die Staatsanwaltschaft heute mit, dass die Ermittlungen eingestellt würden.

Herr Hauptkommissar Völxen, ich spreche Sie damit an. Ich hatte gleich den Eindruck, dass Sie mich nicht ernst nehmen. Man trifft als Frau immer wieder auf diese ignorante Haltung, das ist leider der Alltag. Aber dass Sie mir das nicht einmal selbst sagen konnten, sondern sich hinter dem Staatsanwalt, einem Schnösel erster Güte, verstecken, das ist wirklich schlechter Stil. Eins lassen Sie sich gesagt sein: Ich werde nicht aufgeben. Für mich ist der Fall noch lange nicht abgeschlossen. So, ihr Lieben, das musste mal raus. Ich danke euch allen für eure Geduld mit mir und hoffe weiterhin auf eure moralische Unterstützung. Ihr werdet in Zukunft wieder regelmäßig von mir hören, und natürlich halte ich euch in dieser Angelegenheit auf dem Laufenden. Tschüss und bis bald!

Sie winkt in die Kamera, und danach endet das Video.

»Begrüßt du deine Gäste eigentlich immer so? Verdammt, mir zittern jetzt noch die Knie.«

»Du hättest anrufen können. Hast du dein Handy verloren?«

»Manche Dinge bespricht man besser nicht am Telefon.«

Sie sitzen am Küchentisch, die Wodkaflasche in Griffweite. Rifkin hat Kaffee aufgesetzt, das Wasser blubbert durch die Maschine. Die Waffe liegt daneben.

»Keine Sorge, Rifkin, ich werde dich nicht verraten«, versichert Raukel und wischt sich mit einem großen Stofftaschentuch den Schweiß von der Stirn. »Ich wollte nur, dass du das weißt. Deshalb bin ich so spät noch hergekommen. Damit du sanft und unbesorgt schlummern kannst.«

»Wirklich rührend, dass du dich deshalb persönlich hierherbewegst.« Rifkin fragt sich, was für einen Preis sein Schweigen wohl haben wird.

»Trink lieber noch einen.«

Raukel folgt dem Ratschlag, danach zwinkert er ihr mit seinen kleinen Ferkeläugelein zu. »Wie gesagt, ich werde schweigen wie ein Grab. Außerdem will ich auf keinen Fall die Operation gefährden.«

Die Operation? Welche Operation? Ist er krank? Dann dämmert es ihr. *Operation!* Raukel glaubt an einen Undercover-Einsatz. Er kann sich einfach nicht vorstellen, dass sie freiwillig mit einem wie Baranow verkehrt. Sie kann es ihm nicht einmal verübeln.

Die Versuchung ist groß, dem reichlich angesäuselten Kollegen einen gewaltigen Bären aufzubinden. Aber ihr Instinkt rät ihr, es nicht zu tun. Raukel hat selbst genug Dreck am Stecken, er ist aus zig Dezernaten und Kommissariaten geflogen – es hatte meistens etwas mit Dummheiten zu tun, die er im Suff beging. Auch sonst lässt er gerne mal fünfe gerade sein, bei sich und anderen. Man kann wirklich nicht behaupten, dass er an den Dienstvorschriften klebt, und bis vor Kurzem war er selbst mit einer Kriminellen liiert, auch wenn er das nicht wusste oder nicht wissen wollte. Andererseits lässt Raukel sich nicht gern verarschen und ist sehr von sich eingenommen. Wenn sie ihn jetzt anlügt und er später doch – *shit happens* – die Wahrheit herausfindet, könnte er gekränkt sein und aus Rache ihrer Karriere den Todesstoß versetzen.

Sie kippt ihren Wodka hinunter. »Es gibt keine Operation.«

»Wie, was meinst du?«

Rifkin spürt allmählich die Wirkung des Alkohols. »Weißt du, Erwin, dass das Private auch politisch ist und dass es kein richtiges Leben im Falschen gibt, das wusste ich natürlich. Nur wollte ich in meiner Verblendung einfach nicht akzeptieren, dass das auch für mich gilt.«

Ihr Gegenüber schaut sie verwirrt an und meint: »Jetzt pack mal den Adorno weg, Rifkin, und erzähl deinem alten Kollegen, was da läuft.«

Rifkin erzählt. Wie Igor Baranow sie nach der Aufklärung des Falles des ermordeten Journalisten Markstein im Club ihres Bruders, in dem er häufig verkehrte, ansprach, wie er sie umgarnte, wie sie sich ihm entzog, was ihn nur erst recht anstachelte, und wie sie irgendwann ihre Prinzipien über Bord warf, als sie merkte, dass man mit ihm viel Spaß haben konnte, dass er anders war als alle seine Vorgänger.

Sie wollte so gern glauben, dass aus dem Ex-Kriminellen ein seriöser Geschäftsmann geworden war, sie redete sich ein, dass sie seine Geschäfte und ihre Gefühle trennen könnte, wenn sie nur fest genug die Augen vor seinen Machenschaften und seiner Vergangenheit verschloss. Doch es war nicht sein Status als Krimineller, der zum Ende ihrer Beziehung führte, auch dies muss Rifkin zu ihrer Schande eingestehen. Seine unverhohlene Russland-Sympathie hielt sie lange Zeit für Sentimentalität und hoffte, dass er damit die Kultur meinte, die Musik, die Sprache, die sie, zugegeben, beide lieben. Doch der heutige Abend hat ihr vor Augen geführt, dass sie und ihr Ex-Liebhaber nicht nur auf verschiedenen Seiten des Gesetzes stehen.

»Weißt du, Raukel, ich hatte schon länger den Verdacht, dass da im Untergrund zwischen uns etwas schwelte, das sich zu einem Problem auswachsen könnte. Wenn ich über Politik redete, schwadronierte er etwas von der großartigen russischen Kultur. Doch heute Abend fand ich, dass es an der Zeit war, Farbe zu bekennen.« Sie nimmt noch einen Schluck aus dem Wodkaglas. »Ich habe ihn also gefragt, was er denkt, wie sich das Schlamassel an der Grenze zur

Ukraine wohl entwickeln wird, ob dieser Truppenaufmarsch wirklich nur ein Manöver sein soll, ob er das tatsächlich glaubt, und ich schwör es dir, Raukel, plötzlich war es, als hätte ich das russische Staatsfernsehen eingeschaltet.« Sie breitet ihre Arme weit aus. »Metertiefe Gräben rissen zwischen uns auf. Es war, als hätte mir jemand die rosa Brille von der Nase gerissen.« Sie stockt und fasst sich an die Schläfen. »Ich brauch mal 'nen Kaffee.«

»Bleib sitzen, ich hol ihn«, sagt Raukel.

Er stellt ihr die Tasse hin. Schwarz, wie im Dienst.

Sie nimmt einen Schluck und verkündet: »Ich saß ihm gegenüber, wir waren in einem Restaurant etwas außerhalb, und ich hörte diese faschistische Blut-und-Boden-Ideologie, dieses Geschwafel von Glanz und Gloria, und von einer Minute auf die andere konnte ich seine Gegenwart nicht mehr ertragen. Er nannte mich naiv und vom Leben im Westen verweichlicht. *Im Westen.* Auf einmal redeten wir in geopolitischen Begriffen, und ich dachte: Kenne ich den Mann noch, der da vor mir sitzt, oder ist das ein unheimlicher Klon von ihm?«

»Du bist nicht verweichlicht, Rifkin! Du bist das knallhärteste Frauenzimmer, das ich je getroffen habe.«

»Zum Schluss nannte ich ihn einen Faschisten und warf ihm ein paar Dinge an den Kopf.« Sie hält kurz inne und gesteht: »Na ja, eigentlich war's nur ein Ding. Diese große Pfeffermühle.«

»Bravo, Rifkin! Das ist mein Mädchen!«, grinst Raukel.

»Ich habe ihn nicht wirklich gut getroffen, und danach gab's nicht mehr allzu viel zu sagen.«

Darauf müssen sie noch einen trinken. Rifkin füllt die Gläser auf, sie stoßen an.

Es war ihr letzter, reichlich kühler Abschied, den Raukel beobachtet hat. Rifkin muss beinahe schon wieder lachen. Wie absurd das Leben doch sein kann.

»Weißt du, irgendwie bin ich erleichtert. Dieses Versteckspiel hatte am Anfang durchaus etwas Prickelndes, diese ganze Sache lebte vermutlich nur vom Reiz des Verbotenen. Inzwischen kann ich verstehen, was die Leute am Fremdgehen so fasziniert. Aber irgendwann ging es mir auf die Nerven.« Sie greift noch einmal zum Glas. »Prost, Erwin! Auf kriminelle verflossene Liebhaber. Und Liebhaberinnen!«

»Ach ja!«, seufzt Raukel. »Nun haben wir also etwas gemeinsam.«

»Ich denke, ich bin schon drüber weg.«

»Weil du gerade noch eine Stinkwut hast. Warte nur, der Katzenjammer kommt schon noch«, prophezeit Raukel.

»Jetzt sag mir, was du willst, damit du den Mund hältst.«

»Rifkin! Ich würde dich doch nie im Leben erpressen.«

»Das weiß ich doch, Kollege Raukel, das weiß ich.«

»Allerdings ... eine Kleinigkeit wäre da vielleicht.«

»Ich höre.«

»Rifkin, ich halte das nicht aus ohne Arbeit! Ich fühle mich überflüssig, ich sitze zu Hause und grüble über verpasste Chancen und was ich wann hätte tun oder lassen sollen. Mein Leben ist nur noch ein müder Seufzer, noch ein paar Wochen, und ich gehöre zu denen, die ständig in der Vergangenheit schwelgen. Ich brauche etwas zu tun, sonst werde ich wahnsinnig. Kannst du mich einfach nur auf dem Laufenden halten, was gerade ansteht? Damit die Birne was zu arbeiten hat, verstehst du?«

»Kann ich machen, Erwin, kein Problem.«

»Was wurde, zum Beispiel, aus dieser Engelhorst-Geschichte?«

»Nichts. Er hatte einen Herzinfarkt. Der Staatsanwalt sieht keinen Ermittlungsansatz. Trotz dieser Sache mit dem Neuen und dem Stroh.«

»Wieso, was war mit dem Stroh?«

März 2022

Mittwoch, 9. März 2022, am Vormittag

Mitten im Leben sind wir vom Tod umfangen. Das alte Luther-Zitat galt für Völxens Arbeit schon immer, und auch wenn Völxen weit davon entfernt ist, abgestumpft zu sein, hat er sich doch zu einem gewissen Grad an den Tod gewöhnt. Dagegen war er auf den Wahnsinn, der sich seit zwei Wochen in der Welt abspielt, nicht im Geringsten vorbereitet. *Krieg.* Das Wort hatte für ihn stets den Klang von etwas Fernem, Vergangenem. Jetzt ist er gegenwärtig und greifbar nah.

Doch auch in der kleinen Welt der Dienststelle ist nichts mehr, wie es war. Oda Kristensen hat das Kommissariat wie geplant Ende Februar verlassen und weilt nun in Südfrankreich. Tief im Innern nimmt Völxen ihr das schon etwas übel, obwohl er sich immer wieder sagt, dass das unfair ist. Aber er hätte sie gerade in diesen Tagen wirklich gern um sich gehabt, nun, da seine Weltsicht gerade ins Wanken gerät und alte Gewissheiten zu verschwinden drohen. Mehr als je zuvor hätte er ihren analytischen Verstand gebraucht, als Orientierungshilfe, als Korrektiv seiner Gedanken oder einfach nur, um gemeinsam wütend und verzweifelt zu sein. Ausgerechnet jetzt muss ihm seine Seelenverwandte abhandenkommen. Oda würde über diesen Begriff lächeln, besonders, wenn er aus seinem Mund käme.

Natürlich könnte Völxen sie jederzeit anrufen. Er hat bis jetzt darauf verzichtet, denn es wäre einfach nicht dasselbe wie bisher, als sie hier hereinplatzte, sich auf das Sofa lümmelte und ihre Meinung kundtat, ob er sie hören wollte oder nicht. Vor dieser Ernüchterung will er sich bewahren und findet dafür eine Menge Ausflüchte. Er könnte sie bei etwas Wichtigem stören, vielleicht wäre es ein verkrampftes Gespräch, und wenn es ein gutes wäre, würde er sich hinterher noch schlechter und allein gelassener fühlen.

Wenn wenigstens Erwin Raukel noch hier wäre! Auch wenn dieser Schluckspecht ihm ständig Ärger macht, er gehört wenigstens zu seiner Generation, und manchmal waren die Unterhaltungen mit ihm durchaus erfrischend. Völxen wüsste zu gerne, was er nun die ganze Zeit treibt, ist sich aber nicht sicher, wie ein Anruf oder ein Besuch bei ihm ankäme.

Alles in allem betrachtet fühlt Völxen sich zum ersten Mal auf seiner Dienststelle einsam. Er ertappt sich immer öfter, wie er untätig am Schreibtisch sitzt, zum Fenster hinausschaut und dabei grübelt. In dieser Haltung erwischt ihn an diesem späten Vormittag Frau Cebulla. Er muss ihr Klopfen überhört haben, denn sein Wachhund ist heute bei Sabine zu Hause geblieben.

»Herr Hauptkommissar, die Leitstelle hat gerade angerufen, es gibt einen Todesfall in Linden-Nord, vermutlich ein Fenstersturz.«

»Ich habe zu tun.«

»Das sehe ich«, meint sie süffisant. »Wen soll ich hinschicken?«

»Suchen Sie sich zwei Prachtexemplare aus, oder lassen Sie die Bande Schnick-Schnack-Schnuck machen.«

»Herr Hauptkommissar, ist alles in Ordnung mit Ihnen?«

»Mir geht's bestens. Das Leben könnte gar nicht schöner sein!«

Frau Cebulla weicht zurück und schließt die Tür, leise, vorsichtig, so wie man ein Krankenzimmer verlässt.

Die Sekretärin schlappt über den Flur, klopft an und betritt das Gemeinschaftsbüro von Elena Rifkin, Joris Tadden und Fernando Rodriguez.

»Moin, die Herrschaften!« Sie wedelt mit dem Notizzettel mit der Adresse. »Ich hätte einen Fenstersturz mit Todesfolge zu vergeben. Der Notruf kam vor einer halben Stunde. Freiwillige vor!«

»Ich mach das.« Rifkin steht auf, ebenso Tadden.

»Ich bleib hier«, verkündet Fernando. »Ich hatte vorgestern schon diese zehn Tage alte Schnapsleiche in der Messie-Wohnung.«

»Und? Tadden war auch dabei«, hält Rifkin dagegen.

»Der ist noch jung. Ich vertrage nur noch eine Leiche pro Woche. Nee, erledigt das mal alleine, Kinder. Wenn ihr nicht klarkommt, könnt ihr den Meister immer noch rufen.«

126

»Was dagegen, wenn ich fahre?«, fragt Rifkin.

»Nö«, antwortet Tadden und schiebt den Beifahrersitz ganz nach hinten, damit sein langes Gestell Platz findet. Eine Weile ist es still im Wagen. Rifkin weiß es zu schätzen, dass Tadden keine Quasselstrippe ist wie Rodriguez und im Gegensatz zu diesem Stille gut aushalten kann.

»Wurdest du denn schon dumm angemacht?« Tadden deutet nach vorn. Im Heckfenster des Wagens vor ihnen prangt eine große blau-gelbe Flagge.

Rifkin erwidert spöttisch: »Du meinst den Krieg? Hierzulande darf man das Wort noch aussprechen, nur Mut.«

»Ich meinte nur ... du als gebürtige Russin.«

»Nein, das war das erste Mal.«

Tadden blinzelt verunsichert und stammelt eine Entschuldigung.

Rifkin grinst in sich hinein, ehe sie sagt: »Zum Glick ich habe iberrrhaupt keine rrrussische Akzent.«

Ihr Beifahrer entspannt sich wieder.

Tadden hat einen wunden Punkt getroffen. Als Elena Rifkin 1998 mit neun Jahren nach Deutschland kam, war das Gefühl, nicht dazuzugehören, allgegenwärtig. Es wurde von Jahr zu Jahr besser, und zuletzt hatte sie es nur noch in seltenen Momenten verspürt. Doch seit zwei Wochen ist das Gefühl des Andersseins wieder da, und nun bricht es aus ihr heraus: »Ich lebe und arbeite hier, ich habe einen deutschen Pass, und ich bin genauso wütend und schockiert über diesen Krieg wie der Rest der zivilisierten Menschheit, nur eines bin ich nicht: überrascht. Nicht im Geringsten. Im Gegensatz zu manch anderen habe ich mir nämlich noch keine Sekunde lang Illusionen gemacht über Herrn Putin, sein Regime, die Speichellecker um ihn herum und über die Mehrheit seiner braven Bürger.«

»Ich wollte dich nicht aufregen, tut mir leid. Ich meinte nur, dass es im Moment vielleicht schwierig ist, wenn man russische Wurzeln hat.«

»Ich habe meine russischen Wurzeln mit neun Jahren gekappt, nachdem der FSB meinen Vater liquidiert hat.«

»Kann man das? Seine Wurzeln kappen?«

»Ich habe mir Luftwurzeln zugelegt«, grinst Rifkin. Dann wird sie wieder ernst. »Nein, ehrlich, mich nervt dieses Getue um Identität und Heimat, das in letzter Zeit um sich greift. Ich lebe im Hier und Jetzt. Meine Mutter ist anders, seit sie nach Deutschland kam, geht sie regelmäßig in die Synagoge. Nicht weil sie übermäßig gläubig wäre, sondern weil sie irgendwo dazugehören möchte. Ich verurteile das nicht, ich bin froh, dass sie unter Leute kommt. Ich dagegen muss das nicht haben, ich kann überall zu Hause sein.«

Tadden scheint über ihre Worte nachzudenken. Schließlich sagt er: »Du kannst aber nicht beeinflussen, wie die Leute dich sehen.«

»Die Leute können mich mal!«

Während der nächsten zwei Minuten schweigen beide. Rifkin bereut ihren Ausbruch von eben, denn es ist wirklich nicht ihre Art, Kollegen ihr Herz auszuschütten. Aber was ist schon normal in diesen Tagen? Plötzlich kommt zum Vorschein, was vorher zugekleistert war, sowohl in der großen Politik als auch im Privatleben von Hauptkommissarin Elena Rifkin. Sie muss wieder ihre gewohnte Distanz einhalten. Damit ist sie jahrelang gut gefahren, und wer niemandem vertraut und keinen an sich heranlässt, der wird auch nicht enttäuscht.

Es reichte ihr schon jener denkwürdige Abend, ihre ganz persönliche Zeitenwende, an dem Raukel bei ihr auftauchte und der in einem sentimentalen Besäufnis endete. Seither hat sie nichts mehr von ihm gehört. Worüber sie nicht wirklich traurig ist. Vielleicht sollte man trotzdem mal nachsehen, ob er sich nicht schon totgesoffen hat oder mit einem Messer im Rücken zu Hause liegt als Gruß von seiner Irina.

Igor Baranow dagegen versucht immer wieder einmal, sie anzurufen, meistens am Abend. Sie nimmt nie ab. Er schickt keine Chatnachrichten, hinterlässt nichts auf der Mailbox und versucht es auch nicht mit Tricks, einer anderen Nummer, zum Beispiel. Es sind nur diese kleinen Nadelstiche, die ihr sagen: Ich habe dich nicht vergessen. Am Abend des denkwürdigen 24. Februar stand sein Maserati vor ihrem Haus. Sie hat ihn gerade noch rechtzeitig entdeckt und ist auf ihrem Rad sofort umgedreht. Ihre Mutter freute sich sehr, als sie überraschend zum Abendessen auftauchte und sogar noch über Nacht blieb.

Es war bis jetzt das einzige Mal. Man kann also nicht wirklich von Stalking sprechen. Selbst wenn, was soll sie machen? Sich eine neue Handynummer zulegen? Das würde er als Schwäche auslegen, und Schwäche und Angst sind das Letzte, was man einem wie ihm zeigen darf. Dafür hätte er nur Verachtung übrig. Also nein, keine Option. Schweigen ist schließlich auch eine Botschaft.

Dies alles bringt sie ziemlich aus dem Gleichgewicht und macht sie anfällig für Gefühlsausbrüche und unangemessene Vertraulichkeiten gegenüber Kollegen, so wie eben. Vielleicht liegt es auch an Tadden. Er hat etwas an sich, was bewirkt, dass man ihm vertraut, obwohl er selbst nicht viel von sich preisgibt. Er ist ähnlich wie Oda, einer, dem die Leute erzählen, was sie eigentlich verschweigen wollten.

Fernando Rodriguez schlendert in Frau Cebullas Büro, um sich einen Cappuccino aus der Maschine zu lassen. Sie beobachtet sein Tun mit kritischem Blick, denn die Maschine ist ihr Heiligtum. Wehe, man macht etwas falsch. Heute hat sie nichts zu beanstanden, aber dafür eine Frage: »Was geschieht jetzt mit dem leeren Büro? Wollten Sie da nicht unbedingt rein?«

»Es ist mir zu verräuchert. Es bräuchte einen Anstrich, aber das müssten wir in einer Nacht-und-Nebel-Aktion erledigen. Denn wenn es sich herumspricht, dass Oda hier regelmäßig gequalmt hat wie ein kaputter Ofen, dann wirft das kein gutes Licht auf unser Kommissariat.«

»Ich verstehe«, meint Frau Cebulla mit einem wissenden Lächeln. In Wahrheit liegt hier ein klarer Fall von Muffensausen vor. Fernando Rodriguez besitzt ein ausgesprochen geselliges Naturell und ist von allen verbliebenen Mitarbeitern am wenigsten prädestiniert für ein Einzelbüro.

»Was ist mit Ihrer Kollegin Rifkin?«, fragt sie. »Die würde sich garantiert nicht einsam fühlen, so einzelgängerisch, wie sie ist.«

»Wer hat denn was von *einsam fühlen* gesagt?«, erwidert Fernando ärgerlich.

»Oder Tadden könnte dort einziehen«, schlägt die Sekretärin aus purer Lust an der Provokation vor.

Prompt verfällt Rodriguez in Schnappatmung. »Ich bitte Sie, Frau Cebulla, wie sähe das denn aus, wenn sich der, der gerade mal fünf Minuten hier ist, das Einzelbüro krallt?«

»Natürlich, die Rangfolge muss gewahrt werden.«

Vielleicht, überlegt sie, glucken die drei ganz gerne zusammen. Wie verlassene Kinder: Mutter Oda abgehauen, Vater Völxen komplett neben der Spur, und der seltsame Onkel Raukel ist auch im Exil. Frau Cebulla staunt über ihre abwegigen Gedankengänge und ruft sich zur Ordnung. Vielleicht haben die drei insgeheim beschlossen, dass Raukel in das Einzelbüro verbannt werden soll, falls er in ein paar Wochen tatsächlich wieder hier aufschlägt. Woran Frau Cebulla noch ihre Zweifel hat. Auf einen labilen Menschen wie ihn wirken drei Monate ohne Arbeit und Verpflichtungen wie reines Gift.

Der Cappuccino ist fertig.

»Wohnt Kommissar Tadden eigentlich noch bei Ihrer Mutter?«

Fernando, schon an der Tür, wendet sich wieder um. »Allerdings. Und er macht überhaupt keine Anstalten, dort jemals wieder zu verschwinden.«

»Es ist ja auch nicht leicht, eine bezahlbare Wohnung zu finden.«

»Ich bitte Sie! Ein Musterknabe wie er! Ich habe den Verdacht, dass er gar nicht mehr sucht. Er hat sich eingenistet wie ein Parasit.«

»Vielleicht ist er einsam in der fremden Stadt und ganz froh über etwas Anschluss. Ihre Frau Mama freut sich bestimmt über die Gesellschaft.«

»Sie hat doch wohl genug Gesellschaft an Jule, Leo und mir!«, ereifert sich Fernando und flüstert: »Sie packt ihm jeden Tag sein Frühstück in eine Tupperdose, als wäre er ein Schulkind.«

»Warum frühstückt er denn nicht mit ihr zusammen?«, fragt Frau Cebulla, die sich schon lange nicht mehr so gut amüsiert hat.

»Weil dieser Streber und Körperfetischist jeden Morgen vor Dienstbeginn um den Maschsee rennt! Manchmal sogar zwei Runden. Danach radelt er wieder zurück, geht duschen, und da meine Mutter um die Zeit schon unten im Laden ist, nimmt er sein Frühstück mit und isst es hier, auf der Dienststelle.«

»Stört Sie das?«

»Nein. Zu dem Zeitpunkt bin ich meistens noch gar nicht hier.«

»Dass er bei Ihrer Mutter wohnt«, präzisiert sie.

»Noch dazu in meinem Kinderzimmer!«, bricht es aus Fernando heraus. »Und am Wochenende macht sie ihm arme Ritter!«

»Sie sind aber nicht etwa eifersüchtig auf unseren hübschen Friesenjungen?«

Fernando bedenkt Frau Cebulla mit einem langen prüfenden Blick und meint schließlich: »Das ist unheimlich, wissen Sie das?«

»Was?«

»Diese Unterhaltung. Man könnte meinen, Odas Geist hätte von Ihnen Besitz ergriffen.«

»Nun hören Sie aber auf! Apropos Oda, finden Sie nicht auch, dass der Herr Hauptkommissar etwas ... schwierig ist, seit sie weg ist?«

»Schwierig? Der Mann ist nicht mehr er selbst.«

Das ganze Kommissariat gehört auf die Couch. Das ist die Meinung von Frau Cebulla, die sie jedoch lieber für sich behält und nur bemerkt: »Höchste Zeit, dass wir einen Mordfall reinkriegen, damit er auf andere Gedanken kommt.«

Rifkin biegt vom Westschnellweg ab und kurvt durch etliche schmale Straßen, die gesäumt sind von Altbauten, die jedoch einfacher gehalten sind als in den Nobelvierteln der Stadt. Linden war lange Zeit ein Arbeiterbezirk, heutzutage können sich einfache Arbeiter das Wohnen in diesen Häusern jedoch kaum noch leisten.

Die angegebene Adresse ist einer dieser schlicht-schönen Bauten, vier Stockwerke hoch und aus rötlichem Klinker. Eine noch kahle Schlingpflanze rankt sich neben der Haustür bis in den zweiten Stock hinauf. Rifkin parkt den Dienstwagen hinter der Phalanx an Einsatzfahrzeugen; drei Streifenwagen, Notarzt, Rettungsdienst. Letzterer fährt gerade weg, als die beiden Ermittler aussteigen, doch schon im nächsten Moment wird der frei gewordene Parkplatz vom Fahrzeug eines Bestattungsinstituts eingenommen. Die Choreografie des Todes, denkt Rifkin.

Eine Streifenpolizistin steht vor der Zufahrt zum Hof und hält eine Handvoll Neugieriger auf Abstand. Rifkin und Tadden weisen sich aus und schlüpfen dann geschmeidig unter dem Flatterband hindurch.

Die Nachbarschaft hat sich Mühe gegeben, den Hinterhof freundlich zu gestalten. Pflanzkübel und -kästen stehen in den Ecken, unter einem Gestell, das an ein Carport erinnert, gibt es eine Sitzecke, welche im Sommer wohl von Weinlaub beschirmt wird. Jetzt sieht man davon nur die kahlen Ranken. Im Fahrradständer finden sich Räder in verschiedenen Größen sowie ein Lastenrad.

Man hat die Leiche mit einer Plane abgedeckt, um sie vor den Blicken der Nachbarn zu schützen, von denen die meisten um diese Zeit bei der Arbeit sein dürften. Auf einigen der Balkone stehen allerdings trotzdem Leute und starren ungeniert nach unten, die Handys parat, falls sich etwas tun sollte. Bestimmt kursieren Fotos der Leiche bereits im Netz.

Tadden merkt auf einmal, wie sich in seiner Brust dieses altbekannte, beklemmende Gefühl breitmacht. Die Wände des Hinterhofs rücken zusammen.

Hinterhof, Hinterhalt, Augen hinter Fenstern, Gewehrläufe, Granaten, was hat der Typ im Feinripp in der Hand, ein Handy, eine Waffe ... kein Helm, keine Schutzweste ... ich bin ausgeliefert, ich bin geliefert, kein zweiter Ausgang ...

»Tadden! Alles in Ordnung?«

Er zuckt zusammen, schaut Rifkin an, nickt. Sein Mund ist trocken.

Zusammenreißen jetzt!

»Hab nur die Balkone gezählt.«

Ein junger Streifenpolizist bewacht den Leichnam. »Der erste Notruf erreichte die Leitstelle um 10:16 Uhr, danach kamen noch zwei aus demselben Haus«, informiert er die ankommenden Kollegen, ohne dass er gefragt worden wäre.

Rifkin nickt ihm zu. Ein ganz Eifriger. Vielleicht kann er noch nützlich sein.

Der Notarzt, ein Mittfünfziger mit kahl rasiertem Kopf und kräftigen Bizepsen, schließt gerade seinen Koffer und macht Anstalten zu gehen. Rifkin hält ihn auf. »Bevor Sie sich verdrücken – was haben wir hier?«

»Weibliche Leiche, circa Mitte sechzig, schwere Schädelfraktur infolge des Sturzes, so viel ist klar«, erklärt er knapp.

»Selbstmord oder Unfall?«, fragt Tadden.

»Eher ein Unfall. Den Verletzungen nach ist sie mit dem Hinterkopf und dem Schulterbereich zuerst aufgekommen. Sie lag auf der Seite mit den Beinen in Richtung Hauswand. Selbstmörder springen nach vorn, nicht rückwärts.«

Das leuchtet Tadden ein, und der Notarzt hat sicher Erfahrung. Dennoch fragt er nach: »Und wenn sie auf dem Fensterbrett saß und sich nach hinten fallen ließ?«

Er lacht. »So geht man beim Tauchen ins Wasser, aber das ist keine gebräuchliche Art, sich umzubringen. Noch eins: Sie trägt Schuhe.«

»Und?«

»Selbstmörder ziehen vor einem Sprung fast immer ihre Schuhe aus, manche noch die Uhr.«

»Warum?«, wundert sich Tadden.

»Keine Ahnung. Ist aber so.«

»Das war mir auch neu«, gesteht Rifkin.

»Ich schätze, es war ein Unfall«, urteilt der Notarzt. »Vielleicht war sie betrunken. Gerochen habe ich allerdings nichts.«

»Könnte sie gestoßen worden sein?«, forscht Rifkin.

»Das wäre ebenfalls möglich«, bestätigt der Notarzt. »Ich konnte aber auf die Schnelle keine Kampfspuren feststellen.«

Rifkin bedankt sich, und der Mann ergreift seinen Alukoffer und eilt davon.

»Das Fenster da oben gehört zur Wohnung der verunglückten Person«, wirft der Streifenpolizist ein, der noch immer neben der Toten steht und nun mit wichtiger Miene auf ein offenes Fenster im dritten Stock deutet. »Ihr Name ist Brigitte Wendel. Das wissen wir von der Nachbarin. Die heißt Frau Pingel und wohnt im zweiten Stock.«

»Wo ist die Zeugin jetzt?«, fragt Tadden den jungen Polizisten, auf dessen Uniform der Name *Berber* steht. Tadden muss dabei unweigerlich an einen Teppich denken und daran, dass dieser blasse, blauäugige Junge einem nordafrikanischen Nomaden nicht unähnlicher sein könnte.

»In ihrer Wohnung, eine Kollegin ist bei ihr. Es handelt sich um eine ältere Dame, sie war sehr durcheinander.«

»Wir müssen alle Hausbewohner befragen«, meint Rifkin zu Tadden. »Ruf Rodriguez an, er soll seinen Allerwertesten hierherbewegen.« Rifkin streift sich Handschuhe über und bedeutet dem Polizisten, die Plane anzuheben.

»Moment noch«, sagt Tadden. Er zieht sein Handy aus der Tasche und richtet es auf das Publikum auf den Balkonen. Prompt weichen die Leute zurück in ihre Wohnungen.

Der Hinterhof hat seine Schrecken verloren, Tadden bekommt wieder Luft.

Rifkin widmet sich dem Leichnam. Die Frau liegt in unnatürlich verdrehter Haltung auf dem Kopfsteinpflaster, unter ihrem Kopf hat sich eine Blutlache gebildet. Sie ist dunkelhaarig mit einem grauen Haaransatz, schlank und etwa eins fünfundsechzig groß. Sie trägt eine schwarze Hose im Marlene-Stil und dazu einen grauen Pullover, vermutlich Kaschmir, der mit dünnen Silberfäden durchwirkt ist. Die vom Notarzt erwähnten Schuhe sind schwarze Pumps mit halbhohen Absätzen. Eine goldene Kette mit einem Sternzeichen-Anhänger hängt um ihren Hals. Sie war Zwilling. Ihre Fingernägel sind lachsrosa lackiert und künstlich verstärkt. Das linke Handgelenk ziert eine goldene Uhr. Hinter Rifkin rattert etwas. Zwei Männer des Bestattungsinstituts rollen auf einem Gestell den Transportsarg heran. Für eine gründlichere Leichenschau ist hier ohnehin nicht der passende Ort, deshalb sagt Rifkin zu den beiden: »Die Leiche bitte in die MHH, in die Rechtsmedizin. Und packt vorher ihre Hände in Plastiktüten.«

»Wieso? Stimmt was nicht?«, erkundigt sich Berber.

Rifkin schätzt es gar nicht, wenn sich Streifenpolizisten in ihre

Ermittlungen einmischen, erst recht nicht, wenn diese noch grasgrün hinter den Ohren sind und gerade mal zwei Sterne auf den Schulterklappen haben. Sie herrscht ihn an: »Leute fallen für gewöhnlich nicht einfach so aus dem Fenster, oder?«

»Doch. Beim Fensterputzen. Immer wieder gefährlich, darum lass ich das lieber ganz sein«, kichert der Kollege.

»Wieso Fensterputzen?«, hakt Tadden nach.

»Kommt mit!« Berber verlässt seinen Posten, und die beiden Kriminalbeamten folgen ihm auf die andere Seite des Hofes. Von dort kann man etwas weiter in den Bereich hinter dem offenen Fenster sehen. Etwas Schmales, Metallisches ist zu erkennen.

»Da steht eine Trittleiter, wenn ihr mich fragt«, sagt Berber, stolz auf seine Entdeckung.

»War schon jemand in der Wohnung?«, erkundigt sich Rifkin.

»Nein. Wir wollten euch ja auch noch ein bisschen Arbeit übrig lassen«, bemerkt der Junge frech.

»Ihr habt sicher was dabei, womit wir die Tür aufkriegen, oder?«

»Sicher doch, Frau Kollegin, immer zu Diensten.«

Rifkin und Tadden streifen sich Plastiküberzieher über ihre Schuhe und betreten die Wohnung. Ein enger Flur empfängt sie mit Garderobe und Schuhschrank, darauf liegt ein Schlüsselbund neben einer Handtasche. Tadden wirft einen Blick hinein. Ein prall gefüllter Beutel mit Schminksachen, Taschentücher, eine Geldbörse mit achtzig Euro und etwas Kleingeld, dazu Kredit-, EC- und Kundenkarten mehrerer Geschäfte. Kein Handy. Er betrachtet ihren Personalausweis. Brigitte Wendel, geboren in Springe, wäre am 28. Juni fünfundsechzig geworden.

Rifkin ist schon weitergegangen, er folgt ihr. Die Räume, ein Wohnzimmer, ein Schlafzimmer und ein Gästezimmer, sind großzügig geschnittenen, wohingegen Küche und Bad, wie für Altbauwohnungen typisch, eher klein sind. Überall liegt altes, gut gepflegtes Parkett, die Einrichtung spiegelt eine verblasste Eleganz in Beige und Rosa wider, an den Wänden hängen Aquarelle von Landschaften, wie sie oft in Touristenorten verkauft werden. Die Bewohnerin hatte ein Faible für Strände und Leuchttürme. Nirgendwo sind

Familienfotos, fällt Rifkin auf. Auf dem breiten Bett liegen ein Kopfkissen und eine Decke. Die marmorne Platte einer Frisierkommode mit dreiteiligem Spiegel ist vollgestellt mit Schminkzeug und Nagellackfläschchen. Ein kleiner Lederkoffer beherbergt Schmuck. Der Schrank ist zum Bersten voll mit Kleidung, dazu kommen ein Bataillon Handtaschen und zahlreiche Schuhe. Manches davon ist schon länger aus der Mode, sie schien sich mit dem Ausmisten schwerzutun. Das Gästezimmer dient als Aufbewahrungsort für ein Kofferset, einen angejahrten Heimtrainer und einen zusammengerollten Perserteppich. In einem Regal stehen Leitz-Ordner, die laut ihrer Beschriftung die Kontoauszüge und Steuerunterlagen der letzten zehn Jahre enthalten. Die Küche ist aufgeräumt, der Kühlschrank gut gefüllt. Hähnchenbrust, Käse, Aufschnitt, Gemüse, Milch, eine angebrochene Flasche Weißwein. Die Abstellkammer beherbergt ein Regal mit Vorräten, Haushaltsgeräten und diverse Putzmittel. Letzteren widmet sich Rifkin ein paar Augenblicke länger, ehe sie das Bad inspiziert. Die Hausapotheke enthält gebräuchliche Mittel gegen die Zipperlein des Älterwerdens: Gelenksalbe, Augentropfen, Aspirin, ein leichtes Schlafmittel, Fußpilzlack. Keine rezeptpflichtigen Arzneien. Man hat es offenbar mit einer gesunden, allein lebenden, etwas eitlen und sich selbst einiges gönnenden Dame zu tun, die gerne verreiste, am liebsten ans Meer.

Rifkin geht zurück ins Wohnzimmer.

Vor dem Wohnzimmerfenster steht tatsächlich eine Alu-Trittleiter, daneben eine Flasche Fensterputzmittel und ein Eimer mit Wasser, in dem ein Lappen schwimmt, ein Tuch liegt auf der untersten Trittstufe. Tadden macht gerade Fotos von dem Arrangement. Das Fenster selbst ist hoch, zweiflügelig, mit einem feststehenden Oberlicht. Die Flügel stehen offen.

»Und? Was meinst du?«, fragt ihn Rifkin.

»Auch auf die Gefahr hin, mich schon wieder lächerlich zu machen, glaube ich, dass hier etwas nicht stimmt.«

»Wieso glaubst du das?«

»An diesem Fensterflügel wurde geputzt.« Er deutet auf einen Streifen, auf dem Wasserflecken zu sehen sind. »Für gewöhnlich putt man von oben nach unten, damit man nicht alles wieder vollspritzt. Aber am Oberlicht ist nichts geschehen, das ist noch schmutzig.«

»Jetzt, da du es sagst.«

Tadden fährt fort: »Die Scheibe des Fensterflügels wurde nass abgewischt, aber es wurde nicht nachgetrocknet. Siehst du die Flecken?«

»Ja.«

»Warum wurde der zweite Flügel schon entriegelt, obwohl der erste noch nicht mal fertig ist? Tut mir leid, aber so putzt kein normaler Mensch Fenster.«

»Falls du mal einen Nebenjob suchst ...«

»Dann wäre da noch ihre Kleidung«, fährt Tadden fort. »Das waren keine Klamotten, die man zum Putzen anzieht, oder?«

Rifkin stellt eine Gegenfrage: »Hast du dir vorhin ihre Hände angesehen?«

»Was war mit denen?«

»Sie hat lackierte, künstliche Nägel. Im Schlafzimmer ist eine ganze Batterie Nagellack. So jemand putzt nicht ohne Gummihandschuhe. In der Abstellkammer liegen welche. Warum hatte sie die nicht an? Dort gibt es auch einen Abzieher für die Scheiben und eine angebrochene Flasche Fensterputzmittel. Die hier ...«, Rifkin inspiziert die Flasche neben dem Eimer, »... ist noch zu. Außerdem würde ich nicht mit hochhackigen Pumps mit Ledersohlen auf dieser Trittleiter herumturnen. Für den Fensterflügel brauchte sie auch gar keine Leiter, da kommt man gut ran, nur für das Oberlicht, welches, wie du sagst, noch gar nicht angerührt wurde.«

Tadden kann nicht verhindern, dass seine Augen aufleuchten. »Also war es ein Mord?«

»Das nennt sich Anfangsverdacht«, bremst ihn Rifkin.

Auf dem Flur hört man Stimmen und Gepolter.

»Ah, die Spurensicherung. Und ich höre Rodriguez. Das ging ja schnell.«

»Ich gehe raus auf den Balkon und will gerade mein Tischtuch ausschütteln, da sehe ich sie da unten liegen, so ganz verdreht, und mir war, als würde sie zu mir raufstarren. Das war vielleicht ein Schock.« Frau Pingel ist eine ältere Dame um die achtzig und hat ihren Schock wohl zwischenzeitlich mithilfe von einem oder zwei Gläsern Schlehenlikör in den Griff bekommen. Die Flasche steht noch auf dem Tisch. Rifkin und Tadden sind in dem viel zu weichen Wohnzimmersofa versunken und haben, nachdem sie den Likör dankend abgelehnt haben, Kaffee serviert bekommen. Frau Pingel hat ihnen gegenüber in ihrem verstellbaren Fernsehsessel Platz genommen.

»Wäre ich nur nicht rausgegangen. Das war wirklich grausig, diesen Anblick werde ich nie mehr vergessen. Wie konnte das denn passieren?«

»Wir ermitteln noch. Haben Sie den Notruf verständigt?«, fragt Rifkin.

»Nein, das war jemand anderes. Ich bin runtergelaufen und habe um Hilfe gerufen, ich weiß auch nicht, warum, man konnte ja sehen, dass sie tot war, da war das ganze Blut, das unter ihrem Kopf rauslief ...« Sie schüttelt sich. »Ich wusste nicht, was ich machen soll. Dann sind auch schon ein paar Nachbarn auf die Balkone und an die Fenster gekommen. Der Staak aus dem ersten Stock hat sie gesehen und dann gleich telefoniert. Angeblich ist er im Homeoffice, aber ich glaube eher, er ist schon wieder arbeitslos. Auch die Türkin aus dem Parterre stand plötzlich neben mir. Ich war völlig durcheinander, und dann kam schon bald die Polizei, und diese junge Frau hat mich nach oben gebracht.«

»Sie haben also nicht gesehen, wie es passierte?«, vergewisserte sich Tadden.

Frau Pingel schüttelt den Kopf. »Nein. Das habe ich der jungen Dame aber schon alles berichtet.«

»Frau Pingel, erzählen Sie uns etwas über Frau Wendel«, bittet Rifkin. »Wie lange lebte sie schon hier?«

»Och, eine Ewigkeit. Ich wohne ja schon seit sechzehn Jahren hier. Nachdem mein Egon früh verstorben war, habe ich meinen Hausstand rigoros verkleinert.«

Offenbar nicht rigoros genug. Ihre Wohnung ist kleiner als die von Frau Wendel, enthält aber wesentlich mehr Möbel und Nippes. Aus einem Fach in der Schrankwand lächelt ein Mann mit Geheimratsecken auf die Besucher herab.

»Frau Wendel hat ihre Wohnung schon in den Neunzigern gekauft.«

»Kannten Sie sich gut?«

»Nicht besonders, nein. Wie man sich halt als Nachbarn kennt. Sie war ja auch deutlich jünger als ich. Eine sehr patente Person war sie.« Frau Pingel klimpert hinter ihren Brillengläsern nervös mit den Wimpern.

»Beschreiben Sie patent«, fordert Rifkin die alte Dame auf.

»Nun, sie war keine, die sich die Butter vom Brot nehmen ließ. Sie war immer für Ordnung und dass man die Regeln befolgt. Wissen Sie, früher, da hat jeder der Eigentümer darauf geachtet, dass es hier ordentlich zugeht. Aber inzwischen ist die Hälfte der Wohnungen vermietet ...« Sie zuckt mit den Achseln und nickt vielsagend.

»Also war Frau Wendel nicht sonderlich beliebt im Haus?«, schlussfolgert Tadden.

»So möchte ich das nicht sagen. Nur manchmal hat sie es vielleicht ein wenig übertrieben«, räumt Frau Pingel ein, und nun, da das Fass angestochen wurde, strömt es aus ihr heraus. »Zum Beispiel vor zwei Wochen: Ich habe zum Achtzigsten etliche Blumensträuße bekommen. Also, genau genommen, waren es drei. Als die dann verwelkt waren, da habe ich sie erst mal neben die Biotonne gelegt, weil sie unten noch ganz nass und die Stiele schmierig waren, und ich dachte, es wäre gut, sie würden erst mal ein wenig abtropfen, ehe sie in die Tonne wandern. Kaum war eine Viertelstunde um, da stand die Wendel schon auf der Matte und erkundigte sich scheinheilig, was ich mit den Sträußen vorhätte. Das war typisch für sie. Manche hier nannten sie *Frau Blockwart* oder auch die *Müllpolizei*. Falscher Müll in falschen Tonnen, das konnte sie auf die Palme bringen.«

»Sie war also der Hausdrachen«, fasst Rifkin das Gehörte zusammen.

»Sie hat jedenfalls kein Blatt vor den Mund genommen. Schneid hatte sie ja, das muss man ihr lassen. Hin und wieder war ich froh, dass sie eingeschritten ist, ich hätte mich das oft nicht getraut.« Frau Pingel hält inne. Ihre Wangen haben sich vor Aufregung gerötet, und soeben scheint sie sich bewusst zu werden, dass sie nicht gerade freundlich über die Verstorbene geredet hat. »Das klang jetzt so negativ, aber im Grunde hatte sie ja recht. *Wehret den Anfängen*, hat sie immer zu mir gemeint, und dass man *diese Leute* eben erziehen müsse, sonst würde hier alles aus dem Ruder laufen. Irgendwie werde ich sie vermissen. Sie konnte nämlich sehr nett sein, wenn sie wollte, und ich kam im Großen und Ganzen gut mit ihr klar.«

»Was machte sie beruflich?«, erkundigt sich Tadden.

»Sie war in Rente, seit etwa einem Jahr. Davor arbeitete sie lange Zeit im Ordnungsamt, bestimmt fünfzehn Jahre.«

»Das erklärt ja so manches«, meint Rifkin.

»Ja, und davor war sie beim Jugendamt. Die kriegte bestimmt eine stattliche Rente. Jedenfalls leistete sie sich so einiges. Kleidung, Schmuck, Kreuzfahrten ... Früher hatte sie auch immer Putzfrauen.«

»Plural?« Rifkin blickt die alte Dame fragend an.

»Die wechselten alle paar Monate. Die konnten ihr nichts recht machen. Seit sie in der Rente ist, putzt sie tatsächlich selbst. Hätte ich ja nicht gedacht, sie war ja immer so eitel und etepetete. Ging regelmäßig zum Friseur und zur Kosmetik. Sonst war sie eher geizig, aber sich selbst hat sie schon etwas gegönnt. Na ja, vielleicht musste sie in letzter Zeit doch ein wenig sparen.«

»Sie würde also ihre Fenster durchaus selbst putzen«, hält Tadden fest.

»Nein! Die Fenster niemals. Sie erzählte mir oft, sie wäre nicht schwindelfrei. Deshalb reise sie auch immer ans Meer und nicht in die Berge. Sie hatte seit Jahren einen professionellen Fensterputzer engagiert, der kam das letzte Mal Ende Januar. Da habe ich nämlich seinen Wagen vor der Tür stehen sehen, und als ich sie an dem Tag zufällig im Flur traf, hat sie sich beschwert, wie rasend schnell der Mann immer fertig sei und wie viel Geld er für seine schlampige Arbeit nehmen würde.«

»Was für ein Sonnenschein«, murmelt Rifkin und fragt: »Hatte sie Verwandte, Kinder, einen Freund?«

»Nein, keine Kinder. Es gab wohl mal ein paar Männer in ihrem Leben, doch neulich meinte sie, sie hätte schon vor Jahren mit dieser Spezies abgeschlossen. Ihre Worte. Sie hat eine verheiratete Schwester in Osnabrück, aber die war lange nicht mehr hier.«

»Hatte sie Bekannte? Kam auch mal Besuch?«, will Rifkin wissen.

»Wenig. Sie hatte ein Theater-Abo, und sie spielte Bridge. Davon hat sie öfter erzählt, und einmal im Monat kamen die drei Damen zu ihr in die Wohnung. Da hat man sich reihum abgewechselt.«

Die Namen dieser drei Spielerinnen kennt Frau Pingel nicht. »Mehr weiß ich auch gar nicht über sie, wir waren ja nicht befreundet. Etwa zweimal im Jahr kam sie zum Kaffee vorbei, oder ich war bei ihr eingeladen. Dabei bestand der überwiegende Teil der Unterhaltung aus Klagen über die Hausbewohner.«

»Hatte sie mit anderen Hausbewohnern engeren Kontakt?«

»Mit den Lohmanns aus dem ersten Stock vielleicht, aber die sind diese Woche im Skiurlaub in Tirol.«

»Gab es jemanden im Haus, den sie besonders auf dem Kieker hatte?«

»Besonders? Nein, sie hat alle schon mal wegen diesem oder jenem angeblafft. Man konnte sich gar nicht so verhalten, dass sie nichts zu meckern gehabt hätte.«

»Frau Pingel, haben Sie heute Vormittag irgendetwas Ungewöhnliches gesehen oder gehört?«, fährt Rifkin fort.

»Nein, leider. Ich war nicht draußen, ich meine, nicht bevor ...«

»Oder vielleicht in den vergangenen Tagen? Ist Ihnen irgendetwas aufgefallen? Fremde Leute im Haus? Besucher bei Frau Wendel?«, versucht es Tadden.

»Nicht dass ich wüsste. Ich meine, hier ist immer ein Kommen und Gehen. Sie meinen ... Sie denken doch nicht, dass sie jemand ...?«

»Wir müssen alles in Erwägung ziehen«, erklärt Rifkin. »Wer wohnt noch auf demselben Stockwerk wie Frau Wendel, also im dritten Stock?«

»Die Studenten. Drei Jungs, die wohnen quasi über mir. Hin und wieder sind sie etwas laut, auch mal bis spät in die Nacht, aber nicht oft. Ansonsten sind sie immer höflich. Einer hat mir schon mal die Taschen raufgetragen.«

Rifkin wechselt das Thema: »Frau Wendel war gekleidet, als wollte sie ausgehen. Haben Sie eine Ahnung, wohin sie wollte?«

»Heute ist Mittwoch ... Am Mittwochnachmittag traf sie sich immer mit ihrer Bridge-Runde. Vielleicht wollte sie schon früher los und noch Besorgungen machen.«

»Hat Frau Wendel getrunken?«, fragt Rifkin unumwunden.

Die alte Dame zuckt zusammen und runzelt die Stirn. »Getrunken? Die? Das kann ich mir nicht vorstellen.« Frau Pingel deutet auf die Flasche Schlehenlikör auf dem Couchtisch. »Sie hat mich mal ganz strafend angeschaut, als ich mir ein Gläschen zum Kaffee genehmigt habe, und dann etwas von Alkoholmissbrauch bei älterens einsamen Menschen gefaselt. Von da an habe ich mir den in ihrer Gegenwart verkniffen.«

»Danke, Frau Pingel, Sie waren sehr hilfreich.« Während sich Rifkin aus den Tiefen des Sofas herausarbeitet, beugt sich Tadden noch einmal über den Tisch und blickt sein Gegenüber intensiv an. »Frau Pingel, nur noch eine Frage, sie mag vielleicht ebenfalls etwas seltsam klingen, aber würden Sie es für denkbar halten, dass Frau Wendel Selbstmord begangen hat?«

»Selbstmord? Die Wendel? Nie und nimmer!«

»Es ist schlimm, dass meine Kinder das sehen mussten. Wir wollten gerade zum Einkaufen, mit dem Lastenrad, das steht im Hof, und als wir hinkommen, da lag sie da, die Wendel, und die alte Frau Pingel stand daneben und brüllte Zeter und Mordio. Krass.« Frau Oberländer, eine üppige Blondine, etwa Ende dreißig, schaudert. »Wir sind dann gleich wieder rein, ich bin noch immer ganz von der Rolle. Schrecklich, das alles. Aber wenigstens muss sie sich jetzt nicht mehr aufregen über falsch abgestellte Fahrräder oder Kinderwagen, Schmutz im Hausflur oder wenn jemand auf dem Balkon gegrillt hat ...«

Mandy Oberländer, alleinerziehende Mieterin einer Dreizimmerwohnung im vierten Stock, ist nicht die Erste, die solche Beschwerden erwähnt. Darüber hinaus waren die Befragungen der anwesenden Bewohner bisher wenig ergiebig, und auch diese wird ohne ein erhellendes Ergebnis enden, darauf würde Fernando Rodriguez jetzt schon wetten.

»Und ich muss mir nicht mehr anhören, dass ich meine Kinder schlecht erziehe, nur weil sie sie nicht grüßen«, fügt Frau Oberländer hinzu. Sie steht an der offenen Balkontür, nimmt noch einen Zug von ihrer Zigarette, wedelt den Rauch nach draußen und schließt dann die Tür.

Fernando weiß aus Erfahrung, dass Mütter bei solchen Themen zu wahren Furien werden können. Neulich legte sich sogar Jule auf dem Spielplatz mit einer Mutter an. Fernando hat seine vernünftige, sonst eher distinguierte Frau kaum wiedererkannt, vielmehr kam ihm der Vergleich mit einem keifenden Marktweib in den Sinn.

»Einmal hatte meine Gina die Fingernägel lackiert, da hat sie mich doch tatsächlich angemacht, wieso ich das erlaube, ob ich denn wolle, dass aus meiner Tochter mal eine Schlampe würde.«

»Heftig«, meint Fernando.

»Ja, stellen Sie sich vor, so was war früher mal beim Jugendamt. Damit hat sie ihre Frechheiten legitimiert, die große Kinderexpertin. Die Mütter und Kinder können einem nur leidtun, die dieser Furie ausgeliefert waren.«

»Ist Ihnen heute Vormittag irgendetwas aufgefallen?«, stellt Fernando die Routinefrage, mit der er schon die letzten drei Befragungen mehr oder weniger abgeschlossen hat.

»Puh!« Frau Oberländer bläst sich eine Strähne ihres Ponys aus dem leicht geröteten Gesicht. »Nein, nicht dass ich wüsste.«

»Es hat wieder so ein Arschloch geklingelt«, sagt plötzlich ein etwa fünfjähriges Mädchen mit langem, zotteligem Haar und einem rosa Kleid, das am Türrahmen lehnt.

»Gina! Du solltest doch mit Luka im Kinderzimmer bleiben!« Die Mutter macht eine wegscheuchende Bewegung und sagt zu Fernando: »Es ist wahr, was Gina sagt. Es hat jemand geklingelt, und keiner ist raufgekommen.«

»Wann war das?«, will Fernando wissen.

»Wir waren dabei, uns anzuziehen. Zehn Uhr? Vielleicht auch

etwas später. An der Sprechanlage hat sich keiner gemeldet, da drückte ich einfach den Türöffner.«

»Haben Sie nachgesehen, wer es war?«

»Nein. Es sind immer nur Paketboten oder Werbeverteiler, die klingeln sich andauernd ins Haus. *Wenn man oben klingelt, wird man weniger angemotzt,* hat mir mal einer von ihnen erklärt.«

Und man wird nicht so leicht gesehen, überlegt Fernando.

»Ich war mir außerdem sicher, dass niemand zu uns wollte, denn eigentlich wären wir heute gar nicht zu Hause gewesen. Ich habe ausnahmsweise frei, und die Kinder sind hier, weil in der Kita gerade die Windpocken grassieren.«

Mittwoch, 9. März 2022
am Nachmittag

Zurück auf der Dienststelle verbringt Völxens arg geschrumpftes Team den Nachmittag damit, anhand von Frau Wendels Adressbuch ihren Bekanntenkreis zu ermitteln. Tadden fällt die Aufgabe zu, ihre Bridge-Partnerinnen anzurufen und sie über den Tod ihrer vierten Spielerin zu unterrichten. Zwei von ihnen, so erfährt er von der dritten, befinden sich allerdings seit gestern auf einer Italienreise und kommen erst nächste Woche wieder.

Rifkin telefoniert mit der Schwester in Osnabrück. Die reagiert relativ gefasst auf die Todesnachricht. Seit einem Streit vor fünf Jahren – eine Erbschaftsangelegenheit – habe sie keinerlei Kontakt mehr mit ihrer Schwester gehabt.

Fernando überprüft die Hausbewohner auf Vorstrafen und landet zwei Treffer. Dieter Staak, 45, ist vorbestraft wegen Betrugs, und Markus Rose, ein Mitglied jener Studenten-WG, die neben Frau Wendel wohnt, bekam vor zwei Jahren eine Bewährungsstrafe wegen Besitzes und Handelns mit Betäubungsmitteln. Neben der Tür stehen drei Plastikkisten mit Ordnern und Unterlagen aus dem Schreibtisch von Frau Wendel. Die nächsten Tage wird hier niemandem langweilig werden.

»Mit den Hausbewohnern, die am Vormittag nicht anwesend waren, wird man ebenfalls noch reden müssen«, meint Hauptkommissar Völxen, als er und sein Team sich kurz vor Feierabend zur Besprechung zusammenfinden. »Es könnte jemand in den Tagen davor eine Beobachtung gemacht haben oder etwas über Frau Wendel wissen.«

»Ich kann nachher noch mal hinfahren«, meldet sich Rifkin freiwillig.

»Sorry, ich kann nicht. Ich habe Jule versprochen, Leo von der Kita abzuholen.«

»Mit dir habe ich auch gar nicht gerechnet«, antwortet Rifkin.

»Tadden?«

»Ich bin dabei.«

Mittwoch, 9. März 2022, zur Abendessenszeit

Die Küche der Studenten-WG ist verhältnismäßig sauber und aufgeräumt, wenn man von dem Stapel Pizzakartons hinter der Tür einmal absieht. Die Wände zieren Konzertplakate, vorwiegend Heavy-Metal-Bands. Jonas Malkamp, Markus Rose und Thilo Feist studieren alle Physik im sechsten Semester. Die drei sitzen artig um den Tisch herum, Rifkin ihnen gegenüber, am schmalen Ende.

Tadden lehnt am Kühlschrank. »Wie war Ihr Verhältnis zu Frau Wendel?«

Alle drei zucken mit den Schultern. Thilo Feist, ein sommersprossiger Schlaks mit dunklem Kraushaar und einem schütteren Bart, meint: »Da gab es keines. Wir mochten sie nicht. Damit waren wir nicht allein, sie war ziemlich unbeliebt im ganzen Haus.«

»Hatten Sie speziell Ärger mit ihr?«, insistiert Tadden.

»Ja, immer wieder mal«, meint Markus Rose, ein attraktiver Blonder. »Musik zu laut war der Dauerbrenner und dass wir auf den Treppen trampeln.«

»Verstehe«, grinst Rifkin. Die jungen Männer haben im Grunde bestätigt, was man im ganzen Haus über Brigitte Wendel denkt: ein Hausdrachen, dem man besser aus dem Weg geht.

»Sie hat voriges Jahr die Polizei gerufen, weil wir Marihuana-Pflanzen auf dem Balkon stehen hatten. Anonym, aber wir sind sicher, dass sie es war«, erzählt Jonas Malkamp treuherzig, woraufhin ihn die anderen beiden böse anschauen. Jonas sieht aus, wie man sich einen Studenten der Physik vorstellt: schmal gebaut, mit Seitenscheitel und Brille.

»Was denn?«, fragt er an seine Mitbewohner gewandt, die genervt schnauben und die Augen verdrehen. »Das erfahren sie doch besser von uns als von anderen!«

»Gab's Ärger deswegen? Einer von Ihnen hat immerhin eine einschlägige Vorstrafe.« Rifkin schaut dabei Markus Rose an.

Der schüttelt den Kopf. »Nein, es ging glimpflich aus. Es waren nur lächerliche drei Pflanzen, also Eigenbedarf, und die Bullen ... die Polizisten haben es bei einer Verwarnung belassen. Wir mussten nur die Pflanzen entsorgen.«

»Was schade war, denn die waren super«, meint Jonas Malkamp. »Aber umgebracht haben wir sie deswegen nicht.«

»Wo waren Sie heute Vormittag?«, setzt Rifkin die Befragung fort.

Markus Rose antwortet: »Thilo und ich sind schon um acht los zur Uni. Wir waren im selben Seminar, die Leute können das sicher bestätigen.«

»Und Sie?«, fragt Tadden Jonas Malkamp.

»Bei mir ist ein Seminar ausgefallen, also ging ich erst zwei Stunden später, kurz nach zehn. Mir ist inzwischen etwas eingefallen. Da war eine Frau an der Tür. Also, bei der Wendel ...«

»Warten Sie«, unterbricht Rifkin. »Darf ich das Gespräch ab jetzt aufzeichnen? Dann müssen Sie morgen nur noch das Protokoll unterschreiben.«

»Ja, meinetwegen«, nickt Jonas Malkamp.

Rifkin schaltet ihr Handy auf Aufnahme, nennt Ort und Uhrzeit und die Namen der Anwesenden. »Gut, Herr Malkamp, noch mal von vorn. Wie spät war es genau, als Sie heute, am Vormittag des 9. März 2022, Ihre Wohnung verließen?«

»Ich kann es nicht exakt angeben, aber es müsste kurz nach zehn Uhr gewesen sein. Auf jeden Fall lag auf dem Hof noch keine Leiche, als ich mein Rad von dort geholt habe.«

»Sie erwähnten eben eine Beobachtung«, wirft Rifkin ein.

»Als ich unsere Wohnung verließ, stand eine Frau vor der Tür von Frau Wendel. Ich konnte nicht viel sehen, sie drehte mir den Rücken zu und schien darauf zu warten, dass man ihr öffnete. Sie hat sich nur kurz umgedreht, als ich aus der Tür kam.«

»Wirkte sie erschrocken?«

»Ein bisschen vielleicht. Aber sie hat sich gleich wieder umgedreht.«

»Hat sie etwas gesagt? Gegrüßt vielleicht?«

»Nein. Ich auch nicht, ich bin die Treppe runter.«

»Hatte sie zuvor bei Frau Wendel geklingelt? Oft hört man das ja, wenn es in der Nachbarwohnung klingelt.«

»Ich weiß es nicht, ich habe nicht darauf geachtet.«

»Haben Sie noch gehört, ob Frau Wendel die Tür geöffnet hat?«

»Nein, da war ich wohl schon weg.«

»Ist Ihnen die Person davor schon mal begegnet?«

»Die Frau habe ich vorher noch nie gesehen. Vielleicht hat es gar nichts zu bedeuten.«

»Überlassen Sie das uns, ob es eine Bedeutung hatte. Wie sah die Frau aus?«

»Schlank, mittelgroß. Braunes Haar, kürzer und etwas ...« Er macht eine Handbewegung. »... aufgebauscht. Mehr kann ich leider nicht sagen, es war ja nur eine sehr kurze Begegnung.«

»Sie machen das gut«, meint Rifkin.

»War es vielleicht eine Putzfrau?«, wirft Thilo Feist ein.

»Das glaube ich nicht.«

»Warum glauben Sie das nicht?«, hakt Rifkin nach.

»Sie sah nicht so aus. Ihre Kleidung, meine ich. Sie hatte eine schwarze Jacke an, und da schaute hinten ein weißer Kragen raus, von einer Bluse. Und die Hose war auch dunkel, eine Stoffhose, keine Jeans.«

»Hatte sie etwas bei sich? Eine Tasche?«, will Tadden wissen.

»Ich bin nicht sicher. Aufgefallen ist mir nichts.«

»Haben Sie, Herr Feist und Herr Rose, diese Frau schon vorher einmal hier gesehen?«, fragt er weiter.

Alle beide schütteln die Köpfe.

»Herr Malkamp, wären Sie bereit, ein Phantombild dieser Frau zu erstellen?«, fragt Rifkin.

Jonas Malkamp zuckt mit den Achseln. »Oje. Ich fürchte, das wird nichts Gescheites. So genau habe ich nicht hingesehen. Tut mir leid. Hätte ich gewusst, dass das so wichtig ist ...«

»Es ist wichtig«, versichert Tadden. »Sie sagten vorhin, die Frau hätte sich umgedreht und Sie angeschaut.«

»Ja, stimmt. Gut, ich kann es versuchen.«

»Sehr schön.« Rifkin nickt dem Zeugen zu. »Wir erwarten Sie morgen möglichst zeitig in der Polizeidirektion. Wann können Sie da sein?«

»Um neun? Danach habe ich den ganzen Tag Vorlesungen.«

Tadden fällt noch etwas ein. »Herr Malkamp, waren Sie jemals in der Wohnung von Frau Wendel?«

»Nein.«

»Sonst jemand der Anwesenden?«

»In der Höhle des Drachen? Niemals«, grinst Thilo Feist.

»*Never ever*«, bekräftigt auch Markus Rose.

»Das war doch schon mal ganz erfolgreich«, stellt Rifkin beim Verlassen des Hauses fest und meint: »Ich bin am Verhungern. In der Nähe liegt das Fiasko, da gibt's gutes Essen. Kommst du noch kurz mit?«

Tadden zögert. Laut Rodriguez ist Rifkin nicht der Typ, der nach Feierabend mit den Kollegen ein Bier trinken geht. Sie sei verschlossen und halte Privatleben und Beruf strikt auseinander. Das hat er schon von mehreren Seiten gehört. Hat sie etwa ein Auge auf ihn geworfen? Schwer zu beurteilen. Sie benimmt sich eigentlich nicht so, aber sie ist auch nicht unbedingt leicht zu durchschauen, und Tadden hat nicht besonders viel Erfahrung im Flirten. So oder so scheint es eine besondere Ehre zu sein, wenn Rifkin einen zum Feierabendbier einlädt. Er schaut auf die Uhr und sagt: »Ich komme mit, aber ich esse nichts. Señora Rodriguez macht heute Paella.«

Sie haben mehr Glück als Verstand und finden einen Parkplatz fast direkt vor der Kneipe.

»Es gibt hier einen guten Pfefferminztee«, meint Rifkin augenzwinkernd.

»Oh, super«, meint Tadden, und tatsächlich, der Kerl bestellt Pfefferminztee. Rifkin entscheidet sich für Linsensuppe, denn so hungrig, wie sie behauptet hat, ist sie gar nicht. Dazu ein Pils.

Hoffentlich bildet sich Tadden jetzt nichts Falsches ein. In letzter Zeit geht Rifkin gerne einmal außer Haus essen, schon um nicht zur gewohnten Zeit nach Hause zu kommen. Sie kann nicht ständig zu ihrer Mutter, denn die ist es nicht gewohnt, ihre Tochter so häufig zu sehen, schon gar nicht an Wochentagen. Sie würde nur Fragen stellen und sich womöglich Sorgen machen.

Bis jetzt hat der Maserati noch kein zweites Mal vor ihrem Haus gestanden, aber vielleicht hat sie ihn auch nur verpasst. Das war immerhin der Zweck ihrer Ausweichmanöver. Vorgestern Abend stand Rifkin sogar vor dem Wohnhaus von Erwin Raukel in der Calenberger Neustadt. Sie wollte sich bei ihm zu einem Malt Whisky einladen, aber er hat nicht aufgemacht, und die Fenster seiner Wohnung waren dunkel. In diesem Moment kam Rifkin sich erbärmlich vor. *Wie tief kann man sinken?* Wenn Baranow sie wirklich treffen wollte, würde er einen Weg finden, sie kalt zu erwischen. Nach dieser Erkenntnis fuhr sie mit ihrem Rad ein wenig durch die Stadt. Sie fährt in letzter Zeit häufig mit dem Rad durch die Gegend. Sie tut überhaupt Dinge, die sie sonst nicht tut. Nun sitzt sie hier mit Tadden. Sie bricht gerade mit sämtlichen Prinzipien. Verfluchter Baranow!

Das Pils und der Tee werden serviert.

»Tadden, darf ich dich was fragen?«, beginnt Rifkin nach dem ersten Schluck.

»Versuch's. Du siehst ja dann, ob ich antworte.«

»Juckt dich in diesen Tagen nicht der Abzugsfinger?«

»Wie meinst du das?«

»Jetzt, da die Deutschen langsam kapieren, dass man vielleicht doch besser eine funktionsfähige Bundeswehr haben sollte ... Willst du da nicht wieder zurück?«

»Nein. Eher melde ich mich zur Armee der Ukraine, da wüsste ich wenigstens, wofür ich dort bin.«

Rifkin schaut ihn prüfend an. Verarscht er sie jetzt? Allerdings wirkt er vollkommen ernst.

»Ich fände es okay.«

»Willst du mich loswerden?«

»Ich nicht.«

»Aber Rodriguez«, grinst Tadden. »Ich muss wirklich bald eine Wohnung finden, sonst flippt er noch aus.«

»Vergiss ihn, das spanische Weichei«, lästert Rifkin und fragt: »Warum bist du überhaupt zum Bund?«

Er atmet tief ein und aus.

»Sorry, ist deine Sache.« Sie hätte nicht fragen sollen. Sie kann es schließlich auch nicht leiden, gelöchert zu werden.

»Nein, schon okay. Es ist nur ... es versteht nicht jeder.«

»Bin ich *jeder*?«, entgegnet Rifkin gespielt eingeschnappt.

»Nein, das kann man wirklich nicht sagen. Also gut: Ich bin zum Bund, weil mich dort die klaren Strukturen und die Kameradschaft gereizt haben. Ich war immer richtig gut im Sport, und irgendwann schlug mein Ausbilder vor, mich für das KSK zu bewerben, Kommando Spezialkräfte, falls dir das was sagt.«

»Tut es.«

»Die Auswahlkriterien und die regelmäßigen Trainingseinheiten sind knallhart. Bis jetzt hat es noch nie eine Frau dorthin geschafft.«

»Ein echtes Qualitätsmerkmal! Prost!« Rifkin hebt ihr Glas.

»Tja, so war das halt. Es hat mir gefallen, es war eine Welt für sich, wir fühlten uns wie die Größten, die Elite. Und dann Afghanistan ... Das war genau nach meinem Geschmack, ein großes Abenteuer. Das dachten wir zumindest.«

»War die Realität dann doch ein bisschen zu blutig?«

Er schüttelt den Kopf. »Wir waren im Norden, dort ging es zunächst eher friedlich zu. Im Süden und Osten kämpften Amis, Kanadier, Briten, Neuseeländer und Norweger gegen Terroristen. Wir sollten dort afghanische Polizisten ausbilden. Später griffen die Taliban auch im Norden an, aber wir konnten nicht viel tun, uns fehlten die Hubschrauber. Die Bundeswehr hat davon ja nicht gar so viele, und die meisten funktionieren nicht. Wenn du dann zuschauen musst, wie die Amis mit ihren Black Hawks kommen und das für dich regeln, dann geht dir das schon gewaltig auf den Sack.«

»Das klingt wirklich nicht gerade beruhigend.«

»Zur Beruhigung besteht auch kein Anlass. Es ist so: Die Bundeswehr ist eine Parlamentsarmee, ohne Mandat geht gar nichts. Kaum wurde es ernst und interessant, wurden wir von Berlin zurückgepfiffen. Oder es fehlte am Material. Doch wir waren schließlich eine Kampfeinheit, und eine Kampfeinheit muss auch mal kämpfen dürfen. Das braucht sie für ihre Identität, man muss etwas haben, ein paar Legenden, die man sich abends beim Bier erzählt und mit denen man bei den Neuen angeben kann. Wenn nie etwas passiert, wenn man sich nie beweisen darf, wird das auf die Dauer ein Problem. Kurz und gut, im Endeffekt bin ich aus Frust und Langeweile gegangen.«

»Ich verstehe. Ich kläre auch lieber einen knackigen Mord auf, anstatt eine zehn Tage alte Schnapsleiche vom Linoleum zu kratzen.«

»So eine wie dieser Messie neulich? Ich musste beinahe kotzen, und seit drei Tagen kriege ich den Geruch nicht mehr aus der Nase.«

»Tja, Augen auf bei der Berufswahl!«

Die Bedienung bringt das Essen. Tadden nimmt nur eine Scheibe Weißbrot und trinkt seinen Tee, während Rifkin ihre Suppe verspeist. Als sie gehen, bezahlt sie seinen Tee mit, und er bedankt sich.

»Soll ich dich gleich bei Rodriguez absetzen?«, fragt Rifkin, als sie wieder im Auto sitzen.

»Nein, in der PD steht mein Fahrrad.«

»Meins auch.«

Tadden knetet etwas verlegen seine Hände und sagt dann: »Erzähl das, was ich dir vorhin gesagt habe, bitte niemandem. Ich sage immer, ich sei gegangen, weil ich in naher Zukunft keine Aufstiegsmöglichkeiten gesehen habe.«

Rifkin verspricht es. »Du hoffst aber nicht, dass du hier bei uns jeden zweiten Tag rumballern und dir Verfolgungsjagden liefern kannst, oder?«

»Einmal die Woche würde mir genügen.«

Es ist fast acht Uhr. Jule und Fernando sitzen auf den steifen Stühlen von Pedras Esszimmer. Leo liegt bereits im Bett. Jule achtet darauf, dass er spätestens um sieben Uhr schlafen geht, andernfalls hat man am nächsten Morgen seine liebe Mühe, ihn rechtzeitig aus dem Bett zu bekommen und für die Kita fertig zu machen. *Außerdem sind wir nicht in Spanien, wo die Kinder die halbe Nacht auf der Straße herumtoben*, lautet Jules Meinung zum Thema Schlafenszeit für Kinder.

»Wo ist Joris? Kommt er heute nicht zum Essen?«, fragt Jule.

»Vermisst du ihn?«, stichelt Fernando.

»Ja, schmerzlich«, antwortet Jule.

»Er sollte längst hier sein«, meint Pedra. »Ich habe extra Paella gemacht, weil ihm die letztes Mal so gut geschmeckt hat.«

»Vielleicht schaut er sich endlich mal eine Wohnung an«, bemerkt Fernando mit einem Seitenblick auf seine Mutter, die jedoch, wie es ihre Art ist, nicht hört, was sie nicht hören will. »Es hat keinen Sinn, auf ihn zu warten. Er und Rifkin machen Überstunden. Wir haben wahrscheinlich einen neuen Mordfall, und da haben sich zwei Streber gesucht und gefunden.«

»Gut, dann hole ich jetzt die Paella.« Pedra, sichtlich enttäuscht, geht in die Küche.

»Du solltest dir von deren Elan lieber mal eine Scheibe abschneiden. Am Ende wird einer der beiden sonst noch dein Chef.« Jule findet, dass Fernando längst seine eigene Dienststelle leiten sollte. Wenn er es nicht bald schafft, wird er zu alt dafür sein, dann werden die Jüngeren an ihm vorbeiziehen.

Doch Fernando drängt es nicht nach Führungsaufgaben. Wenn es nach ihm ginge, könnte alles genau so bleiben, wie es jetzt ist. Jule sieht das ganz anders. Wahrscheinlich rechnet sie sich nun, nach Odas Fortgang, bereits Chancen für ihn aus, Völxens Nachfolger zu werden.

»Was ist das für ein Mordfall?«, erkundigt sich Jule.

»Ich darf darüber nicht sprechen. Dienstvorschrift«, erwidert er eingeschnappt.

»Gut, dann nicht.«

»Wann gehst du denn wieder mit ihm laufen?«

»Gar nicht mehr«, antwortet Jule. »Es war zu demütigend.«

»Hat dieser Rüpel denn keine Rücksicht auf dich genommen?«

»Doch, ebendarum. Ich hatte den Eindruck, dass er noch nicht mal einen leicht erhöhten Puls hat, während ich schon am Japsen war. Das tu ich mir nicht noch einmal an, und für ihn ist es sicher auch kein Spaß.«

»Das tut mir aber leid«, säuselt Fernando scheinheilig. »Unser Superheld scheint an allen Fronten unterfordert zu sein. Er sollte vielleicht lieber wieder in den Krieg ziehen. Gerade wäre die Gelegenheit doch günstig.«

»Manchmal bist du wirklich unerträglich, Fernando«, zischt Jule, und dieses Mal ist sie wirklich wütend.

Sie verstummen, denn in diesem Moment trägt Pedra die Paella-Pfanne herein.

»Hm, das duftet köstlich!« Fernando lächelt seine Mutter an. »Du bist die wunderbarste Köchin von ganz Linden«, schmeichelt er.

»Langt zu. Ich habe für Choriz etwas zur Seite gelegt. – Ach! Das wird er sein!«

Draußen dreht sich ein Schlüssel im Schloss, und wenig später steckt Joris Tadden den Kopf durch die Tür und entschuldigt sich für sein spätes Erscheinen.

»Auf die Sekunde. Wie ein Hund, der weiß, wann der Napf gefüllt wird«, raunt Fernando, während Pedras Untermieter im Flur Schuhe und Jacke auszieht. »Au! Das war mein Schienbein!«

»Das nächste Mal treffe ich ein Stockwerk höher, wenn du dich nicht zusammenreißt«, flüstert Jule, um gleich darauf fröhlich zu lächeln. »Guten Abend, Joris. Schön, dass du es noch geschafft hast.«

Donnerstag, 10. März 2022, morgens auf der Dienststelle

»Hauptkommissar Völxen? Kristensen von der Rechtsmedizin ...«

»Veronika! Wie schön, von Ihnen zu hören!«, flötet Völxen ins Telefon, denn er ist tatsächlich hocherfreut über den Anruf von Odas Tochter. Gleichzeitig fragt er sich, ob es angebracht war, sie beim Vornamen zu nennen, auch wenn er sie schon kannte, als sie noch Zöpfe und Zahnlücken hatte. »Das ging ja schnell. Was haben Sie für mich?«

»Hämatome. An beiden Oberarmen. Jemand hat Frau Wendel ziemlich unsanft gepackt.«

»Also wurde sie aus dem Fenster geworfen?«

»Das ist möglich, aber es lässt sich daraus nicht zwingend ableiten«, widerspricht die junge Medizinerin ernsthaft. »Sie kann theoretisch auch kurz zuvor in eine anderweitige tätliche Auseinandersetzung verwickelt gewesen sein. Aber der Entstehungszeitpunkt der Hämatome würde schon einigermaßen zum Todeszeitpunkt passen.«

Völxen muss schmunzeln über die kompromisslos angewandte Logik von Dr. Bächles Assistenzärztin. Sie hat natürlich recht. Nur ist es seiner Erfahrung nach eher unwahrscheinlich, dass eine Frau wie Brigitte Wendel am selben Vormittag erst in eine Handgreiflichkeit verwickelt wird, um dann von alleine aus dem Fenster zu fallen.

»Ich korrigiere meine Frage. Demnach *könnte* sie unter Gewalteinwirkung aus dem Fenster gestoßen worden sein?«

»Ja, das wäre möglich. Sie ist noch nicht obduziert, aber Dr. Bächle wollte, dass Sie das schon mal erfahren. Ach ja, und der toxikologische Befund ist negativ. Kein Alkohol, keine Drogen, Blutbild normal.«

»Gab es vielleicht fremde DNA unter den Fingernägeln?«

»Die Auswertung dauert noch an.«

»Ich danke Ihnen, Frau Kristensen.« Es fühlt sich komisch an, diesen Namen auszusprechen und dabei ein ganz anderes Bild vor Augen zu haben. Er kann sich nicht länger beherrschen und platzt heraus: »Sagen Sie, Veronika, wie geht es Ihrer Mutter?«

»Sie ist stinksauer. Sie hat alles geplant, die Renovierung und all das, aber man kriegt wohl keine Handwerker, und falls doch, dann fehlt es hinten und vorne am Material, das bestellt ist und nicht kommt. Es sind ungünstige Zeiten, um sich seinen Altersruhesitz herzurichten. Ich sage ihr jedes Mal, wenn sie mich volllabert, dass das nur Luxussorgen sind, sie solle sich mal umschauen, was gerade in der Welt geschieht, aber ich bin nicht sicher, ob sie das tröstet. Rufen Sie sie doch mal an.«

»Ich will sie aber auf keinen Fall stören«, druckst Völxen herum.

»Quatsch! Rufen Sie an, ich garantiere, sie freut sich wie Bolle. Ich muss wieder. Tschü-hüss!«

»Ja, äh, bis bald, und grüßen Sie ...« Aufgelegt.

In zwei Minuten fängt das Morgenmeeting an. Rifkin trinkt ihren Kaffee aus und checkt wie immer ihr Handy, ehe sie es auf stumm schaltet. Zwei verpasste Anrufe von Baranow gestern Nacht, heute noch nichts. Wobei *verpasst* nicht ganz richtig ist, sie ist nur nicht drangegangen.

Rifkin wird von Tag zu Tag und von Anruf zu Anruf wütender, auf Baranow und noch mehr auf sich selbst. Wie konnte sie nur so lange Zeit die Augen schließen vor der kruden Weltsicht, die sich hinter seiner coolen Lässigkeit und seinem trockenen Humor verbirgt? Wieso hat sie nicht sehen wollen, welch abgrundtiefe Verachtung er für das alte Europa hegte, das für ihn lediglich einen Tummelplatz für seine dubiosen Geschäfte darstellte. Die Werte, für die Rifkin sich täglich einsetzt, tritt er mit Füßen. Wie konnte sie hoffen, er sei geläutert, nur weil er sich schon seit Langem nicht mehr selbst die Hände schmutzig macht? Inzwischen vermutet Rifkin hinter dem, was er als kluge Ausnutzung rechtlicher Grauzonen bezeichnete, Geldwäsche für Oligarchen oder zumindest die Anleitung, wie und wo man das ergaunerte Vermögen sicher anlegt. Was war während der letzten zwei Jahre mit ihr los? War sie blind und taub, waren es die Hormone? Sie schämt sich vor sich selbst.

Dennoch, und das macht ihr am meisten Sorge, vermisst sie ihn in schwachen Momenten. Sie traut sich selbst nicht mehr über den Weg, sie befürchtet, rückfällig zu werden, sollte er sie mit einer Charmeoffensive überziehen. Und ein bisschen fürchtet sie auch, was passieren könnte, wenn er damit scheitert. Baranow ist kein Mann, der gern verliert.

Sie schreckt aus ihren Grübeleien auf, als Joris Tadden und Fernando Rodriguez wieder zur Tür hereinkommen, Letzterer mit einem breiten Grinsen im Gesicht. »Das Meeting verschiebt sich um eine halbe Stunde«, kichert er.

»Warum?«

»Weil der Alte gleich Besuch bekommt. Rate mal, wer im Anflug ist.«

»Lass das«, fährt Rifkin ihn an. Sie hat im Moment wirklich keinen Nerv für seine Albernheiten.

»Was muss noch alles geschehen, damit Sie mich ernst nehmen?« Frau Engelhorst schmettert Völxen die Frage entgegen, kaum dass sie sein Büro betreten hat.

»Frau Engelhorst, schön, Sie zu sehen.« Die Worte gehen dem Hauptkommissar mit unverhohlener Ironie über die Lippen. Er hatte gehofft, diese Frau nie wieder sehen zu müssen, und verbirgt daher seinen Widerwillen gar nicht erst.

Charlotte Engelhorst, heute in einem bunt karierten Tweedmantel über einer schwarzen Hose und einer blauen Bluse, lässt sich auf dem Besucherstuhl nieder. Das Blondhaar ist zurückgekämmt zu einem Knoten, was ihr einen strengen Lehrerinnen-Look verleiht, und der Blick, mit dem sie ihn mustert, irritiert Völxen. Da ist ein schwer zu deutender Ausdruck, etwas zwischen Spott und Mitleid. Was führt diese Person nun wieder im Schilde? Der Begriff Heimsuchung geistert kurz durch sein Hirn.

»Ich nehme Sie durchaus ernst, jedoch hat die Staatsanwaltschaft die Ermittlungen zum Tod Ihres Ex-Mannes eingestellt, wie

Sie wissen. Sie haben ja auch nicht versäumt, Ihren Unmut darüber in der Öffentlichkeit zu äußern.«

Nein, er hat den Beitrag, in dem sie ihn und den Staatsanwalt erwähnte, noch nicht vergessen und ihr erst recht nicht verziehen.

»Herrje, und wieder ein schwerer Fall gekränkter männlicher Eitelkeit! Wir befinden uns im 21. Jahrhundert, Herr Hauptkommissar! Da wird nicht mehr gekuscht und alles unter den Teppich gekehrt. Sagen Sie das ruhig auch diesem hemdsärmeligen Hipster von einem Staatsanwalt.«

»Ich schlage vor, das sagen Sie *dem hemdsärmeligen Hipster* lieber selbst«, antwortet Völxen mit einem unterdrückten Grinsen, denn der Ausdruck beschreibt Feyling recht gut. »Wenn möglich, von Angesicht zu Angesicht«, fügt er hinzu.

»Spielen Sie nicht länger die beleidigte Leberwurst«, bemerkt seine Besucherin nonchalant. »Das ist jetzt nicht angebracht, da die Dinge sich auf so dramatische Weise geändert haben.«

»Was soll sich geändert haben?«, fragt er, während er mit aufgestützten Ellbogen die Hände faltet und darauf müde das Kinn ablegt.

»Stellen Sie sich absichtlich so an oder wissen Sie es nicht?«, kommt es etwas schrill. »Jetzt sind es schon zwei Personen aus meinem persönlichen Umfeld, die innerhalb weniger Wochen auf rätselhafte Weise zu Tode gekommen sind.«

»Zwei?«

»Erst Joachim und gestern meine alte Freundin Brigitte Wendel.«

Völxen runzelt die Stirn. »Sie kannten Frau Wendel?«

»Natürlich! Wir haben schon zusammen die Schulbank gedrückt. Sophienschule, vom ersten Tag an waren wir zusammen.«

Völxen überspielt seine Verblüffung und sein aufkommendes Entsetzen mit einer Routinefrage: »Wann haben Sie Frau Wendel zuletzt gesehen?«

»Seit ich aufs Land gezogen bin, haben wir uns ein wenig aus den Augen verloren. Das liegt daran, dass sie kein Auto besitzt und sich nicht sonderlich fürs Leben auf dem Land interessierte.«

»Wann also?«, beharrt er.

»Ich erinnere mich nicht genau. Wir haben bisweilen telefoniert. Zu Weihnachten meistens.«

»Demnach war sie nicht gerade eine enge Bezugsperson«, hält Völxen fest, während er versucht nachzuvollziehen, was im Kopf seines Gegenübers vor sich geht. Vermutlich hat sie den Namen der Verunglückten in den sozialen Medien gelesen, und da fiel ihr ein, dass die Frau mal mit ihr zur Schule, vielleicht sogar in eine Klasse ging, und schon spinnt sie sich die nächste Verschwörungstheorie zusammen. Sie ist verrückt. Krankhafte Egomanie. Oder sie will ihn absichtlich in den Wahnsinn treiben.

Frau Engelhorst mustert ihn aus schmalen Augen, und als stünden ihm seine Gedanken auf die Stirn geschrieben, setzt sie beharrlich hinzu: »Sie war eine enge Freundin. Dazu muss man nicht dauernd zusammenglucken!«

»Frau Engelhorst«, versucht es Völxen wider besseres Wissen, »Sie wohnten wahrscheinlich zeit Ihres Lebens in dieser Stadt und dem Umland, ähnlich wie ich. Wenn ich mir nun überlege, wie viele alte Schulkameraden, frühere Kollegen, Nachbarskinder und dergleichen man im Verlauf einer so langen Zeitspanne ansammelt, dann geht die Zahl dieser Personen wahrscheinlich in die Hunderte. Die Wahrscheinlichkeit, dass davon jemand tödlich verunglückt oder meinetwegen sogar einem Verbrechen zum Opfer fällt, ist also gar nicht so gering, meinen Sie nicht?«

»Danke für die Nachhilfe in Statistik, Herr Völxen«, antwortet sie gestelzt. »Aber Brigitte und ich haben eine lange gemeinsame Vergangenheit. Es war eine Freundschaft, wenn Sie wollen, bringe ich Ihnen demnächst ein paar Fotoalben vorbei.«

»Und das Poesiealbum bitte auch«, entschlüpft es ihm.

Sie lächelt darüber hinweg. »Brigitte war meine Freundin, und jetzt wurde sie umgebracht! Die Fotos waren schon online, da war ihre Leiche wahrscheinlich noch nicht mal kalt.«

»Segen und Fluch des Kommunikationszeitalters, das dürfte gerade Sie nicht sonderlich überraschen.« Das Posten der sittenwidrigen Bilder der Toten im Hinterhof wird man strafrechtlich verfolgen müssen, aber das ist nicht sein Bier.

»Es hat mich dennoch schockiert«, gesteht Frau Engelhorst.

»Darüber sind wir uns einig«, meint Völxen versöhnlich.

»Was unternehmen Sie jetzt? Wollen Sie wieder behaupten, Brigitte hätte sich freiwillig aus dem Fenster gestürzt oder einen Unfall erlitten?«

»Zu laufenden Ermittlungen darf ich mich nicht äußern.« Selten hat es so gutgetan, diesen Satz sagen zu können.

»Natürlich«, winkt sie müde ab, wird aber gleich wieder munter: »Laufende Ermittlungen? Heißt das, dass Sie dieses Mal wirklich *ermitteln*, oder ist das nur eine Floskel?«

Völxen begnügt sich mit Schweigen.

»Gut«, nickt sie. »Immerhin.«

»Da Sie nun schon einmal hier sind, erzählen Sie mir doch ein wenig von Ihrer *Freundin* Brigitte Wendel.«

»Wir gingen, wie gesagt, beide zur Sophienschule. Sie hat immer von mir abgeschrieben, das weiß ich noch ...« Es folgt eine ausschweifende Schilderung der Fächer, in denen Charlotte Engelhorst auf dem Mädchengymnasium brillierte, während Brigitte wohl eher mittelmäßige Leistungen erzielte. Völxen kann sich die beiden vorstellen: Brigitte, das graue Mäuschen, neben dem ihre Freundin Charlotte erst richtig strahlen kann. Ein Diamant und seine Fassung. Er wünschte, Oda wäre hier, sie hätte sicher ihre Freude an dieser narzisstischen Tirade und würde allerhand Schlüsse daraus ziehen. Völxen hingegen bereut es, die Frau zum Erzählen aufgefordert zu haben. Andererseits, wenn sie sich einmal so richtig ausquatschen kann, gibt sie vielleicht danach eine Weile lang Ruhe.

»Brigitte hat Verwaltungsrecht studiert. Gibt es etwas, das noch langweiliger ist? Sie war immer auf Sicherheit bedacht, wollte Beamtin werden oder wenigstens zum öffentlichen Dienst. Ich fand diese Ambitionen reichlich glanzlos und bescheiden, aber es war schließlich ihr Leben. Sie war zuerst bei der Stadtkasse, dann einige Jahre beim Jugendamt beschäftigt, damals hatten wir noch engeren Kontakt. Später haben wir uns ein wenig aus den Augen verloren. Ich war mit meinen drei Kindern ausgelastet und musste Joachim den Rücken freihalten. Außerdem habe ich mich gesellschaftlich engagiert. Ich bin ein kommunikativer Mensch und kann gut organisieren, dafür habe ich Talent. Fundraising nennt man das heute, früher hieß es Spenden sammeln. Das war mein Anspruch: der Gesellschaft etwas zurückzugeben, besonders denen, die nicht so gute Startvoraussetzungen hatten wie unsereins. Ich weiß, aus heutiger Sicht klingt das ein wenig wie ein Klischee – die Gattin des Bankers macht ein bisschen in Charity. Doch es war mir stets ein Herzensanliegen ...«

Damit das heute noch ein Ende nimmt, unterbricht Völxen den Egotrip seiner Besucherin ein wenig harsch. »Sie kümmerten sich um die Mühseligen und Beladenen, das habe ich verstanden. Was war mit Frau Wendel? Wollte die keine Familie?«

»Wollen schon, aber ihre Ansprüche waren wohl zu hoch, oder sie hatte kein glückliches Händchen. Einmal war sie immerhin verlobt. Aber ihr Wolfgang verunglückte bei einem Segeltörn durch die Ägäis, den er mit Freunden unternahm, quasi als Junggesellenabschied.«

»Tragisch«, wirft Völxen ein.

»Danach war sie verbittert und traf in ihrem Beruf die eine oder andere harte Entscheidung, sodass es Beschwerden gab. Man hat sie vom Jugendamt zum Ordnungsamt versetzt. Da war sie besser aufgehoben, ordentlich war sie schon immer.«

»Könnte sie sich während ihrer Tätigkeit im Jugendamt Feinde gemacht haben?«

»Gut möglich. Da geht es ja um wichtige, manchmal lebensentscheidende Dinge, wie soll man es da allen recht machen? Aber sie hat berufliche Belange nie mit mir besprochen. Das hätte gegen die Vorschriften verstoßen, und sie war immer korrekt.«

»Haben Sie einen Verdacht, wer ihr etwas antun wollte?«, fragt Völxen.

»Nein. Brigitte war sicher nicht gerade umgänglich als Mensch, aber ein Mord? Vielleicht haben Sie recht, vielleicht hat ihr Tod wirklich nichts mit mir zu tun«, räumt sie unerwartet einsichtig ein, aber nur, um gleich wieder zurückzurudern. »Dennoch, auffällig ist es schon, das müssen Sie zugeben: der Tod meiner alten Freundin nur wenige Wochen nach Joachim.«

»Gab es denn in der Zwischenzeit neue Drohungen oder Beleidigungen gegen Sie im Netz?«

Sie schüttelt den Kopf. »Das wundert mich auch nicht, nun, da man offensichtlich zu Taten übergegangen ist.«

Da sie von dieser fixen Idee nicht abzubringen ist, sagt Völxen: »Meine Kollegin hat die Kommentare studiert und gefiltert, und sie kam zu dem Schluss, dass sie von jemandem stammen, der Sie persönlich kennt, und dass es sich um eine alte Rechnung handelt. Außerdem werden einige Male Ihre Qualitäten als Mutter in Zweifel gezogen. Fällt Ihnen dazu vielleicht etwas ein?«

»Ich habe mir diesbezüglich nichts vorzuwerfen!« Sie streckt ihren Rücken durch und verschränkt die Arme.

»Das glaube ich Ihnen, Frau Engelhorst, aber vielleicht denkt irgendjemand anders darüber. Haben Sie eine Idee?«

»Falls Sie vermuten, meine Kinder stecken dahinter, das können Sie ganz schnell vergessen. Die würden so etwas Hinterhältiges niemals tun.«

»Immerhin hat es aufgehört, nachdem meine Kollegin mit Ihrer Tochter Frauke gesprochen hat.«

»Das ist falsch«, korrigiert sie ihn. »Es hat aufgehört, nachdem Joachim zu Tode gekommen war.«

»Ist Frauke denn inzwischen schon ausgezogen?«, erkundigt sich Völxen betont beiläufig.

Ihre Mundpartie verkrampft sich kurz, dann hat sie sich wieder im Griff. »Wir sind nicht im Streit auseinandergegangen. Frauke ist ein Stadtmensch, ihr Aufenthalt war von vornherein nur als Übergangslösung gedacht.«

Langsam wird es Zeit, findet Völxen, dass seine Besucherin sich wieder auf ihren Hexenbesen schwingt und davonreitet. Deshalb sagt er in seinem freundlichsten Ton: »Frau Engelhorst, ich danke Ihnen für den Besuch. Ich melde mich wieder, falls ich noch Fragen habe. Sollten Sie erneut bedroht oder belästigt werden, möchte ich davon erfahren.«

»Es ist gut, dass Sie die Sache nun endlich ernst nehmen.« Sie nickt ihm gnädig zu, und Völxen glaubt beinahe, dass sie im Einvernehmen auseinandergehen werden und er endlich seiner Arbeit nachgehen kann. Aber Charlotte Engelhorst ist immer für eine Überraschung gut. »Und was gedenken Sie nun für meine Sicherheit zu tun?«, fragt sie ihn.

»Für Ihre Sicherheit?«, wiederholt er verblüfft.

»Ich könnte das nächste Opfer sein. Oder eines meiner Kinder.«

Der Hauptkommissar hat die Faxen endgültig dicke und entschließt sich für die nackte, brutale Wahrheit. »Es tut mir leid, Frau Engelhorst, aber falls Ihnen Personenschutz oder dergleichen vorschwebt – dafür ist die Bedrohungslage dann doch zu wenig konkret.«

»Drohungen und zwei Tote finden Sie also nicht ausreichend?«

»Wir beziehen Ihre Hinweise in die Ermittlungen ein. Mehr kann ich Ihnen leider nicht versprechen.«

Sie steht mit einem Ruck auf. »Wieso nur habe ich das schon geahnt?«

»Ach, und Frau Engelhorst ... Dieses Mal bitte kein Blogbeitrag über den laufenden Fall und unter Nennung meines Namens. Sonst müsste ich rechtliche Schritte einleiten. Sie wissen schon, Verleumdung, Behinderung der Justiz ...«

»Guten Tag, Herr Hauptkommissar.«

Völxen hat nun dringenden Redebedarf. Er betritt das Büro seiner Mitarbeiter, trifft dort aber nur auf Fernando Rodriguez und einen jungen Mann mit Brille und Seitenscheitel. Beide blicken angestrengt auf einen Bildschirm, der ein halb fertiges Frauengesicht zeigt.

»Hauptkommissar Völxen, der Leiter der Dienststelle – Jonas Malkamp, ein Nachbar von Frau Wendel«, stellt Fernando die beiden vor. »Herr Malkamp hat gestern zur Tatzeit eine Frau vor der Tür bemerkt, wir versuchen, ein Phantombild zu erstellen.«

»Sehr gut. Wo sind die anderen beiden?«

»Im Besprechungsraum. Rifkin bastelt an ihrer Kunstausstellung. Was ist mit dem Morgenmeeting?«

»Das findet statt, wenn das Phantombild fertig ist«, sagt der Hauptkommissar und wendet sich zum Gehen, während Fernando sich weiter abmüht.

»Gut, fahren wir fort. Die Nase ... passt die so?«

»Ich bin nicht sicher.«

»Oder war sie schmaler?«

»Ja, kann sein.«

Früher gab es eine Fallakte, schnödes Papier in einem Ordner, und bestenfalls eine hingeschmierte Zeichnung auf einer Tafel, auf der man die wichtigsten Fakten und Personen vermerkte und sie mit Pfeilen und kryptischen Anmerkungen versah, sodass sich nach kurzer Zeit nur noch geniale Geister in dem Gewirr auskannten. Rifkin geht im Grunde ähnlich vor, nur schafft sie es dank zeitgemäßer Methoden, den Fall übersichtlicher darzulegen, mit Bildern vom Tatort, Fotos und Lebensläufen von Zeugen und Verdächtigen und die Darstellung wichtiger Vorgänge und Zusammenhänge auf einem Zeitstrahl. So fällt es leichter, den Überblick zu behalten. Dass sie dafür bisweilen von den Kollegen und anfangs sogar von ihrem Chef belächelt wurde, ficht sie nicht an. Inzwischen muss Völxen zugeben, dass diese Marotte von ihr im Grunde recht nützlich ist, besonders wenn man Gäste erwartet, zum Beispiel den Staatsanwalt.

In Tadden scheint sie einen Gleichgesinnten gefunden zu haben. Die beiden stehen vor ihrem gemeinsamen Werk und diskutieren, ob die Namen aller Bewohner des Hauses in Linden-Nord auf die Liste sollten oder nur die mit einem Mordmotiv.

»Jeder hat praktisch eines«, findet Rifkin. »Alle waren von ihr genervt.«

»Genervt sein ist noch kein Mordmotiv«, erwidert Tadden.

»Kommt aufs Nervenkostüm an.«

»Okay.« Tadden nimmt ihr den Stift aus der Hand und stellt sich an die Tafel. »Mandy Oberländer war sauer, weil die Wendel ihre Erziehungsmethoden infrage stellte, die Studenten wegen der Marihuana-Pflanzen, der Staak, weil sie seine Grillpartys gestört hat, Frau Genc, die Türkin aus dem Erdgeschoss, weil die Wendel ihre Familie rassistisch beleidigt hat ... Eigentlich ist gerade mal die alte Frau Pingel unverdächtig.«

»Sie ist aber eine Zeugin, also schreib sie bei den Zeugen hin«, ordnet Rifkin an.

»Wie weit seid ihr?«, unterbricht Völxen den Disput.

Beide fahren herum.

»Guten Morgen, Herr Hauptkommissar!«, sagt Rifkin, zackig wie immer.

»Moin«, nickt Tadden.

Rifkin erklärt: »Einen Raubmord können wir ausschließen. Geld und Wertsachen waren noch da. Ein Unfall wäre theoretisch möglich, doch es deutet ...«

»Es war keiner«, unterbricht Völxen. »Die Rechtsmedizin hat sich gemeldet. Es gibt Hämatome an den Armen der Toten, als wäre sie grob gepackt worden.«

Seine Mitarbeiter grinsen einander verstohlen an.

»Das ist noch nicht alles. Frau Engelhorst hat mir gerade wortreich berichtet, dass sie und die Wendel seit der Schulzeit die dicksten Freundinnen waren, auch wenn sie sich seit Jahren nicht gesehen haben.«

»Das ist aber schon ein wenig seltsam, oder finden Sie nicht, Herr Hauptkommissar?«, fragt Rifkin.

»Hm.« Völxen betrachtet das Gesamtkunstwerk und massiert sich dabei nachdenklich das Kinn. Sein Blick fällt auf den Zeitstrahl. Kurz vor der mit zwischen 10:00 Uhr und 10:15 Uhr angegebenen Zeit des Fenstersturzes von Frau Wendel steht da: *Frau im Flur.*

Die Tür geht auf, Fernando kommt herein und stöhnt. »Toller Zeuge! Was für eine Geburt. Bei den Augenbrauen war er nicht sicher, bei der Nase auch nicht, und am Mund haben wir ewig rumgedoktert.« Er hat das ausgedruckte Phantombild in der Hand und heftet es an eine freie Stelle. Alle vier betrachten das Gesicht einer Frau mit längerem Haar und ebenmäßigen Zügen.

»Das kann jede sein«, findet Rifkin.

»Da ist tatsächlich wenig Markantes«, bemerkt Völxen.

Tadden wirft eine neue Frage auf. »Was ist, wenn er diese Frau nur erfunden hat? Um uns in die Irre zu führen. Er könnte ebenso gut der Täter sein. Seine Kumpels waren nicht da ...«

»Motiv?«, fragt Fernando.

»Drachentötung«, antwortet Rifkin.

Völxen nickt nachdenklich und meint dann: »Letzte Zeugen sind immer verdächtig. Haben wir seine Fingerabdrücke?«

»Ist schon passiert«, meldet Fernando.

Tadden schreibt *Jonas Malkamp*, der schon bei den Zeugen steht, auch noch unter die Liste der Verdächtigen.

Rifkin wagt sich vorsichtig aus der Deckung. »Eigentlich fand ich die Theorie des Kollegen Tadden zum Tod von Joachim Engelhorst seinerzeit nicht gar so abwegig. Wir wissen bis heute nicht, ob der Herzanfall Ursache oder Folge des Unfalls war. Unter der Prämisse, dass es zwei Tötungsdelikte waren und Charlotte Engelhorst das einzige Bindeglied zwischen ihrem Ex-Mann und Brigitte Wendel ist, müssen wir beide Fälle neu durchdenken. Womöglich ist Charlotte Engelhorst tatsächlich bedroht.«

Besagter Kollege Tadden ist zwischenzeitlich an das letzte noch freie Whiteboard getreten, wo er aus dem Gedächtnis Joachim Engelhorsts Lebenslauf und die Mordmotive von dessen Ehefrau Judith Mohn und den Kompagnons in der Bank auflistet, allen voran Dr. Helmut Selbach. Am Ende schreibt er an die Tafel: *Strohballen-Theorie* – und setzt immerhin ein Fragezeichen dahinter.

Völxen runzelt die Stirn. »Gut. Wir machen folgendermaßen weiter: Wir müssen unbedingt mehr über diese Frau an der Tür rausfinden. Könnte gut sein, dass sie die Täterin ist, und falls nicht, ist sie eine wichtige Zeugin. Rifkin, Tadden, fragt noch einmal im Haus herum, ob sie außer diesem Studenten sonst noch jemand gesehen hat. Und wenn ihr schon dabei seid, fragt, ob einer der Bewohner jemals Charlotte Engelhorst dort im Haus begegnet ist.«

»Jawohl, Herr Hauptkommissar.«

»Fernando, finde alles über die gemeinsame Vergangenheit von Charlotte Engelhorst und Brigitte Wendel heraus.«

»Wonach genau soll ich da suchen?«

»Wenn ich das wüsste, bräuchte ich deine Hilfe nicht.«

»Toll«, schnaubt Fernando. »Das macht es natürlich gleich viel einfacher.«

Jule Wedekin schließt die Tür zu ihrem Büro, schlüpft aus den Schuhen und legt die Füße auf den Schreibtisch. Es ist elf Uhr, um diese Zeit hat sie regelmäßig ihren toten Punkt, trotz der drei Tassen Kaffee, die sie heute bestimmt schon intus hat. Diese elenden Meetings! Und gleich ist noch eines. Früher konnte sie sich öfter einmal davor drücken, doch inzwischen wurde sie zur Dienstgruppenleiterin einer Unterabteilung des Dezernats für Organisiertes Verbrechen am Landeskriminalamt befördert, und damit gehen mannigfaltige Verpflichtungen einher. Zwei Jahre lang war es angenehm. Um sich vor dem Coronavirus zu schützen, fanden die meisten Besprechungen per Videoschalte statt und waren dadurch kürzer und effektiver. Inzwischen scheint die Seuche halbwegs gebannt, und man kehrt auch in ihrer Behörde wieder zu alten Standards zurück, was bedeutet: trockene Kekse, Maschinenkaffee aus Warmhaltekannen, und die Selbstdarsteller, Schwafler, Wichtigtuer und Bedenkenträger haben wieder Oberwasser. Sie schließt die Augen und versucht, sich in einen kleinen Powernap gleiten zu lassen. Daraus wird nichts. Ihr Handy klingelt. Es ist Fernando. Für gewöhnlich ruft er sie nicht im Dienst an, es sei denn, es wäre sehr dringend. Mit einem kleinen ängstlichen Flattern im Bauch geht sie dran.

»Fernando? Ist was mit Leo?«

»Nein. Es ist sozusagen dienstlich. Hast du einen Moment?«

»Mach's kurz.«

»Ich recherchiere gerade über eine gewisse Charlotte Engelhorst, sie ist vierundsechzig und angeblich eine alte Freundin unseres Mordopfers und außerdem die Ehefrau des Unfallopfers von neulich, du weißt schon, der Banker, der sich in der Wedemark um einen Baum gewickelt hat.«

»Ich erinnere mich.«

»Völxen will, dass ich ihre Vergangenheit durchleuchte. Deshalb bin ich ihre Wohnsitze durchgegangen ...«

»Fernando, komm zum Punkt!«

»Gut, ja, also ... Von den frühen Achtzigern bis vor sechs Jahren wohnte die Familie Engelhorst in Bothfeld, Charlotte Engelhorst zusammen mit ihrem Mann und den drei Kindern. Die älteste Tochter hat ungefähr dein Alter, und die Adresse ist die Parallelstraße zu der, in der dein Elternhaus ...«

»Ja, klar!«, ruft Jule. »Manuela Engelhorst. Über diese Familie kann ich dir einiges erzählen, aber hat das nicht Zeit bis heute Abend? Ich muss jetzt nämlich wirklich los.«

»Warte! Wie wär's, wenn du dich mit Völxen kurzschließt und das alles ihm berichtest? Der Alte weiß nämlich selbst nicht, wonach er sucht. Vielleicht findet ihr es zusammen.«

»Gute Idee, das mach ich«, freut sich Jule. »Hab ihn eh schon lange nicht mehr gesehen, den alten Brummbären.«

Donnerstag, 10. März 2022, am frühen Abend

Das Flugzeug aus Mallorca landet pünktlich am Flugplatz Langenhagen, und zum Glück ist Erwin Raukels Koffer unter den ersten, die auf dem Laufband erscheinen. Unbehelligt geht er durch den Zoll, schnappt sich ein Taxi und lässt sich nach Hause bringen. Es dämmert bereits, als er aussteigt, und ein eisiger Ostwind fährt ihm in den Nacken. Nein, hier ist von Frühling noch nichts zu spüren. Doch gleich darauf gerät er ins Schwitzen, als er seinen Koffer die Stufen zu seiner Wohnung im zweiten Stock hochträgt. Die ganze Erholung geht flöten bei dieser Schlepperei. Das kommt vom vielen Faulenzen am Pool, überlegt er selbstkritisch. Er hätte vielleicht doch ab und zu den Fitnessraum des Hotels aufsuchen sollen. In seinem Alter schlafft man einfach zu rasch ab.

Geschafft, er ist angekommen, stellt den Koffer vor seine Tür und holt die Schlüssel aus der Hosentasche. *Home, sweet home!* Im Geist sieht er bereits ein Glas Whisky vor sich und ein Abendessen vom Lieferdienst, denn zum Einkaufen hat er heute keine Lust mehr. Er stutzt. Auf dem Fußabtreter liegt eine tote Maus. Es ist nicht ersichtlich, woran das Tier starb, es scheint äußerlich unverletzt. Nur eben tot.

Irina, durchzuckt es ihn. Sein *Mausezahn*. Ex-Mausezahn. Es wäre typisch für sie, ihm auf so metaphorische Weise ... was? Zu drohen?

Mit einem flauen Gefühl im Magen schließt Raukel die Tür auf, steigt über die Maus und geht so langsam und vorsichtig durch sämtliche Zimmer, als rechnete er mit Minen und Sprengfallen. Irina hatte nie einen Schlüssel, doch was heißt das schon bei einer Frau wie ihr? Er öffnet Schränke und Schubladen, auf allerhand gefasst, aber alles ist so, wie er es vor zehn Tagen verlassen hat. Für einen Moment war er wirklich verunsichert, jetzt schimpft er sich selbst einen Spinner, der reichlich überreagiert. Er packt den winzigen Leichnam in eine Plastiktüte, knotet diese zu und bringt sie hinunter zur Mülltonne.

Ich sehe Gespenster, denkt er wenig später, nachdem er sich ein Glas vom alten Schotten eingeschenkt hat. Dennoch verspürt er das Bedürfnis, mit jemandem zu reden. Nicht nur über diese Sache, sondern überhaupt. Es ist viel passiert in der Welt, während er sich am Pool sonnte. Zudem wüsste er gerne, was sich auf der Dienststelle tut. Er ruft Rifkin auf ihrem Handy an.

»Mein Kühlschrank ist leer.«

»Du hast dich verwählt, ich bin nicht der Lieferdienst.«

»Klingt aber so«, meint Raukel, denn sie scheint mit dem Rad unterwegs zu sein, jedenfalls hört man Verkehrsgeräusche um sie herum.

»Hättest du Lust, mit mir einen Happen essen zu gehen? Ich zahle.«

Er hat mit Ausflüchten gerechnet, aber Rifkin ist sofort einverstanden, und sie verabreden sich für acht Uhr im Högers, denn Raukel hat nun doch Appetit auf ein Schnitzel.

Feierabend. Wie still es ist, wenn alle weg sind. Früher hat Völxen solche Momente geschätzt, jetzt muss er erneut gegen dieses Gefühl der Leere ankämpfen. Er erwartet Jule Wedekin um halb sieben und ist froh, als zehn Minuten vor der verabredeten Zeit sein Handy klingelt.

»Ich steh an der Pforte. Soll ich raufkommen? Oder gehen wir ein paar Schritte spazieren?«

»Ich komm runter.«

Für einen Moment stehen Jule Wedekin und ihr ehemaliger Vorgesetzter einander ein wenig verlegen gegenüber, ehe Jule spontan auf ihn zugeht und ihn umarmt. »Keine Ahnung, ob man das schon wieder darf, aber mir war gerade danach«, meint sie hinterher entschuldigend.

Völxen strahlt. »Es ist schön, dich zu sehen. Jetzt, da Oda mich auch noch im Stich gelassen hat, fehlst du mir erst recht.«

»Ich habe dich nicht im Stich gelassen, es waren die Vorschriften«, erinnert ihn Jule. »Fernando meinte, du interessierst dich für die Familie Engelhorst.«

»So ist es«, nickt Völxen. »Er sagte, ihr wart so etwas wie Nachbarn.«

Ohne sich abgesprochen zu haben, gehen die beiden in Richtung Maschsee.

»Nicht ganz, aber sie wohnten im selben Viertel. Manuela, die Älteste der drei Kinder, ging auf meine Schule, und meine Mutter war mit ihrer Mutter bekannt.«

»Charlotte Engelhorst.«

»Genau. Wir nannten sie zu Hause *Lady Charity*. Sie hat meine Mutter bisweilen engagiert, um auf irgendeiner Veranstaltung ein Klavierkonzert oder eine kleine Einlage zu geben. Wodurch sich wiederum meine Mutter geschmeichelt fühlte, du weißt ja, sie hielt sich zeit ihres Lebens für ein verhindertes Großtalent.«

Um nichts Falsches zu sagen, schweigt Völxen lieber.

»Unsere Mütter waren sich sehr ähnlich«, fährt Jule fort. »Frau Engelhorst hat ihre Brut ähnlich getriezt und zu Höchstleistungen angetrieben wie meine Mutter mich. Ist sie tatsächlich unter die Influencerinnen gegangen? Ich hörte etwas von einem Gartenblog.«

»*Über den Gartenzaun*. Und es ist ein *Vlog*, wie ich lernen durfte«, versetzt Völxen mit affektierter Miene.

»Oh, Verzeihung«, lacht Jule. »Ich hatte heute noch keine Zeit reinzuschauen, aber das werde ich nachholen. Ich kann sie mir echt nicht in Gummistiefeln vorstellen. Damals war sie immer wie aus dem Ei gepellt. Für uns Teenager war sie natürlich alt, wie jeder über dreißig, aber aus heutiger Sicht betrachtet war sie eine schöne, elegante Frau.«

»Sie macht noch immer was her«, räumt Völxen ein. »Eingebildet ist sie jedenfalls nach wie vor.«

»Ja, die Beschreibung kommt hin«, meint Jule. »Ihre älteste Tochter Manuela war eine Klasse über mir, sie war aber ein Jahr jünger als ich, weil ich im Lauf meiner Schulzeit zwei Klassen übersprungen habe.«

»Stimmt, du warst ja eine kleine Überfliegerin!«

Jule dreht ihm eine Nase. »Meine Mutter neigte dazu, mir meine *Freundinnen* auszusuchen, nach ihren Kriterien, versteht sich. So kam auch der Kontakt mit Manuela zustande.«

»Mochtest du sie denn nicht?«

Jule scheint zu überlegen, dann sagt sie: »Es war unterschiedlich. Sie war schwierig. Sie hatte ihre guten Tage, dann konnte sie witzig sein, und wir machten irgendwelchen Unsinn, aber bisweilen war sie auch genau das Gegenteil. In sich gekehrt, beleidigt wegen nichts. Aus heutiger Sicht würde ich vermuten, dass sie an einer bipolaren Störung litt oder zumindest extrem launisch war. Damals bin ich einfach gegangen, wenn sie wieder einen ihrer schlechten Tage hatte. Also nein, befreundet in dem Sinn, dass man immer zusammensteht, egal, was kommt, das waren wir nicht.«

»Kann man von einer arrangierten Freundschaft auch nicht unbedingt erwarten«, wirft Völxen ein.

Jule muss kurz auflachen, ehe sie erzählt: »Wir waren zusammen im Ballett. Eine Weile, zumindest. Manuela war anfangs begeistert vom Ballett, wie viele kleine Mädchen, aber später, als Teenager, immer weniger. Sie erkannte wohl selbst, dass klassisches Ballett nicht unbedingt ihr größtes Talent war. Sie wollte aufhören, doch ihre Mutter hat das nicht geduldet. Auf einmal wurde Manuela immer pummeliger, sie sprengte in kürzester Zeit ihr Trikot. Natürlich wurde sie gehänselt, im Ballett und in der Schule, aber das schien ihr nichts auszumachen, im Gegenteil. Manuela wurde zu Hause auf Diät gesetzt und bekam kein Taschengeld mehr, damit sie sich keine Süßigkeiten kauft. Das hat natürlich nicht funktioniert. Ich weiß noch, wie sie mal bei uns war und vier Stück Schokoladentorte verputzt hat. Reingeschaufelt hat sie die, fast ohne Kauen, mir ist schon vom Zuschauen schlecht geworden. Schließlich hat die Ballettlehrerin ihrer Mutter wohl nahegelegt, sie möge das kleine Rhinozeros aus dem Unterricht nehmen.«

»Ganz schön brutal!«

»Sie war eine ausrangierte Ballerina vom Bolschoi, zumindest hat sie das behauptet. Wir nannten sie Rasputina. Heute würden die Mütter Sturm laufen gegen eine wie sie, aber damals war man der Meinung, dass Drill eben dazugehört. Egal, ich hab's überlebt. Manuelas exzessive Fresserei hat ein halbes Jahr gedauert und schlagartig aufgehört, nachdem ihre Mutter sie vom Ballettunterricht befreit und ihr den Gesangsunterricht finanziert hat. Von da an war sie auch umgänglicher und weniger launisch, so kam es mir zumindest vor. Ich hatte auch keine Lust mehr auf Ballett und habe meiner Mutter angedroht, es genauso zu machen. Was dann zum Glück nicht notwendig war. Stattdessen durfte ich Reitstunden nehmen. Meine Mutter war seltsamerweise aber plötzlich der Meinung, Manuela wäre doch kein so geeigneter Umgang für mich.« Jule muss lachen, und auch Völxen schmunzelt.

»Wir haben uns dann aus den Augen verloren, als Manuela für die letzten zwei Schuljahre in ein Internat kam.«

»Warum ein Internat?«

»Keine Ahnung. Später hat sie in Hannover Gesang studiert, aber heute arbeitet sie in einem Yogastudio, ich habe sie vorhin noch rasch gegoogelt. Es hat mich gewundert. Ich hätte eigentlich erwartet, dass sie eine gefeierte Jazz- oder Opernsängerin wird. Ich meine, nichts gegen Yogalehrerinnen – aber die Pläne ihrer Mutter gingen ganz gewiss nicht in diese Richtung.«

»Solltest du ursprünglich nicht auch in die Fußstapfen deines Vaters treten?«

»Ja, und ich habe es ja auch vier Semester lang mit Medizin versucht, bis ich merkte, dass ich viel lieber zur Polizei wollte. Es war ein Akt der Rebellion gegen meine dominanten Eltern.«

»Bereust du es?«, fragt Völxen.

»Nein, kein bisschen.« Jule überlegt und meint dann: »Aber das kann man nicht vergleichen. Manuela liebte das Singen. Sie hat schließlich hart für ihren Traum gekämpft.«

»Meine liebe Gattin träumte während ihres Studiums auch von einer Karriere als Klarinettistin in großen Orchestern«, erzählt Völxen. »Dozentin für Klarinette an der Musikhochschule zu werden war nicht ihr ursprünglicher Traum. Doch selbst das zu erreichen war nicht einfach für sie. Im Fach Gesang ist es bestimmt noch härter.«

»Das kann sein. Oder es hat andere Gründe, wie gesagt, wir

haben uns aus den Augen verloren. Früher hat mir meine Mutter noch den Klatsch aus der Nachbarschaft zugetragen, aber seit sie tot ist ... Ehrlich gesagt habe ich vor Fernandos Anruf schon ewig lange nicht mehr an Manuela gedacht.«

Sie sind am Nordufer des Maschsees angekommen. Ein kalter Wind fegt über die Wasseroberfläche. Jule zieht ihren Schal enger um den Hals, und Völxen schlägt seinen Mantelkragen hoch.

»Ganz schön frisch hier!«

»Ja, dieser verdammte Ostwind. Kehren wir lieber wieder um, ich muss auch langsam nach Hause, zu Mann und Sohn.«

Sie machen kehrt.

»Ich habe Manuela über Facebook geschrieben und ihr zum Tod ihres Vaters kondoliert«, verrät Jule.

»Das war nett von dir.«

»Vielleicht werde ich auch mal ein paar Yogastunden nehmen. Ich bin ganz schön steif geworden.«

»Das kann nie schaden«, bekräftigt Völxen.

»Grins nicht so scheinheilig!«

Völxen gibt ein unverständliches Grunzen von sich und fragt: »Was kannst du mir sonst noch über die anderen Familienmitglieder sagen?«

»Der Sohn, wie hieß er noch gleich ...?«

»Johannes.«

»Den haben wir kaum gesehen, der hatte seine eigenen Kumpels und eigene Interessen. Er kam mir immer wie ein arroganter Arsch vor, aber vielleicht tu ich ihm unrecht.«

»Er ist Broker in London.«

»Ah. Ja, das passt. Frauke, die kleine Schwester, war ein hyperaktives Energiebündel und eine fiese kleine Petze. Die hat echt genervt. Sie war sehr sportlich, hat immer ihre Übungen im Garten vorgeführt und darauf gewartet, dass wir sie loben und bewundern. Was ist aus ihr geworden?«

»Sie ist geschieden, hat eine sechsjährige Tochter und ist gerade dabei, bei ihrer Mutter wieder auszuziehen. Sie arbeitet als Freiberuflerin, irgendwas mit Webseiten.«

»Arme Charlotte, da lässt man das Personal alles für die lieben Kleinen tun, und was kommt dabei raus? Keine Ärzte, keine Rechtsanwälte, stattdessen Yogalehrerinnen, Freelancerinnen und ein Broker.«

»Du bist böse!«

»Ich weiß.«

»Was war mit dem Vater?«

»An den habe ich so gut wie gar keine Erinnerung. Der war nie da, ähnlich wie meiner. Das war in unseren Kreisen einfach normal.«

»Nicht nur dort«, bemerkt Völxen, der aus heutiger Sicht auch kein besonders guter Vater war, jedenfalls kein sehr präsenter. »Ich war auch der festen Überzeugung, Hannover versinkt im Verbrechen und wird zu Gotham City, wenn ich keine Überstunden mache.«

»Bestimmt wäre es so gekommen, du hast dich nur geopfert.«

»Die Zeiten haben sich geändert«, stellt Völxen fest. »Dein Fernando macht es schon richtig, wenn er die meiste Zeit pünktlich Feierabend macht. Verbrechen wird's immer geben, aber die Jahre mit dem kleinen Leo ersetzt ihm keiner.«

»Mir auch nicht«, bemerkt Jule. »Im Moment arbeite ich mehr als er.«

»Ich weiß, du hattest immer schon mehr Biss. Unser Terrier!«

Ein paar Schritte gehen sie schweigend nebeneinanderher, dann fragt Völxen: »Was meintest du vorhin mit dem Personal, das man alles für die lieben Kleinen tun lässt?«

»Manuelas Mutter war viel unterwegs, und die jeweiligen Au-pair-Mädchen ließen uns Größere meistens in Ruhe, solange wir keinen allzu großen Mist anstellten. An eine erinnere ich mich noch, sie kam aus dem ehemaligen Jugoslawien, sprach aber perfekt Deutsch. Sie war sehr nett. Es hat mich immer gestört, dass Frau Engelhorst sie behandelte wie eine Leibeigene. Das ist vielleicht etwas übertrieben, aber ich fand ihren Ton dem Mädchen gegenüber ziemlich herablassend.«

»Diesen Ton kenne ich«, wirft Völxen ein. »Wie hieß dieses Au-pair-Mädchen?«

»Ich erinnere mich nicht mehr. Au-pairs waren ja immer nur

kurz da, ich hatte auch drei davon, und ich könnte dir höchstens noch die Vornamen nennen, wenn überhaupt.«

»Wann war sie bei den Engelhorsts?«

»Lass mich nachdenken. Da waren wir fünfzehn, sechzehn, so um den Dreh. Wenn ich es mir recht überlege, war sie kaum älter als wir. Auf jeden Fall war es noch vor dem Überfall ...«

»Dem Überfall? Welchem Überfall?«

Donnerstag, 10. März 2022, später am Abend

»Vielleicht war es die Liebesgabe einer Katze«, meint Rifkin.

»Machen die so was? Mäuse auf Fußabtreter legen?«

»Ja, und auf Bettvorleger.«

Raukel nickt. Nach einem vernünftigen Essen – Schnitzel mit Pommes, den Salat hat er an Rifkin abgetreten – steht nun das dritte Glas Pils vor ihm, und es geht ihm schon viel besser.

»Auf Liebesgaben!« Raukel hebt sein Glas.

»Und den Weltfrieden«, knurrt Rifkin.

Sie stoßen an. Rifkin trinkt Weißwein und hat sich zuvor irgendetwas Vegetarisches einverleibt.

Doch schon nach dem nächsten Schluck kommen Raukel wieder Zweifel. Er hat keine Beziehung zu einer Katze, die eine Liebesgabe in irgendeiner Form rechtfertigen würde. Seines Wissens gibt es im Haus gar keine Katze, zumindest keine frei laufende. Theoretisch könnte ein Streuner ins Haus gekommen sein und die Maus auf seinem Abtreter abgelegt haben, aber dieses Szenario erscheint ihm höchst unwahrscheinlich. Jedenfalls ist so etwas bisher nie vorgekommen.

Rifkin ist wohl wieder einmal in der Lage, seine Gedanken zu lesen, denn sie fragt: »Hast du Angst vor ihr?«

»Ein bisschen schon. Sie ist möglicherweise auf Rache aus, und sie ist Russin. Man sieht ja gerade, wozu die fähig sind.«

Rifkin grinst und wechselt das Thema: »Wieso bist du eigentlich so obszön braun?«

»Ich war auf Malle!« Raukel faltet zufrieden die Hände über der sanften Wölbung seines Astralleibes.

»Malle? Echt jetzt? Was ist mit deiner Persönlichkeitsbildung?«

»Ich konnte ein paar Tage zwischen die einzelnen Lehrgänge schieben.«

»Hast du schon viel gelernt?«, erkundigt sie sich mit viel Spott im Tonfall.

»Es läuft alles wie am Schnürchen.«

Genauso ist es. Sein alter Kumpel Otto Rothnagel scheint in seiner Rolle als suspendierter Hauptkommissar Raukel zur Hochform aufzulaufen. Zunächst kratzte es an Raukels Eitelkeit, dass dieses Wrack, und sei es auch nur stundenweise und in Gegenwart von irgendwelchen Losern und Psycho-Tussen, als Hauptkommissar Erwin Raukel firmieren würde, auch wenn es ihm immer noch als das kleinere Übel erschien. Bei ihrer letzten Begegnung, vor Raukels Urlaub auf den Balearen und zwei Tage vor Beginn des Anti-Aggressions-Trainings, sah der Notnagel jedoch deutlich manierlicher aus als neulich in der Kneipe. Raukels Finanzspritze hatte den alten Zausel dazu bewogen, zum Friseur zu gehen und sich neu einzukleiden. Prompt meinte sein Stellvertreter, nun, da er sich ein wenig aufgebrezelt habe, trete eine frappierende Ähnlichkeit zwischen ihm und Raukel zutage. Er könne geradezu als dessen Double durchgehen.

»Wie Zwillinge, nur unsere Mutter könnte uns unterscheiden«, hat Raukel geantwortet und sich gefragt, ob der Kerl was mit den Augen hat oder komplett übergeschnappt ist oder beides. Die Geister, die ich rief, dachte er mit einem Anflug von Unbehagen. Doch da gab es schon kein Zurück mehr, und bis jetzt macht der Notnagel seinen Job durchaus gut. Er schickt seinem Auftraggeber kurze Berichte und Abhandlungen über die im Kurs behandelten Themen und hält ihn über besondere Vorkommnisse während der Lektionen auf dem Laufenden, sodass das Original gewappnet ist, sollte ihn eines Tages jemand auf die Kurse ansprechen. Doch abgesehen von Rifkin hatte Raukel seit seinem Rauswurf mit niemandem Kontakt. Wie schnell man vergessen ist, hat er sich noch heute Morgen, bei einem letzten Bad im Hotelpool, gedacht. Er hätte erwartet, dass ihn der Schafstrottel wenigstens mal anruft, und sei es nur anstandshalber oder um ihn zu kontrollieren. Dieses Schweigen hat etwas Verletzendes. Als hätte es ihn nie gegeben.

»Großartig! Ich lass mich auch suspendieren«, schnaubt Rifkin.

»Ich wüsste schon, wie du das ganz schnell hinkriegst«, bemerkt

Raukel, eingedenk der Sache mit Baranow, mit einem tückischen Grinsen.

Rifkin schaut ihn finster an.

»Keine Sorge, ich halte dicht«, verspricht Raukel ihr erneut und lenkt die Unterhaltung in eine andere Richtung. »Was gibt's Neues im Dienst, wie macht sich der Friesenjunge?«

»Tadden schlägt sich wacker, er freut sich über seinen ersten Mordfall«, antwortet Rifkin. »Diesmal scheint es wirklich einer zu sein. Der Clou ist: Die Engelhorst will die angeblich beste Freundin des Opfers gewesen sein.«

»Was? Erzähl mir alles!«

Rifkin lässt sich nicht lange bitten, erläutert ihm den Fall Brigitte Wendel in epischer Breite und schließt mit den Worten: »Heute Morgen stand die Engelhorst bei Völxen auf der Matte, setzte ihn über ihre Busenfreundschaft mit dem Mordopfer in Kenntnis und fragte, was er nun zu ihrem Schutz zu tun gedenke, denn es sei ja vollkommen klar, dass jemand es auf ihr Umfeld und letztendlich auch auf sie abgesehen hätte.«

»Ha! Da wäre ich gern dabei gewesen und hätte sein Gesicht gesehen«, amüsiert sich Raukel.

»Tatsache ist, dass sie an derselben Schule waren, und wir fanden in den Alben der Wendel Fotos, auf denen sie beide zusammen abgebildet sind. Angenommen, an dem, was sie behauptet, ist etwas dran, dann müssten wir konsequenterweise den Fall Joachim Engelhorst wieder aufnehmen. Aber den haben wir offiziell als Unfall zu den Akten gelegt. Tadden und ich denken, dass das etwas vorschnell war. Völxen hadert noch mit sich, und was Rodriguez denkt – keine Ahnung, interessiert mich nicht.«

»Ich wusste es! Ohne mich bricht der Laden auseinander.«

»Noch nicht ganz, aber fast«, spöttelt Rifkin, um gleich darauf einzulenken: »Es stimmt schon, wir könnten dich gerade gut gebrauchen.«

Diese Worte gehen Raukel runter wie ein zwanzig Jahre alter Malt Whisky.

»Sag mal, und wer sitzt jetzt in Odas Büro? Ich wette, das spanische Weichei hat es sich unter den Nagel gerissen.«

»Nein, niemand sitzt dort.«

»Warum nicht? Hat der Schafstrottel dort einen Gedenkschrein aufgebaut, mit Blumen, Grablicht und einem Foto?«

Rifkin muss lachen. »Tadden sitzt jetzt an deinem Platz, also kannst du Odas Büro haben, wenn du wiederkommst.«

»Welche Ehre.«

»Du kommst doch wieder, oder?«

»Sicher. Geläutert und gereift. Noch eine Runde?«

Nachdem Raukel die Bestellung aufgegeben hat, meint Rifkin: »Mir kommt gerade eine Idee, wie man zwei Fliegen mit einer Klappe schlagen könnte. Es wäre etwas unkonventionell, aber …«

»Nur raus damit, Mädchen, du kannst mir alles sagen.«

»Wie wär's, wenn du für eine Weile aufs Land ziehst?«

»Hä? Was soll ich auf dem Land? Ich bin ein eingefleischter Citoyen, ich hasse Gras, Dreck, Mücken und Landgasthöfe, ich schätze die Errungenschaften der Zivilisation, die U-Bahn, Restaurants, offene Geschäfte …« Mit einer ausladenden Armbewegung untermalt er die mannigfaltigen Vorzüge des Stadtlebens.

»Denk an die gute Luft. Und die tote Maus war vielleicht nur der Anfang.«

»Worauf willst du hinaus, du raffiniertes Luder?«

»Zufällig hat die Tochter von Charlotte Engelhorst die Land-WG gerade verlassen. Frau Engelhorst fühlt sich bedroht und wünscht sich einen Bodyguard.«

Raukel starrt sein Gegenüber entgeistert an. »Rifkin, das ist komplett wahnsinnig!«

»Es herrscht Konsens, dass diese Drohungen etwas mit ihrer Vergangenheit zu tun haben. Aber sie rückt, warum auch immer, nicht raus mit der Sprache. Als ihr Beschützer könntest du ihr Vertrauen gewinnen, bei deinem Charme und Intellekt.«

Raukel braucht jetzt erst einmal einen großen Schluck von seinem Pils. »Selbst wenn ich mich darauf einlassen würde, und es ist ein großes Wenn – das wird der Schafstrottel doch niemals absegnen.«

»Wer braucht schon einen Segen, sind wir im Mittelalter? Was er nicht weiß, macht ihn nicht heiß, oder?«

Der Weg zum Zaun der Schafweide wird von ein paar Solarlampen schwach illuminiert, und auch am Zaun stecken zwei davon im Boden und markieren Völxens Lieblingsplatz, seinen Ort ausgedehnter Schafsbeobachtung und Landschaftsbetrachtung. Allerdings sind die Schafe bereits im Stall, und die Landschaft liegt im Dunkeln, nur im Norden ist der Himmel hell von den Lichtern der Großstadt. Vorhin, nach dem Abendessen, wollte er Oda Kristensen anrufen, doch sie ging nicht an ihr Handy. Jetzt versucht er es noch einmal.

»Völxen! Ich dachte schon, du hättest mich vergessen.«

Oda klingt ehrlich erfreut, und Völxen fragt sich, was sie dann ihrerseits abgehalten hat, ihn mal anzurufen. Egal, Schwamm drüber.

»Ich wollte dich nicht stören, du hast sicher viel zu tun. Wie geht es dir in Frankreich?«

»Gut«, kommt es eine Spur zu munter.

»Freut mich«, antwortet Völxen.

Ein Schweigen tritt ein.

»Veronika hat mich heute angerufen ...«

»Oh, dann weißt du es ja schon, dann muss ich dir Gott sei Dank nichts vormachen«, bricht es aus Oda heraus. »Hier geht nichts vorwärts! Ich verbringe meine Tage mit Warten auf Handwerker. Ich hatte mich auf richtig viel Arbeit eingestellt, alles geplant, organisiert, und jetzt sitz ich hier und drehe Däumchen. Um irgendwas zu tun, habe ich ein Gemüsebeet angelegt. Das mir!«

»Das tut mir leid«, sagt Völxen mit einem unterdrückten Grinsen. »Ich kann dir einen guten Garten-Vlog empfehlen.«

»Sehr witzig. Wahrscheinlich denkst du, es geschieht mir recht.«

»Unsinn, Oda. Hab Geduld, das wird schon. Als Sabine und ich hier eingezogen sind, lief auch nicht alles wie geplant. Eigentlich fast gar nichts, es hat Jahre gedauert, bis wir halbwegs durch waren, und es gab ständig Überraschungen. Das haben Renovierungen alter Häuser so an sich, und jetzt gerade sind ja wirklich schwierige Zeiten.« Er hört, wie sie an einer Zigarette zieht, und fragt: »Ist es denn wenigstens schön dort, das Klima, die Leute?«

»Es ist schon richtig Frühling, das ist angenehm. Das Dorf sieht hübsch aus, bisschen verschlafen, aber es gibt Geschäfte und ein Restaurant und ein Café, die Leute sind freundlich ...«

»Na, immerhin!«

» ... und zwei Drittel von ihnen wählen den Front National, oder wie immer sich die Nazis gerade nennen.«

Völxen weiß nicht, was er darauf antworten soll.

»Bist du noch da?«, fragt Oda.

»Ich hör dir zu, ja.«

»Viel mehr gibt's nicht zu erzählen«, behauptet Oda. »Und bei dir?«

»Auf der Dienststelle ist es leer ohne dich und dann dieser Krieg, das alles schlägt mir gerade ziemlich aufs Gemüt.«

»Ich hätte dich mal anrufen sollen, aber ich war auch in keiner guten Stimmung«, gesteht Oda. »Tut mir leid.«

»Du kannst mich auch in mieser Stimmung anrufen«, meint Völxen. »Früher hast du doch deinen Ärger auch immer bei mir im Büro abgeladen.«

»Es ist nicht nur Ärger. Es ist etwas Grundsätzliches. Ich habe gerade das Gefühl, zur falschen Zeit am falschen Ort zu sein.«

»Darüber haben wir doch gesprochen. Wer weiß, in deiner Lage und mit deinen Möglichkeiten würde ich wahrscheinlich dasselbe tun«, behauptet Völxen, wobei er dies in Wahrheit bezweifelt. Er könnte in Pension gehen, wenn er nur wollte, aber er fürchtet sich vor dem, was danach kommt. Oder nicht kommt. Vor der Leere und der Tatsache, nicht mehr gebraucht zu werden.

»Es geht nicht um den Dienst. Nicht nur. Ich fühle mich schlecht, weil ich hier, am Arsch der Welt, meinem Eskapismus fröne, während um uns herum gerade die Welt zusammenbricht.«

»Die Welt war immer schon am Zusammenbrechen«, entgegnet Völxen. »Nur haben wir die Bedrohungen früher nicht so schwergenommen. Wenn man jung ist, neigt man zum Optimismus, erst mit dem Alter kommt die Resignation.« Seine Worte entsprechen nicht ganz seiner Überzeugung, er neigt im Grunde eher zu Odas Auffassung, dass es noch nie, zumindest nicht zu seinen Lebzeiten, so dick kam wie gerade jetzt. Aber da er den Wunsch verspürt, Oda zu trösten, und ihr das schlechte Gewissen nehmen möchte, fühlt er sich gezwungen, den Gegenstandpunkt einzunehmen. Während er das realisiert, fragt er sich, ob Oda dies vielleicht sogar beabsichtigt hat. Schließlich ist sie mit allen Wassern gewaschen, sie hat es immer schon verstanden, ihn zu manipulieren.

»Du bleibst wenigstens auf deinem Posten und tust deine Pflicht, während ich hier herumsitze und mich ärgere, nur weil der Umbau gerade nicht so läuft, wie ich es mir gedacht habe. Das ist dekadent! Ich komme mir nutzlos vor, und es fühlt sich so an, als hätte ich mich im entscheidenden Moment verdrückt. Verstehst du das?«

»Willst du zurückkommen, Oda, ist es das, was du mir sagen willst?«

»Nein«, seufzt Oda betrübt. »Ich gebe zu, ich wünsche mir im Augenblick, ich wäre erst gar nicht weggegangen. Aber ich kann nicht nach so kurzer Zeit ... nein, das wäre Tian gegenüber nicht fair, und mein Vater, er freut sich so sehr, er wäre schrecklich enttäuscht. Ich sitze in der Falle, Völxen.«

Der weiß gar nicht, was er sagen soll. Mit so viel Ehrlichkeit hat er nicht gerechnet. Er hört, wie Oda an ihrer Zigarette zieht, und sucht nach den richtigen Worten, doch zum Glück hat sie nun ein Einsehen und sagt: »Aber ich wollte dir nicht die Ohren volljammern. Du hast sicher einen triftigen Grund, mich gerade jetzt anzurufen, oder?«

»So ist es«, sagt er erleichtert. »Wir haben einen neuen Mordfall. Brigitte Wendel, Mitsechzigerin, alleinstehend. Sie stürzte am helllichten Mittwochvormittag aus dem Fenster ihrer Wohnung im dritten Stock in einem gepflegten Altbau-Wohnblock in Linden-Nord. Es sah auf den ersten Blick nach einem Unfall beim Putzen aus, doch die Inszenierung hatte ein paar Mängel. Deine Tochter Veronika bestätigte diesen Verdacht heute Morgen. Jetzt halt dich fest: Diese Wendel war eine alte Freundin von Charlotte Engelhorst.«

»Was du nicht sagst.«

»Die ist nun der festen Überzeugung, dass das alles ihr gilt. Und ganz ehrlich: Zwei Tote innerhalb von vier Wochen, der Ex-Mann und die alte Freundin, allmählich fällt es auch mir schwer, an einen Zufall zu glauben.«

»Auch Paranoide haben leibhaftige Feinde.«

»Eben. Jule kennt die Familie Engelhorst. Sie haben früher in Bothfeld gewohnt, in der Nachbarschaft der Wedekins. Wir haben uns heute unterhalten, und am Ende erwähnte sie einen Überfall in der Villa der Engelhorsts. Da hat es bei mir klick gemacht. Jetzt weiß ich wieder, warum mir der Name die ganze Zeit so bekannt vorkam. Das war nicht Charlottes Garten-Dingsda, das hat mich nur verwirrt. Es war diese Sache. Erinnerst du dich? Wir hatten beide mit dieser Familie zu tun. Es ist allerdings schon eine ganze Weile her …«

Freitag, 11. März, 2022, zeitig am Morgen

Die Sonne strahlt vom tiefblauen Himmel, und man hört Vogelgezwitscher. Oda Kristensen ist umgeben von sehr französischem Ambiente. Vor ihr, auf dem kleinen Mosaiktisch, stehen eine Schale Milchkaffee, ein Teller mit zwei Madeleines und ein Aschenbecher. Im Hintergrund sieht man altes, efeuberanktes Gemäuer und eine bunt bemalte Tür. Oda selbst wirkt ebenfalls verändert, jedenfalls nicht so, wie man sie auf der Dienststelle kannte. Sie trägt das Haar lässig, um nicht zu sagen, nachlässig, hochgebunden, hat eine riesige Sonnenbrille auf der Nase, und ihr Mund ist sehr rot geschminkt. Und das schon am Morgen! Was sie anhat, sieht nach einem Blaumann aus, darunter ein nicht mehr ganz sauberes T-Shirt.

»Oda? Kannst du mich sehen?«, fragt Völxen.

»Nein.«

»Ich sehe dich aber gut.«

»Du musst die Kamera einschalten!«

»Gestatten, Herr Hauptkommissar ...« Rifkin ist bereits herbeigeeilt und behebt den Fehler.

»Ah, jetzt kann ich euch alle sehen. *Bonjour!*« Oda winkt dem Team zu.

»Moin, Oda!«, ruft Fernando. »Du siehst ziemlich französisch aus.«

»Ja, *trés laissez-faire*«, tut auch Völxen seine Meinung kund.

Oda lacht. »Pardon, aber man verbauert hier auf dem Land und passt sich kleidungsmäßig den Handwerkern an, die meistens nicht kommen.«

Rifkin und Tadden winken ebenfalls, und sogar Oscar wedelt fröhlich mit dem Schwanz.

Völxen wird wieder ernst, wendet sich an seine Mitarbeiter. »Als wir uns letzten Monat mit dem Unfall von Joachim Engelhorst beschäftigten, hatten Oda und ich die ganze Zeit das Gefühl, dass uns der Name Engelhorst schon einmal untergekommen ist. Inzwischen wissen wir, wann das war und unter welchen Umständen. Du, Fernando, warst damals auch dabei.«

»Ich?«

Völxen übergeht den Zwischenruf und fährt fort: »Oda und ich haben gestern Abend lange telefoniert und uns dabei einige Dinge wieder ins Gedächtnis gerufen. Denn was damals passiert ist, könnte eventuell für die Gegenwart und den Mordfall Brigitte Wendel relevant sein. Oda, kannst du bitte anfangen zu erzählen, was seinerzeit los war?«

Oda, die sich gerade eine dreht, sagt: »Ja, okay, wie du willst. Es ist eine längere Geschichte, ich hoffe, ihr habt alle genug Kaffee in euren Bechern.« Sie selbst zündet sich ihre Zigarette an, schickt eine Rauchwolke in den südfranzösischen Himmel und beginnt mit ihrem Bericht. »Es war im Juni vor zwanzig Jahren, am letzten Schultag vor den Sommerferien ...«

Zwanzig Jahre früher

Mittwoch, 19. Juni 2002, kurz vor Feierabend

Es ist 16:40 Uhr, Oda Kristensen packt den Zigarettentabak und das Mobiltelefon in ihre Tasche. Heute war der letzte Schultag vor den großen Ferien, und sie hat ihrer Tochter versprochen, mit ihr eine kleine Radtour zu unternehmen, zum Reiterhof. Wie die meisten Erstklässlerinnen liebt Veronika Pferde. Bisher reichte es ihr, sie auf der Weide anzusehen und ein Büschel Möhren an sie zu verfüttern, doch in den letzten Wochen verlangte sie nach Reitstunden. Selbst schuld, erkennt Oda. Vor einem Jahr ist sie umgezogen, nach Isernhagen, in eine Maisonettewohnung, die im ehemaligen Stallgebäude eines Gutshofs entstanden ist. Die ländliche Umgebung erschien ihr für ein Kind als Lebensraum geeigneter als der Wohnblock in der rauen Nordstadt. Auch wenn Oda die Kneipen schmerzlich vermisst.

Sie hat die Entscheidung über die Reitstunden von Veronikas Jahreszeugnis abhängig gemacht, und da es wohl ganz ordentlich ausfallen wird, wird man nicht darum herumkommen. Ein Deal ist ein Deal. Veronikas Großmutter würde sicher etwas dazugeben, aber das will Oda nicht. Ihre Mutter hilft ihr ohnehin schon, wo sie kann, holt Veronika von der Schule ab, macht ihr Essen, beaufsichtigt die Hausaufgaben. Und sie ist immer zur Stelle, wenn Oda einen Einsatz hat oder wegen einer Ermittlung Überstunden machen muss.

Als Hauptkommissar Bodo Völxen vor gut einem Jahr die Leitung des Kommissariats für Todesdelikte und Delikte am Menschen übernahm, versprach er, Oda die nächste frei werdende Stelle dort anzubieten. Er hielt Wort, vor einem halben Jahr durfte sie in seine Abteilung wechseln. Die Besoldung ist höher als beim Kriminaldauerdienst, es gibt keinen Schichtdienst mehr, nur hin und wieder Bereitschaftsdienst und Überstunden. Wozu Oda gern bereit ist, wenn es gilt, einen Mord aufzuklären. Morde allerdings gab es bisher nicht viele. Genau genommen gar keinen, lediglich zwei Totschlagsdelikte im Rotlicht- und Drogenmilieu, der Rest waren Körperverletzungen unterschiedlichster Art und Ursache sowie eine beträchtliche Anzahl ungeklärter Todesursachen, die sich im Nachhinein als natürliche Tode oder Unfälle herausstellten. Aber auch diese Fälle wollen bearbeitet sein, die Bürokratie verlangt so oder so ihren Tribut.

Heute sieht es nicht mehr danach aus, als ob viel passieren würde. Der Kollege Nowotny ist schon vor einer Stunde gegangen, und sie sollte ebenfalls zusehen, dass sie wegkommt, um zusammen mit ihrer Tochter das schöne Sommerwetter zu genießen.

Der kleine Spanier, der ihr seit Anfang des Monats gegenübersitzt, gibt sich den Anschein, völlig in eine Akte vertieft zu sein, aber er wird vom Sessel hochschnellen und die Dienststelle fluchtartig verlassen, sobald Oda die Tür hinter sich zugemacht hat, darauf jede Wette! Er hat bereits seinen Computer heruntergefahren, und über der Lehne seines Schreibtischsessels hängt griffbereit die Motorradjacke. Er fährt eine Suzuki irgendwas, Oda merkt sich das Modell nie, denn Motorräder interessieren sie nicht die Bohne. Sie amüsiert sich nur über den entlarvenden Hang von Männern, denen es an der einen oder anderen Stelle an Größe mangelt, zu stark motorisierten Fahrzeugen. Fernando beispielsweise lebt in dem Wahn, eins achtzig groß zu sein, in Wahrheit liegt er nur knapp über der für Polizisten vorgeschriebenen Mindestgröße von eins achtundsechzig. Gut, vielleicht ein bisschen mehr, diese schwarzen Locken auf seinem Kopf bringen ja auch noch ein paar Zentimeter.

Oda steht auf und hängt sich ihre Tasche um. »Mach Schluss, Fernando! Schwing dich auf deinen Hobel, und fahr in den Deister.«

Das lässt er sich nicht zweimal sagen. Die beiden sind auf dem Sprung, als es klopft und Frau Cebulla hereinkommt. Sie ist Anfang vierzig, aber Oda könnte wetten, dass sie mit dreißig auch schon so aussah wie jetzt: stämmige Figur, praktische Kurzhaarfrisur, rosa Lippenstift. Sie hat eine Vorliebe für Faltenröcke und Birkenstocksandalen, und ihre Blusen sind immer ein wenig zu bunt, genau wie ihre Brillengestelle. Nun wedelt sie aufreizend mit dem Zettel herum, den sie in der Hand hält. »Ich muss die Herrschaften leider um ihren Feierabend bringen«, meint sie, und Oda, deren Laune augenblicklich in den Keller sinkt, nimmt ihr ihr Bedauern nicht wirklich ab. »Es gab wohl einen Einbruch oder einen Überfall in Bothfeld.«

»Und was geht uns das an?«, fragt Oda aufsässig.

»Jemand wurde dabei schwer verletzt. Der Herr Hauptkommissar möchte, dass Sie beide sich dorthin begeben. Umgehend.« Sie schließt die Tür mit Nachdruck hinter sich. Das gelbe Post-it mit der Adresse bleibt auf Odas Schreibtisch zurück.

»*Merde!*«, äußert Oda ihren Unmut. Wäre sie doch nur fünf Minuten früher gegangen!

Auch Fernandos Begeisterung hält sich in Grenzen. »Meine Mutter macht heute Hackbällchen für mich«, jammert er.

Ehe sie das Gebäude verlassen, verschwindet Oda noch rasch hinter der Tür mit der Aufschrift *Damen*. Während sie sich die Hände wäscht, fällt ihr Blick in den Spiegel. Sie ist vierunddreißig, erste, kaum sichtbare Fältchen zeichnen sich um die Augen herum ab, aber das stört vorerst nur sie selbst. Das hellblonde Haar, das sie im Dienst zu einem Knoten schlingt, ihr schmales Gesicht mit dem breiten Mund und den auffallend hellen, frostigen Augen, das alles macht sie zu einem *Hingucker*, wie neulich wieder einer meinte. Der sezierende Blick ihrer Gletscheraugen zeigt bei Vernehmungen durchaus seine Wirkung, ansonsten bezweifelt Oda, ob Attraktivität für eine Polizistin wirklich von Vorteil ist. Es gibt etliche Kollegen, denen es nicht einleuchten will, dass Frauen, besonders blonde, schön und klug sein können. Wenn sie dann doch endlich merken, dass Oda einiges mehr auf dem Kasten hat als mancher Macho, der sich ein Pöstchen ersessen oder erschleimt hat, empfinden sie sie oft als Bedrohung. Und klar, die Stelle in Völxens Abteilung hat sie natürlich nur bekommen, weil sie sich hochgeschlafen hat. Oda weiß um diese Gerüchte, und um ihre Seriosität zum Ausdruck zu bringen, bevorzugt sie nun, da sie nicht mehr Uniform tragen muss, im Dienst ausschließlich schwarze Klamotten. Ihre selbst gewählte Uniform. Natürlich ändert das nicht viel, aber sie fühlt sich darin selbstsicherer als im Blümchenkleid.

Fernando will unbedingt fahren. Oda überlässt ihm das Steuer des Dienstwagens, denn sie muss während der Fahrt ihre Mutter anrufen und ihr sagen, dass es später wird. Diese zeigt Verständnis, doch offenbar hört Veronika zu und ruft ins Telefon: »Du bist voll scheiße, Mama! Nie bist du da!«

Mit einem schweren Seufzer beendet Oda das Gespräch.

»Sollen wir Kerzen und Musik anmachen?«, fragt Fernando.

»Auf gar keinen Fall!«, protestiert Oda, denn sie hat schon erlebt, wie Fernando dann fährt. »Und es wäre nett, wenn du dich an die Verkehrsvorschriften hältst.«

Fernando kommt der Bitte missmutig nach und fährt nun wie ein Rentner.

»Hast du eigentlich eine Freundin?«, fragt Oda, als sie vor einer roten Ampel stehen.

»Wie kommst du denn jetzt darauf?«

»Nur so.«

»Im Moment gibt's nicht Festes. Was nicht heißen soll ...«

»Schon gut.« Oda ist nicht scharf auf Details aus seinem Sexleben. »Du hast natürlich einen mordsmäßigen Schlag bei Frauen, mit deinen hübschen dunklen Augen und den schwarzen Locken.«

Fernando wirft ihr einen verunsicherten Seitenblick zu, und Oda grinst in sich hinein. Es ist manchmal einfach zu verlockend, ihn verlegen zu machen, nicht immer kann sie widerstehen.

»Wie lange dauerte deine längste Beziehung?«, fragt Oda.

»Ein Jahr.«

»Immerhin.«

»Na ja, nicht ganz. Vielleicht waren es nur acht Monate. Oder sechs.«

»Wieso hat es nicht geklappt?«

»Keine Ahnung. Wir hatten uns eben auseinandergelebt.«

»Vielleicht liegt's daran, dass du mit fünfundzwanzig noch bei deiner Mutter wohnst?«

»Es ist eine ganz normale WG.«

»Ach ja, stimmt.«

Das spanische Muttersöhnchen. So pflegt der Kollege Nowotny, ein älterer Beamter, welchen Völxen von seinem Vorgänger geerbt hat, Fernando Rodriguez zu nennen. Dessen Mutter, Pedra Rodriguez, ist wiederum eine alte Bekannte von Völxen. Oda hat sie bereits kennengelernt; eine sympathische Frau mit rollendem R, einem dunklen Zopf und einem kleinen Oberlippenbart. Und hervorragenden Kochkenntnissen. Sie führt einen Laden für spanische Lebensmittel, in dem man selbst gemachte Tapas essen kann.

Natürlich ist es keine ganz normale WG, wie könnte das denn auch zwischen Mutter und Sohn funktionieren? Falls dieses verhätschelte Jüngelchen jemals eine Dumme finden sollte, die an ihm hängen bleibt oder ihn gar leichtsinnigerweise heiratet, tut Oda die Frau jetzt schon leid.

Der Passat hält vor der Adresse, die ihnen Frau Cebulla gegeben hat.

»Nobles Viertel«, meint Fernando. »Aber mich kriegt man nicht aus Linden raus.«

Ein Streifenwagen und ein Rettungswagen stehen am Straßenrand, in der Einfahrt, vor einer Doppelgarage, parkt ein silbergraues Peugeot-Cabrio mit offenem Verdeck. An die geräumige Villa aus den Sechzigerjahren hat man einen Wintergarten gesetzt, was das Anwesen nicht unbedingt verschönert. Es ist alles da, was ein Haus normalerweise belebt und gemütlich aussehen lässt. Die Schaukel und das hölzerne Spielhäuschen im Garten wirken wie Ausstellungsstücke, über dem Garagentor hängt ein Basketballkorb. Die Beete haben elliptische Formen, die Bepflanzung ist farblich und der Größe nach aufeinander abgestimmt. Nichts stört die Harmonie, nirgendwo ist Unordnung, kein Spielzeug liegt auf dem kurz gemähten Rasen, nur die Rosen an den Spalieren rechts und links der massiven Eingangstür mit dem vergitterten Fenster wollen nicht richtig gedeihen. An einem der oberen Fenster kleben Schmetterlinge und Blumen aus Buntpapier. Alles etwas zu demonstrativ, findet Oda. Die Kulisse eines perfekten trauten Heims, dessen Bewohner dennoch gern für sich bleiben. Denn der gesamte

Garten ist mit einer über zwei Meter hohen Hecke aus dichten Thujen umgeben.

Zeig mir, wie du wohnst, und ich sage dir, wer du bist. Oda schaut sich gern an, wie die Leute wohnen, das verrät mehr als eine stundenlange Befragung. Gewohnheiten, Süchte, Obsessionen, Träume, alles spiegelt sich in dem, womit sich der Mensch umgibt. In diesem Haus leben Menschen, die es perfekt und repräsentativ mögen, gleichzeitig scheint man jedoch seine Privatsphäre schützen zu wollen. Demnach gilt die Inszenierung nur einem ausgewählten Kreis von Besuchern.

Die Tür geht auf, heraus kommen ein Notarzt und zwei Rettungssanitäter.

»Zur Seite!«, ruft einer von ihnen. Oda und Fernando weichen auf den Rasen aus, der weich ist wie Schaumstoff. Die Sanis schieben eine Trage über das Pflaster des Gartenwegs, darauf liegt ein Mann mit einem dicken Kopfverband.

»Schädeltrauma«, erklärt der Notarzt auf Fernandos Frage hin kurz angebunden.

Das kann vieles bedeuten. Man kann daran sterben oder in wenigen Tagen wieder auf den Beinen sein.

»Wie schlimm ist es?«, hakt Oda nach.

»Er war jedenfalls nicht ansprechbar und hat viel Blut verloren.«

Der Verletzte wird in den Rettungswagen geschoben. Vorn, an der Kreuzung, schaltet der Fahrer die Sirene ein. Der Ton gellt durch das ansonsten ruhige Viertel. Zwei Streifenpolizisten wollen wohl gerade das Haus verlassen, doch Oda bittet sie, noch einen Moment zu bleiben. Eine blonde Frau in einem korallenroten Blazer, Jeans und einem bunten Halstuch drängelt sich an den Polizisten vorbei aus der Tür und geht mit langen, entschlossenen Schritten auf das Peugeot-Cabrio zu. Gleichzeitig öffnet sich wie von Zauberhand das automatische Tor.

»Polizei! Warten Sie!«, ruft Oda der Frau zu.

»Den Teufel werde ich!«, antwortet diese und setzt sich hinter das Steuer.

Fernando hat rasch reagiert und sich breitbeinig in die Einfahrt gestellt. Er weicht auch nicht zurück, als die Fahrerin auf ihn zuhält. Sie bremst erst abrupt ab, als zwischen seinen Jeans und der Stoßstange nur noch eine Handbreit Platz ist. »Verschwinden Sie, oder ich fahre Sie über den Haufen!«, schreit sie Fernando an. Der verschränkt die Arme und schüttelt nur leicht den Kopf.

Nerven hat er ja, muss Oda anerkennen. Manchmal sind seine Rambo-Manieren recht nützlich.

Fernando war die letzten zwei Jahre als verdeckter Ermittler für das Rauschgiftdezernat unterwegs. Doch den Job kann man nicht jahrelang ausüben, denn mit jedem Tag, den man sich in der Szene bewegt, wächst die Gefahr, enttarnt zu werden, zumal in einer kleinen Großstadt wie Hannover.

Oda beschließt, ebenfalls andere Saiten aufzuziehen. Sie geht auf den Peugeot zu, beugt sich über die Beifahrertür und zieht kurzerhand den Schlüssel aus dem Zündschloss. Der Wagen macht einen ruckartigen Satz und bleibt mit abgewürgtem Motor stehen.

»Was fällt Ihnen ein? Ich will zu meinem Mann!«, kreischt die Fahrerin, und ihre Augen, deren Farbe zwischen Blau und Grün changiert, funkeln Oda wütend an.

»Zuerst beantworten Sie uns bitte ein paar Fragen. Ihr Mann ist in besten Händen. Würden Sie bitte aussteigen?«

Die Frau schnappt sich ihre Prada-Tasche und kommt der Aufforderung nach.

»Ich bin Oberkommissarin Kristensen von der Polizeidirektion Hannover, das ist Kommissar Rodriguez. Und Sie sind?«

»Charlotte Engelhorst«, verkündet sie mit Donnerhall und fügt mit zusammengekniffenen Augen hinzu: »Sie werden noch von mir hören, Frau Kristensen, glauben Sie mir. Das wird ein Nachspiel haben.«

»Vielleicht wäre es besser, die Unterhaltung drinnen fortzusetzen«, schlägt Oda vor, während sie überlegt, wie oft man ihr und den Kollegen schon Nachspiele angedroht hat.

»Bitte!«

Die beiden folgen der Hausherrin durch die Haustür, die Uniformierten folgen. Ein breiter Flur empfängt sie, an der Garderobe hängen allerhand Kinderjacken, unten tummeln sich Schuhe in unterschiedlichen Formen und Größen. Eine Treppe führt nach oben. Oda bleibt stehen und wirft einen Blick in die geräumige Küche am Ende des Flurs, die rundherum mit eingebauten Massivholzmöbeln ausgestattet ist. In der Mitte prangt ein großer, rustikaler Tisch, der wohl so etwas wie das Herzstück des Familienlebens verkörpern soll. In den offenen Regalen über der Spüle stehen identische Glasbehälter mit allerlei Körnern und Flocken, darüber finden sich exotische Gewürze. Eine Küche wie diese kostet ein Vermögen. Das weiß Oda zufällig recht genau, weil sie vor Kurzem gezwungen war, eine zu kaufen. Für ein solches Exemplar, das mit jeder Holzfaser schreit: *Ich bin eine tolle Öko-Mutter*, reichte ihr Budget natürlich nicht. Alles ist hier blitzblank und aufgeräumt, wie in einer Küchenausstellung. Kaum zu glauben, dass hier Kinder leben. Lediglich an der Pinnwand herrscht ein Zettelchaos, und natürlich fehlt auch nicht der ziemlich gut gefüllte Familienkalender, er hängt gleich neben der Tür. Charlotte Engelhorst scheint eine dieser patenten Berufsmütter zu sein, die Oda inzwischen gründlich satthat.

»Was haben wir?«, fragt sie die beiden Streifenpolizisten, die etwas verlegen herumstehen.

»Die Tochter hat den Notruf verständigt, sie kam nach Hause und fand ihren Vater blutüberströmt im Badezimmer.«

»Wo ist sie jetzt?«

»In ihrem Zimmer«, antwortet Frau Engelhorst. »Dort bleibt sie auch. Sie ist vollkommen verstört, niemand spricht ohne mein Beisein mit ihr, ist das klar?«

»Wie alt ist Ihre Tochter?«, will Oda wissen

»Sechzehn«, antwortet Frau Engelhorst, und in ihrer Stimme schwingt etwas, das wie Häme oder Triumph klingt. Oda findet es verwunderlich, dass Frau Engelhorst eben noch im Begriff war, allein in ihrem Cabrio davonzupreschen, und dieses angeblich vollkommen verstörte Mädchen allein im Haus zurücklassen wollte.

»Erklären Sie uns, was geschehen ist«, fordert Oda die Frau auf und denkt: Man muss nehmen, was man kriegen kann.

»Ich war einkaufen, Manuela rief mich ganz aufgeregt an, ihr Vater liege blutend im Bad, und als ich herkam, waren bereits der Notarzt und die Polizei hier.«

Oda macht Fernando ein Zeichen, sich das Bad anzuschauen.

»Lassen Sie meine Tochter in Ruhe, ich warne Sie«, ruft Frau Engelhorst ihm nach.

Ist das nur mütterliche Sorge, oder hat Frau Engelhorst Angst, dass die Tochter etwas ausplaudern könnte, was die Mutter lieber verschweigen will?

Fernando Rodriguez ist froh, nach oben entrinnen zu können. Keifende Frauen, nein danke, und Oda ist auf dem besten Weg, sich mit dieser Engelhorst anzulegen, so gut kennt er sie inzwischen schon. Normalerweise ist sie ruhig und beherrscht, selbst bei pöbelnden Jugendlichen, Besoffenen oder Aggressiven beherrscht sie sich. *Contenance* nennt sie das, was bedeutet, man darf Zeugen und Verdächtigen seine Gefühle und Gedanken niemals offenbaren. Fernando hat allerdings beobachtet, dass sie auf einen bestimmten Frauentyp allergisch reagiert, solche wie diese Engelhorst. Da begibt man sich besser aus der Schusslinie. Immer zwei Stufen auf einmal nehmend eilt er die Treppe hinauf. Der Flur ist lang und der Boden vom selben roten Läufer aus Sisal bedeckt wie schon die Treppe. Die Tür zum Badezimmer steht weit offen, es hat eine begehbare Dusche mit Glaswand, eine Toilette, zwei Waschbecken mit Spiegeln und einen großen Schrank mit Regalfächern gegenüber. Auf den sandfarbenen Fliesen ist Blut zu sehen, eine teilweise verwischte Lache, die gerade langsam antrocknet. Der Einsatz des Rettungsteams hat Spuren hinterlassen, Verpackungsfetzen des Verbandmaterials liegen am Boden, und jemand ist in das Blut getreten, man erkennt ein Sohlenprofil. Die Spurensicherung wird nicht begeistert sein. Fernando holt sein brandneues Nokia 7650 aus der Jackentasche. Es kann sogar Fotos machen! Er fotografiert das Badezimmer und besonders die Blutlache von allen Seiten. So ist man nicht auf die Spurensicherung angewiesen. Apropos ... er ist nicht sicher, ob die zwei Helden in Grün die Spurensicherung verständigt haben, also ruft er vorsichtshalber an, erfährt aber, dass bereits ein Team unterwegs ist. Danach tätigt er einen weiteren Anruf. »Mamá? Ich komme heute später. – Weiß ich nicht, es ist ein Einsatz, tut mir leid. – Ja, so ist das eben, die

Kriminellen halten sich nicht an die Bürozeiten! – Ja, dann esse ich sie eben aufgewärmt. Bis dann!«

Er flucht leise auf Spanisch vor sich hin und öffnet den Badezimmerschrank. Er enthält das Übliche, ins Auge stechen nur die vielen homöopathischen Mittelchen in der Kassette mit den Medikamenten. Eine große Schmeißfliege brummt um seinen Kopf, angewidert verlässt er das Bad. Vom Flur gehen sechs Türen ab. Die gegenüber steht offen, es ist der Raum mit den Schmetterlingen am Fenster. Ein typisches Mädchenzimmer, viel Rosa, viele Plüschtiere. *Frauke Engelhorst, Klasse 3b*, steht auf einem Schulheft. Nebenan scheint ein Fan des Eishockey-Clubs Hannover Indians zu wohnen, das Emblem mit dem roten Indianergesicht klebt an der Tür, zwischen anderen Aufklebern, auch ein Anti-Atomkraft-Symbol ist darunter. Er öffnet die Tür und registriert den leicht muffigen Geruch und die typische Unordnung eines Jungszimmers. Der Knabe hat einen eigenen Computer und eine Playstation. Verwöhntes Gör! Es finden sich noch mehr Indians-Fanartikel, aber nichts von Hannover 96. Und das, wo sie doch dieses Jahr unter ihrem Trainer Ralf Rangnick den Aufstieg in die erste Bundesliga geschafft haben. Seit das feststeht, schwebt Fernando auf Wolke sieben, die Dauerkarte für die nächste Saison hat er längst gekauft. Er macht die Tür wieder zu. Hinter der nächsten hört man laute Musik. Er hat die mütterliche Ermahnung zwar vernommen, aber was soll's? Er klopft an. Keine Antwort. Er klopft noch einmal, dann drückt er auf die Klinke. Abgeschlossen. Er wagt nicht, erneut und lauter zu klopfen und zu rufen, denn am Ende hört man das unten, und die Frau Mama macht ihn zur Sau. Die nächste Tür führt in ein Arbeitszimmer. Viel Glas und Chrom, ein Ledersessel, ein antiker Schreibtisch. Alles wirkt aufgeräumt und sehr nüchtern. Fernando hätte in einem häuslichen Arbeitszimmer mehr persönliche Dinge erwartet. Am Ende des Flurs befindet sich ein kleineres Zimmer, offenbar ein Gästezimmer mit Bett, Schrank, Kommode und einem kleinen Schreibtisch vor dem Fenster. Auf dem Bett liegen ein geblümtes Kleid, ein rosa Kapuzenshirt, ein Pullover und ein BH, vor dem Bett weiße Chucks, sie dürften Größe 38 oder 39 haben. Ein kleines Duschbad mit Toilette schließt sich an das Zimmer an, auf der Ablage vor dem Spiegel befinden sich Kosmetika.

Fehlt nur noch das Schlafzimmer, überlegt er. Es muss am anderen Ende des Flurs liegen, neben dem Bad. Auf dem Weg dorthin hört er Schritte auf der Treppe. Rasch huscht er ins Badezimmer, wo er so tut, als inspiziere er noch immer den Schrank.

»Hat Ihr Mann etwas zu Ihnen oder Ihrer Tochter gesagt?«, fragt Oda Charlotte Engelhorst.

»Nein, er war wohl nicht ansprechbar. Manuela hatte zuerst gedacht...« Sie unterbricht sich, atmet schwer. Ihre Schultern zucken. Dann hat sie sich wieder im Griff und sagt: »Ich befürchte, der Einbrecher hat ihn mit etwas Schwerem niedergeschlagen.« Sie hält sich die Hände vors Gesicht und klagt: »Mein Gott, womöglich stirbt er, während Sie mich hier mit sinnlosen Fragen traktieren.«

»Welcher Einbrecher?« Oda geht voran bis ins Wohnzimmer und schaut sich dort demonstrativ um. Es gibt eine Couchlandschaft und eine Wand mit Bücherregalen, überwiegend Klassiker und Kunstbände. Drei großflächige Bilder mit abstrakten Motiven zieren die Wände. »Fehlt etwas?«, fragt Oda.

»Nein, ich glaube, nicht.«

»Wie kommen Sie dann auf einen Einbruch?«

Charlotte Engelhorst verliert die Beherrschung und schreit: »Ihre Fragen sind dumm!«

»Ich schlage vor, Sie beantworten sie trotzdem. Hier oder auf der Dienststelle«, erwidert Oda mit Gletscherblick. Auch wenn die Frau offensichtlich aufgeregt und in Sorge um ihren Mann ist, kann man solche Ausbrüche nicht einfach durchgehen lassen.

»Mein Mann hat sich vermutlich nicht selbst den Schädel eingeschlagen, oder?« Sie funkelt Oda mit mühsam verhaltener Wut an. Deren Eindruck, dass hier irgendetwas nicht stimmt, verdichtet sich von Minute zu Minute. Sie fragt die Kollegen von der Streife: »Gibt es eine Tatwaffe? Konnten Sie Einbruchsspuren sicherstellen?«

Beide Fragen werden verneint.

»Vielleicht war die Tür zum Keller offen«, räumt Charlotte

Engelhorst verlegen ein. »Die Kinder vergessen schon mal, sie abzu-schließen, wenn sie ihre Räder rausholen.«

»Das stimmt, die Tür vom Keller nach draußen war nicht abge-schlossen«, bestätigt einer der Polizisten und fragt, ob sie noch gebraucht würden.

»Nein danke, wir kommen zurecht.« Oda wendet sich wieder der Frau zu und fragt dieses Mal ruhig und freundlich: »Wie viele Kin-der haben Sie?«

»Drei. Unsere Jüngste, Frauke, und mein Sohn Johannes sind beide bei ihrer Großmutter. Sie hat sie in den Eissalon eingeladen, das macht sie immer am Beginn der großen Ferien. Je nachdem, wie gut die Zeugnisse sind, desto größer wird der Eisbecher. Die beiden wollten heute bei ihr übernachten.«

»Ihre Älteste wollte das nicht? Oder war ihr Zeugnis nicht gut?«, fragt Oda.

»Manuela findet das neuerdings kindisch. Sie findet gerade alles kindisch und peinlich.« An dieser Stelle verdreht die Mutter um Verständnis heischend die Augen, ehe sie fortfährt: »Sie war bei einer Freundin, und als sie nach Hause kam, fand sie ihren Vater verletzt vor. Sie hat geistesgegenwärtig den Notruf verständigt und anschließend mich. Ich war zum Glück schon auf dem Rückweg. Fast gleichzeitig mit mir kam der Rettungswagen.«

»Von woher waren Sie auf dem Rückweg?«, fragt Oda.

»Von der Markthalle, Salat und Obst besorgen für heute Abend. Die Einkäufe sind noch im Kofferraum, falls Sie mir nicht glauben. War's das jetzt?«

»Was macht Ihr Mann beruflich?«

Frau Engelhorsts Schultern straffen sich unter ihrem Blazer. »Er ist Teilhaber der Privatbank Engelhorst & Wegener.«

»Ein Unternehmer also«, stellt Oda fest. »Kommt er denn immer so früh nach Hause?«

Ein kleiner Nerv zuckt unter ihrem rechten Auge. Wut, Ner-vosität? »Nein, aber heute hatte ich ihn darum gebeten. Wir wollten mit Freunden im Garten grillen ... Du lieber Himmel! Ich muss denen absagen, sonst stehen die noch ahnungslos vor der Tür.«

»Vielleicht könnten Sie freundlicherweise nachsehen, ob etwas gestohlen wurde? Bargeld?«

»Wir haben kaum Bargeld im Haus.«

»Schmuck vielleicht?«

»Warten Sie.«

Sie geht die Stufen hinauf, aber Oda wartet nicht, sondern folgt ihr. Oben empfängt sie ein langer Flur, von dem eine Menge Türen abgehen, alle sind geschlossen. Hinter einer hört man laute Musik, eine tiefe Frauenstimme, es klingt wie Jazz. Ungewöhnlicher Musikgeschmack für eine Sechzehnjährige, findet Oda.

Frau Engelhorst geht in die andere Richtung, und Oda folgt ihr schnurstracks ans Ende des Flurs und ins eheliche Schlafzimmer. Das Doppelbett aus Kirschholz steht vor einer Fototapete, die Bambuspflanzen abbildet, bunte Kelims liegen auf dem Parkett, auch die Bettwäsche hat ein Dschungelmuster, und auf einer Kommode steht eine Ganesha-Figur. Wer hier wohl seinen Hang zur Exotik ausgelebt hat? Frau Engelhorst steuert auf eine Frisierkommode zu und öffnet eine hölzerne, indisch anmutende Kassette mit Intarsien. »Tatsächlich! Der Schmuck fehlt.« Sie hält Oda anklagend die leere Kassette hin.

»Wie viel war der wert?«

»Nicht allzu viel, es war nur mein Alltagsschmuck. Die wertvolleren Stücke liegen im Safe. Aber ich mochte die Sachen.«

»Die Spurensicherung wird sich das ansehen. Wir brauchen dann auch spätestens morgen die Fingerabdrücke sämtlicher Bewohner und des Hauspersonals, falls Sie welches beschäftigen.«

»Ja, ja, aber kann ich nun endlich zu meinem Mann in die Klinik? Am Ende ist er schon ...« Sie unterbricht sich und blickt erschrocken zur Tür. Dort steht ein dicklicher Teenager in Jeans, Turnschuhen und einem zu großen Pullover, der den plumpen Körper dennoch nicht verbirgt. »Was ist mit Papa?«

»Du hast ihn gefunden?«, hakt Oda nach.

Das Mädchen schaut die Besucherin mit einem leicht somnambulen Blick an.

»Geh wieder in dein Zimmer, Manuela! Wir fahren gleich in die Klinik.«

Manuela gehorcht und verschwindet wieder in ihrem Zimmer.

»Wollten Sie nicht eben allein in die Klinik fahren?«, fragt Oda.

»Ich habe es mir eben anders überlegt. Manuela ist im Moment sehr labil und verletzlich, und ich werde sie nicht Ihrem Verhör aussetzen«, sagt Frau Engelhorst.

Es ist schon das dritte Mal, zählt Oda, dass sie das anspricht. »Sie ist eine Zeugin. Verhört werden nur Verdächtige.«

»Zeugin wofür? Sie fand ihren Vater, Punkt. Sie hat sonst niemanden gesehen. Sie können morgen mit ihr sprechen, wenn sie sich etwas beruhigt hat.«

»Sie schien mir außerordentlich ruhig zu sein. Hat man ihr vielleicht ein Beruhigungsmittel verabreicht?«

»Natürlich nicht!«

Fernando Rodriguez kommt aus dem Bad. »Es ist ziemlich viel Blut am Boden. Aber keine Tatwaffe weit und breit. Im Arbeitszimmer scheint alles in Ordnung zu sein. Wem gehört das Zimmer neben dem von Manuela?«, erkundigt er sich bei der Dame des Hauses.

»Wer hat Ihnen erlaubt, sämtliche Zimmer zu durchsuchen?«, fährt ihn diese wütend an.

»Frau Engelhorst, es handelt sich hier um einen Raub mit schwerer Körperverletzung. Das zieht Ermittlungen nach sich, ob Ihnen das nun gefällt oder nicht«, weist Oda die Furie in ihre Schranken. Die beiden Frauen funkeln einander feindselig an. Nein, die Chemie zwischen der Bankiersgattin Charlotte Engelhorst und Oberkommissarin Kristensen stimmt ganz und gar nicht.

»Wer wohnt nun in dem Zimmer?«, wiederholt Fernando seine Frage.

»Niemand«, antwortet sie. »Das ist unser Gästezimmer. Zuletzt wohnte da ein Au-pair-Mädchen, aber sie ist gestern abgereist.«

»Sprechen wir von Emine?«

Frau Engelhorst blickt Oda verblüfft an. »Ja, so heißt sie. Aber ... aber woher wissen Sie ...?«

Oda lässt die Frage unbeantwortet. Es war ein Schuss ins Blaue, sie hat vorhin in der Küche den Familienkalender gesehen und sich den ungewöhnlichen Namen darauf gemerkt. Es ist immer von Vorteil, wenn die Leute denken, man hat einen Wissensvorsprung. »Aus welchem Land kommt sie?«

»Aus Kroatien.«

»Ihr voller Name?«

»Emine Babic.«

»Gestern ist sie weg, und heute wird hier eingebrochen«, stellt Fernando stirnrunzelnd fest.

»Wir beenden das Au-pair-Jahr immer zum Ende des Schuljahrs. Mitte August kommt dann wieder ein neues Mädchen. Das ist der Rhythmus.«

Der Rhythmus, wiederholt Oda in Gedanken. In einem so großen Haushalt braucht man den wohl, damit alles funktioniert und die einzelnen Rädchen ineinandergreifen. Doch nun scheint etwas geschehen zu sein, das Frau Engelhorst aus dem Rhythmus bringt. Jedenfalls wirkt sie gerade nicht sonderlich souverän.

»Es liegen noch Sachen auf dem Bett. Klamotten und so«, berichtet Fernando.

»Die hat sie sich von mir und Manuela geliehen. Ich bin noch nicht zum Aufräumen gekommen.«

Jemand klingelt an der Haustür.

»Das wird die Spurensicherung sein«, meint Fernando und läuft die Treppe hinab, um ihnen zu öffnen.

»Muss das sein?«, stöhnt Frau Engelhorst.

»Wollen Sie denn gar nicht wissen, wer Ihren Mann angegriffen und Ihren Schmuck gestohlen hat?«

»Ich bitte Sie! Wie viele Einbrüche werden denn aufgeklärt? Das bringt doch alles nichts. Aber bitte, tun Sie, was Sie nicht lassen können.«

»Danke, das werden wir«, sagt Oda überfreundlich und reicht der Frau ihre Visitenkarte. »Sie können jetzt zu Ihrem Mann, Frau Engelhorst. Aber wir sehen uns morgen auf der Dienststelle mit Ihrer Tochter. Und bitte sagen Sie uns Bescheid, sobald Ihr Mann wieder ansprechbar ist.«

»Ist gut«, sagt Frau Engelhorst knapp und bringt sie zur Tür. Auf dem Gehweg laden die Spurensicherer ihre Alukoffer aus.

Als Oda und Fernando die Haustür öffnen und die zwei Stufen

hinabgehen, kommen ihnen eine ältere Frau und zwei Kinder entgegen. Das Mädchen dürfte etwa neun sein, der Junge dreizehn, vierzehn. Die Kinder stürmen an den Ermittlern vorbei, ohne diese groß zu beachten, ihre Großmutter, die wie eine ältere Ausgabe von Charlotte Engelhorst aussieht, eilt ihnen hinterher.

»Was wollt ihr denn jetzt hier?« Offenbar bringt das Auftauchen der Kinder deren Mutter aus dem Konzept.

»Was ist los, Charlotte? Manuela hat angerufen, sie klang völlig wirr.«

»Verdammt, ich habe ihr doch ...«

Mehr ist nicht zu hören, die Haustür fällt zu. Fernando und Oda wechseln einen Blick.

»Also, wenn du mich fragst – irgendetwas stimmt hier ganz und gar nicht«, tut Fernando seine Meinung kund.

Oda kann diesen Eindruck nur bestätigen.

»Und jetzt?«, fragt er.

»Wir befragen die Nachbarn. Ist immer interessant.«

Das Ehepaar Kastner, beide im fortgeschrittenen Rentenalter, bittet die beiden Ermittler bereitwillig in ihr Wohnzimmer, denn natürlich haben sie die Einsatzfahrzeuge bemerkt und brennen darauf, zu erfahren, was nebenan los ist. Oda erklärt dem älteren Paar das Nötigste, wobei sie häufig den Konjunktiv bemüht, aber die Leute hören nun mal, was sie hören wollen.

»Ein Einbruch?«, ruft die weißhaarige Dame erschrocken. »Wie furchtbar!«

»Jetzt geht das wieder los, dabei hatten wir jahrelang Ruhe in dieser Straße«, ergänzt ihr Mann.

»Ist Ihnen heute Nachmittag um 16:00 Uhr herum etwas aufgefallen?«

Die beiden verneinen. »Man sieht ja nicht auf das Grundstück. Das kommt davon, wenn man sich einmauert mit diesen Friedhofspflanzen!«, klagt Frau Kastner.

»Wie sind die denn so, die Engelhorsts?«, fragt Fernando.

»Wir haben wenig Kontakt, nicht wahr, Wilhelm?«

»Er ist ein Banker«, meint Herr Kastner. »Wollte uns schon so einen Aktienfonds aufschwatzen, aber wir haben die Nase voll von Aktien. Einmal haben wir welche gekauft, von der Telekom, und man weiß ja, was daraus geworden ist.«

»Die Kinder sind gut erzogen«, meint Frau Kastner. »Das muss man sagen. Die grüßen immer freundlich und sind nie frech.«

»Der Junge ist ein Schlauer. Der hat mir neulich meinen Computer wieder in Ordnung gebracht, als nichts mehr ging«, verrät Herr Kastner.

»Was ich nicht verstehe, ist, dass die Manuela so pummelig wurde«, meint seine Frau. »Dabei legt Frau Engelhorst so großen Wert auf gesunde Ernährung. Bei denen gibt's nur Bio und Körner und sehr viel Gemüse. Bloß keine Süßigkeiten aus dem Supermarkt!« Sie zwinkert Oda zu. »Ab und zu kamen die drei schon mal zu uns …«

»Das hättest du nicht machen sollen, Heike. Man untergräbt nicht die Erziehung anderer Leute.«

»Sie hätten sehen sollen, wie die sich dann auf die Gummibären stürzten«, meint Frau Kastner zu Oda, den Einwurf ihres Mannes ignorierend. »Es hat ja nie jemand mitbekommen. In der Hinsicht konnten sie gut dichthalten, alle drei.« Die alte Dame zwinkert erneut schelmisch.

»Kannten Sie auch das Au-pair-Mädchen? Emine?«, fragt Oda.

»Wieso kannten?«, fragt Frau Kastner zurück.

»Weil sie schon wieder weg ist«, antwortet Fernando.

»Wundert Sie das?«, fragt Oda, denn die Nachbarin wirkt recht überrascht.

»Ja, schon. Ich dachte, die bliebe länger.«

»Warum dachten Sie das?«

»Weil … aber das dürfte ich eigentlich gar nicht wissen, das hat mir die Manuela mal im Vertrauen erzählt …«

»Wir verraten Sie nicht«, meint Fernando in vertraulichem Ton.

»Sie war kein richtiges Au-pair-Mädchen. Die kam übers Jugendamt. Sie war eher so eine Art Pflegekind. Ich fand das nett von Frau Engelhorst, so jemanden aufzunehmen. Aber auch mutig.«

»Und schon wird da drüben eingebrochen …«, bemerkt Herr Kastner, und seine Miene spricht Bände.

»Glauben Sie, da könnte es einen Zusammenhang geben?«, fragt Oda den älteren Herrn.

Der wettert drauflos: »Wer weiß, was die im Heim für einen Umgang hatte? Vielleicht hat sie einem Freund einen Tipp gegeben. Ich finde, die Engelhorst hätte uns das sagen sollen!«

Seine Frau hält dagegen. »Du siehst ja an dir selbst, wie die Leute reagieren. Würdest du anstelle des Mädchens wollen, dass die ganze Nachbarschaft weiß, dass du ein Heimkind bist?« An ihre Besucher gewandt fährt sie fort: »Das Mädchen machte einen recht anständigen Eindruck!«

»Ihr Ohr sah aus wie eine Gardinenstange«, murmelt Herr Kastner.

»Hatten Sie näheren Kontakt zu dem Mädchen, Frau Kastner?«, will Fernando wissen.

»Nein, das nicht. Sie hat Frauke immer zur Schule begleitet und abgeholt, da habe ich sie hier vorbeigehen sehen.«

»Wann haben Sie Emine zuletzt gesehen?«, fragt Oda.

»Vor ein paar Tagen? Oder gestern? Ich weiß es nicht genau.« Frau Kastner zuckt bedauernd die Achseln. Ihr Ehemann kann sich ebenfalls nicht daran erinnern.

Die beiden Ermittler verabschieden sich. Herr Kastner begleitet sie zur Tür und ruft ihnen nach: »Bei den Klinghammers auf der anderen Seite brauchen Sie gar nicht erst zu klingeln. Die sind seit einer Woche auf Kreuzfahrt.«

Mittwoch, 19. Juni 2002, am Abend

»Gib schon Gas, Kommissar! Oder hast du Angst, dass du aus der Kurve fliegst?«

»Ehrlich gesagt, ja!«, schreit Völxen über den Motorenlärm hinweg. Er steuert den Aufsitzmäher seines Nachbarn Jens Köpcke. Gerade umrundet er den Apfelbaum. Es kracht unter ihm, als das Mähwerk einen morschen Ast schreddert.

Köpcke, blaue Latzhose, Schiebermütze, ein Grinsen im runden Antlitz, steht neben dem Holzschuppen und beobachtet, wie Völxen die Obstwiese mäht. Sabine und Völxen nennen ihn den Hühnerbaron, weil er in seinen Ställen an die zweihundert Hühner hält und, unter anderem, vom Verkauf der Eier lebt. Immerhin dürfen seine Hühner noch nach draußen, zumindest jetzt, im Sommer.

»Macht doch Spaß, oder? Der Traum jeden Städters, nicht wahr?«, brüllt Köpcke.

»Ja, toll!«, brüllt Völxen zurück.

Eigentlich hatte er vor, das Gras auf der Obstwiese pro Jahr nur ein- oder zweimal mit der Sense zu mähen. Er hat sich extra eine angeschafft, nachdem der alte Benzinrasenmäher pünktlich zum Saisonbeginn den Geist aufgab. Eben wollte er damit Wege zu den drei Obstbäumen frei sensen, doch da kam Köpcke auf seiner Höllenmaschine angeknattert und meinte, das werde man gleich haben. Völxen, der *Städter*, hat nicht gewagt, das gut gemeinte Hilfsangebot des Nachbarn zurückzuweisen, ebenso wie er es jetzt nicht fertigbringt, dem Nachbarn zu gestehen, dass das Fahren eines Aufsitzrasenmähers noch nie sein heimlicher Männertraum war. Dabei weiß er jetzt schon, dass ihn nachher Sabine zur Schnecke machen wird, denn sie hat eine Wildblumenmischung zwischen den Obstbäumen ausgesät, welcher nun wohl gerade der Garaus gemacht wird.

Ein Glück, gerade verschwindet Köpcke in Richtung seines Hofs, und kaum ist er außer Sicht, springt Völxen vom Mäher. Wenig später kommt Köpcke zurück. Aus der Tasche seiner Latzhose lugen zwei Flaschen Herrenhäuser hervor.

»Was ist, keine Lust mehr?« Der Hühnerbaron zeigt auf den letzten, drei Meter breiten Streifen am hinteren Rand der Obstwiese.

»Sabine hat da was angesät, eine Bienenweide«, erklärt Völxen, wild entschlossen, das Biotop zu verteidigen. Es ist ein Seiltanz, er will es sich nicht mit dem Hühnerbaron verderben. Der Alteingesessene kennt jeden Handwerker im Ort und weiß, wer welches Gerät besitzt, das man sich bei Bedarf ausleihen kann. Am Wochenende will Völxen die Terrasse pflastern, und die Rüttelmaschine steht bereits da, organisiert von Köpcke. Ohne dessen Hilfe wäre der alte Hof, den die Völxens vor drei Jahren gekauft haben, wahrscheinlich noch immer ein trauriger Anblick. Auch jetzt ist längst noch nicht alles fertig. Es wird sicher noch Jahre dauern, bis aus dem Anwesen das Schmuckstück geworden sein wird, von dem Sabine und Bodo Völxen träumen – wobei nicht ganz sicher ist, ob ihre Traumvorstellungen stets in allen Punkten deckungsgleich sind. Völxen hat es nicht allzu eilig. Die Arbeiten an Haus und Hof sind ein prächtiger Ausgleich gegen das Aktenwälzen und das Befragen von Zeugen und Verdächtigen, ganz zu schweigen vom Anblick mehr oder weniger appetitlicher Leichen, dem der Hauptkommissar bisweilen ebenfalls ausgesetzt ist.

»Verstehe. Na, dann wollen wir die Frau Gemahlin mal lieber nicht verärgern, Kommissar. Hier, hast du dir verdient.« Der Nachbar hält Völxen die Flasche hin, die er zuvor per Handkantenschlag an einem Zaunpfahl geöffnet hat. Das Bier ist lauwarm. Egal, runter damit!

Eine Weile lang stehen sie schweigend und von Mücken umschwirrt da und beobachten, wie die Sonne langsam hinterm Deister, dem Mittelgebirge südlich von Hannover, verschwindet. Der Himmel hat sich zartrosa gefärbt, auf dem Dach flötet eine Amsel. Es ist einer dieser Momente, in denen Völxen vollkommen zufrieden ist mit seinem Entschluss, aufs Land zu ziehen. »Vielleicht sollte ich ein paar Schafe anschaffen«, überlegt er laut.

»Schafe? Wozu denn das?«, fragt Köpcke.

»Als natürliche Rasenmäher, zum Beispiel. Dann bräuchte ich keinen Mäher. Hier, auf der Wiese, könnte man einen Stall bauen. Wanda würde das sicher gefallen.«

»Achtjährige Mädchen wollen Ponys, keine Schafe«, gibt Köpcke zu bedenken.

»Die mag ich aber nicht«, antwortet Völxen trotzig. »Als Kind hat mich mal eins gebissen.«

»Für das Geld, das diese Viecher an Tierarzt, Futter und Weidezubehör kosten, vom Stall ganz zu schweigen, kannst du dir einen Turbomäher kaufen.«

Er hätte wissen müssen, dass der Hühnerbaron in rationalen, wirtschaftlichen Dimensionen denkt. Dennoch führt Völxen den Gedanken weiter aus. »Wenn ich abends vom Dienst komme, könnte ich ihnen beim Grasen zuschauen, anstatt hier mit einem stinkenden Mäher herumzuknattern. Nichts für ungut, Jens.«

»Alles klar, Herr Kommissar!«, kalauert der Hühnerbaron und versetzt Völxen einen kameradschaftlichen Schlag auf die Schulter, dass dieser sich am lauwarmen Herrenhäuser verschluckt. »Und Sabine wird sich ein Spinnrad zulegen und dir aus der Wolle Pullover stricken.«

»Warum nicht? Was gibt es denn da zu lachen?«

Köpcke hat sein Bier ausgetrunken. »Schafe«, kichert der Hühnerbaron, während er kopfschüttelnd auf seinen Mäher zugeht, um mit ihm über die Wiese, die zwischen ihren Grundstücken liegt, nach Hause zu tuckern. »Typisch Städter. Lauter hoffnungslose Romantiker!«

Völxen ist auf dem Rückweg, als ihm seine kleine Tochter entgegenkommt. Sie ist barfuß und hat bereits ihren Schlafanzug an. Auf dem Stoff sind Wolken und Schäfchen zu sehen. Ein Zeichen?

»Da ist eine Frau von der Arbeit am Telefon.« Wanda reicht ihm sein Handy und rennt dann zurück ins Haus.

Es ist Oda Kristensen, die ihm in sämtlichen Einzelheiten den zurückliegenden Einsatz schildert und mit den Worten endet: »Da ist was faul. Die Frau verbirgt etwas, die Geschichte von dem Einbruch stinkt.«

»Danke für die Information, Oda«, antwortet Völxen, während er langsam durch den Garten geht. »Schauen wir mal, was die Auswertung der Spuren bringt und wie es dem Opfer morgen geht. Wo liegt er?«

»Vinzenzkrankenhaus. Sie wollten mir am Telefon nichts über seinen Zustand sagen. Soll ich hinfahren?«

»Nein.«

»Und wenn er morgen tot ist?«

»Dann haben wir einen Mordfall.«

Er legt auf und betritt das Haus durch den Kücheneingang, neben dem zwei Paletten mit Terrassenplatten liegen.

»Wo bleibst du denn?«, fragt Sabine vorwurfsvoll.

»Es war Oda Kristensen. Sie wittert ein Verbrechen.«

»Oh, Oda Kristensen«, wiederholt Sabine vielsagend, während sie mit viel Geschepper die Spülmaschine ausräumt.

Völxen grinst. Er weiß, dass Sabine ein wenig eifersüchtig ist. Kein Wunder, wenn man Oda ansieht. Wobei Sabine das absolut nicht nötig hat, aber Eifersucht ist nun mal ein Gefühl und nicht rational.

Zugegeben, Völxen erfreut sich täglich an Odas Anblick, er hat jedoch keinerlei Bedürfnis, sich in die Schlange ihrer Liebhaber einzureihen. Denn tatsächlich besitzt Oda Kristensen eine ausgesprochen lockere Moral, was vermutlich an ihren französischen Genen liegt. Sie ist Affären grundsätzlich nicht abgeneigt, gern auch mit verheirateten Männern. *Die werden wenigstens zu Hause bekocht.*

»Ich muss dir etwas beichten«, sagt Völxen zerknirscht, während er sich die Gummistiefel von den Füßen streift.

»Was denn?« Sabines Stimme klingt auf einmal unsicher und zitterig.

»Köpcke hat die Obstwiese mit seinem Aufsitzmäher niedergemacht. Jedenfalls das meiste davon.«

»Herrgott! Kann man euch denn keine fünf Minuten alleine lassen?«, schimpft seine Gattin, aber mehr kommt nicht. Kein Wutausbruch, keine Vorwürfe, keine Grundsatzdiskussionen. Seltsam. Doch es gilt, die Gunst der milden Stimmung zu nutzen: »Sag mal, Schatz, was hältst du von Schafen?«

»Bitte?«

»Wir könnten auf der Obstwiese ein paar Schafe halten. Schafe sind sanftmütig und nützlich. Das wäre superöko, und das Problem mit dem Rasenmähen wäre damit auch gelöst.«

»Sonst noch eine Verrücktheit, oder war's das für heute?«

»Das ist mein Ernst.«

»Ja, meiner auch. Schafe gibt's nur über meine Leiche. Und jetzt geh nach oben, und sag Wanda Gute Nacht.«

Donnerstag, 20. Juni 2002, am Vormittag

Frau Wendel, die für Pflegekinder zuständige Sachbearbeiterin des Jugendamts, ist eine Frau mit einem strengen Kurzhaarschnitt und Gesichtszügen, die Oda an einen Geier denken lassen. Über ihren sehr aufgeräumten Schreibtisch hinweg blickt sie Oda Kristensen abschätzig an. »Haben Sie denn einen richterlichen Beschluss, Oberkommissarin Kristensen?«

»Nein, den habe ich nicht. Noch nicht.«

»Ohne Beschluss keine Auskünfte. Wir sind das Jugendamt, hier gelten besondere Vorschriften. Wo kämen wir denn hin, wenn jeder dahergelaufene Polizist unsere Akten einsehen dürfte?«

Oda hat Mühe, sich zu beherrschen. »Ich möchte ja gar keine Akteneinsicht. Es genügt, wenn Sie mir vorerst bestätigen, dass Emine Babic als Pflegekind an die Familie Engelhorst vermittelt wurde.«

»Ich bin nicht befugt, darüber Auskunft zu geben.«

»Aber das ist doch kein Geheimnis! Das weiß die ganze Nachbarschaft.«

»Warum fragen Sie dann?«

»Es interessiert Sie vielleicht, dass Emine seit ein paar Tagen nicht mehr dort wohnt. Zumindest laut Auskunft von Frau Engelhorst.«

Die Frau reagiert nicht. Sicher weiß sie längst Bescheid.

»Es scheint Sie ja nicht groß zu kümmern, dass einer Ihrer Schützlinge abgängig ist.«

Frau Wendel gibt keine Antwort, ihr harter Blick hält dem von Odas Gletscheraugen mühelos stand.

»Oder wissen Sie, wo sie ist?«

»Ich bin nicht befugt, darüber Auskunft zu geben.«

»Es reicht jetzt!«, fährt Oda aus der Haut. »Wenn Sie mir nicht auf der Stelle sagen, wo ich Emine Babic finde, werde ich die Vermisstenstelle einschalten und nach ihr suchen lassen. Haben Sie das verstanden?«

»Sicher, Sie waren ja laut genug«, versetzt die Sachbearbeiterin.

Es war ein Fehler, sie so anzugehen, Oda könnte sich ohrfeigen. Aber selten hat jemand sie so aus der Fassung gebracht. Sie weiß gerade nicht, ob sie Frau Wendels Gelassenheit bewundern oder verabscheuen soll. Bestimmt ist die Frau längst abgebrüht, wahrscheinlich wird sie mehrmals pro Woche angebrüllt und unter Druck gesetzt. Wenn sie sich schon gegenüber einer Polizistin so verhält, wie wird dieses eiskalte Monster dann erst mit ihrer Klientel umspringen?

»Machen Sie sich denn gar keine Sorgen um das Mädchen?«, versucht sie es auf die sanfte Tour.

»Nein«, antwortet Frau Wendel zu Odas Verblüffung. »Ich werde Ihnen auch sagen, warum, obwohl ich dazu nicht verpflichtet bin. Emine Babic ist seit Mai dieses Jahres achtzehn. Also volljährig«, setzt sie überflüssigerweise hinzu. »Sie kann gehen, wohin sie will, das Jugendamt ist nicht mehr für sie zuständig.« Mit diesen Worten richtet Frau Wendel ihren Blick demonstrativ auf den Bildschirm.

»Heißt das, sie fällt mit ihrem achtzehnten Geburtstag schlagartig aus dem System? Niemanden kümmert es mehr, was sie tut, wo sie ist, wie es ihr geht?«

Frau Wendel lässt sich noch einmal dazu herab, Oda anzusehen. »Im Großen und Ganzen ist das so, ja. Auf Wunsch sind wir bei der Suche nach einem Ausbildungsplatz oder einer Weiterbildung behilflich, und es gibt auch betreute Wohngemeinschaften für junge Erwachsene. Aber das müssen die jungen Menschen wollen. Ansonsten sind wir als zuständige Behörde raus.«

»Das gilt auch für die Pflegefamilie? Die ist auch einfach *raus*?«

»Ja, natürlich. Es ist mit Pflegekindern wie mit leiblichen, sobald sie volljährig sind, haben sie das Recht, ihr Leben nach eigenem Gutdünken zu verpfuschen.«

»Wieso sagen Sie das, verpfuschen? Haben Sie Angst um Emine? Bitte, Frau Wendel. Wir können vielleicht helfen.«

»Aber ich kann Ihnen nicht helfen«, erwidert die Sachbearbeiterin. »Ich weiß nicht, wo Emine ist.«

»Hat Frau Engelhorst Ihnen mitgeteilt, dass Emine nicht mehr bei der Familie lebt?«

Ein kurzes Zögern, dann nickt sie.

»Und die Begründung?«

»Es gab keine. Sie ist einfach gegangen. Aber streng genommen darf ich …«

» … darüber keine Auskünfte geben, ich weiß«, beendet Oda den Satz. Sie verabschiedet sich. In ihrem Innern brodelt es noch immer.

»Diese Jugendamt-Tussi! Was für ein Besen! Es interessiert sie einen Dreck, was aus diesem Mädchen geworden ist.« Oda war zu Dienstbeginn nicht an ihrem Platz, und nun, gegen zehn Uhr, stürmt sie einfach in Völxens Büro und lässt ihrem Ärger freien Lauf. *Ich bin nicht befugt, darüber Auskunft zu geben. Ich glaube, wenn sie das noch einmal gesagt hätte, wäre ich ihr an die Gurgel gegangen. Und diese Engelhorst! Die hat uns nach Strich und Faden angelogen. Sie geht einfach nicht ans Telefon, und zu Hause ist sie auch nicht! Dabei sollte sie heute hierherkommen, mit ihrer Tochter, um ihre Aussage zu Protokoll zu nehmen. Das war eine ganz klare Anweisung!«

»Beruhige dich, Oda, der Tag ist ja noch lange nicht vorbei«, versucht Völxen die Wogen zu glätten. »Vielleicht ist sie bei ihrem Mann? Das wäre mir an ihrer Stelle auch wichtiger als das Protokoll einer Aussage.«

»Ihrem Mann?«, wiederholt Oda.

»Hast du denn in der Klinik angerufen, wie es ihm geht?«, fragt Völxen.

»Was? Nein«, antwortet Oda. »Die sollten mich anrufen, sobald er ansprechbar ist oder gestorben.«

Völxen schüttelt den Kopf. »Du weißt doch, wie es in den Krankenhäusern läuft. Die Polizei über den Zustand eines Patienten zu informieren hat nicht immer oberste Priorität, die Anweisung geht bei Schichtwechsel sehr oft unter.«

»Du hast recht. Tut mir leid, ich ruf gleich an.«

»Brauchst du nicht, hat Frau Cebulla schon erledigt. Es hieß, er sei auf dem Wege der Besserung.«

»Dann ist die Engelhorst bestimmt bei ihm.«

»Ja, mag sein, und deshalb geht sie wohl auch nicht an ihr Handy. Die sind in Krankenhäusern ja nicht erlaubt.«

»Ich fahr hin. Zwei Fliegen mit einer Klappe!« Schon strebt Oda zur Tür.

»Halt, nicht so schnell«, hält Völxen sie auf. »Er ist zwar auf dem Weg der Besserung, aber noch nicht vernehmungsfähig. Ich möchte erst noch den Bericht der Spurensicherung abwarten. Danach laden wir alle beide vor beziehungsweise besuchen den Mann im Vinzenzkrankenhaus. Wie es sich gehört.«

»Das mit dem Bericht kann noch Tage dauern.«

»Man hat ihn mir bis morgen versprochen«, beschwichtigt Völxen seine Mitarbeiterin. »Oda, dein Eifer in Ehren, aber bis jetzt haben wir es mit dem Raub von etwas Schmuck und einer mittelschweren Körperverletzung zu tun. Der Mann ist ein Opfer, kein Verdächtiger, das dürfen wir nicht vergessen.«

»Natürlich. Und erst recht nicht, dass er ein Privatbankier mit besten Beziehungen zu den Honoratioren der Stadt ist. Da macht es auch nichts, dass seine Frau lügt, dass sich die Balken biegen, und verhindern will, dass ich mit der Tochter rede.«

»Das habe ich nicht gehört!«

»Wie du meinst, du bist der Chef«, presst Oda hervor.

»Und das ist auch gut so«, brummt Völxen, um gleich darauf zu säuseln: »Sag, Oda, wie wär's, wenn wir zusammen in die Markthalle gingen und dort einen Happen essen? Oder besser noch in die Holländische Kakao-Stube? Du wirkst etwas unterzuckert.«

Freitag, 21. Juni 2002, gegen Mittag

Frau Cebulla klopft an die Tür von Völxens Büro und streckt dann ihren Kopf durch den Türspalt. »Herr Hauptkommissar, an der Pforte ist ein Herr Engelhorst, der Sie sprechen möchte.«

»Ein *Herr* Engelhorst?«, staunt Völxen.

»Wenn man dem Pförtner glauben darf«, antwortet Frau Cebulla.

»Wären Sie so nett, ihn abzuholen? Und bitten Sie Oda Kristensen zu mir ins Büro. Und eine Kanne Kaffee wäre vielleicht nicht schlecht. Und Wasser.«

»Sehr wohl, Herr Hauptkommissar.« Die Sekretärin zieht die Tür hinter sich zu, wobei Völxen ist, als hätte er ein leises *Sonst noch Wünsche?* vernommen. Aber er ist nicht ganz sicher. Frau Cebulla war die Erste, die er eingestellt hat. Ihre Vorgängerin ist zusammen mit dem alten Leiter des Kommissariats in Pension gegangen. Sie war davor bei einem Steuerberater und ist eine Bilderbuch-Sekretärin, die ihn mit Kaffee, Tee und Butterkeksen versorgt und darauf achtet, dass er die Mittagspause einhält. Im Grunde ist sie die Abteilungssekretärin, nicht seine private. Aber diesen Teil der Stellenbeschreibung hat sie noch nicht wirklich verinnerlicht. Wenn die anderen Kommissare sie zuweilen daran erinnern, empfindet sie dies stets als Zumutung, und das lässt sie die jeweilige Person – meistens ist es Oda – auch deutlich spüren.

Wenig später marschieren Oda Kristensen und Fernando Rodriguez in sein Büro. Letzterer segelt aus schierer Neugierde in Odas Windschatten und meint nun: »Schade, ich dachte, dieser Engelhorst wird mein erster Mordfall. Ein Banker, das wär's gewesen.«

»Etwas Dunkles in mir hatte diesen Gedanken auch schon«, flüstert Oda.

»Ich muss doch bitten!«, mahnt Völxen und grinst heimlich in sich hinein, während es sich die beiden auf dem blauen Sofa gemütlich machen. Um die täglichen Dienstbesprechungen nicht in dem Raum durchführen zu müssen, der auch für Vernehmungen benutzt wird und entsprechend karg eingerichtet ist, wollte Völxen ein Sofa und einen Sessel für sein Büro, das dafür ausreichend genug Platz bietet. Ein Jahr lang hat er darum mit der Beschaffungsstelle gerungen. Vergeblich. Stühle hätte er genug kriegen können, aber ein Sofa? Mit Sessel? Was für eine Vermessenheit! Schließlich hat Völxen die kleine Sitzgruppe auf eigene Faust angeschafft. Sonderangebot aus einem Räumungsverkauf. Er hat es noch keine Sekunde bereut. Es ist wichtig, eine gute Arbeitsatmosphäre zu schaffen.

Es klopft, und herein kommt ein schlanker, gut aussehender Herr, der an einen Dandy aus den Zwanzigerjahren erinnert, mit seinen Mokassins und dem Anzug aus naturfarbenem Leinen, aber ganz besonders, weil sein Look durch einen Panamahut ergänzt wird. Die drei Ermittler brauchen einen Moment, um den Anblick auf sich wirken zu lassen. So hat sich wohl keiner von ihnen einen Banker vorgestellt, wenn man davon absieht, dass so bald ohnehin niemand mit seinem Erscheinen hier gerechnet hat. Völxen fängt sich als Erster wieder, er steht auf und begrüßt den Besucher. »Herr Engelhorst, es freut mich sehr, Sie so lebendig zu sehen, äh, ich meine, so gesund und munter«, korrigiert er sich verlegen.

»Ich bin dem Tod noch einmal von der Schippe gesprungen«, beteuert Joachim Engelhorst. »Entschuldigen Sie meinen Aufzug, aber ich sah mich gezwungen, diesen Hut zu tragen, und dann musste es natürlich der passende Anzug sein.« Er lüpft den Strohhut und zeigt den Beamten seinen rasierten Hinterkopf und die Wunde, die nun eine lange Naht ziert.

»Ich verstehe. Bitte, setzen Sie sich.« Völxen bietet ihm den Sessel an, er selbst wählt einen der Besucherstühle. »Kaffee? Wasser?«

»Ein Glas Wasser, bitte. Ich bin noch vollgepumpt mit Schmerzmitteln.«

»Es wundert mich, dass Sie schon entlassen wurden«, bekennt Völxen. »Gestern hieß es, Sie wären nicht vernehmungsfähig, und heute sind Sie schon wieder unterwegs.«

»Ich habe mich selbst entlassen. Sie sagten, es sei nur eine leichte Gehirnerschütterung und ich sei über dem Berg, ich müsse mich nur schonen. Das kann ich auch zu Hause.«

»Und doch sind Sie hier«, stellt Oda fest. »Wollte Ihre Frau nicht mitkommen?«

Er wirft Oda einen verschwörerischen Blick zu, der außerdem verrät, dass er von seiner Wirkung auf Frauen überzeugt ist. »Ich gestehe, meine Frau weiß gar nicht, dass ich aus der Klinik ausgebüxt bin. Ich wollte nur eben rasch vorbeikommen und meine Aussage machen, damit wir diese leidige Angelegenheit aus der Welt schaffen können.«

»Das ist sehr freundlich von Ihnen«, sagt Völxen. »Dann berichten Sie doch mal, was am Mittwochnachmittag geschehen ist. Dürfen wir das Gespräch aufzeichnen?«

»Ja, sicher. Der Mittwoch, das war der letzte Schultag, wir wollten abends grillen und hatten dazu noch zwei befreundete Paare eingeladen. Meinen Kompagnon in der Bank, Ralf Wegener mit Gattin, sowie einen unserer Großkunden mit Begleitung. Aber das tut wohl nichts zur Sache, entschuldigen Sie, wenn ich abschweife.«

»Keine Ursache, nur zu«, ermuntert ihn Völxen.

»Charlotte hatte mich eindringlich gebeten, pünktlich nach Hause zu kommen und ihr bei den Vorbereitungen zu helfen.«

»Was bedeutet pünktlich?«, unterbricht ihn Oda.

»Siebzehn Uhr. Das ist eher die Ausnahme, meistens wird es später. Doch an diesem Nachmittag habe ich mein Büro tatsächlich schon um halb vier verlassen, denn ich wollte noch zum Friseur. Ich war nicht angemeldet, ich versuche es immer spontan, weil das mit den Terminen ja doch nie klappt. Aber an dem Nachmittag war dort einiges los, ich hätte wer weiß wie lange warten müssen. Dazu hatte ich keine Lust, und ich wollte keinen Ärger mit Charlotte riskieren. Also bin ich nach Hause gefahren. Es war alles wie immer. Ich habe den Wagen in die Garage gestellt und das Haus durch den Garageneingang betreten. Es war niemand da. Das dachte ich zumindest. Ich ging nach oben und wollte mich im Schlafzimmer umziehen. Die Tür stand offen, und dann sah ich diese Gestalt, die sich gerade an Charlottes Frisierkommode zu schaffen machte. Ich schrie: *He, was machen Sie da!* Der Typ kam auf mich zu, und ich habe mich ihm in den Weg gestellt. Das war natürlich nicht klug, im Nachhinein betrachtet. Man sollte in solchen Situationen nicht den Helden spielen, dann kommt so etwas dabei heraus.« Er tippt sich bei diesen Worten an die Hutkrempe. »Aber ich habe in diesem Moment nicht nachgedacht, ich war erschrocken, ja, aber auch wütend. Plötzlich hob er den Arm, und dann spürte ich diesen dumpfen Schmerz und merkte, wie es mir die Beine wegzog. Danach ist alles weg. Die nächste Erinnerung ist, wie ich aufwache, mein Kopf hämmert, und ich weiß nicht, wo ich bin. Das war dann schon der Donnerstag. Sie hatten mich verarztet und mir eine ordentliche Dröhnung verpasst.«

»Können Sie den Täter beschreiben?«, fragt Völxen.

»Er war auf jeden Fall jung. Anfang zwanzig, höchstens. Er trug dunkle Hosen, vielleicht Jeans, ich bin nicht sicher. Turnschuhe. Weiße Turnschuhe. Und einen grauen Kapuzenpulli. Die Kapuze hatte er auf dem Kopf. Er war etwas kleiner als ich, aber kräftiger gebaut um die Schultern herum. Ich erinnere mich an dunkle Augenbrauen, und er hatte einen albernen Kevin-Kuranyi-Bart oder etwas Ähnliches. Sie wissen, was ich meine?«

»Wissen wir«, versichert Fernando.

»Augenfarbe?«, fragt Völxen.

»Keine Ahnung.«

»War er ein Deutscher, ein Südländer, was denken Sie?«

»Ich kann es nicht sagen. Ich denke, der Haaransatz war dunkel, der Bart auch.«

»Hat er etwas gesagt?«

»Kein Wort.«

»Womit hat er Sie niedergeschlagen, konnten Sie das erkennen?«

»In dem Moment nicht, aber ich weiß, was es war: ein Stück aus der Berliner Mauer.«

»Der Berliner Mauer?«, wiederholt Völxen.

»Mit Graffiti dran. Es wog 1950 Gramm, das weiß ich so genau, weil ich die Rechnung der Galerie noch habe. Es hat seinerzeit siebenhundertfünfzig Mark gekostet. Eigentlich ein irrer Preis für ein

Stück Beton, aber der Hauch der Geschichte, der es umweht ... und der Wert von Kunst ist ja stets relativ. Hinten war ein Metallstab angebracht, sodass das Mauerstück stehen konnte. Es befand sich auf dem Fensterbrett, und jetzt fehlt es.«

»Das hat Ihre Frau gar nicht erwähnt«, wirft Oda ein.

»Es wird ihr in der Aufregung nicht aufgefallen sein.«

»Was können Sie mir über den Schmuck sagen?«, fragt Völxen.

»Es waren zwei Halsketten, zwei Armbänder und drei paar Ohrringe. Der Gesamtwert dürfte um die dreitausend Euro liegen.«

»Welche der unteren Räume haben Sie durchquert, ehe Sie ins Schlafzimmer gegangen sind?«, will der Hauptkommissar wissen.

»Nur den Flur. Ich warf einen Blick in die Küche, dort war alles normal. Es fehlt auch nichts von unten. Keine Bilder oder andere Wertgegenstände.«

»Nur das Mauerstück«, hält Oda fest. »Der Dieb muss ausgesprochen geschichtsbewusst gewesen sein, um sich auf der Flucht mit diesem zwei Kilo schweren Zeugnis einer Zeitenwende zu belasten.«

Odas Ironie trifft ins Leere, Engelhorst meint lediglich, dass es wohl so sein müsse.

Fernando hat nun auch ein paar Fragen. »Was vermuten Sie, wie kam der Dieb ins Haus?«

»Ich habe keine Ahnung. Beschädigt ist jedenfalls nichts. Meine Frau glaubt, durch die Kellertür. Die war mal wieder nicht abgeschlossen.«

»Und wie ist er wieder raus?«

»Vermutlich auf demselben Weg?«, erwidert Engelhorst.

»Die Tür des Kellereingangs war zu, als die Einsatzkräfte eintrafen«, erinnert sich Fernando. »Schließt ein Dieb auf der Flucht hinter sich die Tür?«

»Die Tür hat eine Feder, die geht von selbst zu.«

»Glauben Sie, dass der Dieb sich auskannte?«, fragt Oda.

»Wenn ich es auf Schmuck abgesehen hätte, würde ich auch im Schlafzimmer nachsehen. Dort bewahren die meisten Frauen ihren Schmuck auf.«

Du siehst aus, als müsstest du es wissen, denkt Oda und fährt fort: »Herr Engelhorst, Sie sagen, Sie wurden im Schlafzimmer angegriffen. Ihre Tochter sagt aber aus, dass sie Sie im Bad fand.«

»Ich erinnere mich nicht, wie ich dahin kam.«

»Also waren Sie nicht sofort bewusstlos?«, beharrt Oda.

»Ich weiß es nicht!« Eine gewisse Schärfe in seiner Stimme signalisiert Oda, dass der Mann nervös ist. Völxen wirft ihr einen warnenden Blick zu, den Oda ignoriert. »Herr Engelhorst, wann hat Ihr Au-pair-Mädchen Emine Babic Ihren Haushalt verlassen?«

Er tappt nicht in die Falle, die sie für ihn ausgelegt hat. »Am Montag. Oder Dienstag? So um den Dreh. Sie ist aber kein Au-pair.«

»Was dann?«, fragt Oda scheinheilig.

»Sie ist – oder war – als Pflegekind bei uns. Jedenfalls bis sie achtzehn wurde. Sie hatte wohl zuletzt wieder Kontakt zu ihrer Mutter in Kroatien.«

»Haben Sie eine Adresse von ihr?«

»Meine Frau wird ihre Handynummer haben.« Joachim Engelhorst wendet sich demonstrativ an Völxen. »Ich denke, ich habe alles gesagt. Ich hoffe, Sie behandeln meine Aussage diskret.«

»Wie meinen Sie das, *diskret*?«

Engelhorst nimmt einen tiefen Atemzug. »In meinem Beruf lebt man vom Vertrauen der Leute. Sie verlassen sich auf mein Urteil in finanziellen Dingen. Mir ist der gestohlene Schmuck egal, und meine Verletzung wird wieder heilen. Doch ich möchte nicht, dass es am Ende heißt, ich hätte einen Dachschaden davongetragen, verstehen Sie?«

»Ist das nicht ein bisschen weit hergeholt?«, zweifelt Völxen.

»Die Branche ist ein Haifischbecken. Es reicht, wenn ein Konkurrent davon erfährt und an passender Stelle eine despektierliche Bemerkung fallen lässt. Mein Ruf ist die Grundlage meiner Existenz. Daher wäre ich dankbar, wenn nicht zu viel Wirbel gemacht wird.«

»Ich verstehe«, antwortet Völxen. »Wir werden diskret vorgehen, aber es liegt in unserem Interesse, den Eindringling zu schnappen, das verstehen Sie?«

»Ja, natürlich«, versichert Herr Engelhorst. »Ich bin sicher, Sie finden den richtigen Mittelweg.«

Völxen bedankt sich für sein Kommen und bittet Fernando, den Mann hinauszubegleiten.

»Was für ein arrogantes Arschloch!« Oda mag sich nicht länger beherrschen, nachdem die beiden aus der Tür sind. »Die lügen alle miteinander das Blaue vom Himmel herunter. Gnä' Frau ist nicht erreichbar, und die Tochter haben wir immer noch nicht sprechen können. Ich wette, sie bringen uns als Nächstes ein Attest, das das verhindert.«

Völxen versucht, die Wogen zu glätten. »Jetzt komm mal wieder runter, Oda! Ich habe im Moment keinen Anlass, ihm nicht zu glauben. Im Gegenteil, seine Aussage deckt sich mit den Erkenntnissen der Spurensicherung. Man hat Blutspritzer im Schlafzimmer gefunden, genau wie er gesagt hat. Dass er sich nicht erinnert, wie er ins Bad kam, ist bei einer Gehirnerschütterung durchaus normal.«

»Du kaufst ihm also diese Geschichte mit dem Mädchen ab?« Oda betrachtet ihren Vorgesetzten mit gerunzelter Stirn.

»Ich habe keinen Grund, es nicht zu tun«, gibt Völxen zurück.

»Was, wenn es gar keinen Einbrecher gab? Was, wenn er diese Emine belästigt hat? Sie hat sich gewehrt, ihm eins übergezogen, und nun will man die Sache vertuschen und täuscht einen Einbruch vor. Unverschlossene Kellertür!«, schnaubt Oda. »Leute, die sich mit meterhohen Hecken umgeben, lassen die Kellertür auf? Wie wahrscheinlich ist das denn?«

»Oda, ich bin nicht dämlich! Natürlich habe ich an eine solche Möglichkeit gedacht. Bring mir einen Beweis für dein Szenario oder wenigstens ein brauchbares Indiz, und ich gehe damit zum Staatsanwalt.«

»Wie soll ich irgendetwas beweisen ohne die Aussage dieses Mädchens, das angeblich kurz zuvor nach Kroatien gefahren sein will?«, ruft Oda aufgebracht. »Wenn das überhaupt wahr ist.«

»Meinst du, sie haben ihre Leiche im Garten vergraben?«, spottet Völxen.

»Möglich wär's«, brummt Oda, die sich auf verlorenem Posten sieht.

»Kann es sein, Oda, dass du ein bisschen voreingenommen bist gegenüber dieser Familie?«

»Was willst du damit andeuten?«

»Der Mann ist Banker, sie haben ein schönes Haus, ein gut gefülltes Konto, und die Frau geht offenbar keiner Erwerbstätigkeit nach ...«

»Ach so, und du denkst, weil ich geschieden und alleinerziehend bin und arbeiten gehe, ist mein Urteilsvermögen von Sozialneid getrübt?«

»Das hast du gesagt.«

»Okay, ich räume ein, dass ich bei solchen Leuten immer besonders misstrauisch bin. Aber nicht ohne Grund.«

»Nur weil sie reich sind, müssen sie nicht durch und durch verdorben sein«, hält Völxen dagegen.

Mühsam beherrscht presst Oda hervor: »Und was gedenkst du nun zu tun?«

»Ich leite den Fall ans Einbruchsdezernat weiter.«

»Dass du dich bloß nicht überschlägst vor Eifer!«

»Herrgott, Oda! Jetzt betrachte das doch mal ganz nüchtern anhand der Fakten und Aussagen, die wir haben. Es wurde Schmuck gestohlen, und jemand hat eine leichte Gehirnerschütterung davongetragen. Das ist eine Straftat, aber es handelt sich nicht um das Jahrhundertverbrechen.«

Oda wüsste noch einiges zu sagen, doch es ist vielleicht besser, wenn sie jetzt erst mal eine rauchen geht. Also steht sie auf und verlässt grußlos das Büro.

Freitag, 21. Juni 2002, gegen 17:00 Uhr

Eigentlich hat Oda Feierabend. Den ganzen Tag lang hat sie mit sich gehadert, ob sie noch einmal hierherkommen soll – und sich schließlich dafür entschieden, trotz oder vielleicht auch wegen Völxens Bemerkungen. Die haben gesessen. Nachdem der erste Ärger darüber verraucht war, musste sie zugeben, dass vielleicht ein Quäntchen Wahrheit darin steckt. Ja, es ist wahr, sie mochte Charlotte Engelhorst vom ersten Moment an nicht. Sie gehört in die Kategorie jener Mütter, die denken, ihr Erziehungsstil sei das Maß aller Dinge, und die Mütter wie Oda schief anschauen, wenn diese zum Schulbasar nur eine aufgetaute Torte aus dem Supermarkt mitbringen. An Odas neuem Wohnort gibt es jede Menge von dieser Sorte. Doch ihre Aversion gegen die Supermütter beeinflusst nicht ihre Ermittlungsarbeit. Da ist Oda ganz sicher. Jedenfalls ziemlich.

Ein melodischer Gong schallt durch das Haus. Kurz darauf erscheint Frau Engelhorst in einer geblümten Küchenschürze über Jeans und T-Shirt und betrachtet Oda wie ein besonders lästiges Insekt. »Frau Kristensen, was wollen Sie denn schon wieder?«

»Ihnen auch einen guten Tag, Frau Engelhorst. Kann ich kurz reinkommen?«

»Wenn es sein muss, bitte.«

Oda folgt ihr in die Küche. Ihr Mann habe sich oben hingelegt, erklärt Frau Engelhorst auf dem Weg dorthin ungefragt und beklagt im selben Atemzug dessen Unvernunft, das Krankenhaus auf eigene Verantwortung verlassen zu haben. Auf dem Tisch steht eine Schüssel mit roten Johannisbeeren.

»Ich wollte Gelee machen«, erklärt die Hausfrau.

Oda ringt sich ein freundliches Lächeln ab. Es ist auffallend still im Haus, besonders, wenn man bedenkt, dass die Kinder Ferien haben.

»Wo sind die Kinder?«

»Die sind heute Morgen mit ihrer Großmutter in das Ferienhaus an der Nordsee gefahren. Wir konnten die Buchung so kurzfristig nicht mehr stornieren, aber warum auch? Sobald es Joachim besser geht, folgen wir ihnen nach.«

Das hat sie ja sauber eingefädelt. »Sie und Ihre Tochter hatten einen Termin im Polizeipräsidium!«

»Schon, aber mein Mann war doch da und hat alles geklärt.«

»Ich hätte gern die Handynummer von Emine Babic.«

»Die Handynummer von Emine?«, wiederholt sie erstaunt. »Ja, Moment.« Sie steht auf, nimmt ihr Blackberry aus der Handtasche im Flur und schreibt die Nummer aus der Liste der gespeicherten Nummern ab.

»Hier.« Sie legt den Zettel vor Oda auf den Tisch. Die holt ihr Mobiltelefon aus der Handtasche und wählt die Nummer. Der Teilnehmer sei im Moment nicht erreichbar, verkündet die automatische Ansage, was für Oda wenig überraschend ist.

»Es ist ein Prepaidhandy. Keine Ahnung, ob es in Kroatien überhaupt funktioniert. Mit einer deutschen SIM-Karte dürfte das Guthaben sehr schnell aufgebraucht sein«, meint Frau Engelhorst.

Auch das war Oda längst klar. »Wie sind Sie und Emine Babic eigentlich zusammengekommen?«, fragt sie.

Charlotte Engelhorst verschränkt die Arme und meint etwas genervt: »Frau Kristensen, das wissen Sie doch längst. Brigitte Wendel hat mich angerufen und über Ihren Besuch bei ihr im Amt in Kenntnis gesetzt.«

»Da sie nicht sehr gesprächig war, frage ich jetzt Sie«, beharrt Oda.

»Das Au-pair-Mädchen, das im letzten Jahr eigentlich kommen sollte, hat kurzfristig abgesagt, und da meinte Brigitte, sie ist eine alte Freundin, sie wüsste vielleicht jemanden für uns. Emine stammt aus einer Problemfamilie. Wobei, was heißt Familie? Ihren Vater hat sie nie kennengelernt, die Mutter ist Kroatin, sie war drogenabhängig und handelte selbst mit Drogen. Irgendwann musste sie eine Haftstrafe absitzen, und das Kind kam ins Heim. Von dort hat die Mutter die Kleine einfach nicht mehr abgeholt, können Sie sich so etwas vorstellen? Emine ist aus den Heimen immer wieder geflohen, und diese betreute Wohngemeinschaft, in der sie zuletzt war, war wohl auch nicht das Richtige für sie. Da hat Brigitte uns bekniet, es mit ihr zu versuchen. Sie sei eigentlich ein kluges, nettes Mädchen, meinte sie, sie bräuchte nur etwas Struktur und Regeln. Ich gebe zu, ich war nicht begeistert und mein Mann erst recht nicht. Dennoch lernten wir sie bei einem unverbindlichen Treffen kennen und konnten dann nicht mehr Nein sagen. Es hat dann doch recht gut funktioniert mit ihr.«

»Wieso gaben Sie sie als Au-pair-Mädchen aus?«

»Wir wollten nicht, dass sich in der Nachbarschaft herumspricht, dass Emine quasi unser ... wie soll ich sagen ... soziales Projekt ist. Sie wissen ja, wie die Leute sind. Daher taten wir so, als wäre sie ein Au-pair so wie ihre Vorgängerinnen.« Sie lehnt sich in ihrem Stuhl zurück, ihr Blick strahlt eine selbstzufriedene Überlegenheit aus.

»Es ist eine Sache, die Nachbarn zu täuschen, eine andere, die ermittelnden Beamten zu belügen«, meint Oda streng.

Frau Engelhorst fährt sich durch ihre blonden Strähnen und schaltet um auf Zerknirschung: »Es tut mir leid. Ich war in einer sehr angespannten Situation, sehen Sie es mir bitte nach. Außerdem hat das eine überhaupt nichts mit dem anderen zu tun.«

»Sind Sie da sicher? Emine könnte einem alten Freund einen Tipp gegeben haben, wo was zu holen ist.«

»Was hätte sie davon? Aber wenn sie wiederkommt, werde ich sie fragen, ob sie uns einen Einbrecher vorbeigeschickt hat«, spöttelt Frau Engelhorst.

»Was meinen Sie, *wenn sie wiederkommt?*«, fragt Oda verblüfft.

»Sie hat nicht gesagt, dass sie für immer dort bleibt. Sie hat etliches von ihren Sachen dagelassen, also gehe ich davon aus, dass sie wiederkommt. Sie war bei uns sehr glücklich, es war das erste Mal, dass sie ein Zuhause hatte.«

»Wären Sie so freundlich, mir Bescheid zu sagen, sobald sie wieder auftaucht oder sich telefonisch meldet?«

»Ja, sicher«, nickt Frau Engelhorst.

Oda weiß nicht recht, ob sie der Frau glauben soll. Doch sie sieht ein, dass sie momentan nicht mehr tun kann. Charlotte Engelhorst und ihr Mann haben sich offenbar auf eine Version der Ereignisse geeinigt, sei sie nun wahr oder nicht. Wenn man Leuten wie ihr zu sehr auf die Pelle rückt, verstecken sie sich irgendwann hinter ihren Anwälten, und schon hat man verloren. Die Tochter, Manuela, die ihren Vater fand und den Notruf wählte, wäre vielleicht eine bessere Informationsquelle, ein Schwachpunkt. Doch man hat sie an die Nordsee verfrachtet, und selbst wenn sie hier wäre, könnte Oda sie nicht ohne das Einverständnis ihrer Eltern befragen. Sollte sie es dennoch tun, riskiert sie jede Menge Ärger, wenn nicht sogar eine Dienstaufsichtsbeschwerde. Nach nicht einmal einem halben Jahr im neuen Kommissariat kann sie so etwas nicht gebrauchen. Dann adieu, Beförderung zur Hauptkommissarin! Nein, es gibt Grenzen. Oda kann hartnäckig und aufsässig sein, aber sie ist keine Hasardeurin. Sie hat Verantwortung, sie muss eine teure Miete bezahlen und ihrer Tochter die Reitstunden.

Also bleibt ihr nur, aufzustehen und sich zu verabschieden.

Es fühlt sich an wie eine Niederlage. Weil es im Grunde ja auch eine ist.

März 2022

Freitag, 11. März 2022, nicht mehr ganz so früh am Morgen

Die Kaffeetassen sind längst ausgetrunken, als Oda und Völxen mit ihren jeweiligen Berichten fertig sind. Auch Fernando hat sich im Lauf des Videotelefonats wieder an Details erinnert. »Das Gästezimmer sah bewohnt aus, sogar die Schminksachen lagen noch da. Die Behauptung, das wären geliehene Kleider, war bestimmt gelogen.«

»Zumal sie ja auch später sagte, Emine hätte die Sachen dagelassen«, ergänzt Oda.

»Wie ging es mit Emine weiter?«, fragt Tadden den Bildschirm.

»Ich hatte mir fest vorgenommen, nach den Sommerferien dort vorbeizuschauen«, antwortet Oda. »Das habe ich auch gemacht – hinter deinem Rücken, Völxen, sorry.«

»Schon gut. War ja nicht das letzte Mal.«

»Es hieß, Manuela sei auf einem Internat. Emine Babic habe sich leider, leider, nicht wieder gemeldet. Ich weiß noch, ich musste mir von Charlotte Engelhorst eine Klage über deren Undankbarkeit anhören. Ich habe die Sache danach aufgegeben«, gesteht Oda. »Was hätte ich machen sollen? Es stimmt ja, es war kein besonders spektakulärer Fall, nichts, wofür es sich gelohnt hätte, hartnäckig dranzubleiben. Nach einigen Wochen Distanz war ich mir auch nicht mehr sicher, ob ich mich nicht in etwas verbissen habe, nur weil ich die Engelhorst nicht leiden konnte. Im Nachhinein betrachtet war das eine Ausflucht, weil ich neu im Job war und keinen Ärger wollte. Heute würde ich sie nicht so einfach davonkommen lassen.«

»Eines wundert mich«, beginnt Rifkin. »Ihr habt alle drei die Engelhorst nicht wiedererkannt, als sie hier war?«

»Ich habe sie nicht wiedererkannt, weil ich ihr damals gar nicht begegnet bin, sondern nur ihrem Mann«, stellt Völxen richtig. »Dafür war sie in den letzten Wochen beide Male nur bei mir, nicht bei Oda oder Fernando.«

»Ich habe sie in ihren Videos gesehen«, räumt Oda ein. »Ich hätte sie erkennen müssen, auch nach zwanzig Jahren. Aber ich habe die Supermutter aus Bothfeld von damals einfach nicht mit dieser Öko-Gärtnerin und WG-Bewohnerin zusammengebracht. Tut mir leid. «

»Verstehe ich«, meint Völxen. »Ich bin neulich der Angestellten unserer Volksbank-Filiale bei einem Konzert begegnet. Sie hat mich nett gegrüßt, und ich wusste die ganze Zeit nicht, woher ich sie kenne. Dabei treffe ich sie bestimmt einmal im Monat.«

»Bei mir hat es auch nicht geklingelt«, meint Fernando. »Aber hey, zwanzig Jahre! Und letztendlich war es ja nur ein Einbruch, bei dem jemand eine Beule am Kopf abgekriegt hat, solche Einsätze hakt man ab und vergisst sie.«

»Das sollte kein Vorwurf sein«, beschwichtigt Rifkin.

Völxen fasst zusammen: »Nach unserem Szenario hätte Emine Babic einen Grund, sich zu rächen. An Joachim Engelhorst, weil er sie belästigt oder gar vergewaltigt hat, an Brigitte Wendel, weil die sie dorthin vermittelt hat, und an Charlotte Engelhorst, die sie wegschickte, um die Tat ihres Mannes zu vertuschen.«

»Aber warum jetzt? Nach so vielen Jahren?«, wundert sich Tadden.

Das kann Oda beantworten: »Opfer von Gewalttaten jeglicher Art brauchen oft lange, bis sie es schaffen, sich mit dem Geschehen auseinanderzusetzen. Manchmal muss erst irgendein Ereignis als Trigger wirken. Wartet mal …« Sie verschwindet für eine halbe Minute von der Bildfläche, dann erscheint sie wieder, etwas atemlos. »Leute, ich muss Schluss machen. Gerade kommt der Fliesenleger. Mit Fliesen. Halleluja! Wir sprechen uns bald wieder. *Au revoir!*«

»Ja, tschüss und …«, Völxen verstummt. Der Bildschirm verdunkelt sich.

Nach der strahlenden Helligkeit der südfranzösischen Morgensonne, an der sie teilhaben durften, kommt den Zurückgebliebenen der fahle, niedersächsische Märzhimmel draußen vor dem Fenster gleich noch viel trostloser vor.

Freitag, 11. März 2022, kurz vor Feierabend

Der Arbeitstag neigt sich dem Ende zu. Oscar liegt ermattet in seinem Korb, und Völxen reibt sich müde die Augen. »Leute, wie sieht es aus?« Er blickt in die kleine Runde, die sich zu einem kurzen Feierabendmeeting auf dem Sofa und dem Sessel seines Büros eingefunden hat.

»Tadden und ich waren noch einmal mit dem Phantombild im Wohnhaus von Frau Wendel. Keiner der Nachbarn hat die Frau schon mal gesehen. Wir haben auch Charlotte Engelhorsts Portrait herumgezeigt, aber auch an sie hat sich niemand erinnert.«

»Was zu erwarten war«, meint Völxen. »Sie hat ja selbst zugegeben, dass der Kontakt in letzter Zeit eingeschlafen war.«

»Obendrein konnte niemand bestätigen, dass Jonas Malkamp oder einer seiner Mitbewohner mehr Ärger mit Frau Wendel gehabt hätte als andere Bewohner. Abgesehen von der Tatsache, dass sie Tür an Tür wohnten, gibt es keinerlei Verbindung zwischen Frau Wendel und dem Studenten der Physik. Was ihn noch nicht entlastet«, fügt Rifkin hinzu.

»Sein Seminar ist tatsächlich ausgefallen«, ergänzt Tadden.

»Welches Seminar?«, fragt der Hauptkommissar.

»Jonas Malkamp gab an, er sei erst gegen zehn aus dem Haus gegangen, weil ein Seminar ausgefallen ist. Ich habe das überprüft, es ist wahr.«

»Gut. Sehr gründlich!«

»Zwei der drei Bridge-Kameradinnen von Frau Wendel sind verreist«, erklärt Rifkin weiter. »Man erwartet sie am Dienstag zurück, also habe ich alle drei für Mittwoch vorgeladen, dann ist es ein Aufwasch. Oder sollen wir die eine, die hier ist, für Montag herbestellen?«

»Macht das, wie ihr denkt«, antwortet Völxen.

»Jawohl, Herr Hauptkommissar.«

Fernando hat auch etwas beizutragen. »Die letzte Wohnadresse von Emine Babic war bei den Engelhorsts in Bothfeld. Sie hat sich weder abgemeldet noch irgendwo anders angemeldet oder ihren Pass erneuert. Sie ist deutsche Staatsbürgerin, hatte aber auch noch einen kroatischen Pass. Kroatien war ja damals noch nicht in der EU, die kamen erst 2013 dazu«, fügt er – warum auch immer – hinzu, ehe er fortfährt: »Um beim Jugendamt ihre Akte einzusehen, brauchen wir einen richterlichen Beschluss. Ich hoffe, der kommt im Lauf der nächsten Woche. Dasselbe gilt für den Bericht der Spurensicherung, ich habe da noch mal etwas aufs Tempo gedrückt.«

»In Ordnung«, nickt der Hauptkommissar. »Dann lasst uns Feierabend machen. Vielleicht sind wir am Montag schlauer.« Völxen und Fernando tauschen einen vertraulichen Blick, und Oscar springt wie ein Schachtelteufel aus seinem Korb. Das Wort *Feierabend* kennt er längst.

»Mann, das zieht sich wie Kaugummi«, murrt Tadden, kaum dass die drei wieder in ihrem Gemeinschaftsbüro angekommen sind.

»Willkommen in der realen Welt. Da läuft es halt nicht so ratzfatz wie in den Krimis«, antwortet Rodriguez, während er seine Jacke vom Garderobenhaken nimmt. »Gewöhn dich schon mal daran, dass du auf Verbindungsnachweise und auf DNA-Analysen wochenlang warten musst. Von IP-Adressen gar nicht zu reden, damit sind sie beim LKA hoffnungslos überlastet.«

»Stimmt schon, es ist manchmal zum Verrücktwerden«, stellt Rifkin fest.

»In der Ruhe liegt die Kraft«, meint Rodriguez und grinst.

Tadden sagt dazu lieber nichts mehr.

Rifkin fährt ohne Umwege nach Hause, denn sie braucht ihre Sportsachen. Sie hat sich in ihrem Fitnessstudio zu einem Workshop in der israelischen Kampfsportart Krav Maga angemeldet. Nicht, dass Rifkin in Selbstverteidigung unerfahren wäre, aber es kann nie schaden, sich weiterzubilden, und sie traut den Israelis in dieser Richtung eine Menge Kompetenz zu.

Die Anrufe haben nachgelassen, immerhin. Dennoch fühlt sie sich nicht sicher. Sie hat sich angewöhnt, öfter als sonst in den kleinen Rückspiegel an ihrem Fahrrad zu blicken und sich die Fahrzeuge hinter ihr einzuprägen. Ist das wirklich angebracht oder schon pathologisch?, fragt sie sich jedes Mal. Bin ich schon wie Charlotte Engelhorst? Doch Selbstironie hilft nicht weiter, das Gefühl der Unsicherheit lässt sich nicht weglästern. Beim Einbiegen in ihre Straße checkt sie automatisch die parkenden Autos. Alles im grünen Bereich.

Sie schließt die Haustür auf, schaut in den Briefkasten, stellt das Rad auf den Hinterhof, läuft die Treppen hinauf und betritt ihre Wohnung. Das alles tut sie mehr oder weniger angespannt. Wann immer sie in den vergangenen Tagen nach Hause kam, verspürte sie diesen kurzen Moment der Unsicherheit. Als könnte er plötzlich im Hausflur auftauchen oder sie auf dem Wohnzimmersofa erwarten. Dass er keinen Schlüssel zu ihrer Wohnung hat und auch nie einen hatte, den er hätte kopieren lassen können, spielt bei diesen Überlegungen keine Rolle.

Ein Kontrollgang durch Wohnraum und Schlafzimmer.

Entwarnung.

Du musst dich wieder einkriegen, Rifkin! So geht es nicht weiter.

Sie sucht ihre Sportsachen zusammen, und da noch Zeit ist, wäscht sie einen Apfel. Während sie ihn unter den Wasserstrahl hält, fällt ihr Blick aus dem Küchenfenster. Der Maserati steht auf der gegenüberliegenden Straßenseite. Piotr, sein Faktotum, sitzt am Steuer. Wegen der getönten Seitenscheiben kann sie nicht erkennen, ob er selbst hinten im Wagen sitzt. Oder ... wird er im nächsten Moment klingeln, vor der Tür stehen? Was dann? Vielleicht sollte sie ihm nicht länger ausweichen und mit ihm reden, auch wenn aus ihrer Sicht alles gesagt ist.

Sie wartet. Fünf Minuten, zehn. Nichts geschieht. Nur der Wagen steht da unten. Eines ist klar: Er parkt bewusst nicht auf der Seite ihres Hauses, sondern dort, wohin der Blick fällt, wenn man flüchtig aus dem Fenster schaut. Er will sie nicht beschatten, es geht ihm darum, gesehen zu werden. Es ist seine Art, ihr zu sagen: *Ich habe dich nicht vergessen.* Am liebsten würde sie runtergehen, um ihm zu sagen, er solle sich verpissen. Doch es wäre dumm. Er will wahrscheinlich, dass sie die Nerven verliert, dass sie Angst zeigt. Den Gefallen will sie ihm nicht tun.

Aber was soll sie stattdessen unternehmen?

Das, was du vorhattest! Du setzt dich auf dein Rad und fährst ins Fitnessstudio! Alles andere käme einer Kapitulation gleich.

Der Maserati steht noch immer da, als sie ihr Rad zur Tür hinausschiebt. Sie trägt ihr Kapuzen-Sweatshirt und bemüht sich, den Wagen keines Blickes zu würdigen und so zu tun, als wäre er gar nicht da. Er folgt ihr nicht. Ehe sie an der Kreuzung abbiegt, widersteht sie der Versuchung, den Mittelfinger zu recken.

Wochenende! Aus der Küche duftet es köstlich nach überbackenem Käse und – man wagt es in diesen Zeiten kaum noch zu glauben – Schinken? Oder Wurst? Oscar ist bereits in die Küche gestürmt und lungert erwartungsvoll zwischen Herd und Tisch herum, und auch Völxen läuft das Wasser im Mund zusammen. Er begrüßt Sabine und erkundigt sich anstandshalber, ob er etwas helfen könne.

»Alles fertig. In einer Viertelstunde gibt's Essen, ein neues Rezept.«

In letzter Zeit waren die neuen Rezepte oft eine Enttäuschung. Zu gesund, zu vegan. Aber dieser Duft ... »Was gibt es denn?«

»Eine Pastete mit Wildschweinschinken.«

Völxen staunt und strahlt und überlegt gleichzeitig, welchen Hintergedanken Sabine damit verbinden könnte. Was ist schiefgelaufen, was könnte sie von ihm wollen? Gleichzeitig schämt er sich dafür, seiner Frau derart niedrige Beweggründe zu unterstellen. »Es riecht schon mal wunderbar«, versichert er.

Er zieht sich um, fährt in die Gummistiefel und will noch kurz bei den Schafen vorbeischauen, was Oscar in ein schreckliches Dilemma bringt. Soll er weiter den Backofen bewachen oder seinen Herrn beim üblichen Abendrundgang begleiten? Sabine nimmt dem Hund die Entscheidung ab, indem sie ihn aus der Küche hinausbeordert.

Die Schafe haben sich über die Wiese verteilt und zupfen an den ersten frischen Gräsern, die aus dem Boden spitzeln. Der kühle Wind scheint ihnen nichts auszumachen. Nicht bei der dicken Wolle. Bald wird man sie scheren müssen, ihm graut schon jetzt vor der Prozedur.

»Na, Kommissar, auch schon Feierabend?«

»*Schon* ist gut«, antwortet Völxen seinem Nachbarn, der sich über den Trampelpfad zwischen ihren Grundstücken herangepirscht hat. Zum Glück hat Jens Köpcke heute kein lauwarmes Bier dabei. Völxen muss erst mal was Handfestes in den Magen kriegen.

In einvernehmlichem Schweigen stehen sie eine Weile am Schafzaun und lassen die friedliche Szenerie auf sich wirken. Es ist ein jahrelang eingespieltes Schweigen, ohne jede Peinlichkeit. Gerade als Völxen sich fragt, wie oft sie in den letzten zwei Jahrzehnten wohl schon hier gestanden haben, sagt der Hühnerbaron: »Eigentlich ist alles wie immer, aber irgendwie ist auf einmal doch alles ganz anders.«

Völxen begreift, dass er auf das Weltgeschehen anspielt.

»Wohl wahr.«

Besser hätte man seine Gefühlslage kaum ausdrücken können. Völxen weiß schon seit Langem, dass im Hühnerbaron ein Philosoph steckt. Da sich jedes weitere Wort erübrigt, tippt Köpcke an seine Mütze, wünscht einen guten Abend und geht langsam wieder nach Hause, ebenso Völxen.

Zurück im Haus holt er eine Flasche Bier aus dem Kühlschrank und setzt sich mit einem zufriedenen Seufzer an den Küchentisch – um im nächsten Moment erschrocken zusammenzuzucken. Zwischen Auflaufform und Salatschüssel lächelt ihm Charlotte Engelhorst entgegen. Ihr Konterfei ist faltenloser als in natura und die Zähne weißer als weiß.

»Was, zum Teufel …?«

»Sie hat ein Kochbuch herausgebracht!«, verrät Sabine. »*Vom Gartenzaun zum Tellerrand*. Ich hab's mir gleich gekauft. Die Pastete ist auch daraus.«

»Gnade diesem Frauenzimmer, wenn die nicht schmeckt«, knurrt Völxen und stellt die Bierflasche mit Schmackes mitten auf das Zahnpastalächeln der Autorin.

Samstag, 12. März 2022, am Nachmittag

Das Studio von Charlotte Engelhorst liegt im ersten Stock, gleich neben den anderen Zimmern, die zu ihrer Wohnung gehören. Die Jalousien sind herabgelassen, aber die Lamellen stehen so, dass man noch hindurchsehen kann. Das tut Charlotte seit einer Weile. Sie beobachtet den Mann, der nun schon das zweite Mal am Zaun auf und ab geht und immer wieder interessierte Blicke durch die noch sehr dünn belaubten Zweige der Ligusterhecke wirft. Sie merkt, wie ihr Herzschlag beschleunigt. Was will der Kerl, wer ist das? Wo ist Lucky, wenn man den Köter mal gebrauchen könnte? Vermutlich Gassi mit seinem Frauchen, wie immer gegen vier Uhr am Nachmittag. Man darf allerdings bezweifeln, ob dieses furchtsame Tier in der Lage wäre, einen Eindringling zu stellen. Der taugt nur, um Löcher in die Beete zu buddeln.

Die Beobachterin hinter der Jalousie schwankt zwischen Furcht und Neugierde. Der Kerl sieht nicht sonderlich bedrohlich aus, doch das kann täuschen. Falls er herumspioniert, stellt er sich nicht gerade dezent an, im Gegenteil, er scheint es geradezu darauf anzulegen aufzufallen. Vorhin hat er sich aus einem Kleinwagen mit der Aufschrift *stadtmobil carsharing* gequetscht, welcher nun an der Straße parkt. Ist der Typ etwa ein Verehrer der Wiegand, eine Eroberung aus ihrer Dating-App? Dann muss sie zwischenzeitlich ziemliche Abstriche gemacht haben. Rieke Wiegand, die Mitbewohnerin aus dem Erdgeschoss, ist gerade mal zweiundvierzig, der Typ da dürfte um die sechzig sein, und er ist wahrlich kein Adonis, noch nicht einmal auf die Entfernung. Das Gesicht ist aufgedunsen und rot angelaufen, die Figur gleicht einer Kartoffel auf Stelzen. Über die beachtliche Wampe spannt sich ein rot kariertes Holzfällerhemd aus einem dicken Flanellstoff, eigentlich schon mehr eine Jacke. Bei seiner Statur höchst unvorteilhaft. Das Bizarrste aber sind die Schuhe. Es handelt sich um eine Art Cowboystiefel aus rötlichem Leder, das glänzt wie ein neuer Cent. Da hat sich wohl jemand für den Ausflug aufs Land neu eingekleidet und ziemlich danebengegriffen. Das Quietschen des Gartentors reißt sie aus ihren Betrachtungen. Die Wiegand hat wieder nicht hinter sich abgeschlossen. Dasselbe gilt wahrscheinlich für die Haustür, durchzuckt es Charlotte. Verflucht noch eins, dabei hat sie es schon so oft gesagt, dass Tor und Tür *immer* abgeschlossen sein müssen, nicht nur nachts. Tatsächlich, der Mann kommt auf das Haus zu. Sie merkt, wie sie von einer kleinen Hitzewelle überrollt wird.

In den Wochen nach Joachims Tod haben sich ihre Nerven wieder ein wenig beruhigt, zumal es auch keine bedrohlichen Kommentare mehr auf ihrer Seite gegeben hat. Sie war geneigt, sich einzugestehen, dass sie möglicherweise ein wenig überreagiert hat. Aber dann passierte das mit Brigitte. Der Mord – denn dass es ein solcher war, daran hat sie keinerlei Zweifel – hat ihr diese Zuversicht wieder genommen. Seither sind diese diffusen Ängste wieder da, und beim geringsten Anlass fühlt sie sich beobachtet und verfolgt.

Im Augenblick hilft nur die Flucht nach vorn. Sie muss dem ungebetenen Gast entgegengehen, und zwar rasch. Sie hasst es, wenn fremde Menschen einfach hier hereinspazieren, und erst recht hasst sie es, ihnen in nachlässiger Kleidung gegenüberzutreten. Ihr bleibt keine Zeit, um die ausgeleierte Jogginghosen und das Schlabbershirt gegen etwas Ordentlicheres auszutauschen, doch ehe sie die Treppe hinabläuft, greift sie rasch noch in ihre Handtasche, die im Flur steht. Schon schlägt der Türklopfer gegen die Haustür, und um das Überraschungsmoment auf ihrer Seite zu haben, reißt Charlotte die Tür auf, hält dabei die Spraydose in die Höhe und ruft: »Verschwinden Sie! Oder ich verpasse Ihnen eine Ladung!«

Der Mann weicht zurück und hebt die Hände. »Nicht doch, gnädige Frau. Ich komme in friedlicher Absicht.«

»Sind Sie ein Journalist?«

»Nie im Leben!«, weist er dies zurück. »Mein Name ist Raukel, Hauptkommissar Erwin Raukel von der Polizeidirektion Hannover. Wenn Sie erlauben ...« Er zieht einen Ausweis aus der Tasche seiner Jacke und streckt ihn ihr entgegen.

Charlotte ist ein wenig kurzsichtig, was sie ungern zugibt, also tut sie nur, als würde sie das Dokument studieren, und lässt das Pfefferspray in der Hosentasche verschwinden.

»Was wollen Sie, Herr Raukel? Hätten Sie nicht vorher anrufen können? Ich schätze keine Überraschungsbesuche. Besonders nicht in diesen unsicheren Zeiten.«

Ein breites Lächeln schiebt seine dicken Backen auseinander, ehe er in einem beruhigenden Tonfall sagt: »Deswegen bin ich ja nun hier, Frau Engelhorst. Wegen der Sicherheit. Ich bin ab jetzt Ihr Schatten.«

Sanft legt sich eine Hand auf ihre Schulter, und eine Stimme flüstert: »Alexa! Aufwachen!«

Jule öffnet die Augen und schaut in ein nur vage bekanntes, milde lächelndes Gesicht mit blaugrünen Augen, die zwischen blonden Haarsträhnen hervorblitzen. Der Augenblick der Desorientierung geht vorbei, nun ist sie wach, stützt sich auf die Ellbogen und schaut sich um. Sie sitzt auf ihrer Yogamatte. Nur sie. Keine Spur mehr von den acht Frauen und zwei Männern, die sich eben noch auf ihren Matten verrenkten. Allein sie und die Yogalehrerin sind noch da. »O Gott, wie peinlich!« Sie rappelt sich auf und schlüpft in ihre Trainingsjacke.

»Das muss dir nicht peinlich sein«, meint Manuela Engelhorst. »Du bist nicht die Erste, die bei der Entspannungsübung einschläft. Allerdings hat noch keine so geschnarcht wie du.«

»Was, wirklich?«

»Quatsch«, lacht Manuela. »Du solltest dich sehen. Mensch, Alex, dich konnte man früher schon immer so leicht veräppeln.«

»Offenbar habe ich wenig dazugelernt.« Jule, deren voller Name Alexa Julia Wedekin lautet, rollt ihre Matte zusammen und steht auf. Sie fühlt sich etwas schwindelig, aber wunderbar warm und leicht. Der Kurs war gar nicht übel. Die Atemübungen am Anfang haben ihr nicht so gut gefallen, aber die Übungen danach umso besser.

Das Studio liegt in einer geräumigen Altbauwohnung in Linden-Mitte, es hat hohe Decken mit Stuck und knarrende Holzdielen. Der Übungsraum ist in sonnigem Gelb gestrichen, an der Stirnseite hat jemand ein rundes, buntes Ornament an die Wand gemalt. Ein Mandala, vermutlich.

»Das tat gut«, meint Jule aufrichtig und rekelt sich noch einmal.

»Ich habe Ingwertee gemacht.« Manuela verschwindet im Nebenzimmer, das durch eine breite, nun weit offen stehende Flügeltür mit dem großen Raum verbunden ist. Jule folgt ihr nach.

»Mein nächster Kurs ist erst in einer halben Stunde, wenn du ein bisschen Zeit hast, können wir noch etwas quatschen.«

Das ist ganz in Jules Sinn. Sie lässt sich in einen der drei Korbsessel fallen, die sich neben der Theke um einen niedrigen Tisch herum gruppieren. Manuela kommt mit den Teeschalen und setzt sich dazu. »Du könntest auch in den Fortgeschrittenenkurs gehen. Hast du früher schon Yoga gemacht?«

»Nur Yoga für Schwangere«, antwortet Jule. Ihre langjährige Praxis in Karate verschweigt sie lieber.

»Du hast Kinder?«

»Eines. Leo, er wird dieses Jahr drei. Während Corona habe ich ab und zu Yoga vor dem Laptop gemacht, damit ich nicht völlig einroste. Aber dabei korrigiert einen ja niemand«, erzählt Jule.

»Du hättest dich bei uns anmelden sollen. Wir haben individuelle Online-Kurse angeboten, mit persönlicher Anleitung.«

»Hätte ich das gewusst!«

»Tja, Not macht erfinderisch. Einige Kunden haben das Arrangement beibehalten. Solche, die befürchten, sich vor den anderen zu blamieren. Trotzdem bin ich froh, dass wir wieder normal arbeiten können. Es war eine harte Zeit.«

»Das glaube ich«, meint Jule mitfühlend. »Es sind sicher einige Studios auf der Strecke geblieben?«

»O ja. Ohne die finanzielle Hilfe meines Vaters wären wir wohl auch pleitegegangen«, räumt Manuela ein.

»Mein aufrichtiges Beileid noch einmal zu seinem Tod.«

»Danke dir.«

»Hast du Kinder?«, fragt Jule.

»Nein, und auch keinen Mann.«

»Sorry, ich wollte nicht ...«

»Kein Problem«, versichert Manuela. Sie nippt von ihrem Tee und sagt: »Du hast dich wenig verändert, Alex. Natürlich sind wir älter geworden, aber ich habe dich sofort wiedererkannt. Was machst du, bist du Ärztin geworden wie dein Vater?«

Jules Vater war bis zu seiner Pensionierung Professor für Transplantationschirurgie an der Medizinischen Hochschule Hannover. Er und natürlich auch Jules Mutter hätten es gern gesehen, wenn sie in seine Fußstapfen getreten wäre.

»Ich arbeite für eine Landesbehörde.«

»Du hast nicht Medizin studiert?«

»Doch, aber nur so lange, bis ich feststellte, dass ich kein Blut sehen kann.«

»Das ist ein Witz, oder?«

»Nein, so war es.« Es passt gerade ganz gut, dass sie nicht mit einer Karriere als Medizinerin aufwarten kann. Gemeinsames Scheitern an den elterlichen Ansprüchen schafft vielleicht eine Vertrauensbasis.

»Ja, die Wege des Lebens sind oft reichlich gewunden. Schau mich an, ich habe Gesang studiert, und jetzt bin ich Yogalehrerin.« Sie prostet ihrer alten Freundin mit ihrer Teeschale zu und sagt fröhlich: »Auf die geplatzten Lebensträume.«

Der Tee wärmt und tut gut. Manuelas Freude über das Wiedersehen ist aufrichtig, erkennt Jule und bekommt prompt ein schlechtes Gewissen.

»Oft ist das, was man sich erträumt, gar nicht so erstrebenswert«, gibt Jule zu bedenken. »Heißt es nicht immer, hüte dich vor deinen Wünschen, sie könnten in Erfüllung gehen? Ich bin jedenfalls zufrieden und du ... ganz ehrlich, ich hätte dich nicht wiedererkannt, Manuela. Du siehst heute viel besser aus als damals, als Teenager. In meiner Erinnerung warst du zuletzt ein ziemliches Pummelchen.«

»Nicht nur in deiner Erinnerung«, bekräftigt Manuela lachend.

»War das damals nicht so eine Art Protestaktion? Weil du nicht mehr ins Ballett wolltest?«

»Das weißt du noch?«

»Ja, wie heute. Ich fürchte, wir waren ganz schön gemein zu dir.«

»Du nicht«, erwidert Manuela. »Es war nicht nur das Ballett. In Wirklichkeit habe ich mir damals einen Schutzpanzer angefressen. Sagt mein Therapeut.«

»Wovor wolltest du dich schützen?«

»Vor dem Leben«, meint Manuela vage, und als Jule schon glaubt, dass nichts mehr kommt, sagt sie: »Wohl hauptsächlich vor meinen Eltern.«

»Ich weiß, was du meinst. Unsere Eltern konnten sehr anstrengend sein, besonders die Mütter.«

Manuela ergreift mit einer spontanen Geste Jules Hand. »Ich habe das damals von deiner Mutter gehört, Alexa. Es tut mir sehr leid.«

»Danke. Es war wirklich schlimm. Ich meine – ermordet!«

»Das glaube ich. Mir ging es mit Papas Tod ähnlich.«

»Ich hörte, es war ein Autounfall.«

»Es war glatt, und er ist zu schnell gefahren. Später hieß es, er hätte einen Herzinfarkt gehabt. Wie dem auch sei – so plötzlich kann es vorbei sein.«

»Meine Mutter und ich hatten nie das beste Verhältnis zueinander«, erzählt Jule. »Sie hat ihr Lebtag um meinen älteren Bruder getrauert, der mit vier an Meningitis starb. Früher dachte ich: Warum kann sie das nicht abhaken, sie hat doch mich? Ich tat alles, um ihren Ansprüchen zu genügen, aber es war nie genug.«

»Das kenne ich!« Manuela nickt ein paarmal, aber sie steigt auf das Thema Mütter nicht ein, sondern fragt: »Ich nehme an, du hast dein Elternhaus in Bothfeld danach verkauft?«

Ihr Elternhaus. Noch immer zuckt Jule leicht zusammen bei diesem Wort. Ein weißer Würfel im Bauhausstil, von einem renommierten Architekten geplant. Sie erinnert sich an die kühle Eleganz der Möbel, an das Grau der Badezimmerfliesen, den schwarz glänzenden Flügel ihrer Mutter, an die bunte Tapete im Zimmer ihres Bruders und an die Textur der Steinplatten am Pool, auf denen ihre Mutter eines Morgens mit durchgeschnittener Kehle lag.

Jules Liaison mit Fernando hatte zu dem Zeitpunkt gerade erst begonnen. Nach dem Mord an ihrer Mutter war sie überaus verletzlich und anlehnungsbedürftig. Sie sehnte sich sehr nach einer Familie, nach einer Mutter, wie Pedra Rodriguez eine war. Ihr Vater war ihr keine große Stütze, er hatte längst eine neue Frau und ein neues Kind, wann immer sie dorthin kam, fühlte sie sich wie ein Fremdkörper, ein Eindringling. Fernando war sehr um sie besorgt, und doch blieb er dieser fröhliche, chaotische Kerl, der sie immer wieder zum Lachen brachte. Genau das, was sie brauchte. Vielleicht wäre es unter normalen Umständen bei einer Affäre geblieben. Doch es wurde eine Ehe daraus. Bis jetzt hat sie es nicht bereut – oder nur sehr selten. Ihr Leben hat alles in allem eine positive Wendung genommen, das sagt sie sich, wenn ihr eine Kleinigkeit gegen den Strich geht oder Fernando sie nervt.

»Ja, ich habe das Haus verkauft. Ich hätte es nicht mehr betreten können«, beantwortet sie Manuelas Frage, wobei sie versucht, die Gedanken an damals von sich zu schieben. Sie ist schließlich hier, um Manuela nach ihrer Familie auszufragen, nicht umgekehrt. »Wie geht es Frauke?«, erkundigt sich Jule.

»Wir haben nicht viel Kontakt. Sie war stinksauer, als Papa mir diese Wohnung und das Studio gekauft hat. Das fand Frauke ungerecht. Mir ging es zu der Zeit gerade nicht so toll, finanziell und überhaupt. Madame war damals gut verheiratet, mit einem Porschefahrer.«

Beide verziehen das Gesicht.

»Inzwischen ist Frauke wieder geschieden und musste sogar bei Mama unterschlüpfen samt Tochter. Mein Mitleid hält sich in Grenzen.«

»Frauke war immer schon eine Zicke«, bemerkt Jule.

»Stimmt, und sie war schon immer neidisch auf mich, ich frag mich, wieso.«

»Vielleicht warst du der Liebling deiner Eltern?«

»Auf Papa mag das zutreffen, aber bestimmt nicht auf meine Mutter. Seit der Beerdigung sprechen beide kein Wort mehr mit mir.«

»Wieso?«

»Weil ich einen Aktienfonds geerbt habe und die anderen leer ausgehen. Glaub mir, manchmal ist es ein Segen, keine Geschwister zu haben.«

»Ich habe einen Halbbruder«, verrät Jule und verdreht dabei die Augen. »Max. Aus der zweiten Ehe meines Vaters. Er ist sechsundzwanzig Jahre jünger als ich, der kleine Sonnenkönig.«

»Autsch!«, sagt Manuela.

Sie müssen kichern.

»Und dein Bruder?«, fragt Jule.

»Johannes lebt in London. Er spielt unserer Mutter den erfolgreichen Broker vor. Dabei ist er nur ein windiger Finanzberater. Trotzdem hat er es von uns dreien noch am weitesten gebracht.«

Jule schüttelt den Kopf. »Unsinn. Das hier finde ich besser, als Finanzberater zu sein. Du kannst stolz darauf sein.«

»Es tut gut, das zu hören. Meine Mutter sieht das leider anders, für sie bin ich eine Versagerin. Genau wie Frauke. Wenigstens verteilt sie ihre Verachtung ziemlich gerecht.«

»Ich war immer gern bei euch«, bekennt Jule. »Ich hatte den Eindruck, dass ihr eine glückliche Familie wart.«

»Na ja. Es ging so.«

»Weißt du noch, wie wir hinter dem Gartenhäuschen heimlich geraucht haben? Eines Tages hat uns das Au-pair-Mädchen erwischt. Wie hieß sie noch gleich?«

»Du meinst wahrscheinlich Emine. Aber es war Frauke, die uns erwischt hat. Sie hat es Emine brühwarm erzählt. Die hätte uns nicht verraten, die war okay. Darum petzte Frauke es meiner Mutter.«

Jule überlegt, wie sie elegant auf diesen Überfall von damals zu sprechen kommen könnte. Völxen hat inzwischen mit Odas Hilfe seine Erinnerungen daran aufgefrischt und ihr gestern, in der Mittagspause, davon berichtet. Auch Fernando hat sich seinen Einsatz von vor zwanzig Jahren wieder ins Gedächtnis gerufen, und so ist Jule im Bilde, was aus Sicht der Ermittler damals geschehen ist.

»Wann haben wir uns eigentlich aus den Augen verloren?«, sinniert Jule.

»Als sie mich ins Internat geschickt haben«, antwortet Manuela.

»Stimmt. Das habe ich nie verstanden. Warum haben sie das gemacht? Waren deine Noten so schlecht?«

»Nein. Ich weiß auch nicht. Mama wollte es. Vielleicht war es auch meine Idee, jedenfalls behauptet sie das heute. Wahrscheinlich hat sie mich so lange bearbeitet, bis ich dachte, es wäre meine Idee. Aber ehrlich gesagt war es dort wirklich nicht schlecht.«

»War nicht im Sommer davor bei euch dieser Einbruch?«, wagt sich Jule – etwas plump, aber anders geht es wohl nicht – ein Stück vor.

»Der Einbruch, ja«, wiederholt Manuela gedehnt.

»Was genau ist da denn passiert?«

»Wenn ich das wüsste!«, erwidert Manuela. »Ich kam nach Hause, früher als erwartet, und mein Vater lag im Bad mit blutigem Kopf und ohne Bewusstsein. Ich dachte im ersten Moment, er wäre tot. Er wurde im Rettungswagen weggebracht. Ich hatte Angst, dass er stirbt. Zwei Tage später war er schon wieder zu Hause und meinte, ich sollte mit keinem Menschen über den Unfall reden. Am selben Tag fuhr meine Großmutter mit uns Kindern an die Nordsee. Das fanden wir natürlich prima. Unsere Eltern kamen erst eine Woche später nach.«

»Seltsam, dass er *Unfall* sagte«, bemerkt Jule. »Es ging das Gerücht, es wäre ein Einbrecher gewesen.«

»Vielleicht wollte er nur nicht, dass wir uns in Zukunft zu Hause fürchten. Aber du hast recht, es war kein Unfall. Es fehlte Schmuck. Meine Mutter hat deswegen rumgejammert.«

»Wo war Emine zu dem Zeitpunkt?«

»Gegangen.«

»Gegangen?«, wiederholt Jule.

»Ich habe es damals nicht verstanden, und ich weiß auch gar nicht mehr, ob es an dem Tag war oder schon davor, es ist alles irgendwie verschwommen. Ich war wütend auf sie, weil sie sich nicht einmal verabschiedet hatte.«

»Das ist eigenartig, findest du nicht?«

»Keine Ahnung, vielleicht hatte sie Krach mit meiner Mutter. Die hat sie ziemlich rumkommandiert, ich fand das immer daneben.«

»Au-pairs müssen manchmal ganz schön einstecken«, wirft Jule ein. »Meine Mutter hat unsere auch nicht immer korrekt behandelt.«

»Emine war kein Au-pair, sie war ein Pflegekind. Sie hätte nicht gehen müssen wie die anderen, am Ende des Schuljahrs.«

»Ein Pflegekind, so was! Das wusste ich ja gar nicht.«

»Meine Mutter wollte es nicht an die große Glocke hängen.«

»Meinst du, ihr Verschwinden ohne Abschied hängt vielleicht mit dem Einbruch zusammen?«

»Das habe ich mich auch gefragt. Mama hat behauptet, sie sei zu ihrer leiblichen Mutter nach Kroatien gefahren. Emine hat aber nie gesagt, dass sie wegwollte und schon gar nicht zu ihrer Mutter. Die wollte doch gar nichts mehr von ihr wissen. Keine Ahnung, was da abgelaufen ist. Uns Kindern wurde ja oft nicht alles erzählt.«

»Hast du deine Eltern später danach gefragt?«

»Nur meine Mutter. Neulich, als sie mich verdächtigte, für irgendwelche Drohungen auf ihrem Gartenblog verantwortlich zu sein. Meine Mutter ist nämlich unter die Influencerinnen gegangen.«

»Echt?« Jule macht ein erstauntes Gesicht.

»Google mal *Über den Gartenzaun*. Es ist so was von peinlich!«

Jule spitzt affektiert die Lippen und sagt im Ton einer strengen Lehrerin: »Manuela, sei ehrlich zu deiner alten Freundin! Hast du böse Sachen auf Mutters Blog hinterlassen?«

Manuela kichert und schnaubt. »Du lieber Himmel, was hätte ich davon? Ich bin froh, wenn ich von ihr nichts höre oder lese.«

»Was hat deine Mutter denn nun wegen des Einbruchs von damals gesagt?«, lenkt Jule das Gespräch wieder in die richtigen Bahnen.

»Dass es ein Dieb war.«

»Hat Emine noch einmal etwas hören lassen?«

»Nein. Keine Ahnung, was aus ihr wurde und wo sie heute ist. Ich fand es schade, ich mochte sie.« Sie zuckt traurig mit den Achseln. »Oh, da ist Mia!« Manuelas Gesicht hellt sich auf, als eine Frau aus dem Übungsraum auf die beiden zukommt. »Darf ich euch vorstellen? Alexa Wedekin, eine uralte Freundin. Wir haben uns bestimmt zwanzig Jahre nicht gesehen. Mia Förster, meine Partnerin.«

Mia nickt Jule freundlich zu und meint dann zu Manuela: »Soll ich den Pilateskurs übernehmen? Falls ihr noch reden wollt.«

Jule schüttelt den Kopf. »Ich muss langsam wieder los. Es war schön, mit dir über alte Zeiten zu plaudern, Manuela. Dann bis nächste Woche!«

»Einen wunderschönen Garten haben Sie, das muss man wirklich sagen. Ich will ehrlich sein, ich verstehe nichts von Gärten, aber ich erkenne Schönheit, wo ich sie vorfinde«, säuselt Raukel und blickt dabei intensiv seine Gastgeberin an, die gerade den Wasserkocher füllt. Diese ist für Schmeicheleien durchaus empfänglich, auch wenn sie sich gleichgültig gibt, während sie einen altmodischen Porzellanfilter auf eine vermutlich antike Kaffeekanne setzt. Die geräumige Küche, in die sie ihn gebeten hat, liegt im Erdgeschoss. Die Schränke und Regale sehen teils selbst gebaut, teils antik aus, doch auf den zweiten Blick erkennt man, dass sich hinter den Holzfronten Geräte auf dem neuesten Stand der Technik befinden. Einmachgläser füllen ein Wandregal, an einer Schnur über der Spüle hängen zu Sträußen gebundene Kräuter, und auf der Ablage steht eine Getreidemühle.

»Was meinten Sie vorhin mit dem Schatten?«

»Ich hörte, Sie haben Hauptkommissar Völxen um Schutz gebeten. Ein begreifliches Anliegen, nach allem, was geschehen ist.«

»Dann wissen Sie bestimmt auch, dass er ablehnte. Genau genommen hat er mich ziemlich brüsk abgebügelt. Meinte, für Personenschutz wäre die Bedrohungslage zu wenig konkret.«

Raukel winkt ab. »Völxen! Er war noch nie ein Diplomat. Ihm sind die Hände gebunden, man hätte ihm von höherer Stelle den Personenschutz für Sie wohl tatsächlich nicht bewilligt. Die Vorgaben sind da sehr restriktiv«, erklärt Raukel mit einem scheinheiligen Lächeln. Verdammt, jetzt muss er auch noch den Schafstrottel verteidigen! »Aber wie es eben ist im Leben, es gibt einen geraden Weg und einen krummen. Man findet eine Lösung, wenn man nur will.«

»Und dieser krumme Weg sind demnach Sie.« Sie stellt zwei Keramikbecher auf den langen Holztisch und lässt sich auf einen Stuhl sinken. Ihr Blick ist skeptisch und doch auch interessiert.

»Sozusagen. Ich bin noch für zwei Monate freigestellt und könnte Ihnen meine Dienste anbieten. Inoffiziell. Ich bräuchte nur ein stilles Kämmerlein auf Ihrem Anwesen, damit ich jederzeit zur Stelle bin und ein wachsames Auge auf Haus und Hof haben kann. Schon wären Sie hier sicher wie in Abrahams Schoß.«

»Was haben Sie angestellt?«

»Wie bitte?«

»Warum sind Sie vom Dienst freigestellt?«

»Nichts!«, erwidert Raukel mit sanfter Entrüstung. »Ich war gesundheitlich etwas angeschlagen, Long-Covid. Deswegen nahm ich mir ein Sabbatjahr. Kann man ja machen als Beamter. Die Zeit ist jetzt fast vorbei, es geht mir prächtig, doch ich stecke voller Tatendrang und langweile mich ein bisschen. Ich brauche eine Aufgabe, und als Ihr Beschützer käme ich mir endlich wieder nützlich vor.«

Die Dame des Hauses lässt sich das alles eine Weile durch den Kopf gehen. Schließlich meint sie: »Ihre Idee klingt zwar verrückt, und eigentlich wollte ich keine neuen Untermieter mehr aufnehmen, aber besondere Umstände erfordern besondere Maßnahmen. Ich war immer schon der pragmatische Typ. Nachdem meine gute alte Freundin Brigitte ermordet wurde, würde ich mich wirklich wohler fühlen, wenn ich wüsste, dass noch jemand Augen und Ohren offen hält. Sie könnten in der hinteren oberen Wohnung unterkommen, aus der meine Tochter gerade ausgezogen ist. Sie liegt gegenüber von meiner.«

»Das trifft sich hervorragend. Sie werden es nicht bereuen.«

»Das hoffe ich sehr. Es sind noch etliche Möbel da. Wir suchen Ihnen was zusammen. Besitzen Sie eine Schusswaffe?«

Raukel, überrumpelt von ihrer Frage, zögert. Er kann nicht einschätzen, wie sie zu dem Thema steht, also weicht er aus. »Als Polizeibeamter verfüge ich natürlich über eine Dienstwaffe, aber da ich ja gerade freigestellt bin ...«

Zwei tiefe Falten graben sich zwischen ihre Brauen. »Ein Bodyguard ohne Schusswaffe? Das ist ja wohl das Lächerlichste, was ich je gehört habe.«

Ein Glück, man hat es offenbar nicht mit einer überzeugten Pazifistin zu tun. »Ich sprach von meiner *Dienst*waffe«, deutet Raukel mit vielsagendem Lächeln an.

»Also haben Sie noch eine Privatwaffe?«

Rifkins kleine Beretta fällt ihm ein, mit der sie ihn neulich so herzlich willkommen hieß. Die muss sie ihm zur Not ausborgen. War ja auch ihre Idee, diese Bodyguard-Nummer, und gegen ihren Ex-Russenmafia-Ex-Freund nützt die Beretta im Ernstfall auch nicht viel. Er lächelt seiner Gastgeberin zu und begnügt sich mit einem Nicken.

Das Wasser kocht. Sie gibt Pulver in den Filter und übergießt es langsam.

»Hm, das duftet herrlich.« Raukel kann jetzt wirklich einen Koffeinschub gebrauchen.

»Handaufgebrüht schmeckt Filterkaffee einfach am besten. Ich weiß es, ich habe alle Varianten der Zubereitung durchprobiert. Der Kaffee stammt von einer kleinen Rösterei in Mellendorf.«

»Sie sind eine patente Frau, von der man viel lernen kann. Auch Ihr Blog ist ... beeindruckend.«

»Ach, finden Sie? Wissen Sie, im Augenblick fällt es mir etwas schwer, lässig-locker über Frühbeete und Neuzüchtungen von Stiefmütterchen zu reden. Von anderen Themen ganz zu schweigen. Dabei bin ich eigentlich ein extrovertierter Mensch. Gesehen zu werden hat mir immer gefallen, aber seit all diesen Vorfällen möchte ich mich am liebsten nur noch verkriechen, anstatt mich einer breiten Öffentlichkeit zu präsentieren.«

»Warum setzen Sie nicht eine Weile aus?«

»Das geht nicht. Ich bin selbstständig, ich kann kein *Sabbatjahr* nehmen. Wissen Sie, mit *Über den Gartenzaun* hat sich für mich ein Traum erfüllt. Ich hätte nie gedacht, dass ich einmal davon leben kann. Wenn ich nicht liefere, bin ich ganz schnell weg vom Fenster. Ich habe Werbeverträge, und ich muss meine Follower bei Laune halten. Es waren ein paar harte Jahre nach meiner Scheidung, emotional und finanziell. Nun bin ich endlich aus dem Gröbsten raus, ich muss hier nicht mehr jede Menge Chaoten wohnen lassen und es im Netz als fröhliche Land-WG verkaufen. Diesen Status möchte ich nicht aufgeben. Dann hätte diese Person, wer immer es ist, erreicht, was sie wollte.«

»Ich verstehe.«

»Trotzdem habe ich manchmal diesen Furcht einflößenden Gedanken: Vielleicht betrachtet mich gerade mein zukünftiger Mörder im Netz.«

»Ihr Mörder? Unsinn, das werde ich verhindern«, verkündet Raukel im Brustton der Überzeugung. »Zuerst muss ich wissen: Wer wohnt denn noch alles im Haus?«

»Im Erdgeschoss, das wäre dann die Wohnung unter Ihnen, lebt Rieke Wiegand. Sie wohnt seit zwei Jahren hier und macht beruflich irgendetwas Langweiliges bei der evangelischen Kirche, fragen Sie mich nicht, was genau. In letzter Zeit war sie viel im Homeoffice. Sie ist ruhig und nett, nur manchmal etwas nachlässig, und ihr Hund gräbt den ganzen Garten um, wenn man nicht hinterher ist. Dann gibt es da seit ein paar Wochen noch eine Studentin. Und der Arne kommt ab und zu vorbei. Das ist ein Bauernsohn aus der Gegend, er ist etwas eigen. Ich bin nicht sicher, ob er geistig beschränkt ist oder einfach nur extrem schweigsam und in sich gekehrt. Er hat hier einen Minijob, er ist sozusagen mein Mann fürs Grobe. In meinem Alter kann man so ein Grundstück nicht mehr ganz alleine bewirtschaften. Da wir gerade beim Thema sind: Wie steht es eigentlich um Ihre gärtnerischen und handwerklichen Fähigkeiten?«

»Oh, ich ... also, ich bin ein Stadtmensch, aber durchaus lernwillig.«

»Das ist schön. Wir müssen Sie ja irgendwie beschäftigen, wenn Sie vor Tatendrang doch nur so strotzen.«

Er lächelt ein wenig gequält und nickt.

Sie stellt zwei Tassen und die Kaffeekanne auf den Tisch und dazu eine Isolierflasche, wie Raukel sie im Dienst für seine spezielle Kaffeemischung benutzt. Raukel überlegt, wie er es anstellen soll, unbemerkt ein Schlückchen aus seinem Flachmann in die Tasse zu mogeln.

»Weiß Hauptkommissar Völxen denn Bescheid über dieses eigenwillige Arrangement?«

Das ist der heikle Part, aber Raukel ist vorbereitet. »Offiziell nicht«, antwortet er. »Er *darf* es nicht wissen, Sie verstehen? Aber ohnehin ist Diskretion gefragt. Wir sollten niemanden über meine Funktion in Kenntnis setzen. Oft lauert der Feind ja in der nächsten Umgebung.«

Sie nickt, öffnet die Isolierflasche und gießt eine grünbraune Flüssigkeit in eine der Tassen. Das Zeug stinkt ärger als alles, was Frau Cebulla dem Schafstrottel je serviert hat und womit dieser gern seinen Gummibaum beglückt. Sicher sehr gesund. Zu seinem maßlosen Entsetzen steht die Tasse plötzlich vor ihm.

»Der Kaffee ist für mich«, erklärt sie. »Ihnen tut der nicht gut, Sie sind übersäuert und haben einen viel zu hohen Blutdruck, das sehe ich Ihnen an.«

»Was ist das?« Raukel kann sein Grauen kaum verbergen.

»Detox-Tee. Ein Kräuteraufguss zur Entgiftung.« Damit nicht genug, wirft sie nun einen besorgten Blick auf seine wohlgerundete Mitte und meint: »Wir müssen außerdem auf Ihre Ernährung achten. Ein Bodyguard sollte schließlich körperlich fit sein, nicht wahr?«

Raukel hofft inständig, dass das nur ein Test ist. Er lächelt tapfer und sagt: »Ich unterwerfe mich gerne Ihrer Fürsorge, während ich darauf achte, dass Ihnen nichts geschieht. Win-win, sozusagen.«

»Das ist die richtige Einstellung!«

»Gibt's Zucker?«

»*Zucker?* Wollen Sie sich umbringen?«

Samstag, 12. März,
später Nachmittag

»Ich bin drin!«

»Soll das ein obszöner Anruf werden, Raukel?« Elena Rifkin nimmt das Gespräch auf der Terrasse des winzigen Reihenhäuschens in Wülfel, in dem ihrer Mutter lebt, entgegen. Sie hat dort auch übernachtet. Seit gestern der Maserati vor der Tür stand, fühlt sie sich überall wohler als in ihrer Wohnung in der Südstadt.

»Ist dir klar, dass du mich einer Psychopathin ausgeliefert hast? Sie will mich umbringen, diese Hexe, mit ihren Tränken und ihren Müslis. Und weit und breit kein vernünftiges Restaurant, ich weiß nicht, wie ich diese Aktion überleben soll.«

»Stell dich nicht so an. Wozu gibt es Lieferdienste?«

»Lieferdienste? Die würde sie wahrscheinlich mit der Schrotflinte verjagen.«

»Jetzt mal im Ernst. Hat sie die Bodyguard-Nummer geschluckt?«

»Voll und ganz.«

»Ich gratuliere dir. Ich wusste immer, auf deinen Charme ist Verlass.«

»Da ist nur eine Sache. Sie besteht darauf, dass ich eine Waffe habe.«

»Ja, und?«

»Ich dachte an diese niedliche kleine Beretta von neulich ...«

Rifkin schaut sich um, ehe sie weiterspricht, doch ihre Mutter ist noch immer in der Küche beschäftigt. »Die stammt von *ihm*.«

»Verstehe. Deshalb hat sie einen sentimentalen Wert für dich ...«

»Spinnst du? Notfalls jage ich ihm damit eine Kugel durch den Kopf.«

»Bedroht er dich, rückt er dir auf die Pelle? Weißt du zu viel?«

»Nein, ist schon okay. Aber sag mal, Raukel, wer kümmert sich denn jetzt um deine Wohnung? Hast du keine Fische, die man füttern muss, oder Pflanzen zu gießen?«

»Du hast wirklich Schiss vor ihm.«

»Quatsch!«

»Nicht doch, Rifkin, du kannst gern ein paar Tage mein Bett warm halten, wenn es deiner Beruhigung dient.«

»Und du kannst die Beretta haben, wenn es der Wahrheitsfindung dient.«

»Das ist mein Mädchen! Sehen wir uns morgen um zehn Uhr bei mir in der Wohnung zur Schlüssel- und Waffenübergabe?«

»Einverstanden.«

»Falls Irina mir nachspioniert und dich für meine neue Geliebte hält, musst du mit den Konsequenzen leben.«

»Mit Mausezahn werde ich schon fertig.«

Hauptkommissar Völxen bewegt sich in luftigen Höhen, als sein Handy klingelt. »Jule, was gibt es Neues? Augenblick, ich muss erst wieder festen Boden erreichen.« Er ist dabei, die Obstbäume auf der Schafweide zu stutzen. Den Bock hat er zuvor angebunden, das mordlustige Geschöpf wäre imstande, ihm die Leiter unter den Füßen wegzustoßen. Vorsichtig klettert Völxen die Sprossen hinab und lehnt die Astschere gegen den Stamm. Die Schafe beobachten sein Tun ganz genau.

»Bin wieder da.«

»Störe ich? Ich höre, wie jemand meckert.«

»Lass die meckern.«

»Ich war vorhin beim Yoga«, eröffnet Jule. »Manuela erinnert sich nicht exakt an die näheren Umstände dieses Einbruchs, findet aber auch, dass ihre Eltern sich damals sonderbar benahmen. Sie sagt, Emine sei *gegangen*, allerdings ohne Abschied, und sie weiß nicht mehr genau, wann das war, ob vor oder nach dem Einbruch. Sie hatten nie wieder Kontakt zu Emine, und ihre Mutter bleibt bis heute bei der Version mit dem Einbrecher.«

»Glaubst du ihr?«

»Im Grunde schon. Aber sie erwähnte an anderer Stelle, dass ihre Mutter es beherrschte, sie so zu manipulieren, dass sie selbst nicht mehr wusste, welches ursprünglich ihre Gedanken und Wünsche waren und welche die ihrer Mutter.«

»Das klingt ganz nach ihr!«

»Sie scheint ihrem Vater nähergestanden zu haben. Er hat ihr das Studio und die Wohnung gekauft, und Manuela hat als Einzige etwas von ihm geerbt. Aktien. Ich habe mich nicht getraut, nach dem Wert zu fragen. Frauke ist posthum sauer auf ihren Vater und auf Manuela erst recht.«

»Was ist mit den Kommentaren in diesem Blog?«

»Manuela leugnet, sie geschrieben zu haben, und ich glaube ihr. Sie hasst ihre Mutter nicht, sie will nur möglichst wenig von ihr sehen und hören. Hast du denn inzwischen schon mit Charlotte Engelhorst über die alten Zeiten geplaudert?«

»Ich wollte erst abwarten, was du herausfindest.«

»Tut mir leid, dass es nicht mehr ist«, meint Jule zerknirscht. »Ich wollte nicht zu sehr nachbohren, sonst wäre es aufgefallen. Sie weiß nämlich nicht, dass ich bei der Polizei bin, ich dachte, das wäre nicht hilfreich.«

»Schon gut, Jule. Ich danke dir trotzdem.«

Sonntag, 13. März 2022, gegen Mittag

Es ist ein sonnig-kalter Märztag, doch Joris Tadden ist warm. Er muss kräftig in die Pedale treten, um mit Rifkins Tempo mitzuhalten.

»Bin ich zu schnell?« Sie dreht sich auf seinem Rad nach ihm um.

»Nein, alles okay«, meint Tadden, doch er ist ganz froh, als sie langsamer wird. Sie hat das bessere Rad, aber das ist für ihn keine gültige Ausrede. Früher wäre ihm das nicht passiert, dass eine Frau ihn abhängt. Er ist einfach nicht mehr so fit wie früher, das lässt sich nicht leugnen.

Sie fahren auf der Landstraße nebeneinanderher. Er hat sich zuvor die Strecke, die abseits der viel befahrenen Straßen in die Wedemark führt, auf sein Handy geladen. Die Tour macht ihm Spaß, allerdings sind sie nicht allein zum Vergnügen unterwegs. Tadden wollte sich den Ort, an dem Joachim Engelhorst verunglückte, noch einmal zusammen mit Rifkin ansehen. Immerhin war sie die Einzige, die seine Strohballen-Hypothese nicht gleich verworfen hat. Nun, da ein Zusammenhang zwischen den Todesfällen Engelhorst und Wendel nicht mehr völlig ausgeschlossen werden kann, möchte er vor Ort ihre Meinung dazu hören, und zwar ohne Störfeuer von Rodriguez.

Vorhin hat er sie an einer Adresse in der Calenberger Neustadt abgeholt. Dabei wohnt sie doch in der Südstadt.

»Wohnt da dein Freund?«, fragte er.

Rifkin grinste breit und meinte: »Es ist nicht so, wie es aussieht.«

Wenn sie einen Freund hätte, dachte er, würde sie wahrscheinlich nicht am Sonntagnachmittag mit einem Kollegen herumfahren und einen potenziellen Tatort besichtigen.

Sie sind an der langen, schnurgeraden Allee angekommen. Die Markierungen der Spurensicherung sind natürlich längst weg.

»Hinter diesem Stamm könnte jemand gestanden haben.« Tadden hat neben einer prächtigen Eiche angehalten. »Dann wurde etwas auf die Fahrbahn geworfen, er ist erschrocken, geschlingert und da vorn gegen den Baum auf der anderen Seite gekracht.«

»Wie ist der Täter hierhergekommen? Mit dem Bus?«

Tadden weiß, was sie meint. Der Täter brauchte ein Auto. Um schnell zu verschwinden und um das, was er auf die Straße geworfen hat, wieder abtransportieren zu können. »Das Täterfahrzeug könnte da drüben gestanden haben.« Er deutet zur gegenüberliegenden Seite, wo am Beginn eines Feldweges das Schild *Bauer Busche, Eier und Kartoffeln* steht. Der Feldweg bietet sich an, dort hat auch Rodriguez bei ihrer Besichtigung der Unglücksstelle geparkt. »Ein bisschen weiter hinten vielleicht, damit man es von der Straße aus nicht gleich sieht«, setzt er hinzu.

»Ich brauche dringend Eier, du nicht?« Rifkin überquert die Straße und radelt den Feldweg entlang. Den Hof kann man von der Straße aus sehen, es ist höchstens ein halber Kilometer bis dorthin. Tadden folgt ihr.

Der Hof ist ein altes Backsteingebäude, das die eine oder andere Reparatur vertragen könnte. Vor dem umzäunten Stall nehmen drei Schweine in einer windgeschützten Ecke ein Sonnenbad. In einem Pferch mit Unterstand stehen zwei Ponys, und zwei Esel glotzen in ihre Richtung. Etliche Hühner laufen frei herum, und als sie absteigen, kommt ihnen ein bellender Hund entgegen, ein recht großer, wuscheliger von undefinierbarer Rasse. Tadden versteift sich. Er hat keine guten Erfahrungen mit Hofhunden. Rifkin dagegen schert sich nicht um das Gebell, sie geht einfach an dem Tier vorbei auf die Haustür zu. Der Hund ist so verblüfft, dass er ihr schwanzwedelnd folgt, als würde man sich schon ewig kennen. Zögernd steigt Tadden vom Rad. Der Hund macht Anstalten, umzukehren und in seine Richtung zu rennen, doch Rifkin lässt ein scharfes Zischen hören und schnippt mit den Fingern. Schon dreht er bei und lungert verlegen und als könnte er kein Wässerchen trüben, neben der Haustür herum, während Rifkin den Türklopfer betätigt.

»Sitz!« Der Hund setzt sich und himmelt sie hechelnd an.

Tadden ist schon bei Oscar aufgefallen, dass Rifkin eine gewisse Wirkung auf den Hund hat. Das hoffnungslos verzogene Tier seines Vorgesetzten macht keinen Mucks, solange Rifkin in der Nähe ist. Allerdings nur dann.

»Moin zusammen!« Ein älterer Mann öffnet die Tür. Er wirkt, als hätte man ihn von seinem Sonntagsschlaf aufgescheucht. »Na, so was«, meint er mit Blick auf den sitzenden Hund. »Das ist ja das erste Mal, dass die Ilse keinen Rabatz macht. Wir haben sie aus dem Tierheim, sie ist erst zwei Wochen bei uns. Ilse, geh ins Haus. Husch, rein da.«

Ilse schaut Rifkin fragend an. Die macht eine Handbewegung, und Ilse verschwindet. Der Besitzer blickt ihr staunend hinterher. »Na, so was!«, meint er erneut.

»Herr Busche?«, spricht Rifkin ihn an.

»Ja, das bin ich. Ansgar Busche. Wollt ihr Eier kaufen?«

»Wir sind von der Polizeidirektion Hannover«, erklärt Tadden, der sich inzwischen ebenfalls herangewagt hat.

»Polizei?«, wiederholt er ungläubig. »Und da kommt ihr am Sonntag mit dem Fahrrad?«

»Klimaschutz wird auch bei den Landesbehörden großgeschrieben«, antwortet Rifkin und stellt sich und Tadden vor. Sie zeigen dem Bauer ihre Dienstausweise.

Hinter Bauer Busche erscheint nun eine ältere Frau, deren dünne Gestalt in eine dicke Strickjacke gewickelt ist. »Das ist Lina, meine bessere Hälfte. Lina, die zwei sind von der Polizei.«

Sie begrüßen auch die Dame des Hauses.

»Ist was passiert?«, fragt sie.

»Es geht um den schweren Unfall letzten Monat«, erklärt Rifkin.

»Schlimme Sache«, meint Ansgar Busche.

»Kommen Sie doch rein, Sie beide, es ist doch kalt da draußen«, fordert Lina sie auf.

Sie werden in eine Wohnküche geführt, in der ein eiserner Bullerjan-Ofen für tropische Temperaturen sorgt. Tadden muss sich bücken, um den Türstock unbeschadet zu passieren. Ilse hat es sich in einem Nest aus Decken auf dem Diwan gemütlich gemacht. »Möchten Sie vielleicht einen Kaffee?«, fragt die Bäuerin.

»Danke, ein Glas Wasser wäre nett«, sagt Rifkin, und Tadden nickt.

»Ist Ihnen in der Nacht vom 10. auf den 11. Februar irgendetwas aufgefallen?«, beginnt Rifkin, nachdem sie alle vier um den Küchentisch herumsitzen.

»Da war der Unfall, nicht wahr?«, vergewissert sich Ansgar Busche. »Wir haben davon überhaupt nichts mitgekriegt.«

»*Du* hast geschnarcht wie ein Bär«, sagt Lina zu ihrem Mann und an die zwei Ermittler gewandt: »Ich habe die Sirenen schon gehört, aber ich bin nicht aufgestanden. Das war ja so spät, und ich dachte, was immer da los ist, ich kann es eh nicht ändern.«

»Wissen Sie, der Mann war nicht der Erste, der dort gegen einen Baum gefahren ist«, erklärt Ansgar Busche. »Auch Wildunfälle gibt es auf der Strecke immer wieder, vor allem im Sommer, wenn auf den Feldern der Mais hoch steht. Die Leute denken wohl, die Warnschilder hat man zur Zierde dort hingestellt.«

»Ist Ihnen vielleicht in den Tagen vor dem Unfall etwas aufgefallen?«, fragt Tadden, der sein Wasserglas schon geleert hat. »Vielleicht Fußgänger oder ein Wagen, der in Ihrer Zufahrt stand?«

»Nö«, meint Bauer Busche. »Nicht dass ich wüsste. Aber ich schau nun auch nicht den lieben langen Tag aus dem Fenster, ich habe zu tun.«

»So ein Hof macht viel Arbeit. Ich komme auch aus der Landwirtschaft«, verrät Tadden.

»Ach nee?«, fragt Lina interessiert. »Sie sind aber eher von weiter oben, dem Dialekt nach.«

»Aus Leer. Meine Eltern hatten einen Hof. Sie haben ihn noch immer, aber jetzt vermieten sie nur noch Zimmer. Früher hatten sie Milchkühe und Schafe.«

»Schafe hatten wir uns auch überlegt«, erzählt Lina. »Nur gab es in letzter Zeit etliche Wolfsrisse in der Gegend. So einen Anblick könnte ich nicht ertragen.«

»Das verstehe ich. Und gute Zäune sind ja sehr teuer«, bestätigt Tadden.

»Die Ilse ist auch kein richtiger Schäferhund«, bemerkt Ansgar Busche.

Rifkin scheint sich zu langweilen, sie trinkt ihr Wasser aus und macht Tadden ein Zeichen zu gehen.

»Wir wollten noch Eier kaufen. Legen sie denn schon?«, fragt Tadden.

»Geht so. Einen Karton kann ich zusammenkratzen«, antwortet Ansgar Busche und erhebt sich von seinem Stuhl. »Kommt mit.«

Die beiden stehen auf und folgen ihm zur Tür. Ilse ist mit einem dumpfen Laut vom Sofa gesprungen und ihnen auf den Fersen.

»Erzähl doch mal das mit der Vogelscheuche«, ruft ihnen Lina hinterher.

»Vogelscheuche?«, wiederholt Tadden und dreht sich abrupt nach der Bäuerin um.

»Ach, nichts«, winkt Ansgar Busche ab.

»An dem Tag, an dem der Unfall passiert ist, da war morgens die Vogelscheuche weg«, erzählt Lina.

»Wo stand die?«, will Tadden wissen.

»Da drüben, im Winterweizen.« Busche deutet durch das Fenster auf das Feld. »Wahrscheinlich waren das Besoffene.«

»Mitten auf dem Feld?«, zweifelt Tadden.

»Ja, schon komisch, aber anders können wir uns das nicht erklären.«

»Am Abend zuvor war sie noch da«, beteuert Lina.

»Ja, das stimmt«, bekräftigt ihr Mann.

»Ist Ihnen am Abend oder in der Nacht vor dem Diebstahl etwas aufgefallen?« Rifkin ist nun wieder ganz bei der Sache.

»Nein. Es hat gewindet, das schon, aber es war schließlich kein Tornado. Sie hätte im Feld liegen müssen, aber sie war einfach weg«, erläutert Lina.

»Ein Fahrzeug vielleicht?«, hakt Rifkin nach. »Oder jemand auf dem Weg?«

»Nein, da war nichts«, beteuern beide.

»Woraus bestand diese Vogelscheuche?«, fragt Tadden und wirft dabei Rifkin einen triumphierenden Seitenblick zu. Denn im Grunde kennt er die Antwort bereits.

Mittwoch, 16. März 2022, am Vormittag

»Hauptkommissar Völxen. Sie wollten mich sprechen, und hier bin ich.«

»Danke für Ihr Kommen. Das ist Hauptkommissarin Rifkin, Kommissaranwärter Tadden.«

»Oh, heute mit Verstärkung, dafür ohne Hund?« Charlotte Engelhorst nickt Rifkin und Tadden beiläufig zu, als wären sie Schülerpraktikanten. »Wird das ein Verhör?«, fragt sie kokett.

»Eine Befragung. Zum Verhör hätten wir Sie vorgeladen und über Ihre Rechte belehrt«, stellt Völxen klar.

»Dann bin ich ja beruhigt.« Sie macht allerdings nicht den Eindruck, als wäre sie auch nur eine Sekunde lang verunsichert gewesen.

Sie befinden sich im Besprechungsraum, die Wandtafeln hat Rifkin vorher beiseitegeschafft. Ihr Wunsch war, *die Frau mal in natura zu erleben*. Denselben Wunsch äußerte Joris Tadden, den Völxen ohnehin dazugeholt hätte, schon damit der Junge etwas lernt.

Tadden hat mächtig Oberwasser, seit er und Rifkin am Montag, im Morgenmeeting, mit der geklauten Vogelscheuche aufwarten konnten. Sogar Völxen musste einräumen, dass dies verdächtig ist. Er hat die neue Erkenntnis inzwischen dem Staatsanwalt unterbreitet. Marius Feyling kraulte seinen Wikingerbart und meinte, verlegen und reichlich gewunden, man werde darüber nachdenken müssen, ob es unter diesen Umständen geboten sei, die Aufnahme der Ermittlungen zum Tod von Joachim Engelhorst doch wieder ins Auge zu fassen. Er klang dabei wie der neue Bundeskanzler, aber diese Beobachtung behielt Völxen lieber für sich.

Frau Engelhorst scheint guter Laune zu sein, und damit es zumindest noch für kurze Zeit so bleibt, zeigt sich auch der Hauptkommissar von seiner charmanten Seite.

»Glückwunsch zu Ihrem neuen Kochbuch, Frau Engelhorst.«

Sie winkt bescheiden ab. »Es war eine Schnapsidee von meinen Followern. Ich habe gelegentlich Rezepte in meinem Blog veröffentlicht, und sie fanden immer großen Anklang. Es ist gute, einfache Hausmannskost, nicht zu anspruchsvoll.« Bei diesen Worten schaut sie den Hauptkommissar an, als ordne sie auch ihn in diese Kategorie ein. »Das Geheimnis sind hochwertige Zutaten, am besten regional und aus dem eigenen Garten.«

»Da wir gerade von Geheimnissen sprechen«, hakt Völxen ein. »Ihre Familie und unser Kommissariat hatten vor zwanzig Jahren schon einmal miteinander zu tun. Erinnern Sie sich? Juni 2002?« Um zu verdeutlichen, dass den Erinnerungen jederzeit nachgeholfen werden kann, lässt Völxen seine Hand auf den Deckel der Akte fallen, die erst gestern ihren verschlungenen Weg aus dem Archiv auf seinen Schreibtisch fand. Er hat inzwischen anhand der einstigen Protokolle und Tatortfotos sein Gedächtnis aufgefrischt.

»Natürlich erinnere ich mich an den Einbruch«, sagt Frau Engelhorst und fragt eine Spur zu unschuldig: »Hat das etwas mit den aktuellen Todesfällen zu tun?«

»Sagen Sie es uns«, antwortet Völxen. »Brigitte Wendel und Sie sind nämlich nicht nur alte Schulfreundinnen. Es verbindet Sie noch etwas anderes, nicht wahr?« Völxen blickt sie herausfordernd an.

Da die Akte auf dem Tisch liegt, ist Leugnen zwecklos, also lenkt sie ein: »Sprechen Sie von unserem damaligen Pflegekind Emine? Wobei der Begriff ›Kind‹ ja etwas in die Irre führt, das Mädchen war siebzehn, als Brigitte sie an uns vermittelte. Ich tat ihr damit einen Gefallen, und zwar einen großen.«

»Wie war es denn mit ihr?«, fragt Völxen.

»Schwierig, was zu erwarten war. Das Mädchen war nicht gerade dankbar für die Chance, die wir ihr boten. Sie war aufsässig, und sie benutzte Schimpfwörter. Ich war froh, als die Zeit mit ihr zu Ende war.«

»Hatten Sie seither Kontakt zu Emine Babic?«

»Nein, nie. Sie hat uns sang- und klanglos verlassen, nachdem sie wieder Kontakt zu ihrer Mutter aufgenommen hatte. Wir haben nie wieder von ihr gehört.«

»Könnte es sein, dass sie mit Ihnen, mit Ihrem Mann und mit Frau Wendel noch eine Rechnung offen hat?«

»Wir haben uns nach Kräften um sie bemüht. Falls sie das anders gesehen hat, tut es mir leid. Was Brigitte angeht – Emine hatte grundsätzlich ein Problem mit Autoritäten, sei es die Polizei oder das Jugendamt. Sie dachte immer, man wolle ihr Böses. Vielleicht machte sie Brigitte dafür verantwortlich, dass sie in verschiedene Heime gesteckt wurde, wo sie nicht gut zurechtkam. Was sicher auch an ihr selbst lag.«

Völxen lehnt sich zurück und fixiert sein Gegenüber. Er zählt im Stillen bis zehn, denn er merkt, wie er die Geduld verliert. Rifkin und Tadden tauschen einen verschwörerischen Blick. Schließlich beugt Völxen sich leicht nach vorn und sagt: »Frau Engelhorst, Sie sind vor einem Monat zu mir gekommen, weil jemand bösartige Kommentare auf Ihrem Blog hinterließ und weil Sie glaubten, Ihr Mann wäre einem Verbrechen zum Opfer gefallen, richtig?«

Sie nickt und wartet lauernd ab.

»Letzte Woche kam Ihre Freundin Brigitte Wendel zu Tode, und Sie kamen wieder zu mir und wiesen mich auf einen eventuellen Zusammenhang zwischen Frau Wendels Tod und dem Ihres Mannes hin.« Er legt erneut eine Kunstpause ein, ehe er auf die Akte deutet und fortfährt: »Nun, wir haben unsere Hausaufgaben gemacht. Und das da ist eine Spur. Meinen Sie nicht, Frau Engelhorst, dass es allmählich an der Zeit ist, Tacheles zu reden?« Beim letzten Satz ist der Hauptkommissar etwas lauter geworden.

Sie schnappt nach Luft.

Völxen ist noch nicht fertig. »Ihr Mann ist möglicherweise tatsächlich einem Anschlag zum Opfer gefallen. Wir prüfen das gerade. Meine Leute haben über ihn recherchiert. Er hatte einen gewissen Ruf, wenn Sie verstehen, was ich meine.«

»Nein, ich verstehe überhaupt nicht, was Sie meinen.«

»Sie haben seinerzeit die Ermittlungen wegen des vorgeblichen Einbruchs torpediert, indem Sie mit allen Mitteln verhinderten, dass Ihre Tochter Manuela mit uns redet, obwohl sie eine wichtige Zeugin war. Zum Glück ist sie heute erwachsen und gesprächiger. Sie erinnerte sich noch an so manches.«

»Typisch!«, stößt Frau Engelhorst hervor. »Wissen Sie, aus irgendeinem Grund scheint mich meine älteste Tochter zu hassen. Sie würde der Polizei alles sagen, um mich schlecht aussehen zu lassen. Sie ist nicht ganz zurechnungsfähig, sie war schon zigmal in Behandlung, leider ohne Erfolg. Sie sollten auf ihre Behauptungen nicht allzu viel geben.«

»Uns erschien sie sehr glaubwürdig. Also, noch einmal, Frau Engelhorst: Was ist damals wirklich passiert?«

Sie presst die Lippen zusammen und fixiert die Tischkante. Dann hebt sie den Blick und schaut Völxen direkt an. »Gut, meinetwegen. Es gab diesen Einbruch nicht.« Sie braucht eine Weile, um sich zu sammeln, dann sagt sie: »Sie haben recht, mein Mann war ein Windhund und hinter jedem Rock her. An dem Tag kam er früher nach Hause, und es war nur Emine im Haus. Ich weiß nicht, was vorgefallen ist, bitte, das müssen Sie mir glauben. Manuela hat ihn gefunden und mich angerufen, ich war zum Glück schon fast zu Hause. Als ich meinen Mann sah und merkte, dass Emine nicht da war und ihre Tasche und die meisten Klamotten fehlten, zählte ich eins und eins zusammen. Ich ließ den Schmuck verschwinden und versteckte dieses blutige Mauerstück – ich weiß nicht, warum, vielleicht wegen der Fingerabdrücke, die darauf sein könnten. Mir blieb nicht viel Zeit, die Rettungskräfte waren unterwegs, ich konnte nicht lange überlegen. Ich schickte Manuela auf ihr Zimmer, dann kam auch schon der Rettungswagen und etwas später Ihre Kollegen. Diese Kommissarin ...«

»Kristensen.«

» ... die war ziemlich hartnäckig, um nicht zu sagen, unverschämt. Sie hat uns behandelt wie Tatverdächtige, nicht wie Opfer. Ihr Benehmen war der Grund, weshalb ich nicht wollte, dass sie mit meiner Tochter spricht.«

»Deshalb verfrachteten Sie sie in aller Hast an die Nordsee.«

»Das tat ich, um den Kindern die Aufregung zu ersparen und sie auf andere Gedanken zu bringen.«

»Und gleich nach den Ferien kam Manuela auf ein Internat.«

»Das hatte überhaupt nichts mit dieser Sache zu tun. Es war schon länger geplant.«

»Tatsächlich?«, zweifelt Völxen.

»Sie ging sehr gern dorthin. Keine Ahnung, was sie heute erzählt, aber so war es. Sie wurde an ihrer Schule gemobbt, weil sie etwas aus dem Leim gegangen war.«

»Ihr Mann hat mich damals ebenfalls belogen«, stellt Völxen fest.

»Natürlich mussten wir uns absprechen. Er kam am nächsten Morgen im Krankenhaus wieder zu sich, die Verletzung sah zum Glück schlimmer aus, als sie war. Tut mir leid, wenn wir beide damals nicht die Wahrheit gesagt haben. Ich wollte nur meine Familie schützen.«

»Hat er Emine vergewaltigt?« Rifkin meldet sich erstmals zu Wort, unverblümt wie immer. Frau Engelhorst betrachtet sie denn auch, wie man ein vorlautes Kind ansieht, das sich in ein Erwachsenengespräch eingemischt hat. Während sie überlegt, ob sie die Frage beantworten soll, sagt Völxen: »Nun? Wir hören.«

»Er sagte, er hätte sie beim Klauen erwischt und sie hätte ihm sofort das Trumm über den Schädel gezogen.«

»Glaubten Sie ihm?«

»Joachim war ein Hallodri, er nahm es mit der ehelichen Treue nicht so genau. Aber er war kein Gewalttäter.«

Rifkin setzt zum Protest an, aber der Hauptkommissar bringt sie mit einem Blick zum Schweigen. So verwerflich Joachim Engelhorsts Verhalten gewesen sein mag, der Mann ist tot, und jetzt geht es darum, an Informationen zu kommen, ohne seine Ex-Frau allzu sehr gegen sich aufzubringen.

Stattdessen setzt nun Tadden nach: »Woher wollen Sie wissen, ob das stimmt? Sie waren schließlich nicht dabei.«

»Ich weiß es von Emine«, versetzt Frau Engelhorst. »Noch am selben Tag hat sie mich angerufen. Sie entschuldigte sich tränenreich, sie hätte überreagiert und wollte wissen, wie es meinem Mann geht. Wir haben uns am nächsten Tag getroffen, nachdem die Kinder mit meiner Mutter weggefahren waren. Ich gab ihr Geld, damit sie den Mund hält und verschwindet.«

»Was genau hat sie zu Ihnen gesagt?«, will Tadden wissen.

»Jedenfalls nichts von Vergewaltigung! Er hätte sie begrapscht.

Den versuchten Diebstahl hat sie natürlich nicht zugegeben.« Sie zuckt mit den Achseln. »Ich weiß bis heute nicht, wer von beiden gelogen hat. Mir ging es in erster Linie darum, einen Skandal zu vermeiden.«

»Das ist natürlich das Wichtigste«, erwidert Rifkin.

Die Besucherin gerät in Wallung. »Emine ist kein armes Opfer! Sie war ein kleines, verkommenes Luder, das es förmlich darauf anlegte. Sie schminkte sich und lief in Miniröckchen und mit bauchfreien T-Shirts herum. Ich hätte mich niemals von Brigitte breitschlagen lassen sollen, sie in mein Haus aufzunehmen! Das war ein Fehler. Hinterher ist man immer schlauer.«

»Wie viel Geld gaben Sie Emine?«, fragt Tadden in sachlichem Tonfall.

»Fünftausend Euro«, kommt es ebenso nüchtern. »Sie war sofort einverstanden.«

»Fünftausend Euro dafür, dass angeblich gar nichts passiert war?«, wirft Völxen ein.

»Es ging um den einwandfreien Ruf meines Mannes in dieser Stadt«, erklärt Frau Engelhorst hoheitsvoll. »Da waren fünftausend Euro gut angelegt.«

»Wo war Emine untergekommen, als sie Sie nach dem Unfall anrief?«, will Völxen wissen.

»Das weiß ich nicht. Sie hatte bestimmt noch ein paar dubiose Freunde aus ihrer Zeit in der Wohngemeinschaft. Sie ging ja auch am Wochenende aus, in irgendwelche Clubs, und kam erst in den Morgenstunden nach Hause.«

»Haben Sie Namen für uns?«, fragt Tadden.

»Nein.«

»Frau Engelhorst, Sie sind eine verantwortungsvolle Mutter, und Emine war Ihr Pflegekind. Da wollen Sie nicht gewusst haben, wo und mit wem sie verkehrte?«, hält Völxen dagegen.

»Ich spreche von der Zeit, nachdem sie achtzehn geworden war. Vorher habe ich sie natürlich nicht weglassen. Wissen Sie, es wäre ohnehin nicht mehr lange gut gegangen mit ihr und uns. Mir wurde klar, dass sie einen schlechten Einfluss auf unsere Kinder ausübt, vor allen Dingen auf Manuela.«

»Wohin wollte sie mit Ihrem Schweigegeld?«, fragt Rifkin.

Frau Engelhorst lässt wieder ein paar Augenblicke verstreichen, ehe sie sich zu einer Antwort bequemt. »Ich habe sie nicht gefragt, und es hat mich auch nicht interessiert.«

»Ist es möglich, dass sie nach Kroatien ging, zu ihrer Mutter oder zu Verwandten?«, hakt Tadden nach.

»Ich weiß es nicht. Denken Sie, Emine steckt hinter alldem?« Die Frage ist demonstrativ an Hauptkommissar Völxen gerichtet.

»Halten Sie das für ausgeschlossen?«

»Nach so langer Zeit …«

»Sie kennen ja das Sprichwort mit der Rache und dem kalten Gericht.«

»Wenn Sie das glauben, dann sollten Sie sie wohl besser nach ihr suchen«, meint Frau Engelhorst, wieder ganz die Alte.

»Wir erhofften uns dabei von Ihnen einen Hinweis«, erwidert Völxen.

»Tut mir leid, damit kann ich nicht dienen. Sind wir dann fertig?«

»Nicht ganz.« Völxen öffnet die Akte und nimmt das Phantombild heraus, das mithilfe von Jonas Malkamp erstellt wurde. »Könnte diese Frau Emine sein, wie sie heute aussieht?«

Frau Engelhorst studiert die Zeichnung. »Ich weiß nicht. Die Augen eventuell. Puh, ich kann es wirklich nicht sagen.«

»Haben Sie noch ein altes Foto, auf dem Emines Gesicht gut zu sehen ist? Wir könnten es am Rechner künstlich altern lassen«, schlägt Rifkin vor.

Frau Engelhorst verspricht nachzusehen. Sie verabschiedet sich, doch ehe sie geht, sagt sie zu Völxen: »Schön, dass Sie doch noch einen Weg gefunden haben, für meine Sicherheit zu sorgen. Am besten, Sie halten mich über diesen Kanal auf dem Laufenden. Auf Wiedersehen, Herr Hauptkommissar.« Sie zwinkert ihm zu, dann fällt die Tür hinter ihr ins Schloss.

»Welcher *Kanal*, und was sollte die Zwinkerei?«, murmelt Völxen, und auch Tadden schaut irritiert drein.

Rifkin zuckt mit den Achseln. »Die Frau spricht öfter einmal in Rätseln, und sie lügt so gut, dass sie ihre Lügen selbst glaubt. Das ist hohe Kunst.«

»Ja, allerdings«, bestätigt Völxen.

»Und natürlich war es die Schuld des Mädchens, dass ihr Ex seine Hände nicht bei sich lassen konnte«, fährt Rifkin erbost fort. »Wir haben es hier mit übelster Me-too-Scheiße zu tun. Verzeihung, Herr Hauptkommissar.«

»Nicht doch, es ist vermutlich genau so, Rifkin.«

Diese atmet im Geheimen erleichtert auf. Ablenkungsmanöver gelungen.

»Ich weiß nicht ...«, druckst Tadden herum.

»Was wissen Sie nicht?« Völxen und Rifkin blicken ihn fragend an.

»Laut den Fotos in der Akte lag Emines Zimmer am entgegengesetzten Ende des Flurs. Wieso fand der Übergriff im Schlafzimmer statt? Warum sollte Engelhorst sie über die gesamte Länge des Flurs ins eheliche Schlafzimmer zerren? Das ist riskant, auch schon wegen eventueller Spuren, die seine Frau im Ehebett finden könnte. Es gab nirgendwo Unordnung oder Anzeichen eines Kampfs. Sie ist also entweder freiwillig mitgegangen und hat es sich dann anders überlegt, oder sie war bereits dort, und dann stellt sich die Frage, was sie da zu suchen hatte.«

»Selbst *wenn* sie zum Klauen dort war, gibt ihm das noch lange nicht das Recht ...«

»Ja, klar«, schneidet Tadden Rifkin das Wort ab. »Aber genauso gut kann sie ihm eins mit der Berliner Mauer übergebraten haben, weil er sie beim Stehlen überrascht hat.«

Völxen muss dem zustimmen. »Und aufgrund seiner lockeren Moral glaubte ihm selbst seine Ehefrau nicht so ganz und erfand ihre eigene Geschichte für uns. In diesem Fall hätte unsere Theorie der späten Rache einer Geschändeten aber keine Grundlage mehr«, stellt der Hauptkommissar fest.

Rifkin hat einen Einwand: »Vielleicht kam sie aber auch aus dem Bad. Das liegt direkt neben dem Schlafzimmer.«

»Auch möglich. Es war ja nur eine Hypothese«, räumt Tadden ein.

»Sie haben recht, alle beide«, meint Völxen. »Wir dürfen nicht nur unseren Überzeugungen und Sympathien folgen, wir müssen sämtliche Theorien ins Auge fassen, auch wenn sie uns weniger gefallen.«

Schweigend durchqueren Rifkin und Tadden den Flur. Hinter der Glasscheibe wedelt Frau Cebulla mit einem Stück Papier. Beide machen wortlos kehrt.

»Der Beschluss ist da. Für die Akteneinsicht beim Jugendamt.«

»Endlich!« Tadden nimmt das Schreiben entgegen.

»Und der vorläufige Bericht der Spurensicherung.«

»Danke!«, sagt Rifkin. »Den nehme ich.«

»Um elf Uhr kommen die drei Bridge-Damen zur Zeugenbefragung«, erinnert Frau Cebulla.

»Das kriegen Rodriguez und ich hin«, versichert Rifkin und sagt zu ihrem Kollegen: »Geh du zum Jugendamt, am besten gleich.«

»Ist das die Arschkarte?«, fragt Tadden. »Als Strafe für eben?«

»Quatsch«, wehrt Rifkin ab. »Du hast ja nicht ganz unrecht, und die Arschkarte sind wohl eher diese alten Zocker-Tanten. Wir können gern tauschen.«

»Nein danke!«

Völxens Handy klingelt. Es ist Oda Kristensen, die sich erkundigt, wie es denn so läuft mit der lieben Charlotte.

»Gerade war sie hier.«

Er bringt Oda auf den neuesten Stand und schließt mit den Worten: »Es ist nicht mal sicher, ob wir auf der richtigen Spur sind ...«

»... aber ihr habt keine andere.«

»So ist es«, gibt Völxen zu. »Wie sollen wir diese Emine bloß finden? Ein Amtshilfegesuch in Kroatien, das zieht sich, und falls sie hier in Deutschland ist, kann sie überall sein.«

»Früher hätte man die Hotels überprüft, aber im Zeitalter von Airbnb und dergleichen sieht man echt alt aus.«

»Danke, du verstehst es, einen aufzumuntern.«

»Ich habe etwas, das dich tröstet: Ich mache jetzt doch eine kleine Abschiedsfeier.«

»Du wolltest doch kein großes Brimborium, weil du ja nur ein

Sabbatjahr nimmst und Abschiede nicht leiden kannst. Deine Worte.«

»Ist doch egal«, meint Oda verlegen. »Wir müssen Anfang April noch einmal herkommen, weil wir Tians Wohnung vermieten wollen. Meine behalte ich ja erst mal, Veronika hält die Stellung. Ich wollte am ersten April ein bisschen feiern, was hältst du davon?«

»Ich freue mich darauf«, antwortet Völxen, tatsächlich besser gestimmt als noch vor ein paar Minuten.

»Ich schicke noch eine Mail herum. Du hast nichts dagegen, wenn ich Raukel auch einlade, oder?«

»Natürlich nicht. Lieber Himmel, bei dem wollte ich mich schon längst mal melden.«

Joris Tadden hat sich hartnäckig durchgefragt und ist schließlich bei einer Sachbearbeiterin namens Katrin Herold gelandet. Sie sei nur die Vertretung, erklärte sie gleich zu Beginn. Frau Thielen, die eigentlich Zuständige, sei bis Ende des Monats zur Kur.

»Das macht gar nichts«, sagt Tadden zu der jungen Frau mit dem kastanienbraunen Zopf, welcher eine Brille mit schwarzem Gestell einen intellektuellen Touch verleiht. »Ich brauche nur eine alte Akte.«

Mit gründlicher Ernsthaftigkeit studiert sie Wort für Wort den richterlichen Beschluss, der das Jugendamt der Stadt Hannover dazu auffordert, den Ermittlungsbehörden die Akte von Emine Babic, geboren am 16. Mai 1984, auszuhändigen. Genauso hat sie vorhin seinen Dienstausweis betrachtet.

»In Ordnung.« Sie legt das Papier beiseite und nickt ihrem Besucher freundlich zu.

Der sitzt an der Kante des Stuhls vor ihrem Schreibtisch und wartet, was als Nächstes passiert. Es tut sich nichts, Frau Herolds Aufmerksamkeit ist schon wieder auf den Bildschirm gerichtet. Er räuspert sich. »Entschuldigung?«

Sie blickt auf. »Ja?«

»Wären Sie vielleicht so nett? Ich brauche diese Akte.«

»Ja, sicher«, meint sie, geduldig lächelnd. »Ich kümmere mich darum.«

»Ich hatte eigentlich gehofft, die Akte sofort einsehen zu dürfen.«

Sie schaut ihn über die Brille hinweg an, als hätte er etwas Philosophisches von sich gegeben, über das man besser gründlich nachdenkt, ehe man antwortet. Man könnte glauben, sie sei ein wenig verpeilt oder schwer von Begriff, doch ihre grauen Augen haben einen klaren Blick. Endlich sagt sie: »Die Akte ist *alt*. Die ist noch gar nicht digitalisiert.«

»Das bedeutet?«, fragt Tadden. Ihm schwant Übles.

»Das bedeutet, dass sie aus Papier ist und aus dem Archiv geholt werden muss.«

»Dann lassen Sie uns das doch tun«, schlägt er vor.

»Aber so läuft das nicht«, entgegnet sie mit gelinder Verzweiflung.

»Wie läuft es denn dann?«, erkundigt sich der Ermittler interessiert.

»Wir stellen eine Anfrage an das Archiv, und danach warten wir, bis die Akte kommt.«

»Und wie lange warten wir?«

»Ein paar Tage. Manchmal eine Woche«, antwortet sie und wirkt dabei so anteilnehmend und bekümmert, als bekäme sie deswegen den Ärger, nicht er.

Obwohl die Situation alles andere als erfreulich ist, muss Tadden lächeln. »Es kann aber nicht warten«, sagt er nun selbst mit einem Unterton der Verzweiflung. »Ich musste schon tagelang auf diesen Beschluss warten, und wenn ich nun wieder warte ...«

»Ja, manchmal fühlt man sich hier wie bei *Warten auf Godot*«, erwidert sie.

»Ihr Humor in Ehren, aber es geht um eine Ermittlung in zwei Mordfällen. Haben Sie eine Idee, wie man den Prozess abkürzen könnte?«

Katrin Herold faltet ihre langen Finger vor der Tastatur und schaut erst ihn an und dann auf die Uhr, die über der Tür ihrer Amtsstube angebracht ist. Wieder vergehen ein paar Sekunden, ehe sie langsam und so, als würde sie erst während des Sprechens einen Plan fassen, sagt: »In einer Stunde habe ich Mittagspause.

Ich könnte mit Ihnen zusammen ins Archiv gehen. Vielleicht dürfen wir die Akte selbst suchen. Wenn nicht ... dann können Sie zumindest noch mal auf die Dringlichkeit der Angelegenheit hinweisen. Wäre das okay für Sie?«

»Das wäre sehr okay. In einer Stunde stehe ich auf der Matte.«

»Gut, bis später«, sagt Frau Herold, und weil sie dazu lächelt, klingt es fast, als hätten sie ein Date.

Aufgereiht wie die Hühner auf der Stange sitzen Elvira Bartel, Petra Jentsch und Birte Rapp in ihren Steppjacken am langen Tisch des Besprechungsraums. Alle drei beteuerten gleich zu Beginn der Befragung durch Elena Rifkin und Fernando Rodriguez, wie schlimm *diese Sache* mit Brigitte Wendel sei und dass sie sich ein Verbrechen wirklich nicht vorstellen könnten.

»Sie vier trafen sich also jeden Mittwochnachmittag zum Bridge«, hält Fernando fest. »War das auch für den Mittwoch der vorigen Woche geplant?«

»Nein«, antwortet Birte Rapp. »Petra und ich waren verreist, eine Busfahrt nach Abano Terme in Venetien. Wir sind erst gestern zurückgekommen.«

Sie sagt die Wahrheit, Rifkin hat es überprüft. Frau Bartel hat als Einzige kein Alibi für die Tatzeit. Sie ist mit siebzig die Älteste der drei, sieht aber dank den Segnungen plastischer Chirurgie eher wie eine Mittfünfzigerin aus. Elvira Bartel scheint so etwas wie die Wortführerin der zum Trio geschrumpften Bridge-Runde zu sein. Sie ist seit zwei Jahren Witwe, hat Rifkin recherchiert, ihr Mann hatte eine Praxis für Augenheilkunde, sie selbst ist gelernte Arzthelferin, sie haben drei erwachsene Kinder. Ihre Bridge-Partnerin aus dem Fenster zu werfen, dürfte ihr aufgrund ihrer guten körperlichen Verfassung zwar möglich sein, aber welchen Grund hätte sie?

»Wie lange spielen Sie schon zusammen Bridge?«, fragt Fernando.

»In dieser Besetzung seit sechs, sieben Jahren etwa«, antwortet Elvira Bartel.

»Woher kannten Sie drei Brigitte Wendel?«

»Über Charlotte Engelhorst«, antwortet Petra Jentsch, mit neunundfünfzig die Jüngste in der Runde. Ihr kurzes Haar ist flammend rot gefärbt, und sie scheint ein Faible für Goldschmuck zu haben. »Sie war vor Brigitte unsere Bridge-Partnerin. Wir spielen schon seit fast zwanzig Jahren. Früher trafen wir uns im Luisenhof, erst in den letzten Jahren haben wir uns reihum privat getroffen.«

»Sieh an, Frau Engelhorst, wieder einmal«, säuselt Rifkin.

»Wir waren alle im Inner Wheel engagiert«, erklärt Elvira Bartel ungefragt. »Das ist eine Wohltätigkeitsorganisation, die sich Rotary verbunden fühlt. Viele Ehefrauen von Rotariern sind dort aktiv. Unsere Männer waren oder sind alle im selben Club, daher kennen wir uns.«

Die Ehemänner von Petra Jentsch und Birte Rapp leben noch. Herr Jentsch hat einen einflussreichen Posten bei Continental, seine Frau Petra arbeitet Teilzeit bei der ÜSTRA, den Verkehrsbetrieben der Stadt, sie sind kinderlos. Herr Rapp ist zehn Jahre älter als seine Frau Birte und bereits pensioniert. Er war in leitender Position der Deutschen Messe AG in Hannover. Sie selbst nennt sich freie Architektin, Rifkin konnte jedoch im Netz keine Projekte von ihr entdecken. Sie haben eine erwachsene Tochter. Allesamt gut situierte Damen, die gute Partien gemacht haben. Wie aber passt Frau Wendel als ledige Durchschnittsverdienerin in diesen Kreis hinein?

Der Kollege Rodriguez scheint sich ähnliche Gedanken gemacht zu haben, denn er fragt: »War Brigitte Wendel auch im Inner Wheel?«

»Nein«, antwortet Frau Bartel entschieden. »Sie rückte erst in unsere Bridge-Runde nach, als Charlotte sich scheiden ließ, in die Büsche zog und verlauten ließ, sie habe keine Zeit mehr zum Kartenspielen.«

»Hat Frau Engelhorst Brigitte Wendel empfohlen?«, forscht Rifkin.

Bei dieser Frage ist man sich uneins. Frau Bartel und Frau Rapp nicken, doch Petra Jentsch meint: »Birte, warst du es nicht, die uns mit Brigitte zusammengebracht hat? Ihr wart doch zusammen auf der Schule, du, Brigitte und Charlotte.«

Frau Rapp, vierundsechzig, eine gepflegte Brünette im dunkelblauen Hosenanzug, antwortet abwehrend: »Ich weiß nicht mehr, wie das mit Brigitte war. Was tut das denn zur Sache?«

Eine Menge, denkt Rifkin, wechselt aber vorerst das Thema. »Warum trafen Sie sich ab einem gewissen Zeitpunkt nicht mehr im Luisenhof zum Bridge?«

Eine harmlose Frage, doch die drei blicken verlegen von einer zur anderen.

Fernando ist die Reaktion der Damen ebenfalls nicht verborgen geblieben. Er nimmt sie nacheinander einzeln aufs Korn und sagt: »Wir hören!«

Elvira Bartel gibt ein entnervtes Seufzen von sich. »Gut, wenn Sie es unbedingt wissen wollen: Seit Brigitte dabei war, spielten wir bisweilen auch Poker. Um Geld. Das hat man dort nicht so gern gesehen.«

Die Ermittler amüsieren sich im Stillen.

»Keine hohen Einsätze«, ergänzt Petra Jentsch und winkt ab. »Mein höchster Verlust waren dreihundert Euro, gewonnen habe ich immer bloß um die hundert, wenn überhaupt.«

»Jedenfalls keine Summen, für die wir uns gegenseitig umbringen würden«, bringt es Elvira Bartel auf den Punkt.

»Wir pokern auch nur einmal im Monat«, ergänzt Frau Rapp.

Da dies nun geklärt ist, schlägt Fernando eine Mappe auf und holt das ausgedruckte Phantombild daraus hervor. »Erkennt jemand die Frau?«

Alle drei betrachten das Bild, aber keine reagiert.

»Wer soll das sein?«, will Frau Bartel wissen.

»Vielleicht eine Zeugin.« Fernando packt das Bild wieder weg.

»Kannten Sie drei Joachim Engelhorst?«, fragt Rifkin.

»Sicher«, antwortet Frau Bartel. »Er war auch Rotarier, natürlich trafen wir Charlotte und ihn bei diversen Veranstaltungen.«

Die anderen beiden bestätigen dies. »Ich mochte ihn nicht besonders«, gibt Petra Jentsch zu. »Er hatte etwas Schmieriges an sich.«

»Er war halt ein Charmeur«, meint Frau Bartel.

Frau Rapp hat dazu nichts zu sagen.

Fernando macht weiter: »Vor zwanzig Jahren wurde er in seinem Haus überfallen. Wissen Sie etwas darüber?«

»Ich erinnere mich dunkel, dass da mal was war«, nickt Frau Jentsch, und auch Frau Rapp erinnert sich. »Aber nicht an Einzelheiten.«

»Den Täter hat man nie erwischt«, weiß Frau Bartel. »Charlotte wollte aber auch nicht, dass man eine große Sache daraus macht.«

»Kannten Sie das Mädchen, das zu der Zeit im Haus der Engelhorsts lebte?«, fragt Rifkin. »Ihr Name war Emine Babic.«

Frau Bartel macht ihrem Unmut Luft. »Was stellen Sie eigentlich für Fragen? Ich dachte, es ginge um den Tod von Brigitte?«

»Kannten Sie das Mädchen oder nicht?«, beharrt Rifkin.

Alle drei schütteln synchron die Köpfe.

Fernando lenkt ein: »Was wissen Sie über Brigitte Wendels Privatleben?«

»Sie hatte keines«, platzt Elvira Bartel heraus. »Sie war die sprichwörtliche alte Jungfer.«

»Frau Rapp, Sie als Brigitte Wendels Schulfreundin müssen sie doch besser kennen«, bohrt Rifkin nach.

»Sie war mal verlobt«, berichtet Frau Rapp. »Er verunglückte beim Segeln. Danach hat es nie mehr gepasst. Sonst weiß ich nicht viel über ihr Leben. Manchmal gingen wir zusammen ins Theater. Sie hatte ein Abo. Ach ja, und sie reiste gern. Sylt, Rügen, Usedom.«

»Ich war einige Male mit ihr unterwegs«, sagt Frau Bartel.

»Wir alle doch schon«, ergänzt Frau Jentsch. »Aber ich kenne keine Bekannten von ihr, außer uns. Sie hat jedenfalls nie etwas erzählt.«

»Hat sie je Personen erwähnt, mit denen sie Streit hatte?«, fragt Rifkin.

»Ich fürchte, sie hatte mit allen Leuten in ihrem Haus Streit«, bemerkt Frau Rapp.

»Irgendwelche Namen?«

»Schauen Sie auf das Klingelschild«, rät Frau Jentsch. »Jeder war mal an der Reihe. Sie hat uns ständig mit ihren Anekdoten unterhalten.«

»Ihr Gejammer war enervierend. Irgendwann bat ich sie, uns mit ihren Hinterhof-Querelen zu verschonen. Danach war sie eingeschnappt, aber die Botschaft war angekommen«, erzählt Frau Bartel.

»Sie konnte sich in solche Kleinigkeiten richtig hineinsteigern«, bekräftigt Frau Rapp. »Aber sonst war sie in Ordnung. Sie mogelte jedenfalls nicht beim Spielen.«

»Wie wer?«, fragt Elvira Bartel mit scharfem Unterton.

Wäre sie nicht bis zum Anschlag gebotoxt, würde sie wahrscheinlich misstrauisch die Augen zusammenziehen, spekuliert Rifkin.

»Wie Charlotte«, antwortet Frau Jentsch. »Bei der musste man echt aufpassen.«

»Stimmt«, bestätigt Frau Rapp.

Frau Bartel ergreift wieder das Wort und spricht für alle: »Ich fürchte, wir können Ihnen nicht weiterhelfen. Wir wissen nicht viel über Brigittes Privatleben. Falls sie Geheimnisse hatte, hat sie sie nicht mit uns geteilt. Letztendlich trafen wir uns zum Kartenspielen, nicht zur Psychotherapie.«

Mittwoch, 16. März 2022, um die Mittagszeit

»Ich verstehe das nicht. Die Akte *muss* dort sein!« Frau Armbruster hat vor Aufregung rote Wangen bekommen. Zu dritt stehen sie, Tadden und Katrin Herold vor dem Hochregal mit den beschrifteten Pappkisten voller Akten.

»Ich bin jetzt seit sechs Jahren hier, aber das ist noch nie vorgekommen«, verteidigt sich Frau Armbruster, ohne angegriffen worden zu sein. »Wenn eine Akte fehlt, gibt es einen Vermerk, wer sie zuletzt hatte. Sind Sie sicher, dass sie überhaupt existiert?«

»Ja«, versichert Tadden. »Frau Armbruster, kannten Sie Brigitte Wendel, als diese noch hier im Amt gearbeitet hat?«, fragt er die Herrscherin über das Archiv, die die fünfzig überschritten haben dürfte.

Frau Armbruster nickt. »Ich hatte das Vergnügen, wir waren mal Kolleginnen. Zum Glück nur ein Jahr.«

»Könnte sie die Akte mitgenommen haben, als sie in Rente ging?«

»Das wäre ein grober Verstoß gegen die Vorschriften, und die Wendel war doch immer superkorrekt. Ich kann es mir nicht vorstellen. Warum sollte sie so etwas tun?«

Gute Frage, findet Tadden. Weil irgendetwas faul ist an der ganzen Sache.

Er wendet sich wieder an Katrin Herold. »Was, wenn die Akte aus irgendeinem Grund doch schon digitalisiert wurde?«

»Ganz sicher nicht.«

»Das wissen Sie woher?« Tadden ahnt tief im Innern, dass sie recht hat, aber er will es nicht wahrhaben.

»Ich bin die Digitalisierungsbeauftragte für diesen Fachbereich.«

»Oh.«

»Wir arbeiten uns aus der Gegenwart zurück und sind erst im Jahr 2003.«

»So ein Pech«, findet Tadden.

»Das gibt es nicht, die Akte muss hier sein«, murmelt Frau Armbruster, die sich von ihrem Schock noch immer nicht ganz erholt hat.

»Vielleicht wurde sie nur falsch einsortiert?«, versucht es Katrin Herold zaghaft.

»Das passierte dann aber vor meiner Zeit«, versetzt ihre Kollegin patzig. »Bei mir kommt so etwas nicht vor.«

»Warum ist diese Akte so wichtig?«, will Katrin Herold auf dem Rückweg in ihr Büro wissen.

»Die Frau ist eine unserer Verdächtigen. Sie verschwand im Juni 2002 aus ihrer Pflegefamilie. Unter anderem wüssten wir gerne, wo sie vorher war, in welchen Heimen und betreuten Wohneinrichtungen. Vielleicht hat sie noch alte Kontakte, die sie jetzt reaktiviert hat, um dort unterzukommen.«

»Verstehe.«

Zurück an ihrem Arbeitsplatz setzt sich Katrin Herold an ihren Bildschirm und klickt sich Schritt für Schritt durch das Menü. Tadden betrachtet sie. Ihre in sich ruhende Art gefällt ihm. Er kann sie sich kaum in Hektik vorstellen. Bestimmt macht sie abends Yoga, hört klassische Musik oder liest. Vielleicht spielt sie ein Instrument. Violine würde zu ihr passen oder Bratsche.

Ihre Stimme holt ihn aus seinem Gedankenexkurs zurück in die schnöde Realität. »Es gibt eine Akte mit dem Namen Babic, aber es ist nicht die von Emine Babic, sondern von einer Mirjana Babic.«

»Ist das eine Verwandte?«

Sie schaut ihn von unten herauf mit einem zerknirschten Hundeblick an.

»O nein!«, ruft Tadden. »Sagen Sie es nicht!«

Sie tut es dennoch, mit echtem Bedauern. »Die Information darf ich ohne einen richterlichen Beschluss nicht herausgeben.«

Tadden muss auf einmal lachen, was sein Gegenüber zu der Frage veranlasst, was denn so lustig sei.

»Wissen Sie, was kafkaesk bedeutet?«

»Als Gregor Samsa eines Morgens aus unruhigen Träumen erwachte,

fand er sich in seinem Bett zu einem ungeheuren Ungeziefer verwandelt.
Ich habe Germanistik studiert, also ja.«

»Germanistik? Was machen Sie dann hier?«

»Geld verdienen.«

»Ist das nur vorübergehend, oder wollen Sie hier bleiben?«

»Es sollte vorübergehend sein. Jetzt sind es schon drei Jahre. Ich bin Springerin, ich mache Krankheits- und Schwangerschaftsver-tretungen. So kommt man im Amt herum.«

»Ich dachte, Sie wären die Digitalisierungsbeauftragte.«

»Das bin ich, wenn gerade niemand krank oder schwanger ist. Dann stehe ich tagelang am Kopierer oder tippe handgeschriebene Formulare neu ab.«

Nicht nur bei der Bundeswehr liegt in diesem Land einiges im Argen, konstatiert Tadden, ohne dass ihn dieser Gedanke trösten würde.

Ihr Lächeln hat etwas Ironisches, und das Weiß ihrer Zähne har-moniert mit dem Kragen ihrer Bluse.

»Was machen wir jetzt mit diesem überraschenden Aktenfund, der für unsere Ermittlungen von essenzieller Bedeutung sein könnte?« Nun ist es an Tadden, sich in der Kategorie Hundeblick zu üben.

Sie erhebt sich gemächlich von ihrem Stuhl. »Ich bin sehr durs-tig, Sie auch? Ich hole uns mal was aus dem Automaten. Wären Sie so nett, hier drin solange die Stellung zu halten? In zwei Minuten bin ich wieder da.«

»Die Damen haben es Ihnen wohl angetan, was?«

Erwin Raukel dreht sich um. Hinter ihm steht Rieke Wiegand, ein Sieb mit Grünzeug in der Hand. »Hier, das dürfen Sie ihnen auch noch verfüttern.«

»Danke.« Er greift nach dem Sieb, in dem Salatblätter und Scha-len von Karotten und Kartoffeln liegen. »Ich hätte nie gedacht, dass Hühnerbeobachtung so interessant sein kann.«

Raukel wirft die Schalen einzeln über den Zaun des Geheges, jedoch taktisch klug in verschiedene Ecken, um keinen Streit zu provozieren. »Diese Hackordnung. Genau wie auf der ... auf der

Erde, ich meine, bei den Menschen.« Verflucht, beinahe hätte er sich verquatscht, er konnte das Wort *Dienststelle* gerade noch runterschlucken. Er muss besser aufpassen.

»Ja, die können echt brutal sein«, stimmt die Mieterin zu. Ihr Hund Lucky patrouilliert schnüffelnd am Zaun entlang. Er hält Abstand von Raukel, da er sich, wie sein Frauchen erklärte, vor Männern fürchtet.

»Für den Hund ist es hier doch ein Paradies, oder?«, meint Raukel.

»Na ja, nicht so ganz«, erwidert Rieke Wiegand. »Er läuft gerade nur frei herum, weil Ihro Gnaden vorhin noch einmal weggefahren ist, zum Friseur. Das dauert zum Glück.«

»Wie lange?«, fragt Raukel.

»Zwei Stunden mindestens, bis sie wieder frisch erblondet ist.«

Raukel zückt sein Handy, wählt die Nummer eines Italieners zwei Dörfer weiter und bestellt eine große Pizza nach Art des Hauses. »Mit viel Mozzarella und extra Peperoni.« Er zwinkert Frau Wiegand zu und legt seine Hände wie zum Gebet aneinander. »Verraten Sie mich nicht. Sie hat es sich zur Aufgabe gemacht, mich wie ein Karnickel zu ernähren, aber ab und zu brauche ich etwas Vernünftiges.«

»Verstehe«, sagt Frau Wiegand. »Nur weil sie Ihnen geholfen hat, müssen Sie sich aber nicht von ihr bevormunden lassen. Bei ihr muss man aufpassen, sie hat diese missionarische Ader und übernimmt gerne das Regiment.«

»Wem sagen Sie das? So war sie schon, als wir noch zusammen zur Schule gingen. Viermal hintereinander war sie Klassensprecherin. Sogar die Lehrer haben sie gefürchtet. Aber ich weiß, wie ich sie zu nehmen habe, das gute alte Mädchen.« Raukel lächelt verklärt, als sinne er seligen alten Zeiten nach.

Der gemeinsam konstruierten Legende nach ist er ein alter Freund aus Charlottes Jugendzeit, welcher von seiner Frau verlassen wurde – vielmehr hat sie ihn an die Luft gesetzt, weshalb er gerade ohne Bleibe dasteht. Da er obendrein seinen Job verloren hat und sich von einem Burn-out erholen muss, ist er bis auf Weiteres zu seiner alten Freundin aufs Land gezogen. In sein ganz persönliches *Retreat*, sozusagen.

»Lucky!«, brüllt Frau Wiegand. »Verflucht, wo ist er?« Sie pfeift ein paarmal, und der Hund kommt gemütlich herangetrottet, Maul und Pfoten voller Erde, an seiner Seite die Studentin Tamara. Tamara Dinse lautet ihr voller Name. Raukel hat ihn an Rifkin zur Überprüfung weitergegeben, und die hat nichts Auffälliges gefunden. Sie ist vierundzwanzig, nicht vorbestraft und bei ihren Eltern in Ricklingen gemeldet, was bei Studenten gängige Praxis ist.

»Du musst auf ihn aufpassen, er war schon wieder im Beet«, sagt die junge Frau zu Rieke Wiegand.

»Verdammt«, stöhnt diese und erklärt an Raukel gewandt: »Da zieht man extra wegen des Hundes hier raus, und dann hat er weniger Freiheiten als in der Stadt!«

»Das ist ärgerlich für Sie. Und für Lucky.«

»Ich habe schon angefangen, mir was anderes zu suchen, aber mit Hund ist es gar nicht so leicht.«

»Das fände ich aber schade, wenn Sie wegziehen.«

»Sie hat noch alle hier vergrault, sogar die eigene Tochter.«

»Sie ist kein einfacher Mensch.«

»Sie verdient halt ihr Geld mit ihrem Garten, das kann man ja irgendwo auch verstehen«, verteidigt Tamara ihre Vermieterin, ehe sie wieder im Haus verschwindet.

»Speichelleckerin«, schnaubt Rieke Wiegand. »Wohnt gerade mal fünf Minuten hier und schon ganz auf Linie. Die kriegt ihr Fett auch noch ab.«

»Wieso zieht eine Studentin eigentlich aufs Land raus? Hier ist doch tote Hose, und es ist weit weg von der Uni.« Raukel hat die Frage eher an sich selbst gestellt, doch sein Gegenüber meint: »Sie studiert Soziologie und schreibt eine Seminararbeit über alternative Wohnformen auf dem Land. Da hat sie bei uns doch das allerbeste Anschauungsmaterial.«

»Ja, Selbstversorgung und Biogärtnern ist sehr angesagt«, bemerkt Raukel. »Charlotte hatte außerdem immer schon ein Näschen fürs Geschäft.«

»Das können Sie laut sagen. Das ist ein Instagram-Garten! Alles *fake* hier. Von wegen bio!«

»Was meinen Sie?«

Sie zögert kurz, dann fragt sie, schelmisch lächelnd: »Kann ich Ihnen ein Geheimnis anvertrauen?«

»Ich bin verschwiegen wie ein Grab.«

»Ich habe sie im letzten Sommer gefilmt, wie sie Schneckenkorn ausgestreut hat.«

»Oha!«

»Als sie mal wieder besonders ekelhaft war, habe ich das Video in ihrem Blog in den Kommentaren verlinkt. Das gab vielleicht einen Aufstand bei ihrer Fangemeinde!«

»Böse, böse!« Raukel grinst und droht ihr scherzhaft mit dem Finger.

»Normalerweise bin ich nicht so«, meint Rieke Wiegand, plötzlich ganz ernst. »Aber diese Frau hat mich dazu getrieben. Sie hat die Fähigkeit, das Schlechteste in einem hervorzubringen.«

»Ich werde gut auf mein Seelenheil achtgeben«, versichert Raukel. »Haben Sie auch diese anderen fiesen Sachen geschrieben?«

»Nein! Damit habe ich nichts zu tun. Inzwischen bereue ich das mit dem Schnecken-Video. Ich hätte nicht gedacht, dass es deswegen so einen Shitstorm gibt. Aber ich kann es ihr ja schlecht sagen. Sie ist imstande und verklagt mich.«

»Grämen Sie sich nicht. Jeder von uns hat seine schwachen Momente – ah, da kommt die Pizza!« So schnell ihn seine Cowboystiefel tragen, eilt Raukel zum Tor.

»Verbrennen Sie danach den Karton im Kaminofen«, ruft ihm Rieke Wiegand hinterher. »Sie schnüffelt nämlich auch im Müll herum.«

Mittwoch, 16. März 2022, am Nachmittag

»Das hat ja gedauert«, bemerkt Fernando Rodriguez, als Joris Tadden zur Tür hereinkommt.

Tadden verzichtet auf eine Antwort und setzt sich auf seinen Platz.

»Die Spurensicherung hat vier noch nicht identifizierte Fingerabdrücke in der Wohnung gefunden«, erzählt Rifkin. »Davon wird man wohl drei den Bridge-Damen zuordnen können.«

»Sonst nichts?«

»Doch. Ein dunkles, kräftiges Haar, das nicht Frau Wendel gehört.«

»Immerhin«, meint Tadden und sagt: »Die Akte Emine Babic ist verschwunden.«

»Wie, verschwunden?« Fernando schüttelt irritiert den Kopf. »Auf einer deutschen Behörde geht nichts verloren.«

»Wir müssen noch einmal gründlich die Sachen von Brigitte Wendel durchsuchen, vielleicht hat sie sie mitgenommen«, vermutet Tadden.

»Warum sollte sie das tun?«, fragt Fernando.

»Weil an der Sache etwas faul ist?«, schlägt Tadden vor.

»Wir haben alles durchgesehen, da war nichts.« Rifkin deutet hinter sich auf die grauen Plastikkisten, in denen Papiere und Ordner aus Brigitte Wendels Besitz liegen.

»Vielleicht hat sie sie in der Wohnung versteckt«, entgegnet Tadden, ehe er seinen Trumpf ausspielt: »Ich konnte aber einen kurzen Blick auf eine andere Akte Babic werfen, und das sogar, ohne tagelang auf einen Beschluss zu warten.« Er holt sein Handy heraus und zeigt Rifkin die Fotos, die er direkt vom Bildschirm auf Katrin Herolds Schreibtisch gemacht hat.

»Rodriguez, sieh dir das an!« Rifkin reicht das Handy an

Fernando weiter und fragt Tadden: »Wie bist du an diese Fotos gekommen?«

»Ich habe der Sachbearbeiterin die Waffe an die Schläfe gehalten.«

»Rifkin würde ich das zutrauen, aber dir nicht.«

»Was erzählst du da für einen Mist, Rodriguez?«, protestiert Rifkin.

»Ich habe meinen Charme spielen lassen«, erklärt Tadden. »Was? Was gibt es denn da zu lachen?«

»Da war ja die erste Version glaubhafter!« Fernando steht auf. »Egal. Druckt das aus. Wir müssen damit zum Alten, und der hat es lieber auf Papier.«

»Sie hat was?« Völxen glaubt, sich verhört zu haben.

Rifkin legt die Ausdrucke von Taddens Fotos auf seinen Schreibtisch. »Emine Babic hatte eine Tochter. Mirjana Babic, geboren am 4. Dezember im Jahr 2000. Vater unbekannt.«

»Dann war das Kind anderthalb, als Emine im Juni 2002 verschwand«, rechnet Völxen. »Wo war das Kind, als sie bei den Engelhorsts war? Es gab da doch kein Baby. Das wäre Oda aufgefallen und der Spurensicherung. Und Jule. Wo war es, und wo ist es geblieben?«

»Sie sollten sich die nächste Seite ansehen«, rät Tadden.

Völxen studiert den Ausdruck. »Sie wurde adoptiert. Am 28. Juli 2003.«

»Mit Emines Unterschrift«, bemerkt Rifkin. »Da war sie seit gut einem Jahr verschwunden. Wo ist die Adoptionsurkunde?«

»Nicht da«, antwortet Fernando. »Aber hast du schon den Namen der Familie gesehen, die Mirjana adoptiert hat?«

»Carsten und Birte Rapp«, liest Völxen. »Woher kenne ich ...?«

»Die Zocker-Ladys!«, platzt Rifkin heraus.

»Wie bitte?« Der Hauptkommissar mustert Rifkin fragend unter dem Gestrüpp seiner Augenbrauen heraus.

»Birte Rapp ist eine aus der Bridge-Runde, die Rodriguez und ich heute Vormittag befragt haben, während der Kollege Tadden das Jugendamt ausspioniert hat.« Sie grinst in Taddens Richtung und fährt fort: »Birte Rapp war eine Schulkameradin von Brigitte Wendel und damit auch von Charlotte Engelhorst, welche früher ebenfalls ein Mitglied der Bridge-Runde war.«

Tadden fasst zusammen: »Brigitte Wendel hat Emine Babic zu ihrer alten Freundin Engelhorst als Pflegekind geschickt, und ein Jahr nachdem Emine verschwunden war, hat Frau Wendel Emines Tochter, Mirjana, an ihre andere alte Freundin, Birte Rapp, vermittelt.«

»Es geht doch nichts über Seilschaften«, bemerkt Fernando.

Völxen schüttelt lediglich den Kopf, er muss die Neuigkeiten erst einmal verdauen.

»Wo war das Kind vor der Adoption?«, überlegt Rifkin. »Warum hat Emine es nicht mitgenommen?«

»Weil die Wendel das verhindert hat«, kombiniert Tadden. »Womöglich, um ihrer alten Freundin das Baby zuzuschanzen. Der Staat, und somit das Amt, hatte die Vormundschaft für Mirjana Babic, nicht Emine.«

»Warum?«, will Rifkin wissen.

»Das steht wahrscheinlich in Emines Akte«, antwortet Tadden. »Und ich wette, die Unterschriften von Emine auf den Adoptionspapieren sind gefälscht. Deshalb fehlt bei Marjanas Akte wohl auch die Adoptionsurkunde, und deshalb musste Emines Akte verschwinden.«

»Holt diese Frau Rapp noch einmal hierher und die Tochter auch!«

Mittwoch, 16. März 2022, am frühen Abend

Erst nach Dienstschluss gelingt es Frau Cebulla, Birte Rapp telefonisch zu erreichen. Sie bittet sie für morgen Vormittag ins Büro des Hauptkommissars. »Ich soll Ihnen außerdem von Hauptkommissar Völxen ausrichten, Sie mögen bitte Ihre Tochter gleich mitbringen.«

Es bleibt für ein paar Momente still in der Leitung, dann sagt Frau Rapp: »Das geht nicht.«

»Warum nicht?«

»Ich erkläre es dem Kommissar morgen«, antwortet sie.

»Hauptkommissar«, korrigiert Frau Cebulla, aber da wurde bereits aufgelegt. »Keine Manieren!«, stellt sie fest und geht nach nebenan, um ihrem Chef zu berichten.

»Danke sehr, Frau Cebulla.«

»Machen Sie heute Überstunden?«, fragt die Sekretärin.

»Gewissermaßen. Ich habe noch etwas vor.«

»Dann noch einen schönen Feierabend, Herr Hauptkommissar.«

»Ebenfalls, Frau Cebulla.«

Völxen widmet sich noch eine Weile der lästigen und niemals endenden Bürokratie, dann verlässt auch er das Gebäude und bewegt sich auf seinem Fahrrad schnurstracks zur Markthalle. Bei Gosch verdrückt er eine Portion Matjes mit Bratkartoffeln, auf die er sich schon seit Stunden gefreut hat, und trinkt dazu ein kleines Pils. Von dort ist es nicht weit zur Leine beziehungsweise zum Hohen Ufer, wo sich das Gebäude der Volkshochschule befindet.

Die Schulungsmaßnahme mit dem Titel *Antidiskriminierung und Diversitätssensibilisierung* findet an drei Mittwochabenden statt. Heute ist der letzte Termin, der Kurs endet laut Plan um 19:30 Uhr.

Es soll keine Kontrolle sein. Dies wäre auch gar nicht notwendig. Um keine bösen Überraschungen erleben zu müssen, lässt sich der Hauptkommissar jede Woche die Anwesenheitslisten von Raukels Kursen auf sein Handy schicken. Bis jetzt war alles in bester Ordnung, kein einziger Fehltag. Das *enfant terrible* der Polizeidirektion scheint sich tatsächlich am Riemen zu reißen. Am Ende, schmunzelt Völxen vor sich hin, wird er geläutert und als völlig neuer Mensch zurückkommen.

Der Hauptkommissar hat wirklich ein schlechtes Gewissen. Er hätte sich längst schon mal bei Raukel melden sollen. Doch besser spät als nie, und so hat er heute beschlossen, den Kollegen von seiner Fortbildung abzuholen und ihn auf ein Bier oder auch zwei einzuladen, vielleicht ins Dublin Inn, das Irish Pub, das sich gleich um die Ecke befindet. Zuvor hat er erwogen, Raukel einfach anzurufen, aber falls dieser eingeschnappt sein sollte, dann klärt man das besser von Angesicht zu Angesicht.

Es ist längst dunkel, vom Fluss steigt eine feuchte Kälte hoch. Vor mehr als zehn Jahren, als das Hohe Ufer noch kein sehr einladender Ort war, fanden Flohmarktaussteller auf einer der Uferterrassen die Leiche einer jungen, bildhübschen Schauspielerin. Ermordet. Lange her, das alles. Das Hohe Ufer hat sich seither gemausert, von einem vernachlässigten Biotop für zwielichtige Gestalten ist es zu einer schicken Flusspromenade mit Cafés und Restaurants geworden, und das neue Gebäude der Volkshochschule fügt sich dort gut ein.

Eine Gruppe hauptsächlich älterer Menschen verlässt das Gebäude, aber ihren Gesprächen nach handelt es sich um einen Französischkurs. Weitere fünf Minuten, die sich wie fünfzehn anfühlen, vergehen. Seine Füße werden kalt, und ihm läuft die Nase. Ein neuer Pulk von Leuten strömt aus der Tür, weniger homogen als die bildungshungrigen Rentner von vorhin. Es sind Menschen jeden Alters, und es sind auch eine Handvoll Polizisten darunter, zwar alle in Zivil, aber nach so vielen Dienstjahren erkennt Völxen sie dennoch. Wo ist Raukel? Da, ist er das nicht, dieser ältere Mann im Trenchcoat? Statur – birnenförmig – und Größe stimmen zwar, und auch sonst besteht eine gewisse Ähnlichkeit, aber knapp daneben ist auch vorbei. Nein, es ist nicht Raukel. Trotzdem kommt ihm der Mann bekannt vor. Das ist ein Polizist. Herrgott, wie heißt der noch gleich …?

Jetzt unterhält er sich mit einer Dame aus seinem Kurs. Vielmehr wirkt es wie ein ungelenker Versuch, sie anzubaggern. Was wiederum typisch Raukel wäre. Ob Raukel *himself* auch noch rauskommt? Oder hat Völxen ausgerechnet den Tag erwischt, an dem er zum ersten Mal schwänzt?

Otto Rothnagel! So heißt er. Ein Ex-Polizist im Übrigen, ehemals bei der Sitte. Nach und nach fällt Völxen die Geschichte rund um das unrühmliche Ende von Rothnagels Karriere als Staatsdiener wieder ein. Beruhigend, dass ihn sein Gedächtnis nicht im Stich lässt, auch wenn es in letzter Zeit öfter mal arbeitet wie ein stotternder Motor.

Eine Frau mit einer großen Umhängetasche kommt aus der Tür und eilt zielstrebig auf Rothnagel zu, der sich gerade etwas bedröppelt von der Dame abwendet, von welcher er offenbar einen Korb bekommen hat.

»Herr Raukel, warten Sie! Sie haben Ihre Unterlagen vergessen!«

Raukel???

»Vielen Dank, Frau Rübesam! Was bin ich heute schusselig! Ihr Kurs war sehr interessant. Selbst ein alter Knochen wie ich konnte noch viel lernen.«

»Ganz besonders ein alter Knochen wie Sie, Herr Raukel«, lacht die Kursleiterin. Sie reicht ihm die Mappe, wünscht einen guten Abend, öffnet dann ihr Fahrradschloss und fährt davon.

Völxen steht da wie angewurzelt. Am liebsten würde er Rothnagel am Kragen packen und aus ihm herausschütteln, was das soll. Doch es stehen noch zu viele Leute herum, er riskiert, sich lächerlich zu machen. Außerdem ist es ja offensichtlich: Raukel, dieses subversive Element, diese niederträchtige Kreatur, dieser ruchlose Mensch, dem nichts, aber auch gar nichts heilig ist und der offenbar glaubt, für ihn gelten keine Regeln – hat diesen abgewrackten Ex-Bullen als eine Art Doppelgänger engagiert, um ihm, Völxen, dem Vizepräsidenten und der gesamten Polizeidirektion insgeheim eine Nase zu drehen. Wahrscheinlich tourt er derweil durch Schottlands Whiskydestillerien, oder er hockt irgendwo in der Karibik, süffelt Rumcocktails und lacht sich in den Schlaf!

Na warte, Raukel! Das wird Folgen haben. Dieses Mal kommst du damit nicht durch.

Gar nicht übel, Raukels Hausbar. Elena Rifkin hat in den letzten drei Tagen mehr edle Malt Whiskys zu sich genommen als in ihrem bisherigen Leben und auf jeden Fall mehr, als ihr auf die Dauer guttut. Wenn man sich erst einmal an das Teufelszeug gewöhnt hat, ist es wirklich nicht zu verachten. Um nicht dem Suff anheimzufallen und wie Raukel zu enden, hat sie für sich bestimmte Regeln aufgestellt. Eine davon lautet: kein Whisky vor zwanzig Uhr. Und den zweiten nicht vor zehn, und danach ist Schluss. Sich an die erste Regel zu halten ist einfach, mit der zweiten und gar der dritten ist es schon schwieriger. Sie schaut auf die Uhr. Viertel vor acht. Hm. Regeln sind Regeln. Man könnte allenfalls schon mal eine Auswahl treffen und Raukel anrufen, um ihn auf den neuesten Stand der Ermittlungen zu bringen.

Es klingelt. Sie fährt zusammen. Wer ist das? Baranow? Irina Mausezahn? Irgendein Nachbar? Dummerweise brennt in der Küche, die zur Straße hinausgeht, das Licht. Wer immer das ist, weiß, dass jemand da ist. Am besten, sie stellt sich tot. Dennoch möchte sie wissen, wer da unten ist. Im Dunkeln geht sie ans Fenster der Gästetoilette, öffnet es langsam und schaut hinab auf die Straße – und mitten in ein bekanntes Gesicht. Auf beiden Seiten vergeht jeweils eine Schrecksekunde, dann ruft der Mann auf der Straße: »Rifkin? Sind Sie das?«

»Jawohl, Herr Hauptkommissar.«

»Wären Sie so nett, mir die Tür zu öffnen?«

»Jawohl, Herr Hauptkommissar.«

Rifkin schließt das Fenster. »Jetzt ist die Kacke am Dampfen«, sagt sie zu sich selbst und drückt auf den Türöffner. Es bleibt höchstens eine Minute, um sich zu überlegen, was sie nun sagt und was nicht.

Völxen kommt die Treppe heraufgeschnauft. »Was machen Sie hier?«, fragt er, ohne sich mit Begrüßungsfloskeln aufzuhalten.

»Kommen Sie doch erst mal rein, Herr Hauptkommissar.«

»Wo ist Raukel?«

»Das ist eine längere Geschichte.« Sie schleust ihn ins Wohnzimmer. Er bleibt stehen und sieht sich um. »Nett hat er es, unser Freund. Tatsächlich ist Raukels kleines Nest geschmackvoll eingerichtet, alles wirkt gemütlich, aber nicht überladen. Kein Nippes, keine Pflanzen, dafür ein paar wohlplatzierte Aquarelle an den sandfarbenen Wänden und ein dicker, heller Wollteppich auf dem Parkett.«

»Ich wusste gar nicht, dass es Fernseher gibt, die so groß sind wie Fußballplätze«, stichelt Völxen nun doch noch ein wenig.

Rifkin steuert auf die ansehnliche Hausbar zu, die sich in Form einer mit Flaschen vollgestellten Anrichte neben dem Fernseher befindet. »Darf ich Ihnen etwas anbieten? Er hat eine wirklich gute Whiskysammlung, und ich fürchte, Sie werden gleich einen brauchen, Herr Hauptkommissar. Welchen mögen Sie?«

»Ist mir egal«, knurrt Völxen. »Sagen Sie mir lieber, was Sie hier machen.«

Rifkin entscheidet sich für den sechzehn Jahre alten Lagavulin.

Völxen setzt sich auf das braune Sofa aus dickem, in Würde gealtertem Büffelleder. Er nimmt einen Schluck Whisky, rollt ihn auf der Zunge hin und her und meint: »Sicher gut, aber für mich gewöhnungsbedürftig.«

»Man braucht ein paar Gläser, aber dann ist man ganz wild darauf.«

»Nun, Rifkin, ich höre!«

Obwohl es erst 19:50 Uhr ist, genehmigt Rifkin sich einen Kampfschluck und beginnt: »Kurz nach seiner Suspendierung lief er mir zufällig über den Weg. Er war in keiner guten Verfassung, er meinte, wenn er nichts zu tun und nichts zum Nachdenken bekäme, würde er durchdrehen. Obendrein lag dann auch noch diese tote Maus vor seiner Tür ...«

Am Ende von Rifkins Erzählung hat Völxen sein Glas ausgetrunken und keucht: »Das ist ja alles noch viel schlimmer, als ich dachte!«

»Möchten Sie noch einen? Vielleicht dieses Mal etwas Milderes?

Dieser Balvenie ist ein Mädchenwhisky, wie Raukel sagen würde. Der japanische ist aber auch nicht übel.«

»Verflucht noch eins, Rifkin, ich bin nicht zur Whiskyverkostung hier!«

Sie schenkt ihm und sich selbst trotzdem noch einmal nach.

»Das also meinte Charlotte Engelhorst heute früh, als sie den Schutz erwähnte und von einem *Kanal* sprach«, dämmert es in der Zwischenzeit dem Hauptkommissar.

»Ich konnte es Ihnen vor Tadden nicht erklären.« Rifkin gibt sich kleinlaut, aber die Nummer zieht nicht, wie sie soll.

»Blödsinn!«, herrscht Völxen sie an. »Sie hätten es mir weiterhin verschwiegen, wenn ich jetzt nicht hier säße.«

»Tut mir leid. Raukel kann nichts dafür, das Ganze war meine Idee. Ich hoffte, die Engelhorst würde redselig werden und über alte Zeiten plaudern, wenn sie und Raukel abends am Kaminfeuer einen picheln. Und ist es nicht von Vorteil, dass Raukel jetzt gerade bei ihr den Bodyguard gibt? Es ist ja tatsächlich nicht ausgeschlossen, dass unser Racheengel Emine dort auftaucht.« Rifkin findet ihre Argumentation durchaus überzeugend.

Völxen ist anscheinend nicht dieser Ansicht. »Das ist eine vollkommen bescheuerte Idee«, schimpft er. »Ein Undercover-Einsatz auf eigene Faust. Was, wenn das schiefgeht? Wie stehe ich dann da?«

Rifkin zieht es vor, zerknirscht zu schweigen und den Lagavulin im Glas zu schwenken.

»Denkt die Engelhorst etwa, das wäre auf meinem Mist gewachsen oder ich hätte das abgesegnet?«

»Nein, nein. Raukel hat betont, dass es eine inoffizielle Aktion ist. Sie hätten allenfalls eine vage Ahnung.«

Völxen stöhnt gequält auf und fragt dann: »Und? Hat er wenigstens schon etwas erfahren?«

»Ja. Das Schneckenkorn-Video hat die Mitbewohnerin, Frau Wiegand, gepostet. Aus Frust, weil die Engelhorst ihren Hund nicht buddeln lässt.«

»Bravo. Das ist der Durchbruch!«

»Er ist erst seit Samstag da. Es dauert eben, Vertrauen aufzubauen«, verteidigt Rifkin ihre Strategie.

»Sie haben mir noch immer nicht erklärt, warum Sie hier wohnen.«

»Bei mir wird ein neues Bad eingebaut. Ich hätte sonst ins Hotel oder zu meiner Mutter ziehen müssen. Außerdem habe ich, im Gegensatz zu Raukel, keine Angst vor Irina Mausezahn. Falls sie hier auftaucht, gerät sie an die Falsche. Dass so eine Kriminelle überhaupt frei herumlaufen darf ...«

»Je krimineller, desto raffinierter, das kennt man ja, nicht wahr, Rifkin?«

Rifkin wird von einer heißen Welle überspült. Was sollte diese Anspielung? Weiß er von ihr und Baranow? Sie braucht dringend noch einen Schluck.

»Und? Lagen schon weitere Tierleichen auf dem Fußabtreter?«, will Völxen wissen.

»Bis jetzt nicht, nein, Herr Hauptkommissar.«

»Wussten Sie von Raukels Doppelgänger-Nummer? Und lügen Sie mich jetzt bloß nicht an, Rifkin, ich warne Sie!«

»Seiner *was*?« Rifkins Ahnungslosigkeit ist echt, das scheint auch Völxen zu überzeugen.

»Er hat eine Art Doppelgänger angeheuert, der für ihn die Kurse besucht. Ich wollte ihn gerade abholen und auf ein Bier einladen, da habe ich den Betrug entdeckt. Ich bin eigentlich hergekommen, um ihm den Kopf abzureißen, stattdessen finde ich Sie vor.«

Rifkin realisiert, dass sie Völxen die Engelhorst-Geschichte ganz umsonst erzählt hat. Aber was hätte sie sagen sollen, wo Raukel ist? Trotz allem muss sie lachen. »Ein Doppelgänger von Raukel? Den möchte ich sehen! Haben Sie ihn fotografiert?«

»Er sieht ihm nur bedingt ähnlich. Aber in den Kursen kennt ihn ja niemand. Das hat er schlau eingefädelt, das muss man dem alten Halunken lassen.«

»Ich schwöre, Herr Hauptkommissar, davon wusste ich nichts. Ist aber typisch Raukel«, fügt sie hinzu.

Völxen trinkt von seinem zweiten Whisky und meint: »Er wird tatsächlich mit jedem Schluck besser.«

»Wenn Raukel uns sehen könnte!«, kichert sie.

»Was machen wir jetzt?« Völxens Frage klingt ziemlich ratlos.

»Die Dinge laufen lassen«, schlägt Rifkin vor. »Wenn Sie so tun, als hätten Sie von alledem keine Ahnung gehabt, kann man Sie auch nicht zur Rechenschaft ziehen.«

Völxen schüttelt den Kopf. »Ich darf Sie daran erinnern, Rifkin, dass ich der Leiter unseres Kommissariats bin und damit für alles verantwortlich, was dort geschieht. Nichtwissen schützt mich nicht vor den Konsequenzen.«

Rifkin sieht das anders. »Raukel ist suspendiert worden vom Vize. Woher sollen Sie ahnen, was er treibt? Und er kann doch schließlich wohnen, wo er will, noch ist das ein freies Land.«

»Gut, das mag sein. Doch die Sache mit den Kursen ... Wenn der Vize davon Wind bekommt, dann gnade uns Gott!«

»Haben Sie diesen Doppelgänger zur Rede gestellt?«

»Nein. Nein, ich war viel zu verblüfft, ehrlich gesagt.«

»Gut so«, meint Rifkin. »Sie waren nie da und wissen von nichts. Sollte Raukel auffliegen, ist das allein sein Problem. Wenn nicht, Schwamm drüber. Oder Sie gehen morgen früh sofort zum Vize petzen. Dann sind wir den kleinen Stinkstiefel für alle Zeiten los. Beide Lösungen haben durchaus ihren Charme.«

Völxen leert sein Glas und schnaubt: »Sie sind mir wirklich eine Hilfe, Rifkin!«

»Immer gern, Herr Hauptkommissar.« Sie deutet auf sein leeres Glas. »Wie sieht's aus? *One for the road,* wie der Schotte sagt?«

Donnerstag, 17. März 2022, am Morgen

»Rifkin! Was ist los, warum reißt du mich aus meinem wohlverdienten Schlummer? Wie spät ist es überhaupt?«

Es ist acht Uhr, und Rifkin muss gleich zum Dienst, aber auf die Uhr schauen kann Raukel schließlich selbst, auch wenn die Uhren auf dem Land anders zu gehen scheinen. »Er weiß es.«

»Wer weiß was?« Raukel klingt schon deutlich wacher.

»Völxen weiß, wo du wohnst.«

»Hat die Engelhorst nicht dichtgehalten?«

»Nein, er weiß es von mir.«

»Bist du des Wahnsinns?«

»Er stand gestern vor meiner Tür. Also, deiner. Er wollte dich besuchen, sehen, wie es dir geht. Ist doch nett von ihm.«

»Nett, am Arsch! Warum hast du überhaupt aufgemacht?«

»Er hat mich am Fenster gesehen. Was hätte ich sagen sollen, wo du bist?«

»Denkt der jetzt, wir hätten was miteinander, oder wie hast du deine Anwesenheit erklärt?«

»Ich sagte, bei mir würden sie ein neues Bad einbauen.«

»Und jetzt? Wird er gleich rasend vor Wut hier aufkreuzen?«

»Nein. Dank meines diplomatischen Geschicks hat er deine Bodyguard-Aktion einigermaßen gut aufgenommen, zumindest nach dem dritten oder vierten Whisky schien es mir so.«

»Du und der Schafstrottel, ihr habt euch an meinem Stoff vergriffen?!«

»Ich musste den Tyrannen ja irgendwie besänftigen. Was den Fall betrifft, gibt es auch Neuigkeiten. Emine Babic hatte ein Kind ...« Rifkin bringt den Kollegen im Exil auf den neuesten Stand und schließt mit den Worten: »Es bleibt vorerst alles beim Alten, aber du musst ab jetzt die Augen offen halten.«

»Was denkst du, was ich hier die ganze Zeit mache? Abgesehen davon, dass ich noch nie im Leben so viel Grünzeug essen musste. Ich komme schier um vor Blähungen, und mir wachsen bald Hasenohren!«

»Das will niemand wissen. Hör zu, du könntest unserer lieben Charlotte bei Gelegenheit auf den Zahn fühlen, warum sie uns das Kind verschwiegen hat.«

»Verstanden. Doch ab sofort gilt: Hände weg von meinem Whisky!«

»Wirklich schade, jetzt, da ich mich langsam daran gewöhne ...«

Die Stiche in seinem Kopf lassen allmählich nach. Es ist ein wunderbares Gefühl, wenn sich die Nebel lichten und der Brummschädel langsam wieder aufklart. Man sollte sich öfter betrinken, überlegt Völxen. Nur so kommt man in den Genuss des langsam versiegenden Schmerzes und weiß das Wohlgefühl des Normalzustandes wieder zu schätzen.

Er lässt das gestrige Gespräch mit Rifkin noch einmal Revue passieren. Raukel als Bodyguard und Spion in einem. Eine abstruse Vorstellung. Aber noch mehr beunruhigt ihn die Sache mit den Kursen. Wenn der Vize dahinterkommt, wie steht er dann da? Er hat sich für Raukel viel zu weit aus dem Fenster gelehnt, und das ist nun der Dank. Falls Raukel aber wider Erwarten damit durchkommen sollte, wird er in seiner Renitenz und seinem Größenwahn erst recht bestätigt. Er wird ihn, Völxen, für einen Volltrottel halten, einen Hanswurst, den man nach Herzenslust verarschen kann. Der Hauptkommissar hat ohnehin gerade das Gefühl, dass ihm das Kommissariat munter auf der Nase herumtanzt, allen voran Rifkin. Er sollte sich wieder Respekt verschaffen und ein Exempel statuieren. Wenn Raukel aus dem Dienst entfernt würde, könnte man frisches Blut einstellen. Jemanden wie Tadden, der macht sich doch ganz prima. Vielleicht eine junge, ehrgeizige Polizistin, wie Jule eine war ... Andererseits besteht die Gefahr, dass der Vize sich bei Völxen für dessen kleine Erpressung in Sachen Raukel revanchiert und ihm erneut so ein faules Ei ins Nest setzt. Wobei man eine solche Person erst einmal finden müsste. Raukel spielt, was

Aufsässigkeit und dienstliches Fehlverhalten angeht, in einer eigenen Liga. Vielleicht wird der Vize froh darüber sein, dass er recht behalten hat. Die meisten Leute haben gerne recht. Völxen muss sich dem Vize gegenüber nur genügend zerknirscht zeigen, dann wird der Sturm über seinen Kopf hinwegfegen und nur Raukel mit sich reißen. Problem gelöst.

Das kannst du doch nicht machen!, schreit ihn seine innere Stimme an. Doch der kleine Teufel auf seiner Schulter flüstert: *Komm schon, Völxen, sei ein Mann, eine Führungskraft, ein Vorbild! Greif endlich mal durch in diesem Sauladen, ehe es andere für dich tun!*

Die Stiche sind wieder da, er kann nicht mehr klar denken. Die Handballen gegen die Schläfen gepresst steht er auf und pendelt zwischen Schreibtisch und Sofa hin und her, denn schon Nietzsche wusste: Alle wahrhaft großen Gedanken kommen einem beim Gehen.

Sein Tun wird aufmerksam beobachtet von Terrier Oscar, der unter dem Gummibaum in Deckung bleibt und die Ohren anlegt, denn das Gebaren seines Herrn ist ihm suspekt, zudem besitzt das Tier einen inneren Seismografen für dicke Luft.

Den Vize zu informieren, sagt Völxen sich, während er das Büro durchkreuzt, ist das einzig Richtige, was er tun kann, um nicht selbst in Teufels Küche zu kommen. Er setzt sich wieder hin. Horcht in sich hinein. Ja, es bleibt dabei. Soeben hat er den Stab über Hauptkommissar Erwin Raukel gebrochen.

Tut mir leid, Raukel, aber du hast es einfach zu bunt getrieben.

Er räuspert sich, greift zum Hörer, wählt die Durchwahl. Beim zweiten Klingeln klopft es an der Tür, und Frau Cebulla meldet den Besuch von Birte Rapp an. Völxen legt rasch wieder auf. Gut, dann eben später. Ist vielleicht auch besser, wenn der Vize sein zweites Frühstück hinter sich hat, ehe er Raukels neueste Eskapaden serviert bekommt. »Schicken Sie sie herein. Und rufen Sie Tadden dazu.«

»Rifkin auch?«

Rifkin soll ruhig etwas schmoren, das hat sie verdient.

»Ich sagte *Tadden*. Ihren Friesenjungen. Rede ich etwa undeutlich?«

»Nein, nur Ihre Stimme klingt etwas rau.«

»Ich werde Kreide fressen, wenn sie in der Kantine welche haben.«

»Hui, welche Laus ist Ihnen denn über die Leber gelaufen?«, erkundigt sie sich rein rhetorisch, denn sie fährt fort, während sie die Nasenflügel bläht und Witterung aufnimmt. »Sagen Sie, war Herr Raukel heute schon hier?«

»Nein, natürlich nicht, wieso?«, erwidert Völxen leicht indigniert.

»Hm. Ich hätte schwören können ... Haben Sie etwas dagegen, wenn ich kurz das Fenster öffne, ehe die anderen Herrschaften reinkommen?«

Vorsichtshalber zieht sich der Hauptkommissar noch einmal zurück, um mit Zahncreme und Mundwasser seine Fahne zu bekämpfen und einen Vorsatz für die Zukunft zu fassen: Finger weg vom Whisky!

Als er zurückkommt, sitzt Frau Rapp schon im Sessel und Tadden auf dem Sofa, seine elend langen Beine passen kaum unter den Tisch. Oscar beschnüffelt erst seine Turnschuhe und dann die flachen Pumps der Besucherin.

»Platz!«, befiehlt der Hauptkommissar streng, ehe er sich vorstellt und Oscar gemächlich in seinen Korb zurückkehrt.

Völxen holt sich seinen Schreibtischsessel heran. »Frau Rapp, ich denke, Sie haben uns noch etwas über Ihre Tochter Mirjana zu erzählen.«

»Jana. Wir nannten sie von Anfang an Jana.«

»Sie wurde von Ihnen im Juli des Jahres 2003 adoptiert, da war sie zweieinhalb. Wie ging das vonstatten, war sie schon vorher bei Ihnen?«

Birte Rapp nickt. »Wir bekamen sie im Juni 2001, mit sechs Monaten, als Pflegekind.«

»Wurde dies durch Brigitte Wendel vermittelt?«

»Ja. Wir standen auf der Warteliste für eine Adoption, schon seit Jahren, aber es tat sich nichts. Sie meinte, eine Pflegschaft wäre eine gute Voraussetzung für den Fall, dass die Mutter von Jana eines Tages in eine Adoption einwilligen würde.«

»Wir sprechen von Emine Babic?«

»Genau. Ich muss vorausschicken, dass ich alles, was ich über Emine weiß, von Brigitte erfahren habe. Ich kann also nicht beschwören, ob es wahr ist, und ich bin ihr auch nie selbst begegnet.«

Völxen nickt, und sie fährt fort: »Emine bekam das Kind mit sechzehn, den Vater kannte sie angeblich nicht. Sie war der Aufgabe von Anfang an nicht gewachsen. Als sie schwanger wurde, war sie in einem Heim für schwer erziehbare Jugendliche untergebracht, im fünften Monat zog sie um in eine betreute Wohngemeinschaft. Im Dezember 2000 wurde Jana geboren. Es kam jedoch immer wieder zu Vorfällen.«

»Was für Vorfälle?«, fragt Tadden.

»Sie hat das Kind vernachlässigt und unbeaufsichtigt gelassen, vor allem in der Nacht. Sie ist einfach um die Häuser gezogen und hat sich darauf verlassen, dass es fest schläft und dass andere aus der WG sich darum kümmern, falls es schreit. Sie musste sich regelmäßig auf Drogenkonsum testen lassen, und als das Ergebnis mehrmals positiv war, verlor sie das Sorgerecht. Man gab Jana in Pflege, also zu uns.«

»Wusste Emine, wohin ihr Kind gekommen war?«

»Nein. Brigitte hat uns versichert, dass sie es erst erfährt, wenn sie ein Besuchsrecht erhält. Sie überredete Charlotte, sich um Emine zu kümmern und sie in ihre Familie aufzunehmen. Sollte sie sich dort bewähren, dürfte sie ihr Kind zunächst ab und zu sehen und es vielleicht, wenn ihre Verhältnisse geordnet sind, sogar wiederbekommen. Das hat dann wohl nicht funktioniert.«

»Wie meinen Sie das?«

»Ich habe Charlotte in dieser Zeit selten gesehen, aber wenn, dann hat sie sich über Emine beklagt. Dann passierte diese eigenartige Sache, dieser Einbruch, falls es einer war, und Emine verschwand. Ein Jahr darauf teilte Brigitte Wendel uns mit, Emine habe in die Adoption eingewilligt und die Papiere unterschrieben.«

»Wie erfolgte diese Einwilligung? War Emine persönlich im Jugendamt?«, will Tadden wissen.

»Ich weiß es nicht. Aber Carsten und ich waren so glücklich, wir haben nicht allzu viele Fragen gestellt.«

»Es kam Ihnen nicht seltsam vor, dass die Adoption ein Jahr nach dem Verschwinden der leiblichen Mutter so glatt über die Bühne ging? Ohne deren Anwesenheit und nachdem Emine vorher stets geäußert hatte, das Kind wiederhaben zu wollen?«, erkundigt sich Völxen.

Ihre Miene wird säuerlich. »Soviel ich weiß, hatte sie erst Interesse an ihrem Kind gezeigt, als man es ihr genommen hatte. Wir dachten, sie hat eben wieder einmal ihre Meinung geändert.«

»Haben Sie zu irgendeinem Zeitpunkt irgendwem Geld gegeben für die Adoption?«

»Nein«, kommt es mit einer Spur zu viel Überzeugung. »Mein Mann und ich haben nichts falsch gemacht! Jana hatte bei uns ein gutes Zuhause und eine schöne Kindheit und Jugend. Wir haben ihr alles geboten, mehr, als ihre Mutter es jemals gekonnt hätte. Glauben Sie wirklich, diese Emine hätte ihr Kind durchs Abitur begleitet und dafür gesorgt, dass es studieren kann?«

»An Ihren Qualitäten als Eltern zweifelt niemand, Frau Rapp«, beruhigt Völxen die Aufgebrachte.

»Haben Sie ein Foto von Jana?«, fragt Tadden.

»Ja, hier, auf dem Handy.« Sie holt es heraus und zeigt es den beiden. Dunkelblondes, langes Haar, Mittelscheitel, ein ebenmäßiges, ovales Gesicht, braune Augen, keine besonderen Merkmale. Völxen fragt sich, ob es an ihm und seinem Alter liegt, dass die jungen Frauen heutzutage alle fast gleich aussehen.

Tadden lässt die Zeugin das Foto auf sein Handy schicken.

»Was studiert Jana denn und wo?«, fragt er.

»Soziologie im Bachelorstudium an der Leibniz-Uni. Aber zurzeit ist sie mit einem Interrail-Ticket unterwegs. Ich weiß nicht, wo sie sich im Moment aufhält.«

»Schickt sie Ihnen keine Fotos und Nachrichten aufs Handy?«, wundert sich Tadden.

Frau Rapp presst ihre Lippen aufeinander und gesteht: »Wir haben uns gestritten. Schon vor einem knappen Jahr. Mein Mann und ich haben einen großen Fehler gemacht. Wir haben nie die

Gelegenheit gefunden, ihr zu sagen, dass sie adoptiert wurde. Als sie ein Kind war, dachten wir: Warten wir, bis sie älter ist. Als Teenager war sie ohnehin schon schwierig genug, da wollten wir nicht noch Öl ins Feuer gießen. Wir verschoben es auf ihren achtzehnten Geburtstag, aber auch da waren wir zu feige.« Sie zieht ein Papiertaschentuch aus ihrer Handtasche und tupft sich damit die Augen.

»Und dann hat sie es rausgefunden«, ergänzt Völxen.

»Ihr muss wohl ein Verdacht gekommen sein. Sie sieht uns ja wirklich nicht ähnlich, und heutzutage ist ein DNA-Test keine große Sache mehr. Es gab einen Riesenkrach, sie ist ausgezogen und hat uns nicht mal die Adresse mitgeteilt, aber ich weiß, dass sie in der WG ihrer Freundin Emma untergekommen ist. Sie beantwortet unsere Mails und Anrufe nicht, ich fürchte, sie hat inzwischen sogar eine andere Handynummer.«

»Braucht sie nicht Geld, um zu studieren?«, fragt Tadden.

»Wir haben lange gezögert, ehe wir ihr zum Jahresanfang den Geldhahn zudrehten, in der Hoffnung, sie meldet sich. Aber ich fürchte, das war kontraproduktiv. Sie hat einen Dickkopf und ihren Stolz. Vielleicht hätten wir es früher tun sollen, ich weiß auch nicht. Sie hat jedenfalls noch nichts von sich hören lassen.«

»Machen Sie sich keine Sorgen?«, wundert sich Völxen.

»Ich ... mein Mann weiß nichts davon, aber ab und zu lauere ich ihr vor ihrem Haus heimlich auf, oder ich stehe an der Uni herum, bis ich sie kommen oder gehen sehe. Das ist erbärmlich, ich weiß, aber danach bin ich wieder eine Weile lang beruhigt.«

»Woher wissen Sie von dem Interrail-Ticket?«, forscht Tadden nach.

»Ich bin Anfang Februar zu ihrer WG-Wohnung gegangen, ich wollte mit ihr reden. Sonst denkt sie am Ende noch, sie wäre uns egal. Leider hatte ich nicht bedacht, dass die Semesterferien schon angefangen hatten. Ihre Freundin Emma erzählte mir, sie sei auf Reisen. Keine Ahnung, ob es wahr ist. Ich hätte eher gedacht, dass sie arbeitet, jetzt, da kein Geld mehr fließt. Ich hoffe, sie wird Anfang April wieder an der Uni auftauchen. Sie nimmt ihr Studium ernst, das würde sie nicht einfach sausen lassen.«

»Jana hat Sie doch sicher nach ihrer wahren Mutter gefragt«, wechselt Völxen das Thema.

»Ja, und wir haben ihr das wenige gesagt, was wir von ihr wussten.«

»Auch, dass Janas leibliche Mutter mal das Pflegekind von Charlotte Engelhorst war?«

»Nein, wozu? Ich riet ihr, zum Jugendamt zu gehen und dort ihre Kontaktdaten zu hinterlassen, falls ihre leibliche Mutter sie eines Tages sucht. So wird Jana früher oder später begreifen, dass ihre Mutter sie nicht haben will, und uns verzeihen.«

»Wann genau gaben Sie ihr diesen Rat?«, will Tadden wissen.

»Letztes Jahr vor Ostern. Da kam der Brief von diesem verfluchten Labor.«

»Frau Rapp, wir brauchen eine Liste mit Namen und, wenn möglich, Kontaktdaten von Janas Freunden, Freundinnen, Studienkollegen und wer Ihnen sonst noch einfällt. Das alles möglichst heute noch, geht das?« Völxen blickt sie eindringlich an.

Frau Rapp wirkt etwas verstört, aber sie nickt.

»Die Adresse dieser WG?« Tadden hat schon sein Handy parat, um sie zu notieren.

»Es ist in Hainholz. Von außen betrachtet nicht gerade die beste Gegend, aber sie will es ja nicht anders.« Ein bitteres Lächeln huscht über ihr Gesicht.

Auch Völxen hat noch Fragen: »Frau Rapp, kannte Jana Brigitte Wendel?«

»Höchstens vom Sehen, da wir ja einmal im Monat bei uns zu Hause spielten. Aber sie hat sich nie sonderlich für meine Bekannten interessiert. Die Bridge-Runde nannte sie *die alten Schreckschrauben*.«

»Kannte Jana Frau Wendels Adresse?«

»Ich weiß nicht. Vielleicht habe ich mal von der Wohnung ... Moment mal! Sie wollen doch den Mord an Brigitte nicht etwa Jana in die Schuhe schieben?«

»Wir schieben niemandem etwas in die Schuhe, wir ermitteln«, versetzt der Hauptkommissar. Er beendet die Befragung und bringt Frau Rapp zur Tür. »Seien Sie in den nächsten Tagen und Wochen bitte aufmerksam und vorsichtig«, sagt er ihr zum Abschied.

»Wie meinen Sie das?«

»So, wie ich es sage. Es sind zwei Menschen tot, die einst mit Emine zu tun hatten, und indirekt gilt das auch für Sie und Ihren Mann.«

»Was treibst du da, Rodriguez?«

»Sieht man das nicht? Ich schraube die Gardinenstange ab und sehe nach, ob sich im Hohlraum etwas befindet.«

»Wir suchen eine Akte! Vermutlich eine ziemlich dicke.«

»Sie könnte sich auf einem USB-Stick befinden, Rifkin. Wir leben im 21. Jahrhundert.«

»Diese Frau nicht. Die hatte nicht mal ein Handy.«

»Dann soll ich die Stange nicht abmontieren?«

»Mach, was du willst, Rodriguez.«

»Und? Glauben wir ihr?«, fragt Völxen seinen jüngsten Mitarbeiter, nachdem Frau Rapp gegangen ist.

Der schüttelt den Kopf. »Sie muss gewusst haben, dass mit der Adoption was faul ist, so blauäugig ist die nicht. Herr Hauptkommissar, halten Sie die Familie Rapp tatsächlich für gefährdet, oder wollten Sie die Frau nur etwas aufrütteln?«, fragt Tadden.

»Beides«, meint Völxen. »Sollten sie Dreck am Stecken haben, von dem wir noch nichts wissen, werden sie sich hoffentlich vorsehen.«

»Ich sehe die Gefährdungslage eher bei Charlotte Engelhorst.«

Völxen verwirft den aufblitzenden Gedanken, den Kommissaranwärter in Raukels Undercover-Aktion einzuweihen. Nein, je weniger Leute davon wissen, desto besser. Wer weiß, was Raukel dort noch alles anstellt.

Tadden hat sein Zögern bemerkt und fragt: »Werden Sie Frau Engelhorst mit der Frage konfrontieren, weshalb sie uns die Existenz des Kindes von Emine Babic verschwiegen hat?«

Völxen winkt ab. »Das hat keine Eile. Ich erhoffe mir davon keine neuen Erkenntnisse.«

Das soll gefälligst Raukel erledigen, dann hat sein Aufenthalt dort wenigstens einen Nutzen.

– *Wolltest du den nicht gerade beim Vize ans Messer liefern?*

– *Die Dinge haben sich geändert. Schwein gehabt, Raukel!*

»Sind Sie nicht wütend auf sie? Hätte sie uns gleich von Emines Kind erzählt, hätten wir viel Zeit gespart«, mischt sich Taddens Stimme in seinen inneren Dialog.

Völxen seufzt. »Zeugen und Verdächtige lügen einen andauernd an und verschweigen einem wichtige Dinge. Wut trübt nur den klaren Blick und ändert nichts. Dieses ambivalente Verhalten, das die Engelhorst an den Tag legt, kommt häufiger vor, als Sie vielleicht glauben, und eine narzisstische Person wie sie steht sich oft selbst im Weg. Wie dem auch sei, wir müssen Jana Rapp finden. Das hat oberste Priorität. Sie führt uns hoffentlich zu Emine Babic, sofern die beiden in Kontakt stehen.«

»Oder Komplizinnen sind«, ergänzt Tadden. »Soll ich beim Jugendamt nachforschen, ob Emine Babic dort nach ihrer Tochter gefragt hat?«

»Tun Sie das. Halt, warten Sie, Tadden! Nicht so eilig. Charlotte Engelhorst hat mir gestern Abend noch ein altes Foto von Emine geschickt. Beherrschen Sie dieses Programm, mit dem man Gesichter altern lassen kann?«

»Sicher, Herr Hauptkommissar. Und falls Sie wissen wollen, wie Sie in zwanzig Jahren aussehen werden ...«

»Danke! Das Vergnügen hatte ich bereits heute Morgen vor dem Spiegel.«

»Sie ist nicht da.« Fernando lässt sich auf einen von Frau Wendels Küchenstühlen plumpsen. Rifkin gesellt sich dazu. »Ja, definitiv. Was du aber auch für Verstecke kennst, Rodriguez.« Rifkin schaut sich um. Die ehemals ordentliche Wohnung von Brigitte Wendel hat sich stark verändert.

»Das kommt von meiner Zeit beim Drogendezernat. Man ahnt nicht, wie kreativ Dealer sind.«

»Meinst du, wir sollten aufräumen?«, überlegt Rifkin.

»Ach was! Das Zeug muss eh raus, die Schwester, die das hier erbt, kann uns dankbar sein, dass wir schon Vorarbeit geleistet haben.«

Rifkins Handy klingelt, es ist Tadden.

»Wie sieht es aus?«, fragt er.

»Keine Akte, kein USB-Stick, Rodriguez hat die Bude auf links gedreht, auch den Keller. Sie hat sie wohl vernichtet.«

»Birte Rapp hat uns immerhin ein wenig über Emines Vergangenheit erzählt. Wir haben ein neues Phantombild, ich schicke es euch.«

»Heißt das, wir sollen damit wieder Klinken putzen gehen?«, schwant es Rifkin.

»Ganz genau.«

»Und sonst?«

»Meeting um sechzehn-null-null.«

Rifkin legt auf und murmelt: »Sechzehn-null-null. Manchmal hat er sie nicht alle.«

»Sag mal, Rifkin, läuft da was mit dir und dem friesischen Leuchtturm?«

»Spinnst du jetzt komplett, Rodriguez?«

»Der kam neulich ganz beseelt von eurer Radtour zurück.«

»Wenn er *beseelt* war, dann weil sich sein Mordverdacht als richtig erwiesen hat. Die Radtour war eine Tatortbesichtigung, bei der wir nachgeholt haben, was du versäumt hast. Ist dir nie in den Sinn gekommen, die Leute zu befragen, die im einzigen Gebäude in der Nähe der Unfallstelle wohnen?«

»Ich kenne dein Beuteschema, Rifkin. Groß, breite Schultern, durchtrainiert. Man denke nur an den Typen vom SEK.«

»*Fuck you*, Rodriguez! Kümmere dich gefälligst um deinen eigenen Kram!«

Frau Pingel aus dem ersten Stockwerk erkennt Rifkin auf Anhieb wieder. Die alte Dame bittet die beiden freundlich herein und fragt: »Wo haben Sie denn heute Ihren stattlichen blonden Kollegen gelassen?«

»Der hat zu tun. Man hat mir stattdessen den Kleinen mit den schwarz gefärbten Locken aufs Auge gedrückt.« Rifkin lächelt engelsgleich, während Frau Pingel Rodriguez ins Visier nimmt und meint: »Der ist auch ganz niedlich, aber der andere passt besser zu Ihnen!«

»Hallo, die Damen! Ich bin anwesend!«

»Wir haben noch eine Bitte.« Rifkin wird wieder ernst. Sie zeigt Frau Pingel das neue Phantombild, das Tadden ihr geschickt hat und das sich in etlichen Punkten vom vorigen unterscheidet. »Sehen Sie sich das Foto gut an. Haben Sie diese Frau schon einmal im Haus gesehen?«

Frau Pingel rückt ihre Brille zurecht und studiert das Bild. Dann gibt sie das Handy an Rifkin zurück und sagt: »Im Haus nicht.«

»Wo dann?«, fragen Rodriguez und Rifkin im Chor.

»Gegenüber in der Bäckerei. Ich hole dort öfter mal Brötchen. Da war diese Frau. Sie hat Kaffee getrunken an einem der Stehtische. Sie hat merkwürdig starr aus dem Fenster geschaut, als gäbe es etwas Besonderes zu sehen. Deswegen ist sie mir aufgefallen.«

»Wohin hat sie geschaut?«, will Fernando wissen.

»Einfach nur raus. Auf unser Haus und den Durchgang zum Hof. Sonst ist da ja nichts.«

»Wann war das?«, fragt Rifkin.

»Es ist schon länger her. Zwei, drei Wochen mindestens. Sie war mehrmals dort, ich habe sie zweimal am Morgen gesehen, beim Brötchenholen, so gegen neun, und ein paar Tage später am Nachmittag, aber nur von draußen, im Vorbeigehen. Ach ja, und es hat jedes Mal geregnet, als ich sie gesehen habe. Ich weiß nicht, ob das wichtig ist. Mir kam es so vor, als würde sie auf jemanden warten und hätte sich in der Bäckerei nur untergestellt.«

Die Ermittler bedanken und verabschieden sich.

Im Hausflur meint Rifkin: »Ich lade dich auf einen Cappuccino in die Bäckerei ein, du niedliches Kerlchen.«

»Und du glaubst, das reicht als Entschuldigung?«

»Da sind Sie ja wieder. Und? Haben Sie den Mörder schon gefasst?«, erkundigt sich Katrin Herold. Sie wirkt heute viel entspannter als tags zuvor.

»Noch nicht. Aber durch Ihre Hilfe sind wir mit den Ermittlungen ein gutes Stück vorangekommen. Dafür wollte ich mich bedanken.« Tadden legt ein dünnes, rechteckiges und in rotes Geschenkpapier eingewickeltes Päckchen auf ihren Schreibtisch.

Sie betrachtet den Aufkleber einer Buchhandlung und blickt ihn fragend und leicht spöttisch an. »Ein Buch? Soll ich es gleich auspacken?«

»Wie Sie mögen, aber Sie müssen mir noch einmal helfen.« Tadden setzt sich unaufgefordert vor ihren Schreibtisch. Seine Wangen sind leicht gerötet, das kann er spüren.

»Also ist es gar kein Danke, sondern eine Bestechung?«

»Beides«, gesteht Tadden verlegen und rettet sich auf dienstliches Terrain. »Heute war die Adoptivmutter von Mirjana Babic bei uns. Frau Rapp. Jana, so nennt man sie jetzt, hat Ende März 2021 von ihrer Adoption erfahren und wahrscheinlich ihre Kontaktdaten hier hinterlassen, für den Fall, dass ihre leibliche Mutter sich meldet und nach ihr fragt. Wir müssen wissen, ob, und falls ja, wann dieser Kontakt zustande kam.«

»Ich nehme an, es eilt, wie immer.«

»Schon, ja.«

Sie wendet sich dem Bildschirm zu und klickt sich allmählich voran. Tadden beobachtet sie. Er stellt fest, dass ihn ihre bedächtige Gründlichkeit gar nicht stört, im Gegenteil, er sieht ihr gerne zu, und ob er die Information zehn Minuten früher oder später bekommt, spielt keine Rolle.

»Es stimmt, Mirjana Rapp hat ihre Adresse und die Handynummer hier hinterlegt. Am 6. April letzten Jahres.«

»Danke. Kann ich die Handynummer sehen? Nur zum Vergleich?«

»Ich schreibe Ihnen alles auf.« Sie zieht einen Notizblock heran. Ihre Schrift ist gleichmäßig, deutlich und ein klein wenig verschnörkelt. Es ist die Adresse der Familie Rapp und die Handynummer, die ihnen auch Frau Rapp gegeben hat und bei der sich niemand mehr meldet.

»Wissen Sie auch, ob Frau Babic diese Information erhalten hat?«

»Hier finde ich nichts. Da müsste ich die Thielen fragen. Aber die ist zur Kur.«

»Das erwähnten Sie bereits. Kann man sie irgendwie erreichen, weiß man, wo sie ist?«

»Man weiß das. Aber man müsste genau genommen Rücksprache mit dem Personalrat halten, um die Information herausgeben zu dürfen.« Sie verschränkt die Arme über ihrem Ringel-T-Shirt und blickt ihn herausfordernd an.

»O nein!«, jammert Tadden in den höchsten Tönen. »Kann man nicht eine Ausnahme machen?«

»Schon wieder eine? Was glauben Sie, wer Sie sind?«, fragt sie in gespielter Entrüstung.

»Die allerletzte, ich schwöre es!« Er hebt zwei Finger.

»Ich glaube Ihnen kein Wort.« Sie greift erneut zu ihrem Block, schreibt etwas auf, faltet das Papier zweimal zusammen und schiebt es über den Tisch. »Die Thielen meinte, ich könnte anrufen, falls was Dringendes wäre. Und jetzt ist ja was Dringendes, oder?«

»Aber so was von. Danke.« Tadden steckt den Zettel ein und steht auf. »Also dann. Auf Wiedersehen.«

»Warten Sie! Ich habe auch etwas für Sie, es ist nur nicht so hübsch verpackt.«

Tadden setzt sich wieder hin, während sie ein Blatt Papier aus ihrer Schublade nimmt. »Ich habe mich ein wenig umgehört und recherchiert. Als Mirjana Babic geboren wurde, im Dezember 2000, lebte ihre Mutter in einer Wohngruppe in der Nordfeldstraße, die gehört zum Heimverbund der Stadt Hannover, sie war dort bis zum Wechsel in die Erziehungsstelle im Juli 2001. Davor waren es zwei Heime, dort blieb sie jeweils etwa drei Jahre lang, ein städtisches und eines von der Diakonie, die Adressen stehen hier drauf. Die haben sicher Unterlagen, wann wer bei ihnen war. Vielleicht finden Sie so Emines alte Freunde.«

»Wow! Ich bin sprachlos. Das wäre mein Job gewesen. Danke sehr.«

»Es war nicht für Sie. Es ist nur das Spannendste, was mir in diesem Job bisher untergekommen ist, deshalb habe ich nachgeschaut.«

»Was bedeutet Erziehungsstelle?«

»Eine Pflegefamilie mit besonderer Qualifikation. Paare oder Einzelpersonen, mit und ohne eigene Kinder, die Kinder und Jugendliche aufnehmen, die eine besonders intensive Unterstüt zung und Betreuung brauchen. Das sind im Normalfall pädagogische Fachkräfte. Lehrer, zum Beispiel.«

»Emine kam zu einem Banker und einer Hausfrau mit drei Kindern, aber damit ist man ja noch keine pädagogische Fachkraft. Sie nahmen sie, weil ein Au-pair-Mädchen abgesagt hatte – und weil Frau Wendel die Frau gut kannte.«

»Sehen Sie. Damit fangen die Merkwürdigkeiten schon an«, meint die Hobbydetektivin mit einem vielsagenden Nicken. »Ich bin inzwischen nicht mehr überzeugt von der Korrektheit der Frau Wendel.«

»Damit sind wir schon zwei.« Tadden steckt das Blatt ein.

»Dann auf Wiedersehen, Herr Kommissar. Und falls Ihnen noch etwas einfällt, rufen Sie mich an. Meine Nummer steht auf der Rückseite.«

»Äh ... okay, das wäre jetzt mein Text gewesen ...«

»So ist es.« Ein maliziöses Lächeln umspielt ihre Lippen.

Er räuspert sich. »Falls *Ihnen* noch etwas einfällt und Sie an einem der nächsten Abende noch nichts vorhaben, rufen Sie mich an. Meine Nummer steht auf der Visitenkarte in dem Päckchen.«

»Sind es Kafkas Erzählungen?«

Jetzt ist Tadden endgültig baff. »Woher wissen Sie das?«

»Es fühlt sich schmal an. Dass ich Kafka mag, ist das Einzige, was Sie von mir wissen. Sie haben sich wahrscheinlich gefragt, ob ich das Buch schon habe, aber Sie wollten mir auch nichts schenken, was vielleicht völlig daneben wäre, deshalb sind Sie bei Kafka geblieben. Und ja, es ist so, ich besitze das Buch, aber es ist ein fürchterlich zerfleddertes und bekritzeltes Reclam-Heft, und ich freue mich über eine schöne neue Ausgabe.«

»Sie sollten zur Polizei wechseln.«

»Wer weiß, vielleicht mache ich das.«

Da für den Augenblick alles gesagt ist, verlässt Tadden eilig das Büro, um dann beflügelt über den Flur zu entschweben.

Donnerstag, 17. März 2022, kurz vor 16:00 Uhr am Nachmittag

Auf dem Couchtisch in Völxens Büro steht ein Teller, auf dem sich ein Berg Gebäck auftürmt, Franzbrötchen, Nussecken, Apfeltaschen, Windbeutel.

»Habt ihr eine Bäckerei überfallen?«, erkundigt sich Tadden.

»Das ist das Ergebnis von Rodriguez' Flirt mit gewissen Damen des Backgewerbes«, erklärt Rifkin.

Völxen schluckt den letzten Bissen einer Quarktasche hinunter und sagt: »Staatsanwalt Feyling lässt sich entschuldigen, er kommt stattdessen morgen zu unserem Meeting, was mir sehr recht ist, das verschafft uns etwas mehr Zeit. Bis dahin sollten wir etwas vorweisen können. Und der Vize liegt mir auch schon jeden zweiten Tag in den Ohren, ob wir nicht langsam eine heiße Spur hätten.« Er schaut in die Runde. »Also?«

»Die Akte Babic ist nicht in der Wohnung. Wir haben jeden Zentimeter abgesucht«, beginnt Fernando. »Emine Babic hat in den zwei Wochen vor Frau Wendels Tod definitiv das Haus beobachtet. Dreimal wurde sie von der alten Dame, Frau Pingel, in der Bäckerei gegenüber gesehen, immer dann, wenn es regnete. Die dortigen Verkäuferinnen geben sogar an, dass Emine noch öfter da war. Sie fiel auf, weil sie sich ungebührlich lange an einer Tasse Kaffee festhielt und immerzu nach draußen starrte. Sie war jedes Mal allein. Das erste Mal war wohl Mitte, Ende Februar, das letzte Mal wurde sie am 5. März gesehen, also vier Tage vor der Tat. Dem Inhaber eines Ladens für Handyzubehör, der zwei Häuser weiter sein Geschäft hat, ist sie ebenfalls aufgefallen, weil sie innerhalb der letzten drei Wochen mehrere Male davor herumstand. Von den Hausbewohnern hat sie keiner gesehen, weder im Haus noch im

Hof, aber wir konnten nur drei befragen, die meisten kommen erst abends nach Hause.«

»Außerdem hat Jonas Malkamp auf dem neuen Phantombild eindeutig die Frau wiedererkannt, die zur Tatzeit vor der Wohnungstür stand«, ergänzt Rifkin.

»Das ist doch schon mal was«, brummt Völxen zufrieden. »Tadden, was ist mit der Tochter von Emine Babic?«

»Die zuständige Sachbearbeiterin des Jugendamts weilt zur Kur in Bad Pyrmont, aber ich konnte sie telefonisch erreichen. Frau Thielen gibt an, dass Frau Babic in der zweiten Januarwoche bei ihr vorstellig wurde und nach ihrer Tochter Mirjana fragte. Da diese am 6. April letzten Jahres ihre Kontaktdaten hinterlegt hatte, hat Frau Thielen sich den Pass zeigen lassen und Frau Babic die Kontaktdaten ihrer Tochter ausgehändigt. Es war ein kroatischer Pass, das weiß sie noch. Frau Babic habe einen klaren, vernünftigen Eindruck hinterlassen. Sie habe leider keine Angaben über ihren Aufenthaltsort in Deutschland gemacht«, setzt Tadden hinzu, um Völxens Nachfrage zuvorzukommen. »Die Handynummer, die Jana im Jugendamt angab, war die, die auch ihre Mutter uns nannte. *Teilnehmer nicht erreichbar.* Ich war dann noch bei ihrer WG in Hainholz, es hat niemand aufgemacht.«

»Irgendwann wird ja einer der Bewohner dort auftauchen«, meint Völxen. »Was ist mit ihrer Freundin, dieser Emma?«

»Ich habe ihr auf die Mobilbox gesprochen, bisher kam keine Antwort«, sagt Fernando.

Tadden ergreift noch einmal das Wort. »Ich kenne inzwischen die früheren Aufenthaltsorte von Emine, bevor sie zu den Engelhorsts kam. Wir könnten das damalige Personal dieser Einrichtungen ausfindig machen, vielleicht finden wir so ein paar alte Freunde von ihr.«

»Sehr gut, Tadden, bleiben Sie dran«, lobt ihn der Hauptkommissar und fügt hinzu: »Ich war auch nicht faul, ich habe Emine Babic zur Fahndung ausschreiben lassen.«

Samstag, 19. März 2022, am Abend

»Ich darf ein Glas Wein trinken? Ist das Ihr Ernst?«

Charlotte Engelhorst deutet mit einer großzügigen Geste auf das Ecksofa in ihrem Wohnzimmer. »Tun Sie nicht so scheinheilig, Herr Raukel. Sie trinken ohnehin heimlich, denken Sie, das wäre mir entgangen?«

Raukel setzt sich hin und beobachtet, wie sie einschenkt und sich dann grazil auf dem Chaiselongue-Teil des Möbels niederlässt, in Seitenlage, die Ellbogen auf einen Berg bunter Kissen gestützt.

Sie stoßen an und nehmen beide einen Schluck vom Merlot. Leider muss Raukel danach dienstlich werden. Er zeigt ihr das neue Phantombild von Emine Babic auf seinem Handy. »So in etwa sieht sie heute, mit achtunddreißig, aus. Damit Sie Bescheid wissen, falls sie hier auftaucht.«

»Um was zu tun? Mich zu ermorden?«, fragt sie, das Foto studierend.

»Möglicherweise. Hauptkommissar Völxen ist jedenfalls besorgt, aber auch ziemlich angefressen, weil Sie ihm das Kind von Emine Babic verschwiegen haben und auch dass dieses Kind durch Brigitte Wendel an eine weitere gemeinsame Freundin, Birte Rapp, vermittelt wurde.«

»Richten Sie Völxen aus, dass ich mit den Mauscheleien zwischen Brigitte und Birte in Sachen Adoption nichts zu tun habe. Das schwöre ich.«

»Warum haben Sie die Existenz des Kindes dann verheimlicht?«

»Ich habe es lediglich nicht erwähnt, weil es absolut nichts zur Sache tut.«

»Emine Babic und meine Kollegen sehen das wohl etwas anders.«

»Herr Raukel, Erbarmen! Ich bin müde, ich musste heute mein Kochbuch im NDR-Fernsehstudio promoten. Überlassen Sie es

Völxen und seinen kleinen Kampfhunden, mich zu verhören. Ich dachte, Sie sind zu meinem Schutz hier, oder lautet Ihr geheimer Auftrag, mich auszuhorchen?«

»Wenn ich Sie schützen soll, muss ich Bescheid wissen.«

»Das tun Sie doch jetzt«, lächelt sie und prostet ihm zu. »Gut, einverstanden. Ab jetzt keine Geheimnisse mehr. Zum Wohl.«

Montag, 21. März 2022,
am späten Nachmittag

Emma Blömer ist zweiundzwanzig und auf eine robuste Art hübsch. Tiefblaue Augen dominieren das runde Gesicht mit den vielen Sommersprossen, das von blonden Locken umrahmt wird. Sie besitzt eine kräftige, nicht allzu schlanke Figur und eine sympathische, zugewandte Art, welche die Ermittler Tadden und Rodriguez sofort für sich einnimmt.

Emma studiert Soziologie, genau wie Jana, und arbeitet als Aushilfe in einem Bistro in der Altstadt. Nach dem Ende ihrer Schicht ist sie vorbeigekommen. Tadden solle sie ruhig allein befragen, meinte Rodriguez, er müsse sich seiner Recherche widmen.

»Frau Blömer, Sie sind Jana Rapps beste Freundin, stimmt das?«, lautet Taddens erste Frage nach den üblichen Präliminarien.

»Keine Ahnung. Das weiß im Moment wahrscheinlich nur sie. Aber sagen Sie ruhig Emma zu mir.«

»Gut, Emma, erzählen Sie mal.«

»Nachdem Jana rausgekriegt hat, dass sie adoptiert wurde, war sie unglaublich wütend auf ihre Eltern. Deshalb ist sie zu uns in die WG gezogen. Ich dachte, wir könnten eine Menge Spaß haben, wir kennen uns schon seit der zehnten Klasse. Aber sie war nicht mehr wie früher, man konnte kaum noch Quatsch mit ihr machen. Okay, es ist sicher der Megaschock, mit zweiundzwanzig zu erfahren, dass man adoptiert wurde. Und klar war es übel von ihren Eltern, es ihr zu verschweigen. Aber man kann sich doch auch wieder einkriegen, oder?«

»Möglicherweise stürzte sie diese Entdeckung in eine Identitätskrise«, meint Tadden.

»Ja, sie hätte wirklich eine Therapie gebraucht, so neben der Spur, wie sie war. Sie war besessen von dem Gedanken an ihre leibliche Mutter. Einmal sagte ich: *Was willst du von der, die hat dich sit-*

zen gelassen, als du klein warst. Da ist sie ausgerastet und meinte, ich könnte nicht nachfühlen, was in ihr vorgehe. Vor etwa zwei Monaten meinte sie plötzlich strahlend, ihre Mutter hätte sie gefunden und wäre hier. Ich hätte die Frau furchtbar gerne mal gesehen, aber sie hat sie nie mitgebracht. Wir haben sie schon aufgezogen und sie gefragt, ob sie sich die Mutter vielleicht nur einbildet, so wie kleine Kinder einen imaginären Freund. Sie fand das gar nicht lustig. Sie war von da an viel weg, hat aber nie gesagt, wo sie ist, wann sie kommt oder geht, man konnte sich gar nicht mehr auf sie verlassen. Ich fragte Jana, warum ihre Mutter sich über zwanzig Jahre Zeit gelassen hat für einen Besuch. Sie giftete mich an, meinte, dafür könne sie nichts und es ginge mich nichts an. Sie wüsste außerdem, dass ich die Spionin für ihre Mutter, also die andere, sei, und sie könne mir nicht mehr vertrauen.«

»Ist das wahr?«, fragt Tadden dazwischen.

Sie schüttelt den Kopf. »Ich habe Frau Rapp mal im Winter vor der Tür getroffen und mit ihr geredet. Sie tat mir leid. Das muss Jana gesehen haben. Kurz darauf hat sie sich ein neues Handy besorgt. Ich musste ihr schwören, dass ich die Nummer nicht ihren Eltern gebe. Tja, und seit zwei Wochen ist sie weg.«

»Wie, weg?«

»Ich habe sie nur am Handy erreicht. Angeblich reiste sie da gerade mit ihrer Mutter zusammen per Interrail herum. Sie meinte, sie würde ab jetzt ihr Handy ausschalten, weil sie befürchtete, dass ihre Eltern es orten. Ist das nicht vollkommen irre?«

»Janas Eltern haben doch die Nummer gar nicht, oder?«, wirft Tadden ein.

»Das habe ich ihr auch gesagt, doch sie hat mir nicht getraut. Sie hatte voll die Paranoia, witterte ständig Verrat und misstraute jedem. Ich bin wütend geworden und habe sie angebrüllt, sie solle doch zum Teufel gehen mitsamt ihrer blöden Mutter, und dann aufgelegt. Hinterher tat es mir leid.«

»Es ist schlimm, wenn sich Freunde abwenden und man nicht helfen kann«, meint Tadden und fragt: »Hat Jana je den Namen Brigitte Wendel erwähnt?«

»Nein.«

»Oder Charlotte Engelhorst?«

»Die Garten-Tussi!« Zum ersten Mal lächelt Emma. »Meine Mutter folgt der auf YouTube. Aber Jana hat nie von der gesprochen, nein.«

»Emma, wann ist Jana aus der WG ausgezogen?«, will Tadden wissen.

»Sie ist nie offiziell ausgezogen, sie hat die Miete bezahlt und war immer seltener da und in den letzten zwei, drei Wochen gar nicht mehr.«

»Haben Sie nach diesem Streit noch einmal versucht, Jana anzurufen?«

»Ja. Zuerst war die Mailbox dran. Ich habe draufgesprochen und mich entschuldigt. Es kam keine Antwort, und beim nächsten Mal war es dann ausgeschaltet.«

»Wir brauchen diese Handynummer, Emma, Schwur hin oder her«, sagt Tadden.

»Ja, klar.« Sie kramt ihr Telefon aus ihrem Rucksack und zeigt ihm die Nummer in ihren Kontakten. Ihre Augen füllen sich mit Tränen. »Finden Sie sie, bitte. Ich mache mir echt Sorgen.«

»Die war ja echt süß«, meint Rodriguez, nachdem Emma gegangen ist.

»Hm.«

»Gut gemacht, Tadden. Du hast es echt drauf.«

»Danke, Rodriguez.«

»Übrigens, meine Mutter hat dich heute Morgen beim Frühstück vermisst. Hast du etwa die Nacht woanders verbracht?«

»Und wenn?«

»Jemand von einer Dating-App? Ein Typ wie du hat sicher zehn Tinder-Matches pro Tag.«

»Ich bin nicht auf Tinder, ich bevorzuge analoge Beziehungsanbahnungen.«

»Echt jetzt? *Beziehung*? Wo hast du bloß so schnell eine Frau aufgerissen?«

Donnerstag, 24. März 2022, früh am Morgen

Jürgen Dold ist neununddreißig Jahre alt und hat nur noch einen Lungenflügel, was ihn jedoch nicht vom Kiffen abhält. Das kann man sogar schon im Hausflur riechen. Deshalb zögert er, als es darum geht, Rifkin und Rodriguez in seine Wohnung zu lassen. Erst als Rifkin ihm versichert, seine schlechte Gewohnheit sei nicht von Interesse, bittet er die beiden in seine Küche. Die ist puristisch gestaltet, mit einem Hang zum Shabby-Chic, zentrales Element ist die Mikrowelle, anhand der ein Forensiker mühelos den Speiseplan der letzten Wochen rekonstruieren könnte.

Die Ermittler setzen sich etwas widerstrebend an den tabakverkrümelten Tisch, Dold bleibt stehen, da es sonst keinen Stuhl mehr gibt. Ein Bademantel, der schon bessere Tage und schon länger keine Waschmaschine mehr gesehen hat, schlottert um seine dürre Gestalt.

Dold reibt sich die müden Augen über den unrasierten Wangen und fängt an, sich eine Zigarette zu drehen. »Acht Uhr? Seid ihr wahnsinnig? Ich bin erst gestern spätabends von einer Tour zurückgekommen.«

»Tut uns leid, dass wir Sie behelligen, aber es ist wichtig. Es geht um Emine Babic«, antwortet Fernando, der selbst noch müde ist, aber sie wollten den Mann unbedingt zu Hause antreffen.

Tadden, der sich nicht nur zum Streber entwickelt, wie Fernando findet, sondern auch einen besonderen Draht zum Jugendamt haben muss, ist es gelungen, ein paar alte Freunde von Emine Babic aufzutun. Dazu waren etliche Gespräche mit damaligen Angestellten notwendig, weshalb sich die Angelegenheit hinzog. Letztendlich haben sich vier Namen herauskristallisiert, doch der einzige dieser alten Freunde, der heute noch in der Stadt wohnt, ist Jürgen Dold. Der Mann ist vorbestraft: Handel und Besitz von

Betäubungsmitteln, Einbruchdiebstahl und leichte Körperverletzung. Er hat es jedoch immer geschafft, mit einer Bewährungsstrafe davonzukommen, und die letzte Gesetzesübertretung liegt zehn Jahre zurück. Seither führt er ein tadelloses Leben, wenn man vom Kiffen großzügig absieht. Er hat einen Job als LKW-Fahrer für eine ortsansässige Spedition, und es stimmt, was er sagt. Er ist tatsächlich erst gestern am späten Abend von einer achttägigen Balkan-Tour zurückgekommen. Das hat sein Arbeitgeber bestätigt und den Ermittlern bereitwillig den Tourenplan der letzten zwei Monate von Herrn Dold ausgehändigt. Von ihm wissen sie auch das mit der halben Lunge aufgrund einer Krebserkrankung vor acht Jahren.

»Emmi – wer?«, fragt Jürgen Dold reichlich dümmlich zurück und zündet sich seine Zigarette an.

Fernando macht ein gequältes Gesicht und wedelt den Rauch weg. »Sparen wir uns die Show, Herr Dold, umso schneller kommen Sie wieder zu Ihrem Schönheitsschlaf. Sie ist eine alte Freundin von Ihnen, das wissen wir. War sie in letzter Zeit hier?«

»Nein, wie kommen Sie darauf?«

Rifkin verliert die Geduld. »Wie es aussieht, sind Sie noch nicht zum Putzen gekommen. Finden wir Fingerabdrücke von Emine Babic, sind Sie dran wegen Strafvereitelung.«

Er hebt abwehrend die Hände. »Ja, schon gut. Sie war hier. Mann, hab ich vielleicht gestaunt! Immerhin ist es schon zwanzig Jahre her.«

»Hatten Sie beide in der Zwischenzeit Kontakt?«, will Fernando wissen.

»Nein, eben nicht. Ich hatte null Ahnung, wo sie all die Jahre war.«

»Woher hatte sie dann Ihre Adresse?«, wundert sich Rifkin.

»Ich wohne seit einundzwanzig Jahren hier. Ich bin mit achtzehn eingezogen, damals waren wir noch eine Dreier-WG. Ich bin übrig geblieben.«

»Emine war also damals öfter bei Ihnen zu Besuch?«

»Ab und zu.«

»Auch in den Tagen, ehe sie verschwand?«

»Ich weiß nicht genau, wann sie verschwand.« Noch ein Zug an der Zigarette. Offenbar regt das Nikotin seinen Gehirnzellen an, denn er sagt: »Ich habe sie genau am 16. Mai 2002 zum letzten Mal gesehen. Das weiß ich, weil wir da ihren achtzehnten Geburtstag gefeiert haben. In der Baggi. Ihren Geburtstag habe ich mir immer gemerkt, ist das nicht komisch?«

»Gut, und wo ist sie jetzt?«, versucht Fernando das alles etwas abzukürzen, denn er hat noch nicht gefrühstückt.

»Weiß ich nicht. Sie kam Mitte Januar hier an und fragte mich, ob ich ein Bett frei hätte. Als ich vor zwei Wochen von einer Tour zurückkam, war sie wieder weg. Ein Zettel mit *Danke* und eine Flasche Wein war alles, was sie dagelassen hat.«

»Wann war das genau?«

Er greift nach seinem Handy, das neben der Spüle liegt, und sieht nach. »Ich war eine Woche unterwegs, Schweiz, Italien. Am Freitag, den 11. März, bin ich wiedergekommen. Ich weiß nicht, wann sie weg ist.«

»Ist das die Flasche?« Fernando deutet auf den Stapel Bier- und Colakisten hinter der Tür. Obenauf liegt eine leere Flasche Primitivo.

»Kann schon sein.«

»Wir entsorgen sie für Sie«, meint Fernando, reißt ein Blatt von der Küchenrolle ab und fasst sie damit vorsichtig am Flaschenhals. »Wo hat Emine geschlafen?«

Der Hausherr deutet mit ausladender Geste in Richtung Flur. »Hinten links. In meiner Gästesuite.«

Fernando geht hinaus, um sich das anzusehen. Das Zimmer ist voller Gerümpel, aber vor dem Fenster steht ein Bett. Das Bettzeug sieht benutzt aus. Manchmal rächt sich eine nachlässige Haushaltsführung, stellt Fernando fest und ruft die Spurensicherung an. Das wird ein Fest für die werden. DNA-Spuren noch und nöcher.

»Kennen Sie Brigitte Wendel?«, fragt derweil in der Küche Rifkin.

»Ja, klar. Das war unsere sogenannte Betreuerin im Amt.«

»Sie wissen, dass Brigitte Wendel am 9. März einem Tötungsdelikt zum Opfer fiel?«

»Die hat nur gekriegt, was sie verdient hat. Ich habe ein Alibi. Da war ich noch auf Sizilien.«

»Haben Sie mit Emine über Frau Wendel gesprochen?«

Er hält seine Zigarette kurz unter den Wasserhahn und grinst sie frech an, wobei ein paar Zahnlücken sichtbar werden. »Ich erinnere mich nicht mehr.«

»Erwähnte Emine dieser Tage den Namen Charlotte Engelhorst?«

»Sie sagte nur, sie sei schuld daran, dass sie ihre Tochter zwanzig Jahre lang nicht gesehen hat.«

»Herr Dold, kennen Sie den Vater von Emines Tochter?«

Er schüttelt den Kopf. »Ich bin's nicht, falls Sie das denken. Wird wohl ein One-Night-Stand gewesen sein. Sie war ein ziemlicher Feger.«

»Sie und Emine waren damals also nur Freunde.«

»Wir waren in erster Linie Verbündete, nennen wir es so. Heime sind ein bisschen wie Knast, man muss sich Allianzen suchen. Allein geht man unter, denn da herrscht das Gesetz des Dschungels.«

»Haben Sie noch Kontakt zu anderen Verbündeten?«

»Nein.«

»Was ist mit Conny Lorenzen, Dennis Kowaltschick und Stefan Poll?«

Er lacht, ein trockenes Lachen, das in Husten übergeht. »Die alte Clique. Sie waren ja richtig fleißig.«

»Das Glück ist mit den Tüchtigen.«

»Conny lebt auf Ibiza, Stefan ist tot, Überdosis, und Dennis ... keine Ahnung, wo der ist. Das alles ist lange vorbei, ich will davon nichts mehr hören.«

»Hat Emine Ihnen bei ihrem Besuch erzählt, warum sie im Jahr 2002 so plötzlich verschwunden ist?«

»Nein. Hören Sie, mir reicht das jetzt. Was soll das werden, ein Nostalgietrip?«

»Noch einmal. Wo ist Emine Babic?«

»Keine Ahnung. Sie war hier, um ihre Tochter zu finden. Vielleicht ist sie bei ihr.«

»War die Tochter mal in dieser Wohnung?«

»Nicht, als ich da war. Aber ich bin ja viel unterwegs.«

»Haben Sie eine Handynummer von Emine Babic?«

»Nicht mehr. Ich hatte ihr mein Prepaidhandy geliehen. Sie hat es dagelassen. Ohne SIM-Karte. Sie können es haben. War es das?«

Fernando erscheint wieder in der Tür. »Nein, das war es noch lange nicht. Wir warten auf die Spurensicherung, und eine Streife bringt Sie zu uns auf die Polizeidirektion. Wir vernehmen Sie offiziell als Zeugen und fertigen ein Protokoll an.«

»Die Schlinge um den Hals von Frau Babic zieht sich allmählich zu.« Rifkin tunkt den Zipfel ihres Croissants in den Milchschaum. Auf der Rückfahrt zur Dienststelle haben sie an einer Bäckerei angehalten, um Rodriguez vor dem Umkippen zu bewahren.

»Seit wann übst du dich im positiven Denken?«, brummt dieser. »Die Frau ist uns durch die Lappen gegangen, und der Kerl von eben verschweigt uns eine ganze Menge.«

»Warum so negativ, Rodriguez? Das sind echt üble Vibes.«

Fernando verdreht die Augen. »Übrigens, Rifkin, der friesische Leuchtturm hat schon drei Nächte nicht zu Hause geschlafen.«

»Muss mich das interessieren?«

»Ich dachte, du wüsstest vielleicht was.«

»Bin ich etwa die Dienststellen-Mata-Hari?«

»Nein, das war Oda, und die Frau hat ihre Berufung ernst genommen«, meint er vorwurfsvoll. »Sie wüsste bestimmt längst, in welchem Pfuhl er seinen Wattwurm versenkt.«

»Rodriguez! Spar dir den Altherrenhumor für Raukel auf.«

»Apropos. Du kommst doch zu Odas Abschiedsfest am nächsten Freitag?«

»Sicher.«

»In Begleitung?«

»Ganz sicher nicht.«

April 2022

Freitag, 1. April, 2022,
am frühen Abend

»Was machst du für ein Gesicht, Bodo? Wir gehen zu einer Party, nicht zu einer Beerdigung.«

Völxen und seine Frau Sabine stehen abfahrbereit im Flur. Oscar ist aufgeregt. Er darf mitkommen, denn, so meinte Oda, schließlich gehört auch er zur Dienststelle. Sabine hat ihm für den feierlichen Anlass eine kleine Fliege an seinem Halsband befestigt.

»Ich glaube, ich muss mich heute erst betrinken, ehe ich wieder ein halbwegs freundliches Gesicht machen kann.«

»Was ist denn los?«, will Sabine wissen.

»Nichts. Das ist ja das Problem.«

»Ihr habt diese Mörderin immer noch nicht gefunden?«

»Nein«, knirscht Völxen.

Immerhin ist man auf der richtigen Spur. Forensische Indizien deuten stark darauf hin, dass Emine Babic die Mörderin von Brigitte Wendel ist. Haare und DNA-Spuren aus der Wohnung des Zeugen Dold decken sich mit solchen, die in der Wohnung von Frau Wendel sichergestellt wurden. Doch seit dieser Erkenntnis am Anfang der Woche ist der Fall ins Stocken geraten.

Sie wollen mir jetzt nicht erzählen, dass Sie seit zwei Wochen nach Emine Babic und ihrer leiblichen Tochter Jana Rapp suchen, und zwar ohne jeden Erfolg?, hat der Vizepräsident heute Nachmittag gefragt, rein rhetorisch natürlich.

Völxen war drauf und dran, ihm zu sagen, das so etwas eben passiert, wenn man ihm die Personaldecke kürzt, doch im Hinblick auf mögliche peinliche Enthüllungen Raukel betreffend hat er lieber den Mund gehalten.

Staatsanwalt Feyling hat stumm seinen Wikingerbart gekrault, während Völxen aufgezählt hat, was er und seine Mitarbeiter unternommen haben. Janas kompletter Bekanntenkreis wurde abgeklappert, eine Handyortung lief ins Leere. Um ihre Mutter Emine aufzustöbern, haben Völxen und seine Leute damit begonnen, sämtliche Hotels, Ferienwohnungen und Airbnb-Unterkünfte in Hannover und der Region zu überprüfen. Sogar Frau Cebulla wurde für diese Sisyphus-Arbeit eingespannt.

Alles ergebnislos.

Hauptkommissar Völxens Stimmung sank mit jedem Tag, der erfolglos verstrich. Dass eine mutmaßliche Mörderin, die wahrscheinlich in Kroatien untergetaucht ist, nicht gefunden wird, ist noch einigermaßen vertretbar, aber dass man es nicht schafft, eine unbescholtene junge Frau aufzustöbern, damit kann er sich einfach nicht abfinden. Einen winzigen Hoffnungsschimmer gibt es. Nächste Woche sind die Semesterferien zu Ende, dann, so hoffen die Ermittler und auch Janas Eltern, wird sie bestimmt zurückkommen. Sofern sie nichts mit den Verbrechen zu tun hat.

»Knöpfen Sie das Sakko auf, Herr Raukel, das sieht lässiger aus. Ich würde außerdem zu einer Gürtelschnalle raten, die nicht so groß ist wie Bayern. Haben Sie noch andere Schuhe?«

»Was ist falsch an meinen Cowboystiefeln?«

»Alles.«

»Kann ich Sie wirklich für ein paar Stunden alleine lassen, Frau Engelhorst?«

»Wäre ich denn willkommen auf Ihrer Party?«, entgegnet sie. »Gucken Sie nicht so erschrocken. Ich mache heute einen ruhigen Abend und gehe keinen Schritt mehr vor die Tür.«

»Soll ich Ihnen meine Waffe dalassen?«

»Herrgott, nein!«

»Sie liegt in meinem Nachtschränkchen. Nur für alle Fälle! Ich lasse die Tür zu meiner Wohnung unverschlossen.«

»Haben Sie keine Angst, dass ich in Ihren Sachen herumschnüffle?«

»Sie würden nichts Interessantes finden. Sperren Sie hinter mir die Haustür ab, und öffnen Sie niemandem. Bei der kleinsten Kleinigkeit, die Ihnen verdächtig vorkommt, rufen Sie die Polizei.«

»Nun gehen Sie schon! Und grüßen Sie den Herrn Völxen von mir.«

Freitag, 1. April 2022, später am Abend

Odas Abschiedsfest findet in Isernhagen statt, in der Maisonettewohnung, in welcher Oda mit ihrer Tochter Veronika zwanzig Jahre lang gelebt hat. Auch nachdem sie Tian Tang geheiratet hat, hat jeder von ihnen seine eigene Wohnung behalten, was Oda stets als das Erfolgsrezept für eine gute Ehe proklamierte.

Vielleicht stimmt das, überlegt Völxen, während er, Sabine und Oscar den mit Fackeln erleuchteten Hof überqueren. Aber vielleicht leidet Oda auch an chronischer Entscheidungsschwäche und lässt sich nach Möglichkeit eine Ausflucht offen. Zwei Wohnungen in der Ehe, ein Sabbatjahr statt einer Kündigung im Job ... Er wird sie nachher fragen, ob sie zwei Landhäuser gekauft haben oder ob Tian im Ostflügel wohnt und sie im Westwing.

»Warum grinst du so?«, fragt Sabine, als sie vor der Tür stehen und Oscar einen der die Tür flankierenden Blumenkübel wässert.

»Jetzt freu ich mich auf den Abend, nun ist es auch wieder nicht recht!«

»Ich frage doch nur. Hauptsache, du bist wieder besser gelaunt.«

Zwei, drei Gläser Merlot später ist Völxen tatsächlich guter Stimmung. Es ist schön, alle zusammen zu sehen. Dr. Bächle ist hier und natürlich Odas Tochter Veronika und Tian Tang, mit dem Völxen nie so ganz warm wurde. Dafür schwärmt Sabine für den hochgewachsenen Nordchinesen mit dem gemeißelten Bronzeteint. Sei's ihr gegönnt, befindet ihr Gatte großmütig. Allzu viele Treffen mit ihm wird es ohnehin nicht mehr geben.

»Mensch, Raukel, ich hätte dich fast nicht erkannt«, begrüßt Rifkin ihren Kollegen, der sich gerade am Büfett einen Berg Tapas auf den Teller lädt. »Du bist ja regelrecht abgemagert, und dein Gesicht ist gar nicht mehr lila. Das Landleben bekommt dir.«

»Von wegen. Du ahnst nicht, was ich alles aushalten muss! Ich bin der Sklave einer Gesundheitsfetischistin. Diese göttlichen Tapas von Señora Rodriguez ...«, bei diesen Worten winkt er Pedra zu, »... sind mein erstes vernünftiges Essen seit Wochen!«

»Schönheit muss leiden. Weiter so!«

»Wie es aussieht, sind wir die einzigen Singles hier, Rifkin.«

»Genau, wir sind die Parias. Selbst unsere Verflossenen wären in dieser Runde fehl am Platz.«

Raukel kichert, dann senkt er seine Stimme und fragt: »Ist inzwischen Ruhe eingekehrt an der Beziehungsfront?«

»Bis jetzt keine Feindkontakte mehr.«

»Du kommst schon auch noch unter die Haube, Rifkin. Mach es wie Oda, angle dir einen reichen Chinesen. Seine Familie schwimmt im Geld. Man sollte ihn glatt in Tian Fang umbenennen.«

Familie Rodriguez ist in voller Besetzung aufgelaufen.

»Schau mal, Leo, das ist der Chef von deinem Papa«, stellt Jule ihrem kleinen Sohn ihren ehemaligen Vorgesetzten vor.

Völxen geht knackend in die Knie. »Hallo, Leo!«

»Der ist ja alt!«

Jule verdreht die Augen und meint: »Dabei wollte ich dich gerade noch fragen, ob du nicht langsam Lust auf Enkelkinder bekommst.«

»Danke. Jetzt nicht mehr.«

Er schlendert weiter. Frau Cebulla hat einen bebrillten, glatzköpfigen Herrn dabei, den sie ihm etwas verschämt als *ihren Bekannten* vorstellt. Völxen freut sich, dass seine Sekretärin nach der Katastrophe mit dem Heiratsschwindler vor einigen Jahren wieder jemanden gefunden hat.

»Er ist Zahnarzt«, flüstert sie Völxen zu, als ihr Begleiter gerade nicht hinhört, und dieser entgegnet ebenso leise: »Aber das macht doch nichts!«

Auch Joris Tadden hat eine Begleitung mitgebracht, eine hübsche junge Frau namens Katrin Herold. Nur Rifkin und Raukel sind alleine hier. Über Rifkins Privatleben weiß Völxen wenig, und wenn man an Raukels letzte Freundin denkt, kann man nur froh sein, dass er ohne Anhang gekommen ist. Raukel hat Völxen vorhin mit einem festen Händedruck und dem üblichen Ruf »Völxen, alter Freund« begrüßt. Seither hat er es geschafft, seinem Vorgesetzten geschickt aus dem Weg zu gehen oder wenigstens dafür zu sorgen, dass dieser ihn nicht allein antrifft. Völxen hat seinerseits Besseres zu tun, als ihm nachzustellen, er plaudert lieber mit angenehmeren Gästen. Nun aber ist die Gelegenheit günstig, Raukel steht mit Oda auf dem Hof, jeder von ihnen hat einen Zigarillo in der Hand. Völxen pirscht sich heran. »Erwin, sag bloß, du hast das Rauchen angefangen?«

»Hin und wieder gönne ich mir einen Zigarillo oder eine Zigarre, wenn ich in guter Gesellschaft bin.« Er lächelt bei diesen Worten demonstrativ Oda an.

»Wenn sie endlich Cannabis legalisieren, können wir mal zusammen einen durchziehen!«, schlägt Oda ihm vor.

»Bring mich nicht auf gefährliche Abwege!«, wehrt Raukel ab.

»Apropos Abwege«, mischt sich Völxen in das Geplänkel. »Neulich habe ich einen alten Kollegen getroffen. Oda, erinnerst du dich an Otto Rothnagel, Spitzname Notnagel? Er hat ja leider ein unrühmliches Ende genommen, karrieremäßig, meine ich.«

»Ich erinnere mich schwach«, antwortet Oda, die nichts von Raukels Täuschungsmanöver weiß und daher nicht sonderlich interessiert ist an dem Thema.

»Wo hast du ihn denn getroffen?«, fragt Raukel einen Tick zu beiläufig.

»Ach, in der Stadt, abends mal«, meint Völxen leichthin. Er weidet sich ein paar vergnügliche Sekunden lang an Raukels Versuch, seinen Schrecken in den Griff zu bekommen, ehe er sich umwendet und meint: »Ich besorg mir noch ein Gläschen von diesem köstlichen Rotwein, wenn's recht ist.«

»Oda, kann ich dich mal was fragen?«

Oda, die gerade einen Satz leer gegessener Teller in die Spülmaschine räumt, wobei sie sich des Terriers erwehren muss, der ständig versucht, die Teller abzulecken, wendet sich um. »Sicher, Fernando. Was gibt es denn?«

»Tian gibt doch seine Wohnung in der Südstadt auf, richtig?«

»Er vermietet sie, ja. Wieso, willst du ausziehen?«

»Tadden sucht ganz dringend eine.«

»Wie fürsorglich von dir.«

»Ich dachte halt ... Da er nun doch eine Freundin hat ...«

»Die hat Klasse, nicht wahr? Sie hat diesen intellektuellen Touch. Sehr sexy.«

»Jedenfalls sollte er da doch langsam mal bei meiner Mutter ausziehen.«

Oda kneift die Augen zusammen, als überlegte sie angestrengt. »Wie alt warst du noch mal, als du bei deiner Mutter ausgezogen bist, ganze drei Stockwerke tiefer? Vierzig?«

»Das ist ja wohl was anderes. Sie ist *meine* Mutter, und er wohnt in meinem alten Zimmer!«

»Wir wollten Tians Wohnung morgen einem Makler zeigen, aber ein Kollege hätte natürlich Vorrang.«

»Kann er sie sich denn leisten? Ich meine, er ist ja erst Anwärter ...«

»Und es ist eine ziemlich große, luxuriöse Dachwohnung mit Terrasse. Aber wir würden bestimmt eine Lösung finden. Frag ihn doch einfach.«

»Wen, Tadden?«

»Ja. Und Tian.«

»Kannst du das nicht machen, Oda? Später, wenn meine Mutter und Leo gegangen sind. Sie muss das nicht gleich mitkriegen, sie hat einen Narren an dem Kerl gefressen.«

»Fernando! Du bist nicht nur hinterhältig, sondern auch noch ein Feigling!«

»Danke, Oda!«

»Deine Kollegen sind nett. Du hättest es schlimmer treffen können.« Tadden und seine Begleiterin sitzen an einem kleinen Tisch vor der Küchentür, im flackernden Schein einiger Windlichter. Katrin hat sich in eine Decke gewickelt, denn es ist ziemlich kühl. Sie sieht trotzdem wunderschön aus, findet Tadden. Das lange dunkle Haar liegt schwer auf ihren Schultern, der tiefrote

Lippenstift betont ihr blasses Gesicht mit den ausdrucksvollen Augen.

»Danke, dass du mitgekommen bist. Ich hätte mich sonst nicht hierhergewagt«, sagt er.

»Quatsch! Ich hatte Bedenken. Ich bin nicht so das *party animal.*«

»Und ich habe ein Problem mit Menschenmengen.« Kaum hat er es ausgesprochen, wird er auch schon nervös. Er wollte es ihr irgendwann sagen, möglichst, bevor es zu einem peinlichen Vorfall kommt. Aber jetzt ist es raus und kann nicht mehr zurückgenommen werden.

»Das sind doch keine Mengen, nur ein gutes Dutzend Leute«, lacht sie.

»Sechzehn. Mit uns«, stellt er richtig. »Aber das wusste ich vorher nicht.«

»Altes Kriegsleiden?«, fragt sie mit einem Schmunzeln.

Er nickt. »Am Anfang, kurz nach meiner Rückkehr, konnte ich in keinen größeren Supermarkt gehen oder in ein Kaufhaus. Ich stand davor und fühlte mich nackt ohne Helm und Schutzweste und ohne Waffe, ich checkte automatisch das Gebäude und die Umgebung nach Hinterhalten ab. Eine belebte Innenstadt – der Horror! Während der Polizeiausbildung mussten wir im Bahnhof gegnerische Fußballfans auseinanderhalten. Es verlief alles problemlos, ich war froh um die schwere Schutzkleidung und den Helm, doch am Ende der Schicht war ich schweißgebadet und hatte Schnappatmung.«

»Samstags bei Ikea geht es mir ganz genauso.«

»Das nächste Mal begleite ich dich zu Ikea«, sagt er und drückt ihre Hand. »Ich weiß noch nicht, wann ich so weit bin, aber ich tu es, versprochen.«

»Gott sei Dank!«

»Ikea scheint dir ja echt wichtig zu sein.« Sein Grinsen gerät etwas schief.

»Ich bin lediglich froh, dass es nur eine kleine Klaustrophobie ist, die dich verfolgt. Es könnte schlimmer sein. Man hört so einiges.«

»Es könnte auch gar nichts sein«, widerspricht er.

»Nein, *das* wäre mir unheimlich.« Sie lächelt. »Wollen wir uns zusammen ins Haus wagen und unter die vierzehn anderen Leute mischen? Mir wird allmählich kalt hier draußen.«

»Gut. Geh du voraus, ich gebe dir Deckung.«

Samstag, 2. April 2022, am Vormittag

Erwin Raukel könnte durchaus noch länger schlafen, aber ihn drückt seine Blase. Das kommt vom vielen Wein. Mit Whisky schläft man wie ein Engel bis zum Mittag durch. Außerdem ist das Bett in seinem ländlichen Exil längst nicht so bequem wie das Luxus-Boxspringbett bei sich zu Hause. Er sehnt sich nach seinem Bett, seiner Wohnung, seiner Stadt und seinem Leben. Dann ist da plötzlich dieses ungute Gefühl, das ihn wie eine dunkle Wolke umgibt, aber sein Hirn ist noch nicht wach genug, um dessen Ursache zu ergründen.

Als er vor wenigen Stunden mit dem Taxi hierher zurückkam, war alles in bester Ordnung: die Haustür abgeschlossen, die Lichter aus, die Beretta an ihrem Platz und dazu ein Zettel von Charlotte Engelhorst: *Habe sie nicht gebraucht.*

Das ist es also nicht. Nein, es hängt irgendwie mit dem gestrigen Abend zusammen. In seinen Boxershorts torkelt er ins Bad und erleichtert sich, und dabei fällt es ihm schlagartig wieder ein. Völxen hat Otto Rothnagel erwähnt! Auf eine ganz beiläufige, hinterfotzige Art. Das war bestimmt kein Zufall. Also weiß er Bescheid. Und er, Raukel, ist am Arsch.

Sein Mund ist trocken, und er fühlt sich schwindelig. Die Wasserflasche, die neben seinem Bett steht, ist leer. Auch das noch.

Seit Raukel erfahren hat, dass das Trinkwasser für dieses Anwesen aus einem eigenen Brunnen stammt, traut er der Sache nicht mehr und trinkt nur noch Wasser aus Flaschen. Er schlüpft in seinen Bademantel und geht leise die Treppe hinunter, um sich aus der Vorratskammer neben der Küche zu bedienen. Die Küche ist verlassen, anscheinend schlafen alle noch. Das Auto der Wiegand fehlt, es stand schon heute Nacht nicht da, sie ist wohl bei ihrem neuen Freund.

Er findet einen Kasten Apollinaris und stillt den ärgsten Durst gleich an Ort und Stelle. Von oben hört er Gepolter, Schritte und Stimmen. Das Studio von Charlotte liegt direkt über der Küche, und der alte Bau ist hellhörig. Die Dame des Hauses ist also schon aktiv, und die andere Stimme klang wie die von Tamara. Die Studentin fungiert neuerdings als eine Art technische Assistentin bei den Aufnahmen, jedenfalls hat Raukel die beiden schon mit der Kamera im Garten hantieren sehen.

Mit dem Einsickern der Flüssigkeit in seinen ausgetrockneten Körper kommt Leben in ihn. Er muss sofort Otto Rothnagel anrufen! Wieso hat der Kerl ihm nicht von selbst Bescheid gesagt, ihn nicht gewarnt, dass Unheil im Anzug ist? Obwohl er ihn doch sonst über jeden Furz auf dem Laufenden hält. Irgendetwas ist da im Busch! Haben sich am Ende der Notnagel und der Schafstrottel gegen ihn verschworen? Ist der Vize schon informiert? Ist der Rausschmiss von Hauptkommissar Raukel bereits beschlossene Sache, und nur er selbst weiß noch nichts davon? Solch düstere Gedanken wälzend steigt Raukel die Treppe wieder hinauf.

Aus dem Studio von Charlotte Engelhorst tönt ihre Stimme. Die Tür ist nicht ganz zu. Raukel bleibt stehen, um zu verschnaufen, und horcht dabei. Etwas an ihrem Tonfall ist seltsam, vollkommen anders als sonst. Geradezu weinerlich und stockend.

»Ich bin nicht ... nicht die nette Frau von nebenan. Das ist nur Fassade, eine Täuschung. Ich bin süchtig nach Anerkennung. Und ... und es geht auch um Geld. Ich bin geldgierig, und mein Leben ist gespickt mit Verrat und miesen Tricks. Ich belüge alle und jeden, und das ... das jeden Tag. Im Kern meines Wesens ... bin ich niederträchtig und egoistisch ...«

Was geht da vor? Wozu diese Selbstanklage?

Da stimmt etwas nicht.

Raukel widersteht dem Drang, sofort die Tür aufzureißen und nach dem Rechten zu sehen. Stattdessen hastet er zurück in sein Zimmer und nimmt die Pistole aus der Schublade seines Nachttisches. Aus dem Studio ist nun ein Schrei zu hören. Die Waffe in der Hand rast Raukel über den Flur und tritt gegen die angelehnte

Tür, die, wie von ihm beabsichtigt, gegen die Wand kracht. Für einen Wimpernschlag verharrt Raukel in Staunen, denn es bietet sich ihm eine bizarre Szene dar.

Charlotte Engelhorst sitzt auf ihrem Schreibtischsessel vor dem Bildschirm und den Stativen mit der Kamera und der Ringleuchte, die sonst ihr Antlitz vorteilhaft ausleuchtet. Doch nun hat die Bloggerin eine weiße Plastiktüte über dem Kopf. Hinter ihr steht eine Person in Jeans, Turnschuhen, einem dunklen Pullover und einer Skimaske. Die Hände stecken in schwarzen Handschuhen und ziehen die Tüte im Nacken ihres Opfers fest zu. Darunter dringen verzweifelte, erstickte Laute hervor. Gegenüber, auf der anderen Seite des Tisches, hat sich Tamara Dinse postiert. Sie hält einen mit großen schwarzen Filzstift-Lettern beschriebenen Karton vor sich hin. Darauf steht in etwa der Text, den Charlotte gerade von sich gegeben hat.

Raukel stürzt sich auf die maskierte Gestalt, zieht ihr mit einer Hand die Skimaske ab und hält ihr mit der anderen die Waffe an die Schläfe. »Polizei! Runter mit der Tüte!«

Emine Babic – er erkennt sie aufgrund des künstlich gealterten Fotos auf Anhieb – löst vor Schreck den Griff vom Hals ihres Opfers. Unter der Tüte ertönt ein Röcheln und Worte, die wohl heißen sollen: »Sie hat ein Messer!«

Tatsächlich, es steckt in der hinteren Tasche der Jeans von Emine Babic. Raukel hält ihr immer noch die Waffe an den Kopf. Mit seiner Linken zieht er das Küchenmesser aus der Tasche und wirft es hinter sich auf den Fußboden. Dann reißt er die Tüte von Charlottes Kopf und versetzt ihrem beweglichen Stuhl einen Tritt, der sie aus der Gefahrenzone bringt. Bei alledem behält er nicht nur Emine, sondern auch Tamara im Auge, die jedoch nur starr vor Schreck dasteht und die Pappe mit dem Text wie einen Schild vor ihren Körper hält.

Charlotte japst nach Luft und zerrt an den Kabelbindern, mit denen ihre Handgelenke an die Armlehnen gebunden sind.

Zeit, für Ordnung zu sorgen.

»Tamara! Umdrehen, Beine auseinander und Hände an die Wand!«

»Ich bin nicht Tamara, ich heiße Jana!« Die Studentin hat inzwischen die Pappe fallen gelassen.

»Das ist mir scheißegal«, schreit Raukel wutentbrannt. »Umdrehen! An die Wand! Ich meine es ernst!« Raukel merkt, wie seine Stimme vor Aufregung überschnappt, was nicht sehr professionell klingt, aber anscheinend macht sein Gebrüll dennoch Eindruck bei den Damen.

»Tu es«, sagt Emine, der Raukel nach wie vor die Waffe an den Kopf hält.

Die junge Frau gehorcht und stellt sich wie befohlen hin.

»Sie, auch an die Wand!«, sagt Raukel zu Emine und zerrt sie am Schreibtisch vorbei. »Nein, weiter da drüben! Abstand halten. Ja, genau so«, sagt er, als Emine in ähnlicher Haltung wie ihre Tochter an der Wand lehnt, wobei sie den Kopf umwendet und ihn so voller Hass ansieht, dass einem das Blut gefrieren könnte.

»Kopf runter!«, befiehlt Raukel, und nun, da er nicht mehr mit der Aggressorin auf Tuchfühlung ist, klingt er wieder ganz wie ein autoritärer Vertreter der Staatsgewalt. »Wer zuckt, bekommt die erste Kugel ab, ist das klar?«

Keine antwortet. War auch nicht so gedacht.

Ohne die beiden aus den Augen zu lassen, greift Raukel nach der Schere, die aus einem Becher mit Stiften hervorschaut, und durchtrennt damit die Kabelbinder an Charlotte Engelhorsts Handgelenken. »Können Sie aufstehen?«

»Ja, ja.« Alles an ihr zittert, aber sie erhebt sich von ihrem Stuhl und stolpert in Richtung Tür.

»Rufen Sie die 110 an und danach Völxen. Schaffen Sie das?«

»Ja.«

»Dann los! Keine Angst, es ist vorbei. Ich habe alles im Griff.«

Sonntag, 3. April 2022, am Morgen

Joris Tadden und Elena Rifkin sitzen in ihrem gemeinsamen Büro, ihnen gegenüber Jana Rapp. Die U-Haft ist ihr nicht bekommen, sie sieht blass und übernächtigt aus und würde ihr Gesicht am liebsten hinter ihrem Haarvorhang verbergen. Man hat die junge Frau über ihre Rechte aufgeklärt, aber sie wollte weder einen Anwalt noch ihre Eltern anrufen.

»So haben wir es am liebsten«, meinte Fernando Rodriguez zu seinen Kollegen Tadden und Rifkin, ehe er sich in den Verhörraum begibt, wo Emine Babic vernommen wird. »Seht zu, dass ihr ein gerichtsfestes Geständnis aus ihr rausquetscht. Und Rifkin – unter Einhaltung der Genfer Konventionen, ja?«

Gerade hat Jana zugegeben, ihrer ahnungslosen Kommilitonin Tamara Dinse die Mappe mit dem Personalausweis gestohlen zu haben, um ihn Charlotte Engelhorst zu zeigen und sich für sie ausgeben zu können. »Ich musste ihr nur schmeicheln, wie toll es wäre, ihren prominenten Namen in meiner Seminararbeit über alternative ländliche Wohnformen zu haben, und schon war sie weich.«

Tamara Dinse war Jana in der Mensa aufgefallen. Sie sieht ihr selbst ähnlich, ihre Freundin Emma hat zuweilen Witze über ihre Doppelgängerin gemacht.

»Hatten Sie keine Angst, dass Charlotte Engelhorst Sie erkennt?«, fragt Tadden. »Immerhin waren Sie und Ihre Adoptivmutter alte Freundinnen.«

»Davon war nicht mehr viel übrig. Sie war vor vielen Jahren das letzte Mal bei uns, da war ich zehn oder elf.«

»Warum haben Sie wirklich die Nähe von Charlotte Engelhorst gesucht?«, will Rifkin wissen.

Ihre Antwort kommt sachlich und prompt. »Ich habe die Kommentare auf ihrem Blog hinterlassen und wollte wissen, wie sie ankommen.«

»War das Ihre Idee oder die Ihrer Mutter?«

»Es war meine«, sagt Jana. »Nachdem meine Mutter mir alles erzählt hat, fand ich, dass diese Frau nicht ungeschoren davonkommen durfte. Charlotte Engelhorst ist schuld daran, dass ...«

Tadden hebt die Hand. »Schweifen Sie nicht ab, Jana. Jetzt geht es nur um Sie und Ihre Taten. Kommen wir zu Joachim Engelhorst und der Nacht vom 10. Februar. Schildern Sie uns die Ereignisse auf der Straße nach Wiechendorf.«

Wieder kommt die Antwort ohne Zögern: »Ich hatte die Strohpuppe geklaut, einen GPS-Tracker an seinem Wagen angebracht und die Puppe dann auf die Straße geworfen, als er angerast kam.«

»Das alles haben Sie geplant und ausgeführt? Allein?« Tadden macht keinen Hehl aus seinem Argwohn.

»Ja. Er sollte nicht sterben, er sollte nur einen Schrecken kriegen.«

»Sie haben seinen Tod billigend in Kauf genommen«, hält Tadden ihr vor.

Sie zuckt gleichgültig mit den Achseln. »Er war ein Schwein.«

»Was geschah nach dem Unfall?«, will Rifkin wissen.

»Ich bin wieder weggefahren, was sonst?«

»Einfach so? Ohne nach ihm zu sehen?«

»Natürlich war ich kurz an seinem Auto, ich musste ja die zefledderte Vogelscheuche wieder einsammeln. Er hat sich nicht gerührt, und ich bin rasch weg, ehe noch jemand anhält und mich sieht.« Kein Bedauern schwingt in ihrer Erklärung mit, doch Rifkin bezweifelt, dass sie wirklich so abgebrüht ist. Sie und Tadden wechseln einen Blick, der all ihre Zweifel an der Aussage widerspiegelt.

»Mit was für einem Fahrzeug waren Sie dort?«, macht Tadden weiter.

»Ich hab mir den Golf von der Wiegand geliehen. Na ja, sie wusste nicht, dass ich ihn geliehen habe. Ich habe ihr den Schlüssel gemopst.«

»Wo haben Sie den Golf geparkt?«

»Auf dem Feldweg, wo es zu dem alten Hof geht.«

340

»Wann haben Sie die Vogelscheuche vom Feld geklaut?«, fragt Rifkin.

»In der Nacht davor.«

»Ebenfalls mit dem heimlich geliehenen Wagen Ihrer Mitbewohnerin?«

Jana nickt. Zum ersten Mal wirkt sie unsicher.

»Oder war es vielleicht der alte Honda, den sich Ihre Mutter von Jürgen Dold geborgt hat? Und Sie waren gar nicht alleine da«, hakt Rifkin nach.

Sie schweigt, ihre Wangen sind rot.

»Gut. Kommen wir zu Brigitte Wendel«, wechselt Rifkin das Thema, und ehe sie eine Frage anschließen kann, platzt Jana heraus: »Es war ein Unfall. Wir hatten Streit. Ich schubste sie, sie fiel aus dem Fenster.«

»Was wollten Sie denn da?«, fragt Tadden nach.

»Sie zur Rede stellen. Sie hat mich schließlich an diese Lügenbande vermittelt.«

»Sie fiel also aus dem Fenster, und dann?«

»Nichts. Ich bin abgehauen.«

Rifkin hat die Nase voll. »Frau Rapp, Jana, hören Sie auf mit dem Quatsch! Wollen Sie wirklich für eine Tat geradestehen, die Sie nicht begangen haben? Ein *Mord*, Jana! Das bringt lebenslänglich.«

Sie beißt sich auf die Lippen und fixiert ihre Hände, die sie auf dem Tisch liegen hat.

»Laut Zeugen hat Ihre Mutter Frau Wendel vor der Tat mindestens zwei Wochen lang beschattet. Wussten Sie davon?«, fragt Rifkin.

»Nein.«

»Wo war Ihre Mutter in den vergangenen drei Wochen?«

»Ich hatte unter Tamara Dinse ein Hotelzimmer für sie angemietet«, gibt Jana zu. »Sie hat dem Typen, bei dem sie gewohnt hat, nicht mehr getraut.«

Tadden beugt sich ein wenig über den Schreibtisch. »Eines verstehe ich nicht, Jana. Zwei Menschen waren tot. Warum haben Sie trotzdem noch bei der Sache mit der Aufnahme und Liveübertragung mitgemacht?«

Sie blickt ihn verwundert an, als hätte er eine absurde Frage gestellt. »Weil das der Plan war. Mein Plan«, erklärt Jana stolz. »Sie sollte erst Angst kriegen, durch die Botschaften in ihrem Blog und den Anschlag auf ihren Ex-Mann, das Schwein. Danach sollte ihre Fangemeinde die Wahrheit erfahren.«

»Sie haben durchaus Sinn für Dramaturgie«, wirft Rifkin ein, der sehr wohl aufgefallen ist, dass Brigitte Wendels Tod in dieser Abfolge fehlt.

»Ich wollte auch deshalb dort wohnen, um mich mit den Gegebenheiten im Haus, ihren Gewohnheiten und mit der Technik in ihrem Studio vertraut zu machen. Sie hat mich sogar gebeten, sie zu filmen und ihre Videos zu schneiden. Sie verteilt ja gerne Arbeit, vor allem, wenn es sie nichts kostet. Aber wir wollten ihr nichts tun. Wir wollten ihr Geschäft ruinieren und ihren Ruf. Das ist für eine so eitle Person wie sie die größte Strafe. Das war ich meiner Mutter schuldig. Sie hätte das nicht allein hingekriegt, mit der Kamera und der Übertragung ins Netz.«

Rifkin lässt sie nicht so einfach davonkommen. »Frau Rapp, Sie stellen das so harmlos dar, aber Ihre Mutter hat mit Ihrer Hilfe Frau Engelhorst mit einem Küchenmesser bedroht, um sie vor die Kamera zu zwingen. Als Hauptkommissar Raukel Sie beide im Studio antraf, hatte Frau Engelhorst eine Plastiktüte über dem Kopf, die Ihre Mutter am Hals fest zuzog, während Frau Engelhorst verzweifelt nach Luft rang. Ich nenne das einen Mordversuch.«

»Nein, so war das nicht!« Mit Janas Coolness ist es vorbei, sie weint.

Tadden reicht ihr ein Taschentuch und sagt: »Wie können Sie das leugnen? Tausende haben es gesehen, es verbreitet sich viral im Netz. Zumindest in dieser Hinsicht haben Sie Ihr Ziel erreicht.«

Rifkin ergänzt: »Nur ein bisschen später und sie wäre erstickt.«

»Das mit der Tüte war die letzte Einstellung! Wir hätten sie danach sofort losgemacht.«

Tadden hat sich das Ende des Videos mehrmals angeschaut. Die Aufnahme endet tatsächlich mit einem Zoom auf die Tüte mit der Botschaft *Lügnerin*. Raukels heroischer Auftritt ist darauf noch nicht zu sehen oder zu hören. Damit ist nicht gesagt, ob Emine die Plastiktüte tatsächlich rechtzeitig losgelassen hätte, aber mit *hätte* kann man nicht viel anfangen, wenn Beweise gefragt sind.

Das sieht auch Rifkin so und kommt zum Ende: »Jana Rapp, gestehen Sie Ihre Beteiligung am Anschlag auf Joachim Engelhorst am 10. Februar 2022 durch tätige Mithilfe?«

»Ich war an dem Abend da, ich habe die Strohpuppe vor seinen Wagen geworfen, und ich habe die Tat vorbereitet.«

»Allein?«

»Darüber sage ich nichts.«

»Gut«, meint Rifkin und fährt fort: »Jana Rapp, gestehen Sie Ihre aktive Beteiligung an der Nötigung von Charlotte Engelhorst am Morgen des 2. April dieses Jahres im Studio von Frau Engelhorst, zusammen mit Emine Babic, Ihrer leiblichen Mutter?«

»Ja, verdammt. Es sollte nur ein Denkzettel sein«, schluchzt Jana. »Es ist alles irgendwie aus dem Ruder gelaufen.«

Ein paar Türen weiter haben sich Völxen, Rodriguez und Kristensen im Besprechungs- und Verhörraum eingefunden. Oda hat Völxen regelrecht angefleht, *ihren alten Fall abschließen* zu dürfen. Völxen hat sich ein wenig bitten und bauchpinseln lassen und sich dann widerstrebend einverstanden erklärt. In Wahrheit ist er froh, dass Oda mit von der Partie ist.

Emine Babic wird hereingebracht. Sie wirkt ruhig, fast schon teilnahmslos. Wie jemand, der sich aufgegeben hat. Man sieht ihr an, dass das Leben nicht allzu sanft mit ihr umgesprungen ist. Unter ihren dunklen Augen liegen Schatten, die Falten in ihrem schmalen Gesicht sind scharf, die Gesichtshaut fahl.

Oda Kristensen ergreift das Wort. »Frau Babic, ehe wir zu den jüngsten Ereignissen kommen, müssen Sie wissen, dass ich seinerzeit diesen sogenannten Einbruch im Hause Engelhorst bearbeitet habe. Schon damals hätte ich gern mit Ihnen gesprochen, denn ich hatte den Eindruck, dass man mir nicht die Wahrheit sagt und dass Sie vielmehr Opfer als Täterin waren.«

Frau Babic ist das Misstrauen deutlich anzusehen.

Oda kommt ihr entgegen, sie schaltet das Aufnahmegerät noch

einmal aus und bittet Völxen und Fernando, noch kurz einen Kaffee trinken zu gehen.

Völxen stutzt, dann steht er auf und macht Fernando ein Zeichen. »Zehn Minuten«, sagt er zu Oda, ehe die beiden den Raum verlassen.

»Das müsste ich mir mal rausnehmen, dich aus einem Verhör zu werfen«, empört sich Fernando.

»Versuch es lieber nicht«, rät ihm Völxen, ehe sie Frau Cebullas Büro betreten, wo zwei Vollzugsbeamte darauf warten, Emine Babic und Jana Rapp nach dem Verhör wieder in die U-Haft zu begleiten. Die Kaffeemaschine haben sie immerhin schon eingeschaltet.

»Ich habe mich gewehrt«, sagt Emine mit leiser Stimme.

»Das dachte ich mir«, nickt Oda. »Hat er Sie vergewaltigt oder es versucht?«

»Das musste er gar nicht. Die konnten doch alles mit mir machen, die Wendel hat mich denen doch ausgeliefert, mit Mirjana als Geisel. Die brauchten der Wendel nur vorzulügen, ich wäre wieder auf Drogen oder hätte was geklaut, und ich hätte Mirjana nicht wiedergesehen. Deshalb habe ich gekuscht. Die Engelhorst hat mich behandelt wie ein Dienstmädchen. Okay, das war mir egal, aber er ... er war ein richtiges Dreckschwein!«

»Es war also nicht der erste Übergriff, der am 19. Juni 2002 stattfand?«

Sie schüttelt den Kopf. »Er bediente sich, wann immer ich es nicht schaffte, ihm aus dem Weg zu gehen, wenn alle anderen weg waren. Er drohte, ich würde mein Kind nie wiedersehen, sollte ich zu jemandem etwas sagen.«

»Hat seine Frau davon gewusst?«

»Ich kann mir nicht vorstellen, dass sie es nicht gewusst oder wenigstens geahnt hat.«

»Ich muss Ihnen recht geben, er war wirklich ein Schwein«, konstatiert Oda von ganzem Herzen. »Und sie war auch nicht besser.«

In das müde Gesicht kommt nun etwas mehr Leben. »Es hatte seinen Grund, warum Manuela, die Älteste, sich plötzlich mit

Essen vollgestopft hat und immer fetter wurde. Das war nicht nur, weil sie nicht mehr zum Ballett wollte, sondern um sich ihren Vater vom Hals zu halten.«

»Er hat seine Tochter missbraucht, wollen Sie das sagen?«, hakt Oda nach.

»Ich bin nicht sicher. Aber sie hat wohl gemerkt, wie er sie manchmal ansah. So wie mich. Vielleicht hatte er es noch nicht getan, denn vorerst hatte er ja mich. Ich war sozusagen der Blitzableiter.«

»Was ist am 19. Juni 2002 passiert?«

»Er tauchte plötzlich auf, früher als sonst. Er dirigierte mich ins Schlafzimmer, schubste mich auf das Bett und wollte sich gerade ausziehen, da habe ich die Nerven verloren. Ich nahm diesen Stein und habe zugeschlagen, ohne nachzudenken. Er hat sich nicht mehr gerührt, und da war das Blut ... Ich bekam Panik, habe das Allernötigste zusammengerafft und bin abgehauen.«

»Wohin?«

»Zu einer Freundin aus dem Heim, die lebte inzwischen bei ihrem Freund.«

»Waren Sie danach noch einmal bei Frau Engelhorst?«

»Die hätte mich doch sofort an die Polizei ausgeliefert.«

»Sie hat Ihnen also damals kein Geld gegeben, damit Sie verschwinden?«

»Was für Geld?« Emine runzelt verwundert die Stirn.

»Fünftausend Euro?«

Sie schnaubt sich eine Haarsträhne aus der Stirn. »Die hätte ich gut gebrauchen können. Die Frau lügt, wenn sie den Mund aufmacht!«

»Erzählen Sie mir, wie es wirklich war.«

»Ich habe am nächsten Tag dort angerufen, bei Frau Engelhorst. Ich hoffte, dass vielleicht alles nicht so schlimm wäre, dass er überlebt hat. Sie brüllte mich an, ich sei eine Kriminelle, eine Totschlägerin und die Polizei würde überall nach mir suchen. Ich hätte Mirjana ja mitgenommen, aber die Wendel hatte mir nie gesagt, wo sie ist, und ich dachte wirklich, sie suchen mich und stecken mich für Jahre ins Gefängnis. Ich bin getrampt. Ein LKW-Fahrer nahm mich mit nach Triest, von da bin ich weiter nach Pula, dort lebte eine Schwester meiner Mutter. Bei ihr konnte ich eine Weile unterkriechen. Danach habe ich in Hotels an der Küste Kroatiens gearbeitet, meistens schwarz, damit mich die Polizei nicht so leicht findet. Ich hatte mich damit abgefunden, Mirjana für immer verloren zu haben, aber es verging kein Tag, an dem ich nicht an sie dachte.« Sie trinkt von ihrem Wasserglas. »Mein Freund war Koch, er wollte mich heiraten, wollte Kinder, aber ich hatte Angst, dass eines Tages die Polizei an die Tür klopft, und dann hätte noch ein Kind seine Mutter verloren. Ich konnte ihm das nicht erklären. Er hat mich verlassen. War besser so.«

»Wann erfuhren Sie, dass Frau Engelhorst gelogen hatte?«

»Vor vier Jahren habe ich meine eigene kleine Frühstückspension in Rijeka eröffnet. Diesen Januar, als die Pension noch geschlossen war, habe ich gründlich aufgeräumt und das Altpapier weggebracht. Dabei entdeckte ich in einer der deutschen Zeitschriften, die die Leute immer liegen lassen, einen Artikel über Charlotte Engelhorst. Ich erkannte sie sofort auf dem Titelblatt. Im Text war von ihrem Garten-Blog die Rede, und ich habe mir das alles angeschaut. Da spricht sie von ihrer Scheidung von Joachim und von seiner neuen Frau. Können Sie sich vorstellen, wie das für mich war? Ich hatte mein Kind aufgegeben, ich lebte jahrelang im Untergrund, ich verzichtete auf Ehe und Familie – und das alles für nichts! Dafür, dass dieses Schwein munter weiter herumhurt und sie ...« Sie ringt nach Luft.

Die Frau tut Oda leid, und sie schenkt ihr ein mitfühlendes Lächeln.

»Ich fuhr nach Hannover, ich ging zum Jugendamt, denn ich dachte, die wüssten am ehesten, wo Mirjana hingekommen ist.« Sie unterbricht sich erneut und presst dann unter Tränen hervor: »Sie hatte ihre Adresse hinterlassen. Für mich. Und ihre Handynummer, ich musste sie einfach nur anrufen. Es war so lächerlich einfach. Warum nur habe ich das nicht schon viel früher getan?«

»Und dann erzählten Sie Ihrer Tochter, was geschah ...«

»Es ging nicht anders. Sie war froh, mich zu sehen, aber auch distanziert. Ich merkte, dass sie sich fragte, ob ich nicht einfach nur egoistisch war und sie sitzen ließ. Ich musste ihr doch erklären, warum ich so lange weg war. Hören Sie! Mirjana hat nichts getan. Sie hat nur anonym Sachen in den Blog geschrieben. Es war ja alles die Wahrheit. Und sie hat mir gestern mit der Kamera und dem Text und dem Computer geholfen, alleine hätte ich das nicht hinbekommen. Aber Mirjana hat keine Schuld.«

»Ich denke, wir sollten jetzt meine Kollegen wieder hereinrufen«, sagt Oda. »Danke für Ihre Offenheit, Frau Babic.«

Oda geht zur Tür und bittet die Justizvollzugsbeamten, kurz auf Emine zu achten. Sie setzt Völxen und Fernando, die es sich in Frau Cebullas Allerheiligstem gemütlich gemacht haben, kurz ins Bild. Dann kehren alle drei zurück, und Völxen klärt Frau Babic über ihre Rechte auf.

»Ich möchte einen Anwalt«, sagt diese mit fester Stimme.

Der Hauptkommissar hat Mühe, seinen Ärger zu verbergen. Oda! Typisch! Da ist man gutmütig und dann das! Sie hat sich weichklopfen lassen und ihr dazu geraten.

»Gut, Frau Babic, das ist Ihr Recht. Wir werden sehen, ob wir heute noch einen Pflichtverteidiger auftreiben. Ansonsten sehen wir uns am Montag.«

»Ich war's nicht, Völxen, ich schwöre es! Ich habe ihr mit keinem Wort zu einem Anwalt geraten, ich habe überhaupt nicht viel gesagt«, beteuert Oda.

Sämtliche Ermittler haben sich in Völxens Büro eingefunden, um sich über die Ergebnisse ihrer Verhöre auszutauschen.

»Ist doch egal«, meint Fernando. »Wir haben genug forensische Beweise in der Wohnung der Wendel gefunden. Ein Haar, ihre Fingerabdrücke auf der Leiter und nicht zu vergessen den Zeugen Jonas Malkamp, der sie unmittelbar vor der Tat gesehen hat.«

»Ein Geständnis wäre mir trotzdem lieber gewesen«, schmollt Völxen.

»Der Anwalt wird im Fall Wendel sicher auf Totschlag im Affekt plädieren«, überlegt Tadden.

»Totschlag im Affekt? Sie hat die Wendel tagelang vorher belauert!«, ereifert sich Rifkin. »Wenn wir Pech haben, kriegen wir dieses reizende Duo nicht mal für den Tod von Joachim Engelhorst dran. Sobald der Anwalt den Autopsiebericht in die Finger kriegt und das mit dem Herzanfall sieht, sehe ich schwarz.«

»Dann bleibt am Ende so was wie *gefährlicher Eingriff in den Straßenverkehr* übrig«, seufzt Fernando.

Völxen hat seine Schmollecke verlassen und seinen Gleichmut wiedergefunden. »Sehen wir es lieber positiv. Wir haben unseren Job doch gar nicht so schlecht hinbekommen, alles Weitere ist nun Sache der Justiz.«

»Was ist mit Charlotte Engelhorst?«, fragt Oda. »Kriegen wir das Miststück denn für gar nichts dran?«

»Wofür denn? Lügen ist nicht strafbar, leider«, bedauert Völxen.

»Ihr Blog ist vom Netz«, verkündet Rifkin. »Immerhin.«

»Hätte Raukel seinen Auftritt als Ritter in silberner Rüstung nicht eine Minute später hinlegen können?«, ärgert sich Oda.

»Wie bitte?« Völxens Augenbrauen schnellen in die Höhe.

»Nichts«, winkt Oda mit scheinheiligem Lächeln ab. »In der ländlichen Einsamkeit habe ich mir angewöhnt, Selbstgespräche zu führen.«

»Ja, was ist eigentlich mit Raukel?«, insistiert Fernando.

»Raukel ist in diesem Fall ein Zeuge«, stellt Völxen richtig.

Das *enfant terrible* ist inzwischen wieder in seine eigene Wohnung zurückgekehrt, wie er von Rifkin erfuhr, die auch wieder in den eigenen vier Wänden wohnt. Schon gestern lief Raukel herum wie ein Truthahn mit stolzgeschwellter Brust.

»Ja, klar, aber wieso war der dort, was hatte er da zu suchen?« Fernando ist nicht der Einzige, der sich das gefragt hat, auch Oda und Tadden haben schon ausgiebig darüber spekuliert, während Rifkin sich in Schweigen hüllt.

Völxen hat sich bisher herausgewunden, und auch jetzt sagt er nur: »Woher soll ich bitte schön wissen, was in Raukels whiskygetränktem Hirn vorgeht?«

»Man munkelt, du hättest ihn klammheimlich als verdeckten Ermittler eingesetzt«, bemerkt Oda.

»Unfug!«, donnert Völxen. »Jetzt mach aber mal einen Punkt!«

Völxen und der heldenhafte Lebensretter hatten gestern Mittag, nachdem die Einsatzkräfte abgezogen und auf Frau Engelhorsts Anwesen wieder Ruhe eingekehrt war, ein Gespräch unter vier Augen. Es fand in Frau Engelhorsts Gartenlaube statt. Sie sind übereingekommen, dass es allein Raukels Idee war, vorübergehend sein Domizil dort aufzuschlagen. Falls der Staatsanwalt, der Vize oder die Kollegen dafür eine Begründung verlangen sollten, müsse Raukel sich eben etwas Plausibles einfallen lassen, er sei in dieser Hinsicht ja sehr kreativ, bemerkte der Hauptkommissar und fügte hinzu: »Wäre nur noch zu klären, was für eine Waffe das war, die du Emine Babic an den Kopf gehalten hast.«

»Eine Attrappe. Spielzeug. Habe ich zur Abschreckung.«

»Ach ja, stimmt«, meinte Völxen gedehnt. »Du wirst ja von deinem sibirischen Ex-Mausezahn bedroht.«

»Genau. Das hast du richtig erkannt, Völxen. Du bist ein weiser Mann.«

Der Schwindel mit den Kursen wurde nicht mehr angesprochen, von keinem der beiden. Raukel weiß, dass Völxen Bescheid weiß, das genügt diesem zur Gesichtswahrung. Vorerst. Denn die Sache ist ja noch nicht ausgestanden, ein paar Lektionen Antiaggressions-Training stehen für den Notnagel noch auf dem Plan, hoffentlich ohne Pannen. Erst dann kann Völxen wieder aufatmen.

Raukel indessen hütete sich, schlafende Hunde zu wecken.

Samstag, 9. April 2022, am späten Nachmittag

Das Biest zieht sämtliche Register, aber gegen seine Widersacher hat es letztendlich keine Chance. Nach einer Jagd und einem kleinen Ringkampf liegt Amadeus am Boden, im Würgegriff des rothaarigen Hünen.

»Drei Minuten, zwölf Sekunden«, verkündet Wanda mit Blick auf die Stoppuhr. »Die Wette lautete auf fünf.«

Der Staatsanwalt hält den Bock fest, der Friese greift zur Schermaschine und befreit den Schafbock von seinem Vlies. Unter dem Apfelbaum stehen die vier bereits geschorenen Schafe, wie immer nach dieser Prozedur etwas bedröppelt. Hinter dem Zaun hat sich das Publikum aufgestellt, bestehend aus dem Ehepaar Völxen, Wanda Völxen, dem Hühnerbaron und Taddens Freundin Katrin. Die Zaungäste haben das Spektakel teils vergnügt, teils besorgt beobachtet. Im Haus bellt Oscar, den man weggesperrt hat, weil er den Bock sonst nur noch rasender gemacht hätte.

Sabine Völxen ist voll der Bewunderung: »Bei Tadden sieht das aus, als schäle er eine Mandarine. Wenn ich da an euer Gestöhn und Gejammer denke!« Letzteres ist an ihren Mann und den Hühnerbaron gerichtet. Die Angesprochenen tun, als hätten sie nichts gehört.

»Dieser bärtige Kerl ist wirklich ein Staatsanwalt?« Jens Köpcke kann es kaum glauben, auch nicht nach einem Schluck vom lauwarmen Herrenhäuser.

»Wenn ich es dir sage, Jens«, bestätigt Völxen.

»Respekt«, meint der Hühnerbaron.

»Ja, den Kerl darf man nicht unterschätzen.« Wobei der Hauptkommissar gerade nicht vom Niederringen seines Schafbocks spricht.

Vor drei Tagen hat Marius Feyling triumphierend verkündet,

Emine Babic habe gestanden, den Tod von Brigitte Wendel herbeigeführt zu haben und die treibende Kraft bei dem Anschlag auf Joachim Engelhorst mit der Vogelscheuche gewesen zu sein.

Wie er das fertiggebracht habe?

Feyling hat Emines Schwachstelle ausgenutzt: Jana. Er hat einen Deal mit der Tatverdächtigen abgeschlossen. Ihr schriftliches Geständnis gegen das Versprechen, dass Jana weitgehend ungeschoren davonkommt. Beim Wort *ungeschoren* fühlte sich irgendjemand, wahrscheinlich Rodriguez, bemüßigt, einen dummen Schafswitz loszulassen, der Staatsanwalt wollte wissen, was es damit auf sich habe, und da entschlüpfte dem Hauptkommissar wohl eine Bemerkung über seine kleine Herde und die anstehende Schafschur. Joris Tadden erwähnte in seinem naiven Leichtsinn, dass er als Jugendlicher sein Taschengeld mit dem Scheren von Deichschafen aufgebessert habe, und Feyling gestand, er habe als Halbstarker mit seinen Kumpels zum Spaß Kühe auf der Weide umgeschubst.

So kam eines zum anderen.

»Der Bock wird alt«, bemerkt Völxen leicht melancholisch. »Früher hätte er es denen gezeigt.«

»Du hast doch nicht etwa auf Amadeus gewettet?«, fragt Wanda, die Buchmacherin.

»Ich auch«, gesteht Sabine.

»Den Einsatz seid ihr los. Katrin, Jens, ihr kriegt je zehn Euro!«

Der Hühnerbaron und Taddens Freundin klatschen sich ab.

»Jetzt kommt der Moment der Wahrheit!«, ruft Köpcke.

Tadden ist fertig und wirft das Vlies hinter den Zaun, ehe er selbst durch das Gatter schlüpft. Der Staatsanwalt gibt den Schafbock frei. Nun heißt es rennen, ehe der Bock sich aufrappelt und die Verfolgung aufnimmt. Unter Johlen und Gelächter des Publikums schafft es der Wikinger in letzter Sekunde durch das Gatter, ehe Amadeus' Gehörn gegen die Holzlatten kracht.

»Alles heil?«, erkundigt sich Völxen beim Staatsanwalt.

»Alles bestens. Nächstes Jahr gerne wieder, sind Sie dabei, Tadden?«

»Klar doch.«

Der Schafbock stakst am Zaun auf und ab, keilt aus und blickt seine Widersacher böse an. Niemand beachtet ihn.

»Wenn ich die Herrschaften auf die Terrasse bitten darf«, meint Sabine Völxen, hocherfreut und dankbar über diese Zukunftsaussichten. »Es gibt kühle Getränke und ein paar Kleinigkeiten, frei nach dem Kochbuch einer gewissen Person, deren Namen wir heute lieber nicht nennen.«